W0346234

Ausführliche Informationen über unsere Autor*innen und Bücher findest du auf unserer Website www.scylla-verlag.de

KIANA HAAS

IVY

DER FLUCH DES EFEUS

SCYLLA VERLAG
Urban Fantasy

Bibliografische Information der Deutschen Nationalbibliothek:

Die Deutsche Nationalbibliothek verzeichnet diese Publikation in der Deutschen Nationalbibliografie; detaillierte bibliografische Daten sind im Internet über http://dnb.dnb.de abrufbar.

Gedruckt auf Munken Print 90g/qm 1,5-faches Volumen mit FSC-Zertifikat
FSC Mix Credit GFA-COC-001203

Klimaneutral
Produktion
ClimatePartner.com/11490-1412-1001

1. Auflage
Taschenbuchausgabe September 2022

Coverdesign: Scylla Verlag UG (haftungsbeschränkt) / Boris Brüggemann
Bildquelle: iStock
Lektorat: Fabienne Offermann / Jeannette Graf / Alexandra Pawlowski
Korrektorat: Nicola Henselmann / Erika Dönhoff
Buchsatz: Andreas Burbach
Druck und Bindung: Pressel Digitaler Produktionsdruck, Remshalden, Deutschland
Verlag: Scylla Verlag UG (haftungsbeschränkt), Köln / Bergisch Gladbach
ISBN: 978-3-945287-45-3

#JungBuntScylla

JUNGE AUTOR*INNEN SCHREIBEN

Unsere Unternehmenskultur beinhaltet die literarische Förderung von jungen Menschen im Alter von 16-23 Jahren. Dabei geht es um die Schreibförderung und die Aufforderung zum freien Schreiben. Unsere Arbeit fördert Chancengleichheit sowie kulturelle und soziale Inklusion. **#JungBuntScylla**

Von allen Welten, die der Mensch erschaffen hat, ist die der Bücher die Gewaltigste.

Heinrich Heine

1

Piekfeine Abendgarderobe, Champagnerflöten bis an die Decke und wichtige Leute mit verkniffenen Gesichtern. Untermalt von klassischem Klaviergeplänkel eines gebuchten Pianisten.

Nein, das ist ganz sicher nicht das, was ich mir zu meinem 18. Geburtstag gewünscht habe. Wohl oder übel werde ich diesen Abend jedoch überstehen müssen.

Mein Großvater wandert von Gast zu Gast, begrüßt jeden mit Namen. Ich hingegen interessiere ihn nicht die Bohne. Auch wenn ich es durchaus gewohnt bin, von ihm nicht gesehen zu werden, schmerzt es heute mehr als sonst. Heute ist mein Geburtstag, ein ganz besonderer Tag.

Missmutig zupfe ich an einer dunkelblauen Rockfalte. Auch ich musste mich der strengen Kleiderordnung meines Großvaters unterwerfen. Bei dem Anblick des Pullis, den ich aus Trotz zu dem Rock angezogen habe, hat mein Großvater nur müde eine graue Augenbraue gehoben. Streng genommen kann er es mir nicht verbieten. Ab heute kann ich tun und lassen, was ich will.

Ich stehe vor der Standuhr und verfolge ihren Sekundenzeiger. Ich warte. Darauf, dass endlich Flint und Fenja kommen und ich mit ihnen von hier verschwinden kann. Nach dieser Pflichtveranstaltung werden wir es krachen lassen.

Der Sekundenzeiger schleicht förmlich über das Zifferblatt der Standuhr. Die Villa meines Großvaters ist gespickt mit solch alten, aber wunderschönen Möbelstücken, die dem Gebäude einen ganz besonderen Charme verleihen. So zum Beispiel der gewaltige Kronleuchter über mir. Er ist so groß, dass er den gesamten Festsaal mit Licht versorgt. Über hundert Kerzen lassen ihre flackernden Flammen tänzeln. Sie spiegeln sich zuckend in den Diamanten des Leuchters. Wenn ich von hier unten hochblicke, scheint es so, als würde ich direkt unter dem nächtlichen Sternenhimmel stehen.

Gerade blicke ich mich erneut nach meinen besten Freunden um, da steuert mein Großvater, der eine ältere Dame am Arm führt, auf mich zu. Majestätisch schweben sie über den Parkettboden. Die Dame trägt ein selig entrücktes Lächeln auf den geschminkten Lippen.

Meine Gedanken rattern, als ich mich an sie zu erinnern versuche. Sie sind nur noch wenige Schritte von mir entfernt, da fällt es mir ein. Irgendeine Tante, mit der ich über zig Ecken und Umwege verwandt bin. Ihr Name ist mir entfallen, nicht aber die Tatsache, dass sie es pflegt, besonders hochtrabend zu sprechen.

Unter dem mahnenden Blick meines Großvaters stoße ich mich von dem Buffettisch ab. Er ist gefüllt mit allerlei Köstlichkeiten, von denen ich den Großteil nicht einmal benennen kann. Da lebe ich bereits über zwei Jahre mit meinem Großvater zusammen und finde mich noch immer nicht in dieser elitären Welt zurecht. Bei dem Gedanken an den Grund, warum ich bei ihm leben muss, schlucke ich.

„Ivy Hartmann“, flötet die Tante und streckt mir im selben Atemzug ihre schlanken Finger entgegen. Ich lege meine Hand in ihre, ohne zuzudrücken, und ringe mir ein Lächeln ab. Dann lassen wir uns wieder los. Dem Drang widerstehend, meine Hand am Rock abzuwischen, fummele ich am Ärmel meines Pullis herum.

„Gott möge dir alles erdenklich Gute schenken“, sagt sie. Mit erhobenen Brauen löst sie ihren Arm aus dem meines Großvaters. Die Dame wirft mir einen letzten Blick zu und wendet sich von mir ab.

„Sie sieht Efeja sehr ähnlich, scheint mir“, sagt sie zu meinem Großvater. Bei dem Namen meiner Mutter zucken er und ich gleichermaßen zusammen. Doch sein Gesichtsausdruck bleibt starr. Nichts darin lässt erahnen, ob er Mamas Tod überwunden hat oder nicht.

Ihr Tod war es, der mich in die Villa meines Großvaters brachte. „Damit jemand ein Auge auf dich hat, wenn ich nicht da bin“, erklärte mir damals mein Vater.

„Ist mir noch nicht aufgefallen“, bemerkt mein Großvater auf ihre Worte hin. Unsere Blicke kreuzen sich für den Bruchteil einer Sekunde. Gerade lange genug, um mir sicher zu sein, dass es ihm sehr wohl aufgefallen ist.

Er nestelt an irgendetwas herum, das halb verborgen in seiner Anzughose steckt. Als ich einen Blick darauf werfen will, bedeckt er seine Hosentasche mit der Hand.

„Oh, mir ist es gleich beim ersten Anblick des Mädchens aufgefallen“, beharrt die Tante. „Sieh dir nur ihre Haare an. Kastanienbraun wie die der Mutter. Und die Augen erst. Solch bernsteinfarbene Augen gibt es nur in eurer Familie.“

Unwillkürlich fasse ich nach einer meiner Haarsträhnen. Ich will sie ansehen, damit ich sicher sein kann, dass sie den Haaren meiner Mutter tatsächlich ähneln. Doch je mehr ich ihr Bild heraufbeschwöre, desto weniger erinnere ich mich an ihr Gesicht. Zwei Jahre sind eine lange Zeit, in der man einiges vergessen kann.

„Ich hoffe für das Mädchen, dass es ein längeres Leben als Efeja geschenkt bekommen hat. Wenn ich nur an ihren Unfall denke, ach." Theatralisch hält sie sich die Hand vor die Stirn und verdreht die Augen. Es passt mir nicht, wie sie über mich spricht, schließlich stehe ich nur einen Meter von ihr entfernt. Genauso wenig, wie es mir gefällt, dass sie den Unfall meiner Mutter anspricht.

Großvater wechselt rasch das Thema und steuert mit ihr gemeinsam einige Neuankömmlinge an. Bei ihrem Abgang schwebt sie nicht ganz so hoch über dem Boden. Ihr Gang gleicht eher dem eines watschelnden Pinguins, der nicht über die eigenen Füße stolpern möchte.

Der Klingelton meines Handys zerreißt die klimpernden Klaviertöne des Pianisten. Hektisch fische ich nach dem Smartphone in einer Rockfalte. *Papa* leuchtet es mir vom Display entgegen.

Wie erwartet, ist mein Vater noch nicht zu meiner Geburtstagsfeier aufgekreuzt. Seine ständige Abwesenheit erinnert mich daran, dass unser Nachname scheinbar unsere einzige Gemeinsamkeit ist. Sozusagen der letzte Strang, der uns noch miteinander verbindet.

Auf das Schlimmste gefasst, nehme ich das Gespräch nach dem siebten Klingeln entgegen.

„Ivy?" Die Stimme meines Vaters klingt gehetzt. „Bist du es?"

„Wer sollte es sonst sein?", erwidere ich tonlos. Wegen

des lauten Klingeltons habe ich die uneingeschränkte Aufmerksamkeit aller Gäste auf mich gezogen. *Jetzt bloß nicht die Fassung verlieren*, ermahne ich mich selbst.

Schweigen am Ende der anderen Leitung.

„Papa?"

„Ivy, ich kann leider nicht zu deinem Geburtstag kommen. Die Geschäftsreise in New York ist verlängert worden."

Ich stoße hörbar die Luft aus. *New York, da ist er also. Klar, dort ist es aufregender als in unserer Stadt, aber deswegen einfach nicht zu meinem Geburtstag zu kommen*? Ich schlucke die aufsteigende Bitterkeit in meiner Kehle herunter.

„Warum?", frage ich beherrscht.

„Ich habe keinen Einfluss darauf, wie lange meine Geschäftsreisen dauern oder ob sie verlängert werden. Ivy, ich habe dir eine Karte geschickt. Eine Karte mit Geld."

Geld. Die Rechtfertigung meines Vaters für alles. Die Geschäftsreise wird verlängert? Geld! Im Anschluss an die Reise muss er sofort weiterreisen? Geld! Er kann nicht zu dem 18. Geburtstag seiner einzigen Tochter kommen? Geld!

So ist es jedes Mal. Aber Geld kann mich nicht trösten. Schon vor Mamas Tod war er viel unterwegs, aber danach hat er sich regelrecht in die Arbeit gestürzt. Das ist seine Flucht. Alles andere ist ihm egal.

Dass er es mit meinem Großvater nicht aushalten kann, verstehe ich nur zu gut. Die beiden sind nie miteinander warm geworden. Lediglich Mama zuliebe haben sie es miteinander ausgehalten. Wenngleich mich das Gefühl nicht loslässt, dass Papas Zuneigung zu Mama in den Monaten vor ihrem Tod stetig abnahm.

Was auch immer zwischen meinen Eltern vorgefallen ist, es muss etwas Gravierendes gewesen sein. Die Liebe verlässt einen nicht von einem Tag auf den anderen. Manchmal, wenn er sie ansah, konnte ich Furcht in seinen Augen erkennen. Ob er Angst vor ihr hatte? Doch das ist absurd.

„Ivy, bist du noch dran?"

„Hmm", mache ich. Die Enttäuschung schnürt mir die Kehle zu. Ich kann kein einziges Wort vernünftig hervorbringen.

„Hab viel Spaß bei deinem Geburtstag, ja? Ich muss auflegen."

Und das tut er, ohne meine Reaktion abzuwarten. Mir wird ganz heiß, weil ich mich so dermaßen über das Verhalten meines Vaters ärgere. Mit der freien Hand fächele ich mir Luft zu, während ich das Handy zurück in die Rockfalte gleiten lasse. Die Stimmung im Raum bleibt bedrückend und stickig.

In Momenten wie diesen kommt es mir so vor, als würde mein Vater mir die Schuld an Mamas Verhalten geben. Als hätte ich sie ins Schlafzimmer verbannt und ihr all die Jahre verboten, es zu verlassen. Wie hätte ich sie aus ihrer Depression holen können?

Instinktiv greife ich nach dem Medaillon, das ich um meinen Hals trage und klappe es auf. Ich starre auf das Bild, das mich gemeinsam mit meiner Mutter zeigt. Wir strahlen glücklich in die Kamera. Kein fremder Betrachter könnte ahnen, dass unsere Zeit bei weitem nicht so glücklich war, wie sie auf diesem Foto zu sein scheint. Auf der Innenseite ist ein Efeublatt eingraviert. Meine Finger streichen darüber.

„Ivy Hartmann." Meinen Nachnamen spricht mein Großvater mit Verachtung aus, weil es der meines Vaters ist. Er steht vor mir und nestelt wieder an seiner Hosentasche herum.

Heraus zieht er einen goldfarbenen Umschlag, auf dem mein

Name steht. Mit mahlendem Kiefer hält er das Papier weit von sich gestreckt, so als müsse er ausreichend Abstand zwischen sich und den Umschlag bringen.

Ich nehme ihn und öffne das Kuvert. Dann halte ich inne. „Von wem ist das?"

„Von deinem *Vater*." Seine Lippen sind zu schmalen Linien aufeinandergepresst. So wie er dieses Wort ausspricht, wird jedes Mal deutlich, dass er ihn für einen Versager hält. An manchen Tagen bin ich gewillt, ihm zuzustimmen. Aber ausgesprochen habe ich diesen Gedanken noch nie.

Eine erdrückende Schwere senkt sich über mich. Das Telefonat mit meinem Vater macht mir immer noch zu schaffen. Die Gäste, überwiegend wohltätige Unternehmer oder reiche Bekannte meines Großvaters, haben sich mittlerweile wieder ihren Gesprächspartnern, ihren Getränken oder den überfüllten Tellern zugewandt.

Mit einem fetten Kloß im Hals ziehe ich die Karte aus dem Umschlag. Aus dem Augenwinkel sehe ich, wie sich die schwarz polierten Lackschuhe meines Großvaters von mir entfernen.

Ich schlucke viel und schnell, der Kloß im Hals will nicht verschwinden. Die wenigen Worte meines Vaters krallen sich in meinem Nacken fest.

Ivy,
ich wünsche dir alles Gute zu deinem 18. Geburtstag und bedauere es sehr, dass ich nicht persönlich anwesend sein kann. Das Geld wird dich darüber hinwegtrösten, ganz sicher.
Papa.

Mir klappt der Mund auf, als ich die Scheine aus der Karte in die Hand nehme und zähle. Mit dieser Summe könnte ich ihm glatt nach New York hinterherfliegen.

Stinksauer blicke ich auf die geöffnete Karte hinab. Hätte mein Vater tatsächlich erst heute erfahren, dass seine Geschäftsreise verlängert wird, wäre diese Karte niemals abgeschickt worden. Ich fühle mich betrogen und hintergangen. Die Entscheidung meines Vaters scheint von langer Hand geplant.

Mit einer geballten Ladung Wut im Bauch pfeffere ich die Karte auf den Buffettisch und gehe mit großen Schritten auf den Ausgang des Raums zu, um endlich Fenja und Flint zu finden.

Da stürmt Fenja auch schon durch die breite Tür des Festsaals. Ihre dunklen Locken wehen hinter ihr her, während sie sich nach mir umsieht. Als sie mich entdeckt, hat sie bereits die Aufmerksamkeit einiger Gäste auf sich gezogen. Gekleidet in zerrissenen Jeans und einer plüschigen Winterjacke, sticht sie aus der Menge deutlich hervor. Alles an ihrem Auftreten schreit: „Hier bin ich!"

Flint im Schlepptau, rast sie an den Gästen vorbei und zieht mich in eine Umarmung. Meine Wut flaut ab, kaum dass sie bei mir ist. Über ihre Schulter grinse ich Flint an, der sich bei der Kleiderwahl etwas mehr an die Ordnung meines Großvaters gehalten hat. Er hat sich immerhin dazu durchgerungen, ein Hemd zu seiner Jeans anzuziehen. Unter den Blicken all der Gäste, wird er ein wenig nervös und fährt sich durch die hellen Haare.

„Alles, alles Gute zum Geburtstag, Ivy", sprechen Fenja und Flint im Chor, als sie mich loslässt.

„Danke", murmele ich. Plötzlich ist mir das ganze Drumherum zu viel. Der Festsaal, in dem ich langsam aber sicher ersticke, weil viel zu viele Menschen hier sind. Die Gäste, von denen ich keinen persönlich kenne. Die Tatsache, dass mein Vater seine Anwesenheit abermals durch Geldscheine ersetzt hat.

„Lasst uns von hier verschwinden", sage ich.

„Wie? Wir sind doch gerade erst gekommen", widerspricht Fenja und schielt rüber zum gut gefüllten Buffettisch. Flint fasst sie sachte am Ellbogen und schiebt sie zurück durch die Tür, durch die sie gerade erst gestürmt ist.

„Nun komm, wir haben genug Aufmerksamkeit auf uns gezogen", lacht er.

„Haben wir das?" Fenja wackelt mit den Augenbrauen und wirft dem jungen Pianisten ein charmantes Lächeln zu, was sogleich zu einer schrägen Tonabfolge führt.

„Jetzt reicht es aber", finde auch ich und fasse ihren anderen Arm. Gemeinsam mit Flint bugsiere ich sie aus dem Festsaal.

„Lasst mir doch meinen Spaß", wehrt sie sich halbherzig, klatscht dann aber freudig in die Hände. „Wenn wir schon abhauen, dann wollen wir dir wenigstens dein Geschenk überreichen."

Wir durchqueren das Foyer, in dem ebenfalls einige Gäste versammelt stehen. Geburtstagswünsche hat mir noch keiner von ihnen ausgesprochen. Ob sie überhaupt wissen, warum sie hier sind?

„Überreichen?" Flint legt die Stirn in Falten. Dabei sieht er Fenja so überrascht an, dass er alles andere um uns herum außer Acht lässt. So auch die Ming-Vase auf der Kommode, die er gerade anstößt.

Ich reagiere blitzschnell, hechte auf Flint zu und bekomme die Vase im Fall zu fassen. Leider verliere ich das Gleichgewicht und lande bäuchlings auf dem Marmorboden der Eingangshalle.

Die Vase nach vorne in die Höhe gestreckt, stöhne ich auf.

„Flint!“, schimpft Fenja laut und energisch, woraufhin sich seine Wangen puterrot färben.

„Es tut mir leid, Ivy.“

Ächzend rappele ich mich auf. Unter den Blicken der anwesenden Gäste platziere ich die Vase auf ihrem angestammten Platz. Sie tuscheln leise miteinander, ihre Stimmen verbinden sich zu einem großen Summen.

„Ist ja nochmal alles gut gegangen“, schnaufe ich mit wild klopfendem Herzen. Ich will mir gar nicht ausmalen, was mein Großvater gesagt hätte, wäre die Vase zu Bruch gegangen. Dinge wie diese sind ihm doch so heilig.

„Ehrenwerte Gäste“, hallt seine tiefe Stimme durch den Saal bis zu uns ins Foyer. *Oh nein, eine Rede.*

So schnell ich kann, schlüpfe ich durch die große Eingangstür hinaus auf die schneebedeckte Einfahrt. Fenja knufft Flint freundschaftlich in die Seite, dann folgen sie mir.

Fröstelnd schlinge ich die Arme um meinen Oberkörper. Der Abend ist klirrend kalt, mein Atem bildet kleine Wolken in der Nachtluft. Um uns herum ist es schon vor einigen Stunden dunkel geworden. Nun leuchten Mond und Sterne und tauchen die Szenerie in einen wunderschönen Glanz.

Schon von Weitem erkenne ich das geöffnete Tor der Auffahrt, auf der zahlreiche Luxusschlitten parken. Unter diesen teuren Autos fällt der kleine Wagen dazwischen besonders auf.

„Darf ich präsentieren?“ Fenja macht eine Geste mit den Händen und deutet auf ebendieses Auto. Es weist den ein oder anderen Kratzer auf und ist einfach nur uralt. „Dein Geburtstagsgeschenk. Von Flint und mir.“

Erwartungsvoll strahlt sie über das ganze Gesicht. Flint fährt sich wieder nervös durch die Haare. Ich gehe auf den kleinen Wagen zu.

„Ähm“, mache ich und bekomme meine Mimik nicht ganz unter Kontrolle. „Übersehe ich gerade das Offensichtliche? Da steht doch nur mein fast kaputter Uraltwagen.“ Dass mich mein Großvater überhaupt damit fahren lässt, grenzt beinahe an ein Wunder. Vor ein paar Wochen habe ich ihn mir von meinem Ersparten gekauft. Oder vielmehr von dem Sparfonds, den mein Großvater vor Jahren für mein Studium angelegt hat. Als ich davon ausgerechnet ein Auto bezahlt habe, hing der Haussegen tagelang gehörig schief. Mein Großvater selbst besitzt kein Auto und mein Vater ist so oft auf Geschäftsreise, dass auch er keinen Wagen benötigt. Falls nötig, nehmen wir uns ein Taxi.

Meinen Führerschein habe ich heimlich machen müssen, weil mein Großvater strikt dagegen war. Ein bisschen überrascht, dass er mein Auto nicht gleich wieder eigenhändig von der Auffahrt geschoben hat, nachdem ich es mir gekauft hatte, bin ich noch immer. Die Wahrscheinlichkeit, dass seine Ablehnung etwas mit Mamas Autounfall vor zwei Jahren zu tun hat, ist groß. Allerdings wird darüber nicht gesprochen und irgendwann habe ich dann auch aufgehört zu fragen.

„Sieh doch mal genauer hin“, reißt mich Fenja aus meinen Gedanken. In dem Moment drückt Flint einen Knopf an einer Fernbedienung, die er aus der Hosentasche gezogen hat, und in meinem Wagen leuchtet es hell auf. Bunte Lichter tanzen darin umher.

„Nun sag schon was, Ivy“, quengelt Fenja.

Ich bin so fasziniert vom Farbspiel der kleinen LED-Leuchten, dass ich zunächst gar nicht reagiere.

„Ivy!“

Ich wirbele herum. Etwas kommt durch die Luft auf mich zugeflogen. Automatisch strecke ich die Hände aus und fange es. Der Gegenstand landet genau zwischen meinen Fingern, sodass ich ihn begutachten kann. Mein Autoschlüssel.

„Will ich wirklich wissen, wo ihr meinen Schlüssel her habt?“

Fenja setzt eine unschuldige Miene auf, während Flint ein entschlossenes „Nein“ verlauten lässt.

„Wow“, hauche ich, schließe das Auto auf und lasse mich auf den Fahrersitz plumpsen. Fenja und Flint kommen näher.

„Das ist mega cool, wie seid ihr auf die Idee gekommen?“, frage ich und kann mich gar nicht sattsehen an den ganzen Lichtern.

„Ach, Fenja wollte dir jeden Tag eine Party schenken“, lacht Flint und legt die eine Hand aufs Autodach, die andere an den geöffneten Türrahmen. „Und durch die LED-Leisten bekommst du jetzt jeden Morgen auf dem Weg zur Schule pures Disco-Feeling.“

Den Schlüssel noch immer in der Hand, steige ich aus dem Wagen, wirbele zu Fenja und Flint herum und falle ihnen um den Hals.

„Danke, danke, danke“, wiederhole ich gleich ein dutzend Mal, weil ich ihre Geste wirklich zu schätzen weiß. „Ihr seid die Besten.“

„Wissen wir“, grinst Fenja, während Flint erneut den Knopf auf der Fernbedienung drückt und sie mir danach reicht. „Und nachher unternehmen wir die erste Spritztour in die Stadt.

Wir wollten doch noch ausgehen.“ Bibbernd verschränkt sie die Arme vor der Brust. „Aber so langsam sollten wir wirklich zurück in die Villa. Wenn ich mich richtig erinnere, war dein Großvater doch gerade im Begriff, eine Rede zu halten.“

Ich seufze und blicke zum Eingang hinüber.

„Ja“, sage ich, „aber bevor ich darin vorkomme, wird wohl noch einige Zeit vergehen.“

Flint lächelt. „Komm schon, ist doch dein Abend heute.“

Ich schnaube auf: „Hast du das an der Gästeliste erkannt?“

„Ha!“ Fenja legt ihren Arm um meine Schulter und lotst mich in Richtung Eingang zurück. „Wir sollten zumindest noch etwas essen, bevor wir losdüsen.“

Als wir den Festsaal betreten, ist mein Großvater bereits von der Mehrzahl der Gäste umringt. Seine Stimme erfüllt den ganzen Saal, ohne dass er ein Mikrofon benutzen muss. Anscheinend platzen wir geradewegs in den Anfang seiner Rede hinein. Wie gebannt hängen die Gäste an seinen Lippen. Eine Wirkung, die selbst ich nicht verleugnen kann.

„Heute ist meine Enkelin Ivy 18 Jahre alt geworden“, sagt er gerade. *Na, das nenne ich mal Timing.* „Natürlich sollten wir dies gebührend feiern, doch bevor das Buffet eröffnet wird, möchte ich gerne einige Worte an sie richten.“

Nun, das ist mir ein wenig unangenehm, zumal die Blicke der Gäste nun von meinem Großvater zu mir hinüberwandern. Fenja drängelt sich an meine Seite in die erste Reihe. Flint folgt uns mit etwas Abstand.

„Und zwar habe ich ein ganz besonderes Geschenk für dich, Ivy.“ Mein Großvater lässt seinen wachsamen Blick über die Menge schweifen. Dass er mir einmal etwas schenken würde, daran habe ich im Traum nicht gedacht. An seinem missmutig verzogenen Mund lässt sich allerdings erkennen, dass er es nicht gerne macht. Sein Blick trifft mich. Kühl und distanziert, ohne einen Funken Wärme. Er ist sehr gut darin, in mir ein verdammt mieses Gefühl zu verursachen.

„Deine Mutter, Gott habe sie selig“, hier macht er eine kunstvolle Pause, sodass mein Herz Wut sammeln kann, „hat uns vor zwei Jahren verlassen. Niemand konnte sich um dich kümmern, sodass ich diese Aufgabe übernommen habe.“

Beinahe lache ich spöttisch auf.

„Im Grunde genommen kann ich deinem Vater dankbar dafür sein, dass er sich nie länger als einen Tag hier blicken lässt.“

Er kann es einfach nicht lassen, meinen egozentrischen Vater genauso vor den Gästen zu präsentieren. Mit dem männlichen Teil meiner Familie habe ich einfach kein Glück gehabt. Und Mama ist mir eindeutig zu früh genommen worden. Wie schon vorhin bildet sich in meiner Kehle ein dicker Kloß. Er macht mir das Atmen schwer.

„So konnte ich immer ein Auge auf dich haben, Ivy.“

Was soll das alles heißen? Nie hat er sich um mein Befinden geschert. Kein einziges Mal gefragt, wie es mir geht. Und jetzt so etwas.

Ich spüre die Blicke der Gäste auf mir ruhen, aber ich blicke sie nicht an.

„Es gibt eine bestimmte Tradition in unserer Familie“, fährt mein Großvater fort. „Das Geschenk, das ich dir nun überreichen werde, hat damit zu tun. Bevor deine Mutter starb, bat sie mich, es dir an deinem 18. Geburtstag auszuhändigen.“

Seine Stimme ist fest und unerbittlich, seine Miene starr.

Doch hinter der Fassade trauert auch er um meine Mutter, sein einziges Kind. Das will ich unbedingt glauben.

Mein Großvater geht mit langen Schritten hinüber zu einem der Buffettische. Von meinem Standort aus erkenne ich, dass er eine schlichte Schachtel in die Hand nimmt. Als er aufblickt, winkt er mich zu sich.

Ich mache einen zaghaften Schritt in seine Richtung. Dabei fällt mir auf, wie wackelig meine Beine sind. Ein Kichern dringt kaum hörbar an mein Ohr. Es klingt boshaft, wie ein Hexenlachen, und jagt mir eisige Gänsehaut über den ganzen Körper. Ich erstarre und bleibe auf halbem Weg zu meinem Großvater stehen. Mit einem Blick über die Schulter möchte ich mich vergewissern, dass Fenja, Flint und die anderen Gäste das Kichern ebenfalls vernommen haben. Allesamt blicken sie mich an. Auf ihren Gesichtern erkenne ich bloß Unverständnis darüber, warum ich mein Geschenk nicht endlich entgegennehme.

Also gebe ich mir einen Ruck.

Mein Großvater streckt mir die Schachtel entgegen. Ich blicke in sein Gesicht, auf dessen Zügen immerzu dieser verkniffene Ausdruck liegt. Seine stechend hellen Augen sehen mich wachsam an.

Er sagt nichts, weshalb ich ebenfalls schweige. Die Schachtel ist sehr leicht, auf dem Deckel ist ein goldfarbenes Efeublatt eingraviert, umgeben von grünen Ranken.

Vorsichtig streichen meine Finger darüber, fahren die Rillen des Blattes nach. Es ist wunderschön. Und es erinnert mich an etwas. Noch während ich mich frage, woran, jagen für Sekundenbruchteile Erinnerungen wie Blitze durch meine Gedanken. Kleine Schnipsel, die keine Bedeutung zu haben scheinen, doch die schlichte Schachtel mit dem eingravierten Efeublatt spielt eine entscheidende Rolle.

Ich besinne mich auf meine Aufgabe und öffne unter den forschenden Blicken meines Großvaters die Schachtel. Als ich hineinblicke, stutze ich. Darin liegt nur ein einziger Gegenstand. Ein Efeublatt, ganz aus Gold. Ich strecke meinen Finger danach aus. Das Blatt sieht nicht so aus, als wäre es einfach nur in goldene Farbe getunkt oder aus Gold nachgebildet worden. Soweit ich es beurteilen kann, ist es ein gewöhnliches Efeublatt, nur eben in Gold.

Ich will es gerade in die Hand nehmen, da vernehme ich erneut das boshafte Gekicher. Dieses Mal zucke ich so fest zusammen, dass die Schachtel wieder zuklappt, mir aus den Händen rutscht und über den Parkettboden schlittert. Das Kichern ist ganz nah und ... über mir.

„Ivy! Pass auf!“, kreischt Fenja.

Ich wirbele herum, panisch. Mein Blick folgt ihrem ausgestreckten Finger zur stuckverzierten Decke. Dann setzt mein Herz für einen Schlag aus.

Genau über dem Kronleuchter ist ein Schatten. Er ist nicht näher zu erkennen, sondern verschmilzt mit den Schatten um sich herum. Im nächsten Augenblick reißt der Leuchter aus seiner Verankerung. Er fällt. Und ich stehe genau darunter.

Das Chaos bricht aus, die Gäste retten sich aus dem Zimmer. Vor dem Schatten oder dem Kronleuchter – ich weiß es nicht. Im Gegensatz zu ihnen fliehe ich nicht, sondern starre nach oben. Mein Herz flattert wie wild in meiner Brust.

Jemand reißt mich zur Seite. Ich stürze. Mein Kopf stößt dabei gegen ein Bein des Buffettisches. Für einen Augenblick wird mir schwarz vor Augen. Mein Großvater liegt neben mir, die Hand noch immer um meinen Arm geklammert, an dem er mich zur Seite gerissen hat.

Der Kronleuchter kracht auf den Boden und zerspringt. Diamantsplitter fliegen in alle Richtungen. Schützend halte ich mir die Hände vor die Augen. Kerzen erlöschen, andere treffen auf Tischdecken. Die tanzenden Flammen greifen auf sie über, tauchen alles in schauriges Licht. Von irgendwoher höre ich Fenja und Flint meinen Namen rufen. Das Kichern rauscht in meinen Ohren.

Voller Panik will ich aufstehen und verschwinden.

Aber erneut wird mir schwarz vor Augen.

Dieses Mal lässt sich die Dunkelheit nicht abschütteln.

2

Ich stehe auf einem Flur, der mir gleichermaßen fremd ist und bekannt vorkommt. Meine Mutter ist bei mir. Sie möchte mir etwas zeigen. Sie spricht von einer Schachtel, einem Laptop und davon, wie wichtig das alles sei. Wichtig für mich.

Doch als wir den Flur entlanggehen, habe ich große Mühe, mit ihr Schritt zu halten. Es fühlt sich an, als würde ich durch Treibsand waten.

Sie bemerkt, dass ich nicht so schnell gehen kann. Lächelnd dreht sich Mama zu mir um. Mit wenigen Schritten ist sie bei mir. Bei ihr sieht es aus, als würde sie über den Teppich schweben.

„Gib mir deine Hand", sagt sie mit ihrer melodischen Stimme.

Summend steigt sie eine Treppe hinunter, an der der Flur endet, und quert ein Foyer. Ich sehe mich um, und begreife, dass wir uns in der Villa meines Großvaters befinden. Hinter meiner Mutter, verbunden durch meine Hand in ihrer, betrete ich die Bibliothek meines Großvaters. Ich lege den Kopf in den Nacken, um den eindrucksvollen Raum in mich aufzusaugen. Die Regale kommen mir besonders hoch vor, die Bücher besonders alt.

Doch etwas stimmt hier nicht.

Da ist ein Schatten in den Schatten. Tief verborgen zwischen den Bücherregalen, und doch meine ich, eine Gestalt umherhuschen zu sehen. Meine Ohren klingeln, dann ist da dieses Kichern.

Ich blinzele. Als ich noch einmal hinsehe, ist da nichts mehr – kein Schatten. Doch von meinem Nacken ausgehend rieselt mir Gänsehaut den Rücken hinunter.

Das Gefühl, beobachtet zu werden, macht mich verrückt.

Ich klammere mich regelrecht an die Hand meiner Mutter, als ich etwas am Ende des Ganges entdecke, das meine Aufmerksamkeit erregt.

Zielstrebig steuert meine Mutter darauf zu. Am Schreibtisch angekommen, nimmt sie eine Schachtel in die Hand. Ein wunderschönes, goldfarbenes Efeublatt ist darauf eingraviert. Auf dem Tisch steht außerdem ein aufgeklappter Laptop. Auf dem Bildschirm sind schwarze Buchstaben. Doch ich kann sie nicht entziffern. Es ist, als habe jemand einen Filter vor meine Augen gelegt.

Ich trete von einem Bein auf das andere, ich werde das Gefühl nicht los, dass hier etwas nicht stimmt.

Mama lässt meine Hand los, legt ihre schlanken Finger um mein Kinn. Sie lächelt wieder.

„Das hier, Ivy, wird eines Tages dir gehören."

„Was ist das, Mama?"

Ihr Lächeln verzerrt sich, wird traurig.

„Früher oder später wirst du es wissen."

Schweißgetränkt fahre ich in meinem Bett hoch. Meine Gedanken rasen, mein Atem geht stoßweise.

Welcher Tag ist es? Mittwoch, richtig. Die Party ist vier Tage her.

Mein Schädel brummt. Schon jetzt weiß ich, dass sich dieser Traum unwiderruflich in mein Gedächtnis gebrannt hat. Ich werde ihn nicht vergessen, niemals. Er hat sich so real angefühlt. Für einen kurzen Augenblick dachte ich sogar, Mama würde tatsächlich noch leben. Die Wahrheit, die nun wie eine riesige Welle über mich hinwegschwappt, trifft mich unvorbereitet hart.

Das schrille Piepsen des Weckers fordert mich erbarmungslos dazu auf, mich auf den Weg zur Schule zu machen. Eigentlich bin ich noch zu erschöpft. Ich habe wohl an meinem Geburtstag eine leichte Gehirnerschütterung erlitten, als mein Schädel gegen das Tischbein geprallt ist. Entgegen der Einschätzung meines Großvaters halte ich den herabgefallenen Kronleuchter nicht für einen gezielten Mordanschlag. Wer sollte mich schon umbringen wollen? Es gibt ja nicht einmal Menschen, die mich hassen. Nun ja, Rahen vielleicht. Aber die würde keinen Kronleuchter auf mich hinabfallen lassen.

Seufzend denke ich daran, dass ich mein Leben einzig und allein der schnellen Reaktion meines Großvaters zu verdanken habe. Von allein hätte ich mich wohl kaum von der Stelle gerührt und weit mehr als nur eine Beule am Kopf davongetragen.

Mit Blick auf den Wecker schlage ich die Bettdecke zur Seite und schwinge die Beine über die Bettkante. Einen Augenblick verharre ich in dieser Position. Mein Schädel brummt noch immer. Dass ich mich die letzten Tage ausgeruht habe, hat offensichtlich nicht zu einer schnellen Genesung beigetragen.

Draußen schlägt mir die Kälte entgegen. Ich puste mir in die Hände, damit sie nicht allzu klamm sind und schlinge die Jacke enger um mich. Die Autoscheiben sind beschlagen. Ich seufze und wische den Frost mit dem Ärmel weg.

Als ich den Wagen starte, stelle ich fest, dass die Heizung kaputt ist. Na toll.

Ansonsten verläuft die Fahrt ereignislos. Doch das grauenvolle Gekicher hallt noch immer in meinen Gedanken nach. Ich halte im Rückspiegel immer wieder nach einem dunklen Schatten Ausschau. Mach dich nicht lächerlich, Ivy. Da ist niemand. Auch kein Schatten.

Nach erfolgreich überstandenem Schultag verabschiede ich mich von Fenja und Flint, die auch zu dieser Jahreszeit mit dem Fahrrad unterwegs sind. Nach wie vor fühle ich mich ziemlich ausgelaugt. Ich kann nur immer wiederholen, dass ich einfach kein Glückspilz bin. Wessen 18. Geburtstag verläuft schon so wie meiner?

Die Winterluft ist kühl und klirrend. Auf dem Parkplatz vor dem Schiller-Gymnasium ist jedes Autodach mit einer dünnen Schicht Schnee bedeckt. Sie zeugt davon, dass es erst vor kurzem geschneit hat. Unter meinen schnellen Schritten knirscht der Schnee. In der Hoffnung auf ein warmes Plätzchen, steuere ich auf meinen roten Wagen zu. Unter dem ganzen Schnee sticht das kleine Auto hervor wie ein dicker Blutstropfen.

Die Kälte frisst sich durch meine Jacke und legt sich ungebeten auf meine Haut. Ich denke, dass der Winter noch nie meine Lieblingsjahreszeit gewesen ist. Gleichzeitig erinnere ich mich daran, dass Mama ihn liebte und ich ihn deswegen irgendwann nicht mehr ganz so erdrückend fand.

„Sag mal, kennst du den Typen dort drüben?“, höre ich im Vorbeigehen ein Mädchen ihrer Freundin zuraunen. Abrupt bleibe ich stehen, als ich in dem Mädchen Callindra erkenne und in ihrer besten Freundin meine Erzfeindin Rahen. Diese kneift nur die grauen Augen zusammen. Als sie auch mich erkennt, verzieht sie die sorgfältig geschminkten Lippen zu einer Grimasse. Callindra, die von alledem nichts zu bemerken scheint, zeigt mit ausgestrecktem Finger geradewegs auf eine Gestalt neben einem der vielen Autos.

Wie ferngesteuert schaue ich in dieselbe Richtung. Schließlich bleibt mein Blick an einem sportlich aussehenden, großen Jungen mit dunkelbraunen Haaren hängen. Ich schätze ihn ungefähr auf mein Alter, eher etwas älter. Wegen der Sonnenbrille, die er trotz der Kälte trägt, kann ich seine Augen nicht sehen. Merkwürdig, aber es stört mich, dass ich nicht weiß, ob er mich direkt ansieht oder doch an mir vorbei. Zumindest ist sein Kopf auf mich gerichtet. Ein spöttischer Ausdruck durchzuckt seine Lippen. Spätestens jetzt bin ich mir sicher, dass er mich anstarrt.

„Noch nie gesehen“, bemerkt Rahen da gerade achselzuckend. Ihr Blick huscht hin und her wie der eines gehetzten Tieres. Was hat sie denn nur?

„Der sieht ja sowas von gut aus“, stöhnt Callindra theatralisch. Unverhohlen blickt sie den Jungen an. Lässig lehnt dieser noch immer an einem der Wagen. Es scheint ihn nicht zu stören, dass er nun die unangefochtene Aufmerksamkeit der meisten Schülerinnen auf sich gezogen hat. Ganz im Gegenteil. Er genießt es sichtlich, wie ihn die Mädchen der Reihe nach anschmachten. Dennoch ist sein Blick unter der Sonnenbrille weiterhin unverwandt auf mich gerichtet.

„Er soll die Sonnenbrille abnehmen“, schmollt Callindra, und ich verdrehe die Augen. „Meinst du, er geht auf unsere Schule, Ivy?“

Es dauert, bis ich begreife, dass sie mich angesprochen hat. Vielleicht habe ich es einfach nicht erwartet, da sie sonst nie mit mir spricht.

„Lass Ivy in Ruhe“, zischt Rahen da. Schwungvoll wirft sie ihre blondierte Haarpracht zurück. „Als ob sie das weiß.“

Mit diesen Worten marschiert sie voraus und Callindra folgt ihr wie ein Schoßhund. Rahen hat ihre beste Freundin voll unter Kontrolle.

Ich beachte die beiden nicht weiter. Den Autoschlüssel in der Hand, steuere ich auf meinen Wagen zu. Meine Augen huschen immer wieder zu dem Typen hinüber. So als würde er meinen Blick wie magnetisch anziehen. Er ist der Inbegriff von Selbstbewusstsein, was mir gleichermaßen imponiert und mich einschüchtert.

Ich denke über Callindras Worte nach. Nein, dieser Junge geht ganz sicher nicht auf unsere Schule. Die Blicke des Fremden begleiten mich auf Schritt und Tritt. Ein kleines bisschen erleichtert, als es anfängt zu schneien, setze ich meinen Weg fort. Der Schnee gibt mir einen Grund, die Kapuze über den Kopf und tief ins Gesicht zu ziehen. Vielleicht kann ich das Interesse des fremden Typen auf diese Weise von mir ablenken. Auch wenn ein kleiner Teil meines Egos das gar nicht will.

Als ich an meinem Auto ankomme, kann ich den Jungen nicht mehr sehen. Ein Kastenwagen versperrt mir die Sicht. Während ich mich umsehe, stecke ich den Autoschlüssel ins Schloss, um meine alte Karre aufzuschließen. Da stutze ich, denn ein blütenweißer Umschlag steckt an der Autotür. Als ich danach greifen will, rutscht er nach unten und segelt auf den Boden. Im verdreckten Schnee bleibt er stecken.

Ohne weiter nachzudenken, hebe ich den Umschlag auf. Mit einem beklemmenden Gefühl in der Brust lasse ich mich in den Sitz fallen. Der Schnee, der noch an meinen Turnschuhen hängt, schmilzt auf der Fußmatte und hinterlässt dort nasse Stellen.

Ich gucke aus dem Fenster. Auf der Suche nach demjenigen, der mir den Umschlag ans Auto geklemmt hat. Mein Blick bleibt an dem Fremden hängen. Seine Mundwinkel zucken, er hebt die Hand und ... winkt mir?

Mir bleibt keine Zeit, um zu reagieren, denn da dreht er sich um. Erneut versperrt mir ein Wagen die Sicht. Als dieser vom Parkplatz gefahren ist, ist der Typ verschwunden.

Einen Moment bleibe ich reglos sitzen, bis ich das blütenweiße Papier schließlich in meinen Händen drehe. Ivy Hartmann steht in Druckbuchstaben auf dem Umschlag. Kein Absender und auch keine Adresse des Empfängers, einfach nur mein Name. Die Angst kriecht meinen Nacken hoch. Fieberhaft überlege ich, wer dahinterstecken könnte.

Mir fällt nur eine Möglichkeit ein, dieser Frage auf den Grund zu gehen. Ich werde den Umschlag öffnen müssen. Unsauber trenne ich das Kuvert mit einem Finger auf.

Sehr geehrte Ivy Hartmann,

es ist uns eine Ehre, Sie in unserem Verein begrüßen zu dürfen. Die AoLBC bittet darum, sich im Laufe der nächsten Woche in der Elisenstraße 12 einzufinden, um sich bei uns einzuschreiben und sich Ihren Diensten zu verpflichten.

Wir erwarten von Ihnen, dass sie erscheinen. Unsere Türen stehen täglich und zu jeder Zeit für Sie offen, sodass Sie einen geeigneten Termin zur Anmeldung finden werden. Bringen Sie diesen Brief sowie Ihren Ausweis mit, damit wir sichergehen können, dass Sie diejenige sind, für die Sie sich ausgeben.
Weitere Informationen werden Sie vor Ort erhalten.

Mit freundlichen Grüßen

i. A. Mrs. Walsh (Assistentin der Geschäftsführung)

Irritiert starre ich auf die Buchstaben. Wieder und wieder lese ich die Worte, sodass ich den Text nach kurzer Zeit auswendig kann.

Dann fische ich in meiner Jackentasche nach meinem Handy, öffne die Suchmaschine und überprüfe, ob es den Verein überhaupt gibt. Davon gehört habe ich nämlich noch nie.

Kein Treffer, zeigt mein Smartphone an und bestätigt somit meine Vermutung, dass die ganze Angelegenheit nur ein blöder Scherz ist. Doch warum stellen sich mir die Nackenhaare auf?

Aus irgendeinem Grund bin ich mir sicher, dass der Typ von vorhin den Brief an mein Auto gesteckt hat. Es kann kein Zufall sein, dass er ausgerechnet so lange auf dem Parkplatz gewartet hat, bis ich den Brief gefunden hatte, und danach verschwunden ist. Und trotzdem ...

Genauso gut könnte er ein Unbeteiligter sein, der zufällig zur falschen Zeit am falschen Ort war und sich deswegen in meinen Augen verdächtig gemacht hat.

Ich stopfe Brief und Umschlag zurück in meine Tasche, die ich im Fußraum des Beifahrersitzes verstaue. Ich sollte mich beeilen, um zur Villa zu kommen. Ansonsten macht mir mein Großvater die Hölle heiß.

Genervt starte ich den Wagen und lenke ihn auf die Straße.

Ich halte mich exakt an Geschwindigkeitsbeschränkungen und fahre so übervorsichtig, dass Fenja mich bestimmt auslachen würde.

AoLBC, was soll das überhaupt heißen? Mit der festen Überzeugung, dass es nichts bringt, sich jetzt darüber den Kopf zu zerbrechen, will ich die Heizung des Wagens einschalten. Es ist verdammt kalt. Fast könnte man meinen, hier im Auto ist es noch einige Grad kälter als an der frischen Luft. Ich beuge mich ein Stück vor. Da fällt mir ein, dass die Heizung ja kaputt ist.

Frustriert richte ich den Blick zurück auf die Straße und erstarre. Eine dunkle Gestalt huscht mitten über die Fahrbahn, nur wenige Meter von mir entfernt. Genau auf meiner Spur bleibt sie stehen, bereit, von mir erfasst zu werden. Ich versuche auszuweichen.

Mit quietschenden Reifen schlingere ich über die Landstraße, geradewegs auf einen Baum am Rande der Fahrbahn zu. Hektisch reiße ich das Lenkrad herum, will dem Baum ausweichen. Der Wagen dreht sich mehrfach, ich verliere die Orientierung. Mir bleibt nichts anderes übrig, als das Auto zu stoppen. Also steige ich auf die Bremse. Der Wagen bockt. Unter mir kracht es in der Karosserie, ich halte nur noch das lose Lenkrad in beiden Händen. Meine Finger schließen sich wie Schraubstöcke darum.

Ich werde gegen diesen Baum donnern, zerdrückt werden; ich werde ...

Der Wagen landet mit Wucht im Graben. Ich bin nicht darauf vorbereitet, sodass ich nach vorne geschmissen werde. Ein Glück, dass wenigstens der Anschnallgurt hält. Er bohrt sich in meinen Oberkörper, sodass mir kurz die Luft wegbleibt. Dann folgt ein dumpfer Schmerz. Das Atmen tut weh, meine Brust ist zu eng. Heiße Tränen steigen mir in die Augen. Ich lebe, aber für einen flüchtigen Moment sah es nicht danach aus.

Meine Knie zittern wie verrückt, von meinem rasenden Herzen einmal ganz zu schweigen. Angstschweiß steht mir auf der Stirn. Fahrig wische ich ihn weg, lasse mich tief in den Sitz sinken und schleudere das Lenkrad von mir.

Habe ich jemanden überfahren? Ich blicke mich um. Der Schatten ist verschwunden. Ich selbst hänge mit einem kaputten Wagen im Graben, mit der Kühlerhaube nur wenige Zentimeter vom Baum entfernt. Die Reifenspuren sind auf der schneebedeckten Straße noch deutlich zu erkennen. Der eisige Schnee hat meine Schlitterpartie anscheinend noch verstärkt.

Was war das gerade? Ein Fußgänger? Ein Radfahrer? Oder doch ein Tier? Es fällt mir schwer, einen klaren Gedanken zu fassen.

Mühsam schäle ich mich aus meinem Sitz und steige aus. Mit langsamen Bewegungen suche ich die Gegend nach der Ursache des Aufpralls ab. Ich drehe mich ein ums andere Mal um die eigene Achse. Mein kalter Atem vernebelt mir die Sicht. Ich entdecke Fußspuren, die nicht meine eigenen sind, und gehe neben ihnen in die Knie.

Also doch ein Mensch! Aber wer traut sich bei diesen Temperaturen ohne Schuhe auf die Straße? Denn die Spuren sehen aus, als sei jemand barfuß über die Straße gelaufen. Ich schüttele den Kopf, was das Pochen hinter den Schläfen verstärkt. Mit einer Hand stütze ich mich am Boden ab, bis mir nicht mehr schwarz vor Augen ist.

Schließlich hat sich mein Herzschlag so weit beruhigt, dass ich es mir zutraue, nach Hause zu laufen.

Mindestens dreimal muss ich zum Wagen zurückkehren, weil ich meine Tasche vergessen habe und sie dann wieder nicht mitnehme. Ich stehe komplett neben mir.

Mit der Tasche über der Schulter mache ich mich auf den Weg. Es sind nur noch wenige hundert Meter. Immer wieder muss ich anhalten, mich ein ums andere Mal beruhigen. Mechanisch setze ich einen Fuß vor den anderen. Das Laufen wird zum Automatismus. Mein Hirn ist wie leergefegt.

Aus einem nahen Waldstück höre ich ein schrilles Kichern, bei dem sich mir die Nackenhaare aufstellen.

Ich drehe mich nicht um, sondern laufe einfach weiter.

3

Nach zehn Minuten komme ich in dem Stadtteil an, in dem nur die Reichsten der Reichen wohnen. Riesige Grundstücke mit prächtigen und herrschaftlichen Villen, die jeweils von einer Mauer oder Zäunen umgeben sind, erstrecken sich die Straße entlang. Großvaters Villa ist eine der ersten, wenn man die Straße hochgeht. Eine Überwachungskamera folgt meinen wackeligen Schritten über den Kiesweg.

Mit einem mulmigen Gefühl in der Magengegend steige ich die wenigen Stufen zu der großen Eingangstür hinauf. Ich vergesse, dass ich den Hausschlüssel in der Tasche bei mir trage, und klingele.

Mein Großvater öffnet, mustert mich eine Weile. Sein knochiger Finger schnellt zu meiner Schläfe vor. Als er den Finger begutachtet, ist dieser voller Blut. Ich sinke gegen den Türrahmen.

„Was ist passiert?“ Seine Stimme klingt gleichermaßen alarmiert und vorwurfsvoll.

„Autounfall“, quetsche ich das Wort an dem Kloß in meiner Kehle vorbei.

Vielleicht bilde ich es mir nur ein, doch mein Großvater versteift sich augenblicklich. Er strafft seine Schultern und starrt mich an. Offensichtlich fehlen uns beiden die Worte. Erstaunlich schnell reimt er sich das Geschehene zusammen.

„Ich werde den Abschleppdienst rufen und den Wagen verschrotten lassen“, sagt er mehr zu sich selbst als zu mir.

Schwankend schiebe ich mich an ihm vorbei in die Eingangshalle mit dem Marmorboden. *War ja klar, dass er die Chance nutzt, den Wagen loszuwerden. Arme Fenja ...*

„Ich möchte auf mein Zimmer“, stammele ich, bereue es jedoch, sobald ich es betrete.

Die Emotionen, die sich im Laufe des Tages aufgestaut haben, drohen, mich zu übermannen. Erst der Fremde, dann der Brief und vorhin der Unfall. Maßlos erschöpft sinke ich auf mein Bett und lasse die Schultasche von meiner Schulter gleiten. Dabei reißt sie einen Stapel Blätter vom Schreibtisch, die sich flatternd auf dem Boden ausbreiten. Ich habe keinen Nerv dafür, sie jetzt aufzuheben.

Auf der Suche nach ein wenig Trost taste ich nach dem Medaillon um meinen Hals. Zwei Blutstropfen landen auf meinem rechten Oberschenkel, doch ich ignoriere sie. Ich möchte das Medaillon öffnen, aber meine Finger zittern so sehr, dass ich eine Faust machen muss, um sie zur Ruhe zu bringen. Tränen rinnen mir über die Wangen. Als ich nach einem Taschentuch suche, landet mein Blick auf der Schachtel mit dem eingravierten Efeublatt. Schlicht und einfach steht sie auf meinem Nachtschränkchen. Gerade will ich danach greifen, da geschieht etwas Eigenartiges.

Ich spüre ein Kitzeln an den Fingerspitzen. Irritiert reibe ich sie mit der linken Hand, um das Gefühl loszuwerden. Stattdessen verstärkt es sich und wird zu einem regelrechten

Pochen. Dann sehe ich ein grellgrünes Efeublatt, das sich zwischen meinen Fingern in die Höhe schlängelt. Erst wickelt es sich um meine Hand, dann rankt es meinen Arm hinauf. Was auch immer gerade vor sich geht, ich verstehe es nicht. Mit weit aufgerissenen Augen verfolge ich den rankenden Efeu. Aus der Ranke sprießen neue Blätter. Erst sind sie klein, bis sie irgendwann deutlich größer sind als meine Handfläche. Als die Ranke meinen Hals erreicht, schnappe ich nach Luft, doch nichts geschieht. Das Blatt ist vorsichtig, tut mir nicht weh. Es bewegt sich sachte meine Wange hinauf und noch höher. Dann legt sich das oberste Efeublatt sanft auf die Platzwunde.

Ich verspüre ein leichtes Ziepen, das jedoch rasch nachlässt. Unendlich weich streicht das Blatt über meine Haut. Seine beruhigende Wirkung ist mächtiger als meine Angst. Das Zittern lässt nach. Mein Atem wird ruhiger.

Was passiert hier gerade? Warum fürchte ich mich nicht vor dem Efeu? Immerhin ist es aus meinen eigenen Fingerspitzen gewachsen. Ich kann mir nicht helfen, aber der Efeu löst etwas in mir aus, wovor ich keine Angst habe. Vielmehr nimmt er mir alle Sorgen. Ich fühle mich geborgen.

Plötzlich packt mich die Müdigkeit. Obwohl ich bereits kraftlos zwischen meinen Kissen liege, sinke ich noch weiter in mich zusammen. Es scheint, als seien die Efeublätter das letzte Aufbäumen gegen die Erschöpfung gewesen.

Von weit her höre ich die festen Schritte meines Großvaters auf dem Flur. Zielstrebig nähern sie sich meiner Zimmertür. Aus den Augenwinkeln beobachte ich, wie sich die Ranke zurückzieht und verschwindet. Noch bevor mein Großvater die Tür aufreißen kann, ist der Efeu bereits nirgends mehr zu sehen.

„Ivy, der Arzt sagte am Telefon, dass …“ Er unterbricht sich selbst, kaum dass er mich erblickt. Eine tiefe Furche entsteht zwischen seinen buschigen Brauen.

Meine Lider sind nur noch halb geöffnet, meine Gedanken bereits im Land der Träume. Über das merkwürdige Efeublatt kann ich mir nicht den Kopf zerbrechen.

Der Blick meines Großvaters schnellt zu meiner Schläfe. Geistesgegenwärtig lege ich meine Finger darauf. Die Stelle ist nicht feucht, sondern warm und trocken. Ich denke mir nichts dabei. Lieber schließe ich die Augen.

Ich trete fester in die Pedale und lehne mich in die nächste mörderische Kurve. Obwohl ich regelmäßig mehrmals die Woche Sport mache, spüre ich die Erschöpfung und Schwäche der letzten Tage nur zu deutlich. Die Räder meines Mountainbikes sind etwas zu platt, um optimal damit zu fahren, doch heute Morgen hatte ich nicht genügend Zeit, sie aufzupumpen.

Dass ich so plötzlich zur Radfahrerin degradiert werden würde, konnte ich schließlich nicht ahnen.

Zudem habe ich diesen Donnerstagmorgen gehörig verschlafen. Dennoch sehe ich aus, als hätte ich in der Nacht kein Auge zugetan.

Während ich mit meinem Rad endlich unser Stadtviertel verlasse, atme ich tief ein und aus. Ich wohne extrem weit von der Schule, meinen Freunden und dem Stadtzentrum entfernt. Manchmal beschleicht mich das miese Gefühl, auf einem anderen Planeten zu leben. Vielleicht sogar in einem anderen Sonnensystem.

Ruckartig reiße ich den Lenker herum, als ich etwas zu spät bemerke, dass ich an dieser Kreuzung rechts abbiegen muss. Vielleicht sollte ich den Straßenverkehr in Zukunft besser meiden. Ein Auto hupt und bremst mit quietschenden Reifen, doch ich blicke nicht zurück. Stattdessen wandern meine Gedanken schon wieder zu dem Fremden und dem ominösen Brief.

Ich kenne die *Elisenstraße*. Dort wohnt Flint. Doch soweit ich weiß, befindet sich dort nicht die Niederlassung irgendeines Vereins.

Ich achte darauf, nicht auf der gefrorenen Fahrbahn auszurutschen, jage einen kleinen Hügel hinab und lasse meine Haare im Wind wehen.

Weil ich bereits viel zu spät dran bin, trete ich noch stärker in die Pedale. Ich denke darüber nach, Flint zu fragen, ob ich heute nach der Schule mit zu ihm gehen kann.

Ich möchte herausfinden, was hinter dem Brief steckt. Dass es die AoLBC laut Internet gar nicht gibt, bestärkt mich nur noch mehr in meinem Vorhaben, der Elisenstraße 12 einen Besuch abzustatten. Ja, es könnte eine Falle sein. Doch wenn ich nie hingehe, werde ich nicht herausfinden können, ob nicht doch etwas anderes dahintersteckt.

Ich keuche und atme schwer, als ich das Schulgelände sehe, und gebe noch einmal Gas. Mein Puls ist auf 200. Meine Güte, wo ist meine Kondition geblieben? Meinen Großvater bei Gelegenheit zu fragen, ob er mir ein Auto schenken möchte, kann ich nach dem Unfall wohl vergessen. Doch auch ich selbst bin unschlüssig, ob ich mich überhaupt noch einmal hinters Steuer setzen möchte. Noch jetzt bekomme ich förmlich Schweißausbrüche, wenn ich nur an den Unfall zurückdenke.

In mir drängt alles danach, herauszufinden, wer mir vors Auto gelaufen ist. Bis dahin werde ich wohl oder übel mit dem Rad fahren müssen.

Fenja und Flint stehen vor dem Haupteingang und scheinen auf mich zu warten. Ansonsten ist der Schulhof wie leergefegt. Ich schließe das Rad ab und eile auf die beiden zu. Fenja umarmt mich stürmisch.

„Wurde aber auch Zeit, meine Liebe. Der Unterricht hat schon begonnen."

Flint blickt auf seine Armbanduhr, dabei fallen ihm die blonden Haarsträhnen in die Stirn. „Vor zehn Minuten," bestätigt er.

Fenjas Blick bleibt an meinem Fahrrad hängen. Misstrauisch kneift sie die Augen zusammen. „Nanu, du fährst freiwillig mit dem Fahrrad?"

„Nicht freiwillig." Ich schüttele den Kopf.

Ihr Blick wird fragend, während Flint die Hände in den Hosentaschen verschwinden lässt.

Ich hebe die Hände. „Okay, Leute. Ich bin zu spät. Aber wenn ihr wüsstet, was gestern passiert ist, würdet ihr mir verzeihen." Ich schiebe die Hände in die Jackentaschen und weiß nicht, wohin mit mir. „Ihr hättet ja auch nicht auf mich warten müssen."

„Spinnst du?"

Ich handele mir einen Seitenhiebt von Fenja ein. „Natürlich warten wir auf dich, beste Freundin, die du anscheinend vergessen hast, dass du dasselbe auch für uns tun würdest." Sie grinst mich an. Nebeneinander betreten wir das Schulgebäude. Flint, der auf der anderen Seite neben mir geht, schüttelt mit gerunzelter Stirn den Kopf. „Ihr seid verrückt, alle beide. Und natürlich wollen Fenja und ich so schnell wie möglich wissen, was los ist."

Anstatt ihnen sofort alles zu erzählen, mustere ich verstohlen meine Hände. Vom Efeu werde ich ihnen nicht erzählen. Das ist zu absurd. Unauffällig balle ich die Hände in meinen Jackentaschen zu Fäusten. Was mache ich, falls es nochmal passiert? Hier in der Schule.

Wir erreichen unseren Geschichtsraum. Ohne anzuklopfen, reißt mein bester Freund die Tür auf. Der Geschichtslehrer, der unnatürlich großen Wert auf Pünktlichkeit legt, blickt uns missmutig entgegen. Fenja und ich huschen mit einem „Entschuldigung" zu unseren Plätzen. Begleitet von zwanzig Augenpaaren setzen wir uns hin und kramen unsere Mäppchen hervor. Rahen und Callindra durchbohren uns fast mit ihren Blicken. Ich bekomme unwillkürlich das Gefühl, dass sie über alles, wirklich alles, Bescheid wissen.

Flint steht noch immer mitten im Raum. Seine Arme hängen an seinem schlaksigen Körper runter. Er starrt den Lehrer an, der mit erhobenen Brauen zurückstarrt und eine Erklärung zu erwarten scheint. An Flints Stelle hätte ich mich einfach entschuldigt und wäre dann zu meinem Platz gegangen. Doch da ich meinen besten Freund schon sehr lange kenne, weiß ich, dass er es nicht dabei belassen wird.

„Entschuldigung", stammelt er. „Aber es gab ein Problem."

„So? Welches denn?" Die Furchen auf der Stirn des Lehrers vertiefen sich.

„Ivy kam etwas zu spät. Sonst kommt sie nie zu spät. Aber das lag wohl daran, dass sie unerwartet mit dem Fahrrad zur Schule fahren musste", legt Flint los. Fenja stöhnt auf. Ihr verzweifelter Blick legt sich auf mich und ich kann nur den Kopf schütteln und versuchen, nicht zu grinsen. Ich kenne niemanden sonst, der mit Anlauf geradewegs in das nächste Fettnäpfchen läuft.

Trotzdem, möglicherweise aber auch gerade wegen seiner tollpatschigen und ehrlichen Art, ist er mein bester Freund.

Nicht zum ersten Mal hat er ungewollt die Aufmerksamkeit der ganzen Klasse auf sich gezogen. Alle beobachten ihn, alle außer mir. Mein Blick schweift wieder zu Rahen und Callindra, die gerade zu tuscheln beginnen. Rahen wirft ihre blondierten Haare über die Schulter und blickt schadenfroh in Flints Richtung. Ich hasse sie. Ich wette, dass sie jetzt einen fiesen Kommentar nach dem nächsten loslässt und sich köstlich über Flint amüsiert.

„Fenja und ich mussten selbstverständlich noch auf Ivy warten, weswegen auch wir zu spät sind. Das tut uns natürlich sehr leid“, beteuert Flint.

„Natürlich“, echot der Lehrer ein wenig sarkastisch. Die Schüler beginnen zu kichern und von Flints Hals aus wandern rote Flecken hinauf zu seinem Gesicht. Hektisch sieht er zu uns.

Da beginnen meine Fingerspitzen zu kribbeln, es kitzelt ein wenig. Schnell ziehe ich meine Hände vom Mäppchen zurück und lasse sie in meinen Jackentaschen verschwinden. Das Kribbeln weicht einem unangenehmen Taubheitsgefühl. Mit einem gründlichen Blick vergewissere ich mich, dass mich niemand ansieht. Vorsichtig ziehe ich meine Hände ein Stück aus den Taschen hervor. Doch ich habe Glück. Dieses Mal sind mir keine Efeuranken aus den Fingern gewachsen.

„Ich würde vorschlagen, du setzt dich jetzt auf deinen Platz, störst nicht weiter meinen Unterricht und du, Ivy“, der Lehrer dreht sich zu mir, „du solltest in Zukunft früher losfahren. Dann bist du vielleicht pünktlich und deine Freunde müssen sich nicht gezwungen fühlen, ebenfalls zu spät zum Unterricht zu erscheinen.“

Ich nicke der strengen Miene des Lehrers zu, während Flint sich auf den Platz neben Fenja fallen lässt und sein Gesicht mit seinen Händen bedeckt.

„Wie peinlich“, murmelt er. „Warum passiert mir das immer?“

„Flint Simon, würdest du die Freundlichkeit besitzen und den Unterricht nicht länger stören?“, donnert die Stimme des Geschichtslehrers postwendend los, sodass Flint zusammenzuckt und sich auf die Unterlippe beißt.

In der großen Pause steuern wir mit unseren voll beladenen Tabletts einen freien Tisch in der Schulmensa an. Sobald wir sitzen, erzähle ich meinen besten Freunden von den Ereignissen des letzten Tages. Ich berichte von dem verwirrenden Fremden, dem seltsamen Brief und dem Unfall, wobei ich ihnen erzähle, ich wäre einem Reh ausgewichen. Rückblickend könnte der Schatten natürlich ein Reh gewesen sein. Theoretisch hätte sich jedoch alles Mögliche dahinter verbergen können.

Fenja fällt beinahe in Ohnmacht, als sie von den Umständen des Unfalls erfährt. Flint starrt mich nur mit großen Augen an.

„Oh mein Gott,“ durchbricht irgendwann Fenja unser Schweigen. Sie betont jede einzelne Silbe.

Flint schüttelt fassungslos den Kopf und schiebt sich die nächste Gabel in den Mund. Lange kaut er darauf herum.

„Aber was stand denn in dem Brief?“ Fenja stützt ihre Arme auf dem Tisch ab und lehnt sich vor. Das macht sie immer, wenn sie etwas unbedingt wissen möchte. Mit verschränkten Armen lehne ich mich zurück. „Nichts.“ Ich weiß zwar nicht warum, aber ich halte es zu diesem Zeitpunkt für das Beste, wenn beide nichts von dem Inhalt des Briefes wissen. Sie sollen sich nicht unnötig sorgen, wenn ich diese merkwürdige Angelegenheit sowieso heute noch regeln werde.

„Nichts?“, wiederholt sie ungläubig.

„Ja. Nichts“, bestätige ich meine Lüge und komme mir dabei wie eine ganz furchtbare Freundin vor. Da bemerke ich wie Rahen am Nachbartisch zu uns hinüberschielt. Ungekonnt belauscht sie unser Gespräch. Offensichtlich überrascht sie, was ich erzähle, denn sie kneift die Augen zusammen, bevor sie sich ihrer besten Freundin zuwendet und wieder zu tuscheln beginnt. Genervt wende ich mich von ihr ab.

„Das kann ich mir kaum vorstellen.“ Auf Flints fragenden Blick hin fügt Fenja noch hinzu: „Ja, denkt doch einmal nach. Niemand würde für einen leeren Brief diesen Aufwand betreiben.“ In einer aufgebrachten Geste fuchtelt sie mit den Händen in der Luft herum.

„Ich habe es ja selbst kaum geglaubt, aber auf dem Papier stand nichts. Da war nicht einmal etwas mit Zitronensaft darauf geschrieben“, versuche ich meine Aussage zu bekräftigen.

Jetzt sieht Flint mich fragend an, während er noch immer kaut und Fenja giftige Blicke in Rahens Richtung abschießt.

„Du weißt schon, der Trick, bei dem man mit Zitronensaft etwas auf Papier schreibt und die Schrift beispielsweise mit einem Bügeleisen sichtbar machen kann“, erkläre ich.

„Ich mache mir solche Vorwürfe“, lässt Fenja da verlauten.

Ich blicke von meinem Teller auf. „Warum?“

„Wegen des Autos.“ Schuldbewusst knabbert sie an ihrer Unterlippe. „Wir hätten mit dir mitfahren sollen, dann wäre das alles vielleicht gar nicht passiert. In den letzten Tagen ist viel passiert, angefangen bei deiner Geburtstagsfeier. Du warst in

Gedanken vermutlich irgendwo anders. Wir hätten dich nicht allein lassen sollen."

„Ihr könnt doch nichts dafür." Mir bricht die Stimme, mein Hals ist staubtrocken angesichts ihrer Fürsorge.

„Aber ich habe das Gefühl, dass ich schuld daran bin." Über den Mensatisch hinweg greife ich nach ihrer Hand und drücke sie. Fenja blinzelt und sagt nichts mehr.

„Aber solltest du diesem Fremden noch einmal begegnen, dann sag uns sofort Bescheid", verlangt Flint, nachdem er seinen Bissen mit Wasser hinuntergespült hat.

„Mach ich", murmele ich lächelnd. Ich bin gerührt, dass sich meine Freunde solche Sorgen um mich machen. Das Kratzen in meinem Hals hält dennoch an.

Der Gong zum Nachmittagsunterricht ertönt. Alle Schüler um uns herum schieben ihre Stühle zurück, bringen ihre Tabletts zur Durchreiche und strömen aus der Mensa. Nur wir drei sitzen noch.

„Sah er gut aus?"

„Wer?", frage ich verwirrt und wende mich zu Fenja um.

„Na, der Fremde natürlich." Mit wackelnden Augenbrauen sieht sie mich an. Als Antwort auf ihre Frage zucke ich mit den Schultern, ertappe mich aber dabei, wie ich daran denke, dass er tatsächlich gut aussah. So weit man das eben beurteilen kann, wenn jemand eine verspiegelte Sonnenbrille trägt.

„Na ja, du kannst ja, wenn du ihm noch einmal begegnest, ein Foto von ihm machen und es mir zur Beurteilung schicken," schlägt sie vor. Dabei versucht sie, ernst zu gucken, doch ihre Augen strahlen und blitzen, so wie sie es immer tun, wenn Fenja die nächste Sensation wittert.

Gemeinsam bringen auch wir unsere Tabletts weg. Wir wollen nicht noch einmal an diesem Tag zu spät zum Unterricht kommen. Als wir vor dem Raum stehen, fällt mir etwas ein.

„Kann ich nach der Schule noch mit zu dir kommen?“, frage ich Flint und lasse es möglichst beiläufig klingen. „Wenn Fenja auch Zeit hat, dann können wir den ultimativen Plan schmieden, wie wir mit den seltsamen Ereignissen umgehen.“ Vielsagend blicke ich zu ihm hoch.

„Tut mir leid.“ Er schüttelt mit dem Kopf. „Heute geht leider nicht mehr, weil ich zum Schreibworkshop gehe. Nächste Woche findet die Preisverleihung statt, ihr wisst schon. Aber morgen könnt ihr gerne kommen.“

„Super“, meldet sich meine beste Freundin zu Wort. „Vielleicht ist Ivy dem geheimnisvollen Typen bis dahin ja noch einmal begegnet. Dann lohnt sich das Treffen erst richtig.“

Meine Freunde lachen, aber ich kann nur daran denken, dass ich am liebsten so schnell wie möglich Licht ins Dunkel bringen möchte. Immerhin kenne ich den Inhalt des Briefes. Außerdem wäre ich gerne so lange wie möglich von der riesigen, kalten, ungemütlichen Villa, die sich mein zu Hause nennt, ferngeblieben.

Während alle Schüler tratschend den Raum betreten, entgeht mir nicht, dass Rahen mir misstrauische Blicke zuwirft. Ihr verhohlenes Interesse an mir lässt mich vermuten, dass diese nichts mit unserer „Feindschaft“ zu tun haben.

4

Als ich nach der Schule zu Hause ankomme und erneut den langen Weg mit viel Anstrengung und Schnaufen absolviert habe, beginne ich, die Villa zu durchsuchen. Der Traum von letzter Nacht geht mir nicht mehr aus dem Kopf. Der Gedanke ist verrückt, aber vielleicht ist er sogar eine Botschaft gewesen. Vielleicht glaube ich aber auch nur daran, weil ich es mir so sehr wünsche.

Es ist nur ein Gefühl, aber ich glaube, dass ich den Laptop irgendwo im Haus finden werde. Die Schachtel aus dem Traum gleicht der, die ich von meinem Großvater zum Geburtstag erhalten habe, bis auf das letzte Detail. Doch wie hat es meine Schachtel in den Traum geschafft? Welche Schlüsse soll ich daraus ziehen? Als Nebenwirkung meiner Suche erhoffe ich mir, mich mit meinen Nachforschungen von dem geheimnisvollen Brief und dem Fremden ablenken zu können. Unglücklicherweise geistern beide durch meine Gedanken.

Ich starte im Erdgeschoss. In der Küche wuselt die Haushälterin meines Großvaters herum, sodass ich schnell ins überdimensionale Esszimmer hinüberhusche. Dieses wurde für meine Geburtstagsfeier in den herrschaftlichen Festsaal umgewandelt. Nun steht lediglich eine lange Tafel in der Mitte.

In allen vier Ecken stehen Leitern der Arbeiter, die einen neuen zentnerschweren Kronleuchter aufhängen. Hoch oben an der Decke klafft ein Loch, aus dem der Leuchter herausgebrochen ist. Und auch der Parkettboden musste nach dem heftigen Einschlag erneuert werden.

Weil es mir auch hier zu voll ist, um ungestört stöbern zu können, gehe ich ins Pokerzimmer meines Großvaters. Hier trifft er sich mit anderen spielfreudigen Reichen. Doch nicht nur das. Es ist einer der Räume, in denen ich ihn häufig verschwinden sehe. Was läge also näher, als dass er hier etwas versteckt hält, was ich nicht in die Finger bekommen soll. Doch schon nach wenigen Minuten wird mir klar, dass ich hier genauso wenig finden werde wie im übrigen Erdgeschoss. Schließlich marschiere ich an der Kellertreppe vorbei und finde mich vor der größten Tür innerhalb der Villa wieder.

Die breite Holztür mit den schmiedeeisernen Beschlägen ist weitaus älter als alle anderen Einrichtungsgegenstände in dieser Villa. Tiefe Kerben sind in das Holz des Türrahmens geschnitzt, als habe jemand die Größe eines Kindes markiert. Zudem ist sie, von allen Türen, durch die ich heute gegangen bin, die einzige, die geschlossen ist. Meinem Großvater bin ich bis jetzt noch nirgends begegnet, weshalb ich vermute, dass er sich in einer der oberen Etagen aufhält. Dennoch drücke ich die Klinke vorsichtig herunter. Eigentlich wollte ich die Tür nur einen Spalt weit öffnen und erst einmal nur hinein spähen, aber sie schwingt ganz von allein auf und gibt den Blick auf die imposante Bibliothek frei.

Ich kenne die Bibliothek gut. Dennoch kann ich meine Faszination ein ums andere Mal nicht verbergen. Mit großen Augen starre ich die schier endlosen Reihen hoher Regale an. Unzählbar viele Bücher stehen darin. Das alles zusammen wirkt irgendwie altertümlich.

Durch die schweren Vorhänge, die mir so dick wie Mauern vorkommen, fällt nur spärliches Licht zwischen die Regalreihen.

Ich löse mich von meiner Stelle im Türrahmen, gehe den Gang entlang, lasse meine Finger an den Buchrücken entlangstreifen und atme den Geruch von Papier ein. Mein Großvater hatte schon immer einen Hang zu Büchern aller Art. Es ist vermutlich die einzige Eigenschaft, die ich mit ihm teile.

Einige der Bücher sehen noch älter aus als die Bibliothek selbst. Manchmal sehe ich zur Decke hinauf, rate, bis zu welchem Stockwerk sie reicht und wie viele Werke in diesen endlos hohen Regalen stehen. Doch schon bald schwirrt mir der Kopf und ich gebe meine Überlegungen auf.

Am Ende des Ganges steht ein hölzerner Schreibtisch mit Löwentatzenfüßen. Auf ihm stapeln sich mehrere Gegenstände. Ich nähere mich dem Schreibtisch, als meine Finger plötzlich über eine leere Stelle im Regal fahren. Das ist seltsam. Großvater würde nie eine Lücke offen lassen. Jedes Buch kommt zurück an seinen Platz, bevor die Bibliothek verlassen wird, das ist eine eiserne Regel.

Ich setze meinen Weg fort, bis ich direkt vor dem Schreibtisch stehe, auf dem ich unter anderem ein Buch entdecke, das sofort meine Aufmerksamkeit erregt.

Der Einband ist alt. In geschwungenen Lettern steht der Titel darauf: ‚Tristan und Isolde'. Kurz stolpert mein Herz, denn ich kenne die Geschichte, weil meine Mutter sie mir früher mehrfach erzählte. Selbst habe ich das Buch nie gelesen. Doch jetzt steigen Erinnerungen in mir auf. Bilder kommen mir in den Sinn. Ich sehe meine Mutter, die auf einem Sessel sitzt. Ich habe es mir auf ihrem Schoß bequem gemacht und lausche ihren Worten, die ich auf den Seiten nicht entziffern kann, weil ich noch so klein bin. ‚Tristan und Isolde' war Mamas Lieblingsgeschichte, was ich nie ganz verstanden habe. Die mittelalterliche Liebesgeschichte der beiden Protagonisten hatte mich nie sonderlich interessiert. Viel schöner hatte ich es gefunden, Mamas Stimme zu lauschen, wenn sie die Geschichte erzählte. Ich erinnere mich daran, dass wir manchmal sogar vor dem Kamin in genau dieser Bibliothek saßen.

Ich nehme das Buch in die Hand. Es wiegt leicht und ist von einer dünnen Staubschicht bedeckt, die ich mit den Fingern wegwische. Es riecht nach Leder und etwas anderem, das ich nicht benennen kann. Als ich das kleine Efeublatt auf dem Buchrücken entdecke, denke ich, dass das nur ein Zufall ist.

Mit zittrigen Händen hebe ich den Buchdeckel an, zögere einen Moment, dann schlage ich das Buch ganz auf. Kaum lege ich meine Finger auf die Seiten, verschwimmen die Buchstaben vor meinen Augen. Die schwarze Tinte löst sich von den verblichenen Seiten. Die Buchstaben wirbeln umeinander, ordnen sich neu, bis sie einen großen Mann mit einem Schwert in der Hand formen. Ich stoße einen spitzen Schrei aus und reiße die Finger von den Seiten. Fast zeitgleich sind die Buchstaben wieder an Ort und Stelle. Ich klappe das Buch zu, reiße eine Schreibtischschublade auf und schmeiße es hinein. Jetzt ist es weg.

Das, was bleibt, sind stechende Schmerzen in meinem Hinterkopf und die Angst davor, nicht mehr alle Tassen im Schrank zu haben.

Mit klopfendem Herzen stehe ich da, lasse die Schublade nicht aus den Augen und befürchte, jeden Augenblick zusammenzubrechen.

„Ivy?“

Die schneidende Stimme meines Großvaters geht mir durch Mark und Bein, obwohl sie aus einer anderen Etage zu kommen scheint. Unfähig, klar zu denken, vergewissere ich mich, dass die Schublade mit dem Buch wirklich geschlossen ist, und werfe noch einen letzten Blick auf den Schreibtisch.

Mir stockt der Atem. Meine Schachtel, mein Geburtstagsgeschenk. Das Kästchen liegt einfach so da. Mir kommt es vor, als sei es aus dem Nichts erschienen.

Spinne ich oder ist mein Großvater ein gemeiner Dieb?

Ich ergreife die Schachtel und spurte aus der Bibliothek.

Mein Großvater darf nicht wissen, was passiert ist. Sofort schwirrt mir Regel Nr. 1 durch den Kopf: Kein Gegenstand darf die Bibliothek verlassen. Bisher habe ich all diese Bestimmungen für Alt-Männer-Gerede gehalten. So langsam kommt mir aber der Verdacht, dass sie alle den einen Zweck haben: Etwas zu verheimlichen. Aber was?

Im Eiltempo will ich die Villa verlassen. Im Flur stopfe ich die Schachtel in meinen Rucksack, der neben einer Kommode lehnt, und werfe ihn mir über die Schulter. Als ich die Haustür aufreiße, höre ich Schritte auf der Kellertreppe. Mir bricht der kalte Schweiß aus, als mir einfällt, dass ich die Tür zur Bibliothek offengelassen habe.

„Mist“, fluche ich, aber das kann ich jetzt nicht mehr ändern. Möglichst leise lasse ich die Haustür hinter mir ins Schloss fallen. Dabei hoffe ich, dass das Hämmern der Arbeiter im Esszimmer das Geräusch übertönt. Hektisch sprinte ich zwischen den geometrisch angeordneten Beeten im Vorgarten hindurch.

Zum Glück steht mein Rad immer noch vor der Garage, wo ich es nach der Schule habe stehen lassen. Ich trete fest in die Pedale und rase die Auffahrt herunter. Der Rucksack, in dem ich neben der Schachtel auch den Brief der ominösen AoLBC trage, drückt gegen meinen Rücken.

Ich passiere das Grundstückstor, ziehe eine Spur durch den frisch gefallenen Schnee. Dann rase ich die Straße entlang, bilde mir ein, dass mein Großvater mich wegdüsen sieht und eins und eins zusammenzählt. Vermutlich wird er dann einen so roten Kopf bekommen, dass ihm das Blut in den Ohren rauscht.

Schon jetzt weiß ich nicht mehr, ob es richtig war, ihm diesen Gegenstand zu entwenden. Wenn er es überhaupt war, der die Schachtel in der Bibliothek hat stehen lassen.

Ich verfluche meinen Großvater dafür, dass er immer nur an sich denkt und mir möglichst alles vorenthält, was auch nur im Entferntesten mit Mama zu tun hat. Dann besinne ich mich jedoch eines Besseren und konzentriere mich darauf, was ich nun machen kann.

Noch eine Weile folge ich der Straße, bevor ich schließlich in eine mir vertraute Wohngegend abbiege. Automatisch halte ich nach Flints Haus Ausschau. Dabei starre ich etwas zu lange auf sein Zimmerfenster, hinter dem Licht brennt, sodass ich an der Hausnummer 12 vorbeifahre.

Ich drehe um. Mein Rad verliert an Geschwindigkeit, als ich nicht mehr in die Pedale trete. Ich bleibe vor dem Tor zur Nummer 12 stehen. Um ehrlich zu sein, habe ich dieses Grundstück nicht mit der Adresse in Verbindung gebracht.

Doch als Kinder sind Flint, Fenja und ich oft an diesem Tor vorbeigekommen. Wir nannten das Haus, dessen weiß gebröckelte Fassade sich manchmal zwischen dem Blattwerk der Bäume zeigte, das Hexenhaus.

Ich hoffe sehr, dass ich dort jemanden finde, der mir alles erklären kann. Dass mir plötzlich Efeu aus den Fingern wächst und mir Buchstaben von den Seiten entgegenkommen, ist nicht normal. Jeden anderen Menschen würde das in die Notaufnahme eines Krankenhauses treiben. Warum ausgerechnet mich nicht?

5

Als ich direkt vor der Elisenstraße 12 vom Rad steige, halte ich die Luft an. Das Herz schlägt mir hart gegen den Brustkorb, während ich das Mountainbike die letzten Schritte bis zum Tor schiebe. Auf ein Messingschild ist in schwarzer Farbe die 12 gepinselt, doch die Zahl ist beinahe vollständig von Efeu überwuchert. So auch der Rest des schmiedeeisernen Tores.

Ich schaue den von Unkraut übersäten Weg inmitten eines verwilderten Gartens an, der irgendwo zwischen dutzenden, dicht aneinander stehenden Bäumen verschwindet. Das Grundstück passt nicht in diese Gegend. Es ist ein beinahe unheimlicher Ort inmitten von fröhlich farbigen Ein- oder Mehrfamilienhäusern. Flint wohnt nur wenige Meter weiter auf der anderen Straßenseite. Kurz halte ich nach seinem Elternhaus Ausschau, drehe mich dann aber wieder um. Ich muss schlucken. Alles an dem Grundstück sieht unbelebt, gar verfallen aus. Man muss wirklich zweimal hinsehen, um überhaupt das Haus weiter hinten erahnen zu können.

Ich lehne mich vor und starre einen Moment über das verschlossene Tor in den kleinen Wald. Alles in mir sträubt sich dagegen, auch nur einen weiteren Schritt nach vorne zu machen. Ich inspiziere das Schild mit der Hausnummer etwas genauer.

Darunter erkenne ich eine Klingel, doch ein Namensschild? Fehlanzeige.

Dass ich neugierig bin, warum ich hierher kommen sollte und wer dieser Typ vor der Schule war, der offensichtlich sicherstellen wollte, dass ich diesen Brief bekam, kann ich nicht leugnen.

Doch ich gebe meiner Neugier nicht nach und schiebe mein Rad wieder vom Grundstück herunter. Dies könnte eine Falle sein. Verrückte oder Perverse könnten dahinter stecken. Ich meine, ein Mädchen, das allein der Anweisung eines mysteriösen Briefes folgt und in ein scheinbar unbewohntes Haus zu Fremden läuft ... Das ist genau das, wovor Eltern ihre Töchter immer warnen. Das Mindeste wäre gewesen, jemandem mitzuteilen, wohin ich fahre. Wer auch immer sich diesen Schwachsinn ausgedacht hat, ich werde ihm nicht den Gefallen tun und dieses Haus betreten. Oder soll ich doch?

Da höre ich ein Auto auf mich zukommen. Aus meinen Überlegungen gerissen, hebe ich den Blick. Er bleibt an einem kleinen, roten Sportwagen hängen, der zielsicher auf den Parkplatz vor dem Haus mit der Nummer 12 fährt. Erst bin ich erschrocken und will mich schon auf mein Fahrrad stürzen, um zu flüchten, doch bei der Vorstellung, ergebnislos gehen zu müssen, halte ich inne.

Möglicherweise wird der Fahrer oder die Fahrerin mir meine Fragen beantworten können. Soll er oder sie mir doch erklären, warum ich mich bei einem Verein, den ich nicht kenne, melden soll, um meine Dienste anzutreten. Welche Dienste sollten das überhaupt sein? Kochen, putzen, strippen? Ich gebe einen Laut von mir, der einem humorlosen Auflachen ähnelt.

Ich bleibe also stehen und warte ab. Wenn es eng wird, kann ich immer noch um Hilfe schreien oder zu Flint flüchten.

Kaum öffnet sich die Beifahrertür, ziehe ich entsetzt die Luft ein. Will Rahen mir etwa einen Denkzettel verpassen? Oder warum steigt gerade sie aus dem Auto, das vor dem Haus parkt, zu dem ich bestellt wurde? Lässig wirft sie ihre langen, blondierten Haare nach hinten. Ihr herabwürdigender Gesichtsausdruck zeigt nur zu deutlich ihr Missfallen, mich zu sehen. Sie scheint etwas sagen zu wollen. Als sich jedoch die Fahrertür öffnet und der Fahrer aussteigt, kann ich nicht verhindern, ihn völlig perplex anzustarren, und auch Rahen verkneift sich ihren Kommentar. Es ist der Typ vom Parkplatz, dieses Mal ohne Sonnenbrille. Dafür aber sehe ich seine smaragdgrünen Augen, die mich geradewegs anfunkeln. Das wissende Lächeln auf seinen Lippen bringt mich zusätzlich aus dem Konzept. Rahen verdreht die Augen. Ausnahmsweise bin ich ihrer Meinung: Ich verhalte mich peinlich.

Was, bitteschön, ist hier los?

„Ich hätte nicht gedacht, dass du so schnell kommst“, sagt der Typ in meine Richtung. Gegen meinen Willen mag ich den rauen Klang seiner Stimme.

„Du bist mit *der* verabredet?“ Rahen schnappt nach Luft. Ihr Blick spricht tausend Worte.

„Du kennst sie also auch?“, fragt er leichthin, aber ich spüre, dass es ihm egal ist. Seine Augen sind immer noch auf mich gerichtet, sodass mir heiß und kalt zugleich wird. Ich bin unfähig, zu sprechen oder etwas Sinnvolles zu tun. Wegfahren wäre zum Beispiel eine gute Idee. Weshalb behauptet der Kerl überhaupt, mich zu kennen? Er hat mich erst einmal zuvor gesehen.

Unwillkürlich fahre ich mir mit der Hand durch die Haare, um sie etwas zu ordnen. Vom Fahrtwind sind sie genauso durcheinander wie mein Inneres in dieser Situation.

„Sag mir bitte, dass sich alles aufklärt und es kein dummer Scherz von euch war", murmele ich vor mich hin. Dabei komme ich mir unglaublich blöd vor.

„Tja", der Junge schließt die Tür seines Wagens und schließt ihn ab. „Kann ich. Hier bist du genau richtig, du wirst schon sehen."

Er fasst meinen Arm und will mich zum schmiedeeisernen Tor ziehen, da fauche ich ihn an: „Gar nichts werde ich sehen!" Ich reiße mich los. Nun, vielleicht habe ich ein wenig zu harsch reagiert, aber was bildet er sich auch ein?

„Elian, sag bloß, sie ist eine von uns", mischt sich Rahen unnötigerweise in unser Gespräch ein. Auch sie geht auf den Hauseingang zu, ignoriert mich dabei jedoch völlig.

Elian, also. Ich spreche den Namen in Gedanken aus und finde ihn schön. Aufs Äußere beschränkt passt er zu dem Menschen, der diesen Namen trägt. Allerdings wirkt seine Arroganz echt abschreckend.

„Ist sie." Er seufzt und fährt sich durch die dunklen Haare. Der Seitenblick, den er mir zuwirft, ist nur flüchtig. Doch darin liegt etwas Aufforderndes. Als wolle er, dass ich Rahen dies ebenfalls bestätige. „Alle sind sich sicher. Neben Werthers Nachfahren waren Isolde und ihre Nachfahren die einzigen, die wir in all den Jahren noch nicht identifizieren konnten", erklärt er ihr.

„Das weiß ich selbst. Und Werthers Nachfahren haben wir noch immer nicht finden können, aber das erklärt noch immer nicht, warum *sie*", anklagend zeigt sie mit einem Finger auf mich, „eine der Nachfahren ist."

„Du weißt, dass wir auch bei Werther auf einer heißen Spur sind. Bald haben wir alle zusammen“, entgegnet Elian, ohne auf ihre letzten Worte einzugehen.

„Warum hat mir niemand etwas gesagt? Verdammt, sie ist in meiner Klasse! Ich hätte es wissen sollen“, faucht Rahen, doch ihr Ärger prallt an Elian ab.

„Du weißt, dass wir so etwas immer erst klären, wenn die Person hier vor Ort ist“, erinnert er sie ruhig, aber bestimmt. Es wirkt.

Rahen schnaubt zwar verächtlich in meine Richtung, sagt aber nichts weiter.

„Wie auch immer“, kommentiert Elian ihre Geste und wendet sich von ihr ab. „Ivy wird jetzt mitkommen.“ Vielsagend hebt er die Augenbrauen. Ein deutlicher Hinweis darauf, dass er meinen Arm nicht noch einmal fassen wird, aber erwartet, dass ich ihm freiwillig folge.

Mir schwirrt der Kopf vor lauter Informationen, die ich zu ordnen und in einen größeren Zusammenhang zu bringen versuche. Doch es misslingt mir. Trotzdem bleiben die Fragen. *Wer ist Werther? Wovon haben sie bald alle zusammen?* Und vor allem: *Welche Rolle spiele ich bei alldem?* Und: *Was macht Rahen hier?*

Für einen Moment halte ich inne. Elian scheint meinen Namen tatsächlich zu kennen, ohne dass Rahen ihn verraten hat. Vielleicht spielt sie nur die Unwissende und sie hat das alles mit diesem Elian ausgeheckt, um mir eins auszuwischen. Ein Schauspiel, das sie vielleicht sogar filmt, um mich zu demütigen. Aber mein Bauchgefühl sagt mir, dass es sie ehrlich überrascht hat, mich hier zu sehen.

Ist also wirklich etwas an dieser fragwürdigen Geschichte dran? Bedeutet es, dass der Brief, dass alles hier, echt ist?

Die einzige Möglichkeit, dies herauszufinden, ist, Elian zu folgen.

Wieder bereue ich, niemandem mitgeteilt zu haben, wohin ich gefahren bin. Doch dann gebe ich mir einen Ruck, lege mein Rad auf die Auffahrt und folge dem Jungen.

Er drückt nicht die Klingel, sondern öffnet das Tor. Es quietscht leise. Nicht so, als wäre es seit Jahren von niemandem mehr geöffnet worden. Während ich Elian über den großflächig von allerlei Wildpflanzen bewachsenen Weg folge, blicke ich mich zu allen Seiten um. Ein Glück, dass es noch nicht komplett düster ist. Schon bei Tageslicht ist es unwahrscheinlich kühl zwischen den vielen Bäumen. Mit einem mulmigen Gefühl gehe ich hinter Elian auf ein weißes Häuschen zu. Es sieht alt aus und der Putz ist tatsächlich an einigen Stellen abgebröckelt, doch die Tür, auf die wir zugehen, ist ziemlich modern. Ebenso die Fenster. Und da wird mir bewusst: Hier lebt jemand. Auch wenn es von außen nicht so aussieht.

Elian betätigt eine Klingel neben der Tür, woraufhin ein Summen ertönt und das Schloss aufspringt. Hintereinander gehen wir einen hell gestrichenen Flur entlang. Steintafeln hängen in gleichmäßigen Abständen an den Wänden. Im Vorbeigehen will ich einen Blick darauf werfen, doch Elian versperrt mir die Sicht. So komme ich lediglich dazu, die steinernen Tafeln zu zählen. Es sind neun an der Zahl, doch hängen zwei der Tafeln etwas näher beieinander als die übrigen.

Rahen folgt uns mit etwas Abstand, scheint mich dabei jedoch nicht aus den Augen zu lassen. Ich kann ihre giftigen Blicke regelrecht spüren.

Als wir am Ende des Flures angekommen sind, klopft Elian fest gegen die angelehnte Tür. Ohne abzuwarten öffnet er sie und bedeutet mir, einzutreten. Aber irgendetwas hält mich zurück. Wenn ich da reingehe, werde ich vielleicht Teil von etwas, das ich nicht will. Am liebsten würde ich auf dem Absatz kehrt machen.

Elian scheint mir das anzusehen. Entnervt rollt er mit den grünen Augen, was mich ärgert. Er kennt mich nicht und er versteht mich nicht. Das hier ist allein meine Entscheidung. Und schlimmer noch: Ich werde niemandem von meinem heutigen Erlebnis berichten können, das weiß ich jetzt schon.

„Willst du hier Wurzeln schlagen?"

Ich sehe ihn an, frage mich, warum ausgerechnet die blöden Typen immer so gut aussehen müssen, und betrete den Raum.

Es ist ein Büro. Vor einem großen Fenster sitzt eine ältere Frau an einem Schreibtisch. Auf dem Schreibtisch steht ein riesiger Monitor, hinter dem sie beinahe vollständig verschwindet. Daneben steht ein museumsreifes Telefon mit Wählscheibe und langer Schnur. An den anderen beiden Wänden stehen Regale, die mit Ordnern vollgestellt sind.

Elian legt mir eine Hand auf den Rücken, um mich näher an den Schreibtisch zu schieben. Ich schüttele ihn ab, funkele ihn wütend an, und mache eigenständig die letzten Schritte. Kaum stehe ich vor dem Arbeitsplatz der älteren Dame, hebt sie ihren Kopf. Sie schiebt den Monitor zur Seite und betrachtet mich mit einem Anflug von Neugierde.

Ich kann nicht sagen warum, aber diese Frau sieht genau so aus, wie ich mir eine Sekretärin immer vorgestellt habe. Im Gegensatz zu den Sekretärinnen meiner Schule, hat sie nicht diesen verkniffenen Ausdruck um den Mund und auch keinen strengen Zopf. Stattdessen ist ihr Gesicht von zig weißen Löckchen umrahmt, die der einzige Hinweis auf ihr Alter sind. Ihre dunklen Augen blicken mich über den Rand ihrer Lesebrille hinweg an. Auf einem Schild unter dem Bildschirm steht: Mrs. Walsh/ Sekretärin. Ich erinnere mich an die Unterschrift am Ende des Briefes und mir wird schlagartig bewusst, dass dies ein erster Beweis dafür ist, dass die AoLBC tatsächlich existiert und mir niemand (auch nicht Rahen) einen Streich spielen wollte. Und dass ich vielleicht doch nicht den Verstand verliere.

Für einen kurzen Moment glaube ich, dass mir der Boden unter den Füßen weggezogen wird, so erleichtert bin ich. Schwindel ergreift mich, sodass ich mir an den Kopf fasse und schwankend nach Halt suche.

Schließlich lande ich in Elians Armen. Überrascht sehe ich zu ihm auf, bevor er mich zurück auf meine wackeligen Knie stellt. Schon hat er einen Schritt Abstand zwischen uns gebracht. Ich werde einfach nicht schlau aus ihm.

„Geht's wieder? Rahen, hol unserem Gast ein Glas Wasser", fordert er sie auf, ohne sie anzusehen. Rahen schnaubt nur, verschränkt die Arme vor der Brust und rührt sich keinen Zentimeter.

An den Stellen, an denen Elian mich berührt hat, kribbelt mein Körper. Ich versuche, mir davon nichts anmerken zu lassen. Stattdessen sammele ich mich wieder und konzentriere mich darauf, der Sekretärin zu verklickern, dass ich ganz sicher nicht diejenige bin, nach der in dem Brief verlangt worden ist. Entweder erfahre ich dann etwas mehr über die ganzen Umstände oder ich habe recht und gehe.

„Frau Walsh?", spreche ich die ältere Dame an.

„*Mrs.*, bitte", korrigiert sie mit strengem Blick. „Ich komme aus Irland."

Da ich nicht weiß, was ich mit dieser Information anfangen soll, nicke ich einfach. „In Ordnung. Mrs. Walsh?"

„Ivy Hartmann?", gibt sie so schnell zurück, dass ich nicht einmal mit der Wimper zucken kann. Perplex starre ich sie einen Moment lang an.

„Ja, die bin ich", erwidere ich mit belegter Stimme. „Aber es muss ganz sicher eine Verwechslung vorliegen."

„Tatsächlich?" Sie hebt eine Augenbraue. „Aber hast du nicht unseren Brief erhalten, den du mitbringen solltest, um dich in unserem Verein zu melden?"

Ihre Argumente laufen bei mir ins Leere, denn natürlich ist die Konsequenz daraus nicht automatisch, dass ich Teil eines Vereins bin, den es laut des Internets gar nicht gibt.

„Na komm schon, Ivy. Du hast doch einen Brief bekommen, oder?", mischt sich Rahen ein. „Deswegen warst du auf dem Schulhof, richtig?" Die letzte Frage geht an Elian, der stoisch an ihr vorbeisieht.

„Warum hast du Callindra dann gesagt, dass du ihn nicht kennst?", wundere ich mich.

Rahen schaut mich an, als habe ich nicht alle Tassen im Schrank. „Außenstehende dürfen nichts von unserem Verein wissen. Das kannst du dir schon einmal merken", belehrt sie mich. Doch ich lasse mich von ihrer schlechten Laune nicht anstecken. Vielmehr freue ich mich darüber, dass nicht jeden Augenblick Callindra auftauchen und ebenfalls miese Stimmung verbreiten wird.

„Also, hol endlich den Brief raus", zickt Rahen weiter.

Ich schiebe das Kinn vor und schneide eine Grimasse in ihre Richtung. Kindisch, ich weiß. Aber das musste gerade einfach mal sein. Der werde ich es beweisen!

Ich nehme den Rucksack von meiner Schulter, öffne den Reißverschluss und krame herum. Den Brief, den ich mitsamt Umschlag seit gestern bei mir trage, finde ich aber nicht. Unerklärlicherweise werde ich unruhig und sogar ein bisschen panisch. Er kann sich doch nicht in Luft aufgelöst haben. Ich stelle den kompletten Inhalt meiner Tasche auf den Kopf, bis ich endlich den Umschlag ertaste. Drei Augenpaare sind auf mich gerichtet, während ich das Papier mit geröteten Wangen herausziehe. So entgeht keinem von ihnen, dass dabei noch etwas anderes aus dem Rucksack fällt, was besser nicht herausgefallen wäre. Eine Sekunde zu lange starre ich auf die Schachtel mit dem goldenen Efeublatt auf dem Deckel, da schnellt Elians Hand vor und ergreift sie.

„Gib das zurück!", fordere ich, ahne jedoch, dass er nicht auf mich hören wird.

Mit großen Augen starrt er die Schachtel an, dann hebt er den Blick. Es scheint, als würde er mich plötzlich mit anderen Augen sehen. Als könnte er in mein tiefstes Inneres blicken und erkennen, wer ich wirklich bin. Sein Blick zieht mich in einen Bann, den weder er noch ich zu durchbrechen versuchen.

„Woher hast du das?" Rahens Stimme dringt in mein benebeltes Hirn und löst die Verbindung auf, kurz bevor ich in Elians Augen ertrunken wäre. Entschieden schüttele ich den Kopf. Einerseits, um klar denken zu können, andererseits, um Rahen klar zu machen, dass ich ihr diese Frage nicht beantworten werde.

„Wenn du es uns nicht sagen willst, dann werden wir dir auch nicht sagen, was es mit dieser Schachtel auf sich hat“, macht sie weiter.

„Gib mir einfach die Schachtel zurück“, bitte ich Elian, weil ich irgendwie darauf hoffe, dass er nicht so abgedreht ist wie der blonde Teufel neben ihm.

Zu meiner Überraschung schüttelt er den Kopf. Zusätzlich bringt er die Schachtel hinter seinem Rücken vor mir in Sicherheit. „Das kann ich nicht.“

„Warum nicht?“

„Weil diese Schachtel der Beweis dafür ist, dass du diejenige bist, nach der wir die ganze Zeit gesucht haben“, antwortet Mrs. Walsh, die das Geschehen bisher stumm beobachtet hat. Nun tritt sie hinter ihrem Schreibtisch hervor.

Ich möchte protestieren, erklären, dass diese Schachtel gar nicht mir selbst gehört. Vermutlich war es einmal die Schachtel meiner Mutter. Mein Blick rutscht auf das wunderschöne, eingravierte Efeublatt. Abrupt verharre ich in meiner Position.

Efeu.

Das eingravierte Blatt in meinem Medaillon. Das goldene Blatt im Inneren und die Gravur auf dem Deckel meiner Schachtel, die ich zum Geburtstag geschenkt bekommen habe. Und nicht zuletzt die Ranken an meinem Arm. Bei genauerer Überlegung fällt mir noch etwas ein. Sowohl Efeja, der Name meiner Mutter, als auch mein eigener tragen die Bedeutung dieser immergrünen Pflanze.

Es würde mich nicht wundern, wenn der Efeu ein Schlüssel zu dem größten Geheimnis meiner Mutter ist – zu ihr selbst.

Geistesgegenwärtig halte ich Mrs. Walsh den Umschlag hin,

den sie zwar annimmt, aber nicht öffnet. „Den brauche ich nicht mehr, Miss. Die Schachtel ist Beweis genug, dass du die Richtige bist. Von nun an wirst auch du in unserem Dienst stehen und den anderen Nachfahren helfen, wichtige literarische Werke zu retten", verkündet sie feierlich. Ihren glücklichen Gesichtsausdruck kann ich nicht erwidern. Ich kann meine Mundwinkel gerade noch dazu bringen, sich nicht zu einem verächtlichen Ausdruck zu verziehen. Hat diese Frau nicht mehr alle Tassen im Schrank?

„Ich soll *was*?"

Wichtigtuerisch tritt Rahen näher heran. „Hast du dich denn noch gar nicht gefragt, wofür AoLBC steht?"

Ausdruckslos blicke ich immer noch die Schachtel in Elians Händen an. Vorhin erst habe ich sie gefunden. Nun soll sie mir direkt wieder genommen werden? Ich kann Rahens überlegenes Getue gerade nicht ertragen und möchte möglichst verhindern, dass unsere Blicke sich treffen.

„Doch. Natürlich habe ich mich das gefragt", gebe ich zurück. Jetzt sehe ich sie doch an. Rahen wirft ihre langen Haare zurück, was Mrs. Walsh mit einem genervten Blick quittiert. „Nur bin ich bis jetzt noch nicht so weit mit den Ideen gekommen. Aber vielleicht willst du es mir ja verraten?"

Gekünstelt lächelt sie mich an. „Es steht für **A**ssociation **o**f **L**ost **B**ook **C**haracters."

Ich frage mich ernsthaft, ob auch sie gerade verrückt geworden ist – dürfte mich eigentlich gar nicht wundern. Willkommen im Club der Wahnsinnigen!

„Ihr meint das doch nicht ernst, oder?"

Mrs. Walsh wirft mir einen vernichtenden Blick zu.

„Aber natürlich meinen wir das ernst. Und du brauchst uns nicht für verrückt zu halten. Schon bald wirst du selbst ganz tief mit drin hängen. Immerhin bist du die Nachfahrin einer Buchfigur, deren Geschichte kurz vor dem Untergang steht und die nur von dir gerettet werden kann."

Natürlich, denke ich verwirrt, da räuspert sich Elian.

„Deren Geschichte nur von dir *und* Elian gerettet werden kann", berichtigt die ältere Frau.

Verzweiflung macht sich in mir breit. Das ist doch alles komplett verrückt und so bescheuert, dass es nicht wahr sein kann. Alle drei sehen mich an.

„A-aber das kann nicht wahr sein", stammele ich. „Über den Verein steht rein gar nichts im Internet."

Rahen wischt mein Argument mit einer abfälligen Handbewegung weg. „Glaubst du, Herr Bergmann wäre so verrückt, dass er etwas über den Verein ins Internet stellen würde? Er muss geheim bleiben. Das Internet und die neuen Medien stellen eine potenzielle Gefahr für uns dar. Und weil du ja jetzt zu uns gehörst, musst auch du die AoLBC geheim halten."

Am liebsten würde ich ihr sagen, dass ich bestimmt nicht von einer Buchfigur abstamme, ich kann nur mit einem mürrischen alten Großvater dienen. Andererseits wachsen aus mir Efeuranken und Buchstaben schwirren in unserer Bibliothek durch die Luft.

„Angenommen, es wäre so ..." Ich zögere. „Könnten deshalb auch seltsame Dinge passieren? Also wirklich seltsame ..."

Die drei wechseln Blicke. Mrs. Walsh sagt: „Das klären wir, wenn Herr Bergmann sich deinen Fall angesehen hat."

In dem Moment, in dem ich mich frage, wer dieser Herr

Bergmann ist, steht auf einmal ein Mann mittleren Alters mit Halbglatze und Hornbrille im Türrahmen. Ich bin völlig perplex. Ebenso irritiert blickt er mir entgegen. Seine buschigen Augenbrauen schnellen in die Höhe.

„Ist sie ...?“ Er spricht den Satz nicht zu Ende. Ich kann mir aber denken, was er fragen will: Ob ich diejenige bin, nach der sie gesucht haben.

„Ja, Herr Bergmann, sie ist es.“ Elian zeigt auf mich. „Darf ich vorstellen: Ivy Hartmann, Nachfahrin der Isolde.“

6

„Nein, nein, nein!“ Ich schüttele den Kopf, dass die Haare fliegen. „Das muss ein Missverständnis sein. Oder ein Scherz oder sowas. Oder mir hat jemand Drogen gegeben oder ... Sind wir hier bei ‚Versteckte Kamera‘?“

Genau, das wird es sein. Diese ganze Angelegenheit muss eben doch ein großer Scherz sein. Bestimmt hat Rahen mir irgendetwas gegeben. Irgendetwas, das Halluzinationen auslöst.

„Ivy, das ist kein Missverständnis.“ Herr Bergmann lächelt. „Und du bist auch nicht bei der ‚versteckten Kamera‘. Es ist genauso, wie Elian, Rahen und Mrs. Walsh es dir gesagt haben. Wir brauchen deine Hilfe.“

Ich starre ihn an, weiche zurück. Ich kann es nicht erklären, aber seine Worte wirken auf mich beruhigend. So wie das Efeu, das aus meinen Fingern wuchs. Es ist schlimm. Aber ich glaube ihm. Und das einzige, das ich jetzt noch will, ist einfach abzuhauen. Es war eine ganz blöde Idee, hierher zu kommen. Es hat mir nichts als Ärger und ein fürchterliches Gefühl eingebrockt.

„Am besten, du begleitest mich in mein Büro. Dann kann ich dir alle Fragen beantworten. Natürlich nur, wenn du möchtest.“ Herr Bergmann weist mit der Hand auf einen Nebenraum.

Nein, möchte ich nicht. Ohne weiter darüber nachzudenken,

greife ich nach der Schachtel in Elians Händen, reiße sie an mich und laufe an Herrn Bergmann vorbei aus dem Raum.

Während ich die Schachtel zurück in meinen Rucksack stopfe und auf den Ausgang zueile, stoße ich gegen einen Jungen, der mir im Flur entgegenkommt.

„'Tschuldigung", murmele ich, blicke kurz in sturmgraue Augen und laufe weiter.

„Gehört dir das Fahrrad vor dem Tor?"

Ich wirbele herum. Der Junge sieht ebenso gut aus wie Elian und ist mindestens genauso selbstbewusst. Seine Haut ist gebräunt, die blonden Haare von der Sonne ausgebleicht, als würde er auch im Winter auf Hawaii surfen gehen.

„Geht dich nichts an", fauche ich zurück, woraufhin die Mundwinkel des Jungen zucken. Bevor er zur nächsten Frage ansetzen kann, lasse ich ihn stehen.

Stinksauer stürme ich hinaus in die kühle Winterluft. Es ist bereits dunkel und noch einige Grad kälter geworden. Ich ziehe den Reißverschluss meiner Jacke bis unters Kinn, während ich im Affenzahn den Weg entlanglaufe. Erst als ich das Tor erreiche und es hinter mir zuknallen lasse, beruhigt sich mein Puls ein wenig. In dem Moment, in dem ich mein Rad von der Auffahrt schiebe und losfahren möchte, stelle ich fest, dass der vordere Reifen platt ist. Entnervt nehme ich den Reifen in Augenschein. Ein Stein hat sich in das Gummi gebohrt. Vermutlich war es das, was mir der Junge eben auf dem Flur sagen wollte.

„Mist", fluche ich vor mich hin, da vernehme ich ein Geräusch hinter mir. Ich drehe mich um und entdecke Elian, der das Tor wieder geöffnet hat, seinen Autoschlüssel in der Hand. Sein Blick haftet an mir, völlig ausdruckslos.

„Platter Reifen?“

Ich nicke, obwohl ich mir nicht sicher bin, ob er das im Dunkeln überhaupt erkennen kann. Warum taucht er gerade jetzt auf, wenn ich hilflos und schwach wirke?

„Soll ich dich nach Hause fahren?“, bietet er an.

Unschlüssig mustere ich ihn. Ich möchte diese Leute nicht mehr sehen und meine Mutter hat mir immer eingebläut, niemals mit Fremden mitzufahren, doch jetzt werfe ich diese Vorsätze schneller über Bord, als mir bewusst ist. Streng genommen ist er gar kein Fremder. Ich kenne schließlich seinen Namen. Und irgendetwas an ihm fühlt sich seltsam vertraut an. Außerdem komme ich mit dem platten Reifen nicht bis nach Hause, niemals. Also nicke ich, schiebe aber noch ein „Ja“ hinterher, falls er mein Nicken nicht erkennen kann.

Geschmeidig bewegt er sich durch die Schatten bis er vor mir steht, den Wagen öffnet und mir die Beifahrertür aufhält.

„Und mein Rad?“

„Das wirst du ein anderes Mal abholen müssen, es passt nicht in meinen Wagen. Wenn du es unbedingt mitnehmen möchtest, musst du es eben bis nach Hause schieben.“

Natürlich ist ihm bewusst, dass ich mich dazu verpflichte, zu diesem Haus zurückzukehren, wenn ich das Fahrrad zurücklasse.

„Sehr lustig“, gebe ich missmutig zurück, dann lasse ich mich in den weichen Autositz sinken, auf dem vorhin noch Rahen saß. Bei dem Gedanken an sie frage ich mich unwillkürlich, ob sie mit Elian zusammen ist. Vermuten könnte man es, aber im Haus haben sie sich ganz und gar nicht wie ein Paar verhalten. Unerklärlicherweise beruhigt mich dieser Gedanke. Ich muss mir verkneifen, ihn nach ihr zu fragen. In Gedanken verpasse ich mir einen Tritt, damit ich Überlegungen dieser Art nicht mehr anstellen werde.

Elian setzt sich hinters Steuer, lässt den Motor aufheulen und jagt den Wagen über die Straßen. Ab und zu fragt er mich, wo er langfahren muss. Auch das beruhigt mich, weil er mich anscheinend nur vor der Schule und nicht zu Hause aufgespürt oder bis dorthin verfolgt hat.

Nach der Hälfte des Weges sagt er: „Ich weiß, dass das alles etwas viel für dich sein muss, auch wenn ich mich nicht genau in deine Lage versetzen kann. Meine Großeltern gehörten bereits der AoLBC an. Du hingegen bist die erste von Isoldes Nachfahren, die wir aufspüren konnten."

„Das ist mehr als nur *etwas* viel für mich. Ich weiß überhaupt nicht mehr, was ich glauben soll und kann. Und ich habe das Gefühl, dass ich meine Mutter jetzt noch weniger kenne." Als Elian mir bei dem letzten Satz einen fragenden Seitenblick zuwirft, rudere ich jedoch sofort zurück.

„Egal." Das letzte, was ich jetzt will, ist über meine Mutter zu reden.

Kurz schweigen wir, bevor er erneut das Wort ergreift: „Hast du schon einmal in die Schachtel hineingesehen?"

„Ja. Mein Großvater hat sie mir auf den Wunsch meiner Mutter hin zu meinem 18. Geburtstag geschenkt. Heute stand sie dann auf seinem Schreibtisch in der Bibliothek. Ich kann nicht fassen, dass er sie mir geklaut hat. Ich meine, dann hätte er sie mir gar nicht schenken brauchen. Oder er hat es für sein Gewissen getan, mir die Schachtel vor zig Gästen zu überreichen. Um den Wunsch meiner Mutter zu erfüllen." Warum erzähle ich ihm das überhaupt? „Links", murmele ich, als wir die nächste Kreuzung erreichen.

„Du kannst sie mir geben, dann ist sie wenigstens vor deinem Großvater sicher. Aber ich kann mir schon denken, dass du das nicht tun wirst." Seine berechnende Arroganz nervt mich und so sehe ich aus dem Fenster hinaus. Lieber beobachte ich, wie die Landschaft an uns vorüberzieht. Nur noch wenige Minuten, dann bin ich zu Hause.

„Ist deine Mutter gestorben?" Diese Frage kommt etwas verspätet. Empathieloser geht es wohl kaum, aber ich nicke. Ich werde mir auf keinen Fall die Blöße geben und vor ihm weinen.

„Das tut mir leid." Komisch, aber seine Worte klingen keineswegs wie eine leere Floskel.

Erneut kann ich nur nicken. Wenn ich jetzt spreche, wird meine Stimme nach den ersten Silben brechen. Ich werfe ihm einen Seitenblick zu. Gerade lang genug, um mich zu vergewissern, dass seine Miene noch immer undurchdringlich ist. Aber nicht so lang, dass er sich angestarrt fühlt.

Für den Rest der Fahrt schweigen wir. Erst als Elian seinen Sportwagen auf die Auffahrt vor der Villa meines Großvaters lenkt, spricht er wieder. „Hier wohnst du?" Er scheint beeindruckt.

„Ich *darf* hier wohnen", erwidere ich. Dabei ist mir egal, was er über mich und meine Familie denken könnte. „Danke fürs Fahren", sage ich und steige aus. In der noch offenen Autotür verharre ich einen Augenblick. Tausend Gedanken schießen mir durch den Kopf. Egal wie arrogant Elian auch sein mag, er ist nicht verantwortlich dafür, dass ich ein Teil von alldem hier werden soll. Trotzdem wird es eine ganze Weile dauern, bis ich die Ereignisse des heutigen Tages verarbeitet habe und vielleicht glauben kann, was mir heute erzählt worden ist.

Ein Gutes hätte es, wenn ich die Schachtel Elian gebe. Ich werde meinen Großvater nicht anlügen müssen, wenn er nach ihr fragt. Mit dem besten Gewissen werde ich antworten können: „Ich habe sie nicht."

Kurzerhand nehme ich meinen Rucksack von der Schulter, greife hinein und ziehe die Schachtel hervor. Es fühlt sich komisch an, als ich den Deckel anhebe, der daraufhin aufklappt und den Blick auf den Inhalt freigibt. Ich sehe ein warmes, goldenes Leuchten, das verheißungsvoll glitzert. Wie ein Meer an Sternen funkelt mir das goldene Efeublatt entgegen. Verheißungsvoll und seltsam vertraut. Mein Herz pocht.

Wie beim ersten Mal verspüre ich den Drang, es zu berühren. Kaum habe ich das getan, beginnt meine Hand zu glühen. Erschrocken ziehe ich meine Fingerspitzen zurück. Ich ignoriere das kribbelnde Gefühl, das sich in meinem Körper ausbreitet, dasselbe Gefühl, das ich auch bei Elians Berührung verspürte.

Während ich zu verstehen versuche, was es damit auf sich haben könnte, schließe ich den Deckel. Elian sieht mich erwartungsvoll an. Es gelingt mir nicht, die Schachtel ins Wageninnere zu strecken.

„Ich kann sie dir nicht geben." Es ist nur ein Gefühl, aber etwas in mir drin sagt mir, dass das Efeublatt zu mir gehört.

„Verstehe." Doch er sieht nicht so aus, als wäre das so. Angestrengt stiert er an mir vorbei in die Düsternis.

Ich fühle mich nicht so gut mit meiner Entscheidung, wie es vielleicht sein sollte. Elian wirkt enttäuscht, was mich zweifeln lässt.

„Tut mir leid", murmele ich.

Eine Weile schweigen wir beide.

„War schön, dich kennenzulernen, Ivy."

Ich mag es nicht, dass mein Herz schneller zu klopfen beginnt, wenn er meinen Namen ausspricht. Anstelle einer Antwort, trete ich vom Wagen zurück und höre nur noch, wie er sagt: „Und vergiss nicht, dass niemand von dem Verein erfahren darf. Nicht deine Freunde, nicht deine Familie. Egal, wie nah sie dir stehen."

Ich sage nichts, sehe ihn nur an. Mit dem Entschluss, dass zur Abwechslung *er* sich einmal unsicher fühlen sollte, schlage ich rasch die Autotür zu.

Ich werfe keinen Blick mehr zurück, sondern gehe geradewegs zur Haustür. Im selben Augenblick, in dem ich den Schlüssel ins Schloss schiebe, höre ich das Aufheulen des Motors.

Noch immer blicke ich nicht zurück.

Aber meine Gedanken hinken Elian hinterher. Irgendetwas an seinem Verhalten hat mich misstrauisch gemacht. Was soll ihm schon daran liegen, dass die Schachtel außer Reichweite meines Großvaters ist?

Den Haustürschlüssel im Schloss verharre ich vor der Tür. Dann stopfe ich den Schlüssel zurück in meine Tasche und laufe zurück auf die Straße.

Tristan und Isolde.

In meinem Kopf arbeitet es.

Ich erinnere mich daran, wie meine Mutter mir die Geschichte von Tristan und Isolde erzählte.

Ich soll von Isolde abstammen. Wie soll das gehen? Sie ist eine fiktive Person aus einer altdeutschen Erzählung. Oder hat es sie in echt gegeben? – Und wenn es so wäre: von welcher Isolde? Ich meine, dass mehrere Frauen mit diesem Namen in der Geschichte vorkommen. Wenn ich das alles verstehen oder glauben will, kann es nicht schaden, Recherchen anzustellen. Auch zu solch später Stunde wie jetzt. Mit einem Blick auf mein Handy vergewissere ich mich, dass die Universitätsbibliothek noch eine Stunde geöffnet hat. Bingo!

Zu meinem Pech stehe ich mir die Beine in den Bauch, als ich auf den Bus warte, der in die Stadt fährt. Wenn der Busfahrer aber ein bisschen auf die Tube drückt, könnte ich es noch schaffen. Ich hoffe, dass es dort zusätzliche Infos im Literaturarchiv gibt. Immerhin beinhalten Universitätsbibliotheken viele weitere Abhandlungen, die sich in einer gewöhnlichen Bibliothek gar nicht finden lassen. Letztes Halbjahr waren wir mit dem Deutschkurs dort. Die Masse an Büchern hat mich auf ganz andere Weise fasziniert als die Bibliothek meines Großvaters.

Die Bibliothekarin fragt mich mit hochgezogenen Brauen nach meinem Studentenausweis, als ich mit geröteten Wangen hineingelaufen komme.

„Ausweis?“, stammele ich und sehe mein Vorhaben bereits zum Scheitern verurteilt.

Die Dame blickt mich ohne Regung weiterhin einfach an.

„Hm, ich habe den Ausweis vergessen, also ...“

„Ohne den Ausweis darf ich leider niemanden reinlassen.“

Das „leider“ hätte sie sich genauso gut sparen können. Ihre Gleichgültigkeit ärgert mich.

„Es ist ja nicht so, dass ich keinen habe. Ich habe ihn nur vergessen“, flunkere ich und schiele auf die Uhr an der Wand gegenüber. Ich trete von einem Bein auf das andere, was die Frau ganz nervös macht.

„Die Bibliothek schließt in zehn Minuten. Kommen Sie doch bitte morgen wieder.“ Sie deutet ein Lächeln an, das etwas ungeübt aussieht, und will mich abwinken. So ist das also, denke ich. Sie möchte endlich Feierabend machen.

„Dürfte ich denn kurz Ihre Toilette benutzen?“ Ich verstärke mein Herumgezappel.

Über den Rand ihrer Brille mustert mich die Bibliothekarin und seufzt. „Nebenan ist ein Gasthaus, ich bin mir sicher, dass …“

„Es ist wirklich dringend“, unterbreche ich sie etwas zu laut.

Sie kneift die Augen zusammen. Eine gefühlte Ewigkeit sagt sie gar nichts mehr. Dann: „Aber beeilen Sie sich.“

Ich spurte still jubelnd an ihr vorbei, mein Ziel sind die Computer, die aussehen, als würden sie einer anderen Zeit entstammen. Ich hämmere in die Tastatur, als das blöde Gerät viel zu lange braucht, um das digitale Archiv der Bibliothek zu öffnen.

„Nun mach schon“, zische ich, als sich endlich etwas tut.

Mein Herz pocht laut und schnell in meiner Brust, während ich verschiedene Suchbegriffe zu „Tristan und Isolde“ eingebe. Mit zusammengekniffenen Augen scrolle ich mich durch das Archiv, als mein Blick an einer Masterarbeit hängen bleibt, die vor nicht allzu langer Zeit verfasst wurde.

Rolle der Isolde-Figuren in „Tristan und Isolde“

Ich klicke die Arbeit an und überfliege die Zeilen. Neben verschiedenen Mutmaßungen des Autors, inwiefern die verschiedenen Isolde-Figuren Tristans Schicksal beeinflussen, fasst er die Handlung der Geschichte noch einmal zusammen:

Tristan und Isolde (1210)

Tristan, Sohn des Königs von Lohnois, und Isolde von England (die böse Isolde) verlieben sich durch einen irrtümlich an sie verabreichten Liebestrank, den Minnetrank, ineinander. Fortan müssen sie sich heimlich treffen, da Isolde einem anderen versprochen ist. Als die beiden miteinander erwischt werden, muss Tristan nach Deutschland fliehen. Dort verliebt er sich in Isolde Weißhand (die gute Isolde), wird jedoch bei einem Kampf vergiftet, weshalb er auf die heilenden Kräfte von Isolde von England angewiesen ist. Er lässt nach ihr schicken mit der Bitte, das Schiff solle bei seiner Wiederkehr eine weiße Fahne hissen, sofern Isolde von England an Bord ist. Andernfalls solle eine schwarze Fahne gehisst werden.

Um den todkranken Tristan nicht an Isolde von England zu verlieren, berichtet Isolde Weißhand ihm fälschlicherweise, das Schiff habe schwarze Segel.

Ohne Hoffnung stirbt Tristan und kurz darauf auch Isolde von England, als sie den Toten erblickt. Auf den Gräbern der Geliebten wächst später je eine Efeupflanze, die sich mit der Zeit miteinander verbinden.

Ich lese die Passage noch einmal, aber streng genommen bin ich keinen Schritt weiter gekommen. Außerdem muss ich die Stelle, an der der Autor festlegt, wer seiner Ansicht nach die „gute“ und welche die „böse“ Isolde ist, überlesen haben, denn ich begreife den Zusammenhang nicht.

Vom Tresen her höre ich die Bibliothekarin mit den Schlüsseln klimpern. Dass ich nicht wirklich auf der Toilette bin, kann sie sich vermutlich denken.

Rasch logge ich mich aus dem Computersystem aus, schnappe mir meinen Rucksack und schiebe den laut quietschenden Stuhl zurück an seinen angestammten Platz. Die Bibliothekarin wirft mir einen Blick zu, mit dem sie mir ziemlich deutlich macht, dass ich zwischen ihr und ihrem Feierabend stehe. Doch eine Bemerkung zu meiner Notlüge macht sie nicht.

Meine Schritte hallen laut im stillen Raum wider, als ich auf den Ausgang zugehe. Hinter einem der Regale glaube ich, einen dunklen Schatten zu erspähen. Doch kaum blinzele ich, verschwindet der Schatten und weicht der Befürchtung, dass ich langsam aber sicher paranoid werde.

7

Den Kopf an die schmierige Fensterscheibe des Busses gelehnt, fällt es mir schwer, die Augen offen zu halten. Beinahe verpasse ich die Haltestelle, an der ich aussteigen muss. Mit wirrem Haar, weil ich es mir ununterbrochen raufe, trete ich vor die Haustür der Villa und schließe sie dieses Mal wirklich auf.

Durch den geöffneten Spalt der Bibliothekstür höre ich scharrende Geräusche. Etwas kratzt über den Boden. Ich schleiche zur Tür und spinkse in den großen Raum. Wie ein aufgescheuchtes Huhn läuft mein Großvater in der Bibliothek umher und schiebt einen Stuhl die Regalreihen entlang. Gelegentlich steigt er hinauf und sucht jeden Zentimeter der oberen Buchreihen ab.

Als ich mich weiter vorbeuge, rutscht mir der Rucksack von der Schulter. Mit einem dumpfen Laut schlägt er auf dem Boden auf.

Schnell mache ich einen großen Schritt in die Bibliothek hinein. Dann sieht es wenigstens nicht so aus, als habe ich meinen Großvater heimlich beobachtet.

„Ivy“, murmelt er mit einem flüchtigen Blick über die Schulter.

„Suchst du etwas?“

„Ja.“ Nun beäugt er mich eingehender, misstrauischer. „Du warst vorhin nicht zufällig in der Bibliothek?“

„Nein." Die Lüge kommt mir erstaunlich leicht über die Lippen.

Sofort verliert er das Interesse an mir und schiebt den Stuhl ein Stück weiter. Er zieht sogar Bücher vor, um dahinter zu sehen.

„Gute Nacht," verabschiede ich mich rasch. Nicht, dass er noch auf die Idee kommt, mir weitere Fragen zu stellen. Mein Großvater grummelt irgendetwas, das ich nicht verstehe.

Ich weiß natürlich, wonach er sucht. Wenn er die Schachtel nirgends findet, wird er früher oder später auf die Idee kommen, dass ich doch etwas damit zu tun habe. Mein Großvater mag griesgrämig und egozentrisch sein, doch wenn er eines nicht ist, dann dumm. Sollte er auf den Gedanken kommen, mich zu beschuldigen, dann möchte ich nicht in seiner Nähe sein. Miterleben, wie die Bombe explodiert, möchte ich nur ungern.

Meine Gedanken driften zurück zu meinem Traum. Ich bin froh, dass ich Elian die Schachtel nicht gegeben habe. Ich hätte es ja doch bereut. Zumal es das einzige ist, das ich noch von meiner Mutter besitze. Den ganzen anderen Krempel hat mein Großvater in den Keller der Villa verbannt. *Moment, gibt es wirklich nur die Schachtel*? Nein, in meinem Traum kam außerdem ein Laptop vor.

Nach wie vor bin ich überzeugt davon, dass der Traum eine Art Botschaft gewesen sein muss. Nachdem es die Schachtel wirklich gab, steht für mich fest, dass auch der Laptop nicht weit sein kann.

Mein Großvater ist gründlich damit abgelenkt, die verlorengeglaubte Schachtel wieder zu beschaffen. Vor ihm habe ich noch eine ganze Weile Ruhe. Der Augenblick könnte nicht günstiger sein, als genau jetzt nach dem Laptop zu suchen.

Also schnappe ich mir meinen Rucksack, mache auf dem Absatz kehrt und sprinte los, sobald ich außer Sichtweite meines Großvaters bin.

Der Logik folgend finde ich mich wenige Augenblicke später in dem Büro meines Großvaters wieder. Lautlos schließe ich die Tür hinter mir und lasse meinen Blick durch das Zimmer schweifen. Ich stutze. So einfach hatte ich mir die Sache nicht vorgestellt ...

Mitten auf dem Schreibtisch, sozusagen als Blickfänger, thront der Laptop aus meinem Traum.

Das kann doch gar nicht sein!

Andererseits fällt der Laptop hier, in einem Büro, am wenigsten auf, wenn man ihn verbergen möchte.

Ich trete hinter den Schreibtisch und schiebe den altertümlichen Stuhl beiseite. Nachdem ich die Hand ausgestreckt und die kühle Oberfläche des Laptops berührt habe, begreife ich, dass er wirklich real ist. Alles echt.

Mein Herz stolpert für ein paar Schläge unbeholfen in meiner Brust, bevor es umso schneller weiterschlägt.

Ohne darüber nachzudenken, klappe ich den Laptop auf, schalte ihn an und fluche.

Natürlich ist er mit einem Passwort geschützt. Ich frage mich, ob mein Großvater es weiß. Ob er möglicherweise auf gespeicherte Dokumente zugreifen kann. Aber was mag das Passwort sein? Ich versuche es mit meinem Namen, dem meines Vaters und mit dem von meinem Großvater. Ich gebe alles ein, was mir in Verbindung mit meiner Mutter einfällt. Aber kein Versuch führt zum gewünschten Ergebnis. Der Zugang bleibt gesperrt.

Ich habe so intensiv an meine Mutter gedacht, wie schon lange nicht mehr. Sie fehlt mir. Meine Finger tasten nach dem

Medaillon. Ich klammere mich daran, so wie ich es immer tue, wenn ich mir nichts sehnlicher als meine Mutter herbeiwünsche. Ich klappe es auf und besehe mir das Bild. Als meine Finger über das eingravierte Efeublatt streichen, macht sich eine Ahnung in mir breit. Habe ich das Passwort die ganze Zeit über mit mir herumgetragen?

Meine Finger tippen *Efeu* ein, aber der Computer zeigt an, dass auch dieses Wort nicht das richtige Passwort ist. Mir fällt wieder ein, dass mein Name ebenfalls Efeu bedeutet. Doch meinen eigenen Namen habe ich bereits ausprobiert.

Dann kommt mir der Name meiner Mutter in den Sinn.

Efeja bedeutet genau wie Ivy nichts weiter als Efeu. Sofort tippen meine Finger ihren Namen ein.

Falsches Passwort.

Nachdem ich einige Male wütend ein- und ausgeatmet habe, starte ich einen neuen Versuch. Nacheinander kombiniere ich *Efeu, Ivy* und *Efeja* mit verschiedenen Zahlen. Meinem Geburtsjahr, dem meiner Mutter.

Nichts.

Meine Finger schweben über der Tastatur, als der Einband von ‚Tristan und Isolde' vor meinem geistigen Auge auftaucht. Eine neue Idee drängt sich mir auf und will ausprobiert werden. Ich fische mein Handy aus der Hosentasche und starte die Suchmaschine.

Dann setze ich all meine Hoffnungen in den nächsten Versuch. Auf dem Laptop klicke ich erneut das Feld für das Passwort an. Dieses Mal kombiniere ich den Namen meiner Mutter mit dem Erscheinungsdatum von ‚Tristan und Isolde'.

Falsches Passwort.

Mir sackt das Herz in die Hose. Dennoch spüre ich, dass ich auf der richtigen Spur bin.

„Wenn es jetzt nicht stimmt, dann muss ich es gar nicht erst weiter versuchen“, murmele ich vor mich hin. Meine Finger fliegen über die Tasten, bis ich schließlich einen Mix aus dem Namen von Mama, dem Buchtitel und dem Erscheinungsdatum von ‚Tristan und Isolde‘ eingegeben habe. Mein Zeigefinger verharrt noch einen Augenblick über der Enter-Taste, dann drücke ich sie.

Erst kann ich es nicht glauben, doch es handelt sich um das richtige Passwort. Ich verbinde mein Smartphone mit dem Laptop und suche so schnell wie möglich alle Dateien auf dem Computer, die mir relevant erscheinen. Dabei begleitet mich die ständige Angst, mein Großvater könnte ins Zimmer hereinplatzen. Ich bin durchaus verwundert, als ich feststelle, dass sich lediglich zwei persönliche Dateien auf der Festplatte befinden. Ich speichere sie auf meinem Smartphone und lösche sie anschließend von Mamas Laptop. Gerade will ich die Dateien öffnen, da nähern sich Schritte. Mein Großvater. Das erkenne ich sofort. Wenn man eine Weile mit einer Person unter einem Dach lebt, dann kann man sie irgendwann anhand ihrer Schritte identifizieren. Panik schnürt mir die Kehle zusammen.

Ich reiße mein Handy vom Kabel los, fahre den Laptop herunter und platziere ihn genauso, wie ich ihn zuvor aufgefunden habe.

Als die Schritte nur noch wenige Meter von der Tür entfernt sind, schlägt mir das Herz bereits bis zum Hals. Wenn mein Großvater jetzt die Tür aufreißt, wird er mich entdecken.

Ich blicke mich nach einer Versteckmöglichkeit um. Das einzige Objekt, das mir dazu dienen könnte, ist der monströse

Schreibtisch in der Mitte des Raumes. Er ist auf der Rückseite geschlossen, sodass von der Tür aus niemand sehen könnte, wenn ich mich darunter hocken würde.

Mir bleibt keine Zeit, um weiter darüber nachzudenken. Denn die Schritte erreichen genau jetzt die Bürotür. Im nächsten Moment sehe ich mit schreckgeweiteten Augen, wie die Türklinke heruntergedrückt wird. In Zeitlupe schwingt sie auf.

Mit einem Satz bin ich unter dem Schreibtisch. Gerade rechtzeitig. *Ruhig bleiben*, ermahne ich mich. *Alles wird gut, wenn du nur still und unentdeckt bleibst.* Wie ein Mantra wiederhole ich die Worte wieder und wieder, während ich meinen Rucksack an mich drücke.

Als mein Großvater schließlich eintritt, muss ich die Augen schließen. Direkt vor dem Schreibtisch verharrt er. Zu dumm, dass ich nicht sehen kann, was er dort macht. Da es sich bei diesem Raum um das Büro meines Großvaters handelt, ist es gleichzeitig sein Rückzugsort. Hier verbringt er manchmal Stunden. Ich hoffe inständig, dass er sich nicht den Rest des Abends, möglicherweise sogar die ganze Nacht hier aufhalten wird, um an seinen Investitionen und Geschäften zu arbeiten, die schwindelerregend hohe Summen umfassen.

„Wo ist es bloß hin?“, grummelt er. Mir wird zeitgleich heiß und kalt.

Mein Großvater quert den Raum und setzt sich hinter den Schreibtisch. Große breite Füße, die in polierten Lederschuhen stecken, sind nur wenige Zentimeter von meinen eigenen Füßen entfernt. Aus Angst, zu laut zu atmen, halte ich die Luft an.

„Das ist nicht möglich!“, höre ich ihn fluchen. Seine Schuhe rücken von mir weg, wahrscheinlich weil er sich aufgerichtet hat. Ich sehe bildlich vor mir, wie die Ader auf seiner Stirn ganz dick wird. Das passiert immer, wenn er sich fürchterlich ärgert. Wenn sich sein Gesicht dann auch noch vom Hals aufwärts tiefrot verfärbt, sollte man sich in Sicherheit bringen.

Ich nutze die Chance, um Luft zu holen.

Auf ein paar weitere Flüche folgt wildes Tippen auf der Computertastatur. Er muss den Laptop aufgeklappt haben. Na großartig, jetzt wird er sehen, was ich angestellt habe. Als mein Großvater ganz still wird, ist mir mulmig zumute. Sogar das Klicken der Tasten ist verstummt. Jeden Augenblick rechne ich damit, dass er unter den Schreibtisch sieht, meine Anwesenheit entdeckt oder gar meinen Atem hört.

„Wenn es in die falschen Hände gerät, ..."

Ich halte den Atem wieder an, als er etwas vor sich hin flüstert.

„Ob *sie* ...? Nein, unmöglich! Ich hätte diesen Fehler niemals begehen dürfen, jetzt ist alles verloren." Seine Stimme wird wieder lauter. Doch die nächsten Worte sind nicht mehr als ein Hauch. Ich muss meine Ohren regelrecht spitzen, um verstehen zu können, was mein Großvater da vor sich hin raunt.

„Wenn *sie* es findet, ..."

Sie? Von wem spricht er wohl? Von mir? Oder meiner Mutter?

Sein linker Fuß stampft auf den Boden. Er verfehlt meine Füße nur um Millimeter. Hätte er mich getroffen, hätte ich vermutlich aus Reflex zurückgetreten.

Mein rasendes Herz will sich nicht mehr beruhigen lassen. Ich starre auf meine Finger, die sich um den Gurt des Rucksacks klammern. Die Gedanken in meinem Kopf beginnen zu rasen.

Efeu.

Hat mein Großvater an meinem Geburtstag nicht davon gesprochen, dass es eine bestimmte Tradition in unserer Familie gäbe? Ganz offensichtlich hat das goldene Efeublatt etwas damit zu tun.

Die Worte meines Großvaters geben mir zu denken. Was weiß er? Denn ganz unwissend scheint er nicht zu sein.

Meine Augen haften noch immer auf meinen Fingerspitzen, während mein Großvater erneut zu fluchen beginnt. Wie wäre es, wenn ich den Efeu gezielt wachsen lassen könnte und meinen Großvater mit den Ranken an den Stuhlbeinen festbinde? Bei dem Gedanken kann ich ein Schmunzeln nicht unterdrücken.

Im nächsten Moment beginnen meine Hände zu kribbeln und ich presse meine Lippen zusammen, um nicht zu schreien. Von meinen Fingerspitzen ausgehend bildet sich ein winziges Efeublatt. Zielstrebig bewegt es sich auf den Stuhl zu, auf dem mein Großvater sitzt. *Das ist nicht möglich*! Die Idee von der Efeufessel war doch nur eine Idee und ein Scherz.

Hilflos verfolge ich die Ranke, an der sich immer mehr grüne Blätter bilden und in alle Richtungen sprießen. Dass mein Großvater noch nichts davon bemerkt hat, ist meinem ausnahmsweise mal zuverlässigen Glück zu verdanken.

„Und was, wenn doch Ivy die Schachtel genommen hat? Vielleicht hat sie gelogen."

Für einen Atemzug gefriert mir das Blut in den Adern, und in der exakt selben Zeitspanne verharrt auch das Wachstum des Efeus. Als mein Großvater den Stuhl nach hinten schiebt, um aufzustehen, recken sich die grünen Blättchen in seine Richtung. Mit der anderen Hand lange ich rasch nach dem Ende der Pflanze.

„Nanu?“, sagt mein Großvater, der das vorwitzige Blatt genau in diesem Augenblick entdeckt. Kaum, dass ich es berührt habe, ist es nur umso weiter nach vorne geschossen.

Während er sich hinunterbeugt, kneife ich die Augen zusammen. Ganz so, als könne ich auf diese Weise der unausweichlichen Situation entgehen. Ich wünsche mir nichts sehnlicher, als jetzt sofort in meinem Zimmer zu sein. Ich möchte auf meinem Himmelbett sitzen, gemütlich und sicher, und so unschuldig aussehen, dass mein Großvater nie wieder auf die Idee kommen wird, mich zu verdächtigen.

Als plötzlich ein Ruck durch meinen gesamten Körper geht, komme ich nicht umhin, einen spitzen Schrei auszustoßen. Einen kurzen Augenblick fühle ich mich schwerelos und reiße die Augen auf.

Ich sitze auf meinem Bett, der Rucksack fällt zu Boden. Ich erstarre vor Schreck. Was ist hier los?

Mein Herz, vor allem aber mein Verstand, macht das nicht mehr lange mit. Das, was mit mir geschieht, ist nicht normal. So sonderbare und erschreckende Dinge sollten mir nicht geschehen. Statt über Efeu, streichen meine Fingerspitzen über die Rosen der grauen Tagesdecke.

Ungläubig blicke ich auf sie hinab.

„Ich habe es mir gewünscht“, sage ich leise, „und dann wurde es wahr.“

Ich greife in die Decke, halte sie fest und ziehe sie über mich, bis ich ganz eingehüllt bin. Ich brauche Schutz.

„Was ist hier los?“, flüstere ich in meine Höhle hinein und ziehe die Beine noch etwas enger an meinen Körper. Dann fällt mir etwas ein.

Ich taste nach meinem Handy und drücke auch dieses fest an mich. Einmal, zweimal atme ich tief durch, dann habe ich den Mut gefasst, um Mamas Dateien zu öffnen. Meine Finger schweben noch einen Augenblick über dem Display, bevor ich mein Smartphone entsperre. Ich klicke die erste Datei an.

Im nächsten Moment fliegt die Tür auf. Wie ein Springteufel setze ich mich auf und muss mitansehen, wie mein Großvater fuchsteufelswild hereinstürmt. Mir bleibt nicht einmal Zeit, ihm zuzurufen, dass er gefälligst anklopfen soll. Ungestüm reißt er jede erdenkliche Schublade und Schranktür auf und wühlt blindlings darin herum. Das, was er sucht, findet er nicht. Geistesgegenwärtig kicke ich den Rucksack mitsamt der Schachtel unter mein Bett.

Ich schreie ihn eine ganze Weile lang erfolglos an, um ihn daran zu hindern, meine Einrichtung und Habseligkeiten völlig auf den Kopf zu stellen. Irgendwann bleibt er in der Mitte des Zimmers stehen. Seine Brust hebt und senkt sich in kurzen Abständen. Sein Gesicht hat eine ungesunde rote Farbe, die immer mehr der einer Tomate ähnelt.

„Wo ist sie?“, spuckt er mir förmlich entgegen. Doch ich starre nur zurück. „Du hast sie doch!“

„*Was* habe ich?“, gebe ich nicht minder unfreundlich zurück.

„Zwing mich nicht dazu, dich aus dieser Villa zu werfen, Ivy!“

„Was auch immer du bei mir suchst, du wirst es nicht finden.“

„Ach nein? Dann bist du nicht diejenige, die die kleine Holzschachtel aus der Bibliothek entwendet hat? Wer hat dir erlaubt, an meine persönlichen Gegenstände zu gehen?“, brüllt er. So langsam habe ich nicht mehr das Gefühl, mit einem gebildeten, älteren Herrn zu sprechen. Vielmehr sehe ich mich einem trotzigen Kleinkind gegenüber.

„*Deine* persönlichen Gegenstände?“, wiederhole ich mit einem trockenen Lachen. „Es ist meine Schachtel! Du selbst hast sie mir an meinem Geburtstag gegeben!“

Wir beide wissen, dass wir so nicht weiterkommen, aber um aufzuhören sind wir zu stur.

„Du brauchst sie doch gar nicht“, motzt er mich an, fängt sich jedoch schnell wieder und schüttelt grimmig den Kopf. „Weißt du was? Mir ist es egal, ob du die Schachtel jetzt hast oder nicht. Du wirst ohnehin nichts damit anzufangen wissen. Nicht einmal ansatzweise kannst du dir vorstellen, was deine Mutter alles vor dir geheim gehalten hat.“

Sein Gesichtsausdruck ist verbissen. Er möchte mich um jeden Preis provozieren. Er will mir wehtun. Die Trauer über Mamas Tod aus meinem tiefsten Inneren herauszerren. Aber an diesem Abend will ich keinen weiteren Streit heraufbeschwören.

„Verlass bitte mein Zimmer“, sage ich beherrscht, obwohl ich kurz davor bin, ihn wieder anzuschreien. Mir ist egal, dass er nun denken wird, er habe gewonnen. „Du hast hier nichts zu suchen.“

Zu meiner Überraschung gehorcht er augenblicklich. Erst an der Tür wendet er sich mir noch einmal zu. „Ich werde schon noch herausfinden, was du im Schilde führst, Ivy Hartmann.“

Dann fällt die Tür hinter ihm ins Schloss.

Zurück bleibe ich in einem heillosen Durcheinander und einer Eiseskälte, die sich weiter und weiter um mich herum auszubreiten scheint. Nur wenige Male zuvor hat er mich mit meinem Nachnamen angesprochen. Mit dem Nachnamen meines Vaters. Die Botschaft ist eindeutig: Das war eine Kriegsansage. Er weiß genau, dass ich die Schachtel genommen habe, ahnt jedoch, dass er sie hier nicht finden wird. Mit dieser Aktion bin ich in seinen Augen auf das Niveau meines Vaters hinabgesunken. Von nun an wird er mich mit anderen Augen sehen, mir das Leben zur Hölle machen.

Efeu.

Dieses eine Wort lässt mich nicht los. Es lässt sämtliche Alarmglocken in meinem Inneren aufschrillen. Was hat es damit auf sich? Warum tragen sowohl meine Mutter als auch ich die Bedeutung dieser Pflanze in unseren Namen? Warum wurde mir eine Schachtel mit goldenem Efeublatt vermacht?

Kurz überlege ich, ob ich nicht doch besser Elian die Schachtel anvertraut hätte. Unter meinem Bett könnte mein Großvater sie früher oder später finden. Am besten, ich trage sie ab jetzt immer bei mir. Sobald ich an Elian zurückdenke, wird mein Herz ganz warm und ich muss mich zwingen, mich wieder auf meine jetzige Situation zu konzentrieren.

Und wie kann es sein, dass mir Efeublätter aus den Fingern wachsen? Dass das alles andere als normal ist, ist mir bewusst. Aber vielleicht ist es ja so etwas wie eine ... Gabe.

Fast muss ich bei diesem Gedanken auflachen. Das klingt zu absurd, um wahr zu sein. Und doch weiß ich es besser. Schließlich sehe ich, was mit mir passiert.

Neben meinen leisen Bedenken, langsam aber sicher durchzudrehen, plagt mich ein schlechtes Gewissen meinen besten Freunden gegenüber. Mit ihnen wollte ich mich heute nur wegen der AoLBC bei Flint treffen. Außerdem habe ich ihnen bloß die halbe Wahrheit offenbart.

Doch morgen wollen wir uns treffen. Danach könnte ich mein Fahrrad einsammeln und mir ein Taxi rufen. Dass ich da nicht heute schon dran gedacht habe.

Das alles ist jedoch nur unter der Voraussetzung möglich, dass ich morgen überhaupt zur Schule komme. Und vorausgesetzt, ich bringe unbeschadet diese Nacht hinter mich.

Es ist dunkel in meinem Zimmer. Ich kann mich nicht daran erinnern, das Licht am Abend zuvor gelöscht zu haben. Mein Atem geht flach. Ich höre ein Geräusch. Ein Scharren, dann Schritte.

Ich erstarre. Die Geräusche sind nah, zu nah. Hier in meinem Zimmer. Noch ganz benommen vom Schlaf, will ich sehen, was los ist. Darum bemüht, nicht zu laut zu sein, lehne ich mich rüber zu meinem Nachttisch und knipse die kleine Lampe an.

Augenblicklich weicht die Dunkelheit einem warmen Licht. Es dringt nicht bis in jede Ecke des Zimmers vor, doch ich kann gut erkennen, dass hier niemand ist. Das Chaos, das mein Großvater hinterlassen hat, ist nicht zu übersehen. Jeder ungebetene nächtliche Besucher wäre sofort auf irgendetwas ausgerutscht und hingefallen. Unmöglich also, dass die Geräusche von vorhin echt waren. Vielleicht waren sie nur der Nachhall eines Traumes, an den ich mich nicht mehr erinnern kann.

„Hier ist niemand, Ivy", rede ich mir ein, knipse das Licht aus und versuche, in dieser Nacht ein weiteres Mal Schlaf zu finden.

8

Während ich auf die Auffahrt hinaustrete, schlinge ich mir den Schal eng um den Hals. Ausnahmsweise bin ich an diesem Freitagmorgen etwas früher dran als sonst, denn noch immer habe ich keinen Plan, wie ich zur Schule kommen soll. Wohl oder übel werde ich zur nächsten Bushaltestelle laufen müssen.

Als ich die Tür hinter mir zuziehe, bemerke ich, dass ich den Schlüssel vergessen habe. Fluchend durchsuche ich meinen Rucksack, ehe ich aufgebe und losstapfe. Das Hupen eines Autos lässt mich herumfahren.

Fast wäre ich im Neuschnee ausgerutscht. Im letzten Moment kann ich mich an dem schmiedeeisernen Tor festhalten und den Sturz abfangen. Keine fünf Meter vor mir steht ein kleiner, roter Sportwagen. Fassungslos gehe ich auf das Auto zu. Neben der Fahrertür bleibe ich stehen. Elian lässt die Scheibe herunter.

„Was machst du hier?", frage ich. Dabei denke ich ausschließlich an die indirekte Drohung meines Großvaters. Ab sofort wird jeder, der etwas mit mir zu tun hat, in seinen Augen verdächtig sein. Was er wohl tun würde, wenn er wüsste, wer Elian ist?

„Ich kann dich doch nicht zur Schule laufen lassen." Er zwinkert mir zu. Okay, das ist neu. Ich habe mich auf seine unnahbare Art eingestellt, nicht auf, für seine Verhältnisse, so enormen Gefühlsausbrüche.

Ich ertappe meine Wangen dabei, wie sie sich rosa färben, weil er mich so lange ansieht. Hoffentlich wird er dies der eisigen Kälte zuschreiben.

Sieht er sich jetzt als Retter in der Not, oder was? Diesen Status kann er sich gerne sofort wieder abschminken. Ich möchte auf keinen Fall auf seine Hilfe angewiesen sein. Ich lasse ihn stehen und tappe an seinem Wagen vorbei, den Gehweg entlang.

Es dauert nicht lange, da fährt er im Schritttempo neben mir her, das Fenster noch immer offen.

„Du siehst aus, als könntest du einen Kaffee vertragen", ruft er mir zu. Dann wirft er einen flüchtigen Blick auf seine Armbanduhr. „Wir haben erst viertel nach sieben. Komm schon."

Insgeheim muss ich zugeben, dass ich gerne Zeit mit ihm verbringen würde. Dennoch ist mir sein Lächeln etwas zu selbstbewusst, als ich stehen bleibe und die Straßenseite wechsele. Ich öffne die Beifahrertür und setze mich zu ihm ins Auto. „Nun gut. Auf einen Kaffe."

Er mustert mich von der Seite.

Verunsichert beiße ich mir auf die Lippe. Ich muss furchtbar übernächtigt aussehen.

„Warum bist du hergekommen?" Ich werfe Elian einen flüchtigen Seitenblick zu. „Musst du nicht selbst zur Schule?"

Die kurzen, dunklen Locken fallen ihm unordentlich in die Stirn. Am liebsten würde ich sie ihm aus dem Gesicht streichen. Unwillkürlich zuckt meine Hand vor, die ich mit der anderen schnell zurückhalte.

„Nein, ich bin fertig mit der Schule." Er schüttelt den Kopf. Mehr wird er dazu wohl nicht sagen. „Dein Fahrrad steht noch beim Verein, da dachte ich mir, sammele ich dich ein und bringe dich zur Schule.“ Seine Mundwinkel zucken belustigt.

„Du bist also ein freundlicher Mensch“, schlussfolgere ich lachend. Ich spiele mit einer Haarsträhne.

„Nicht nur das.“ Er sieht mir in die Augen. Unsere Blicke haken sich ineinander. Bis ich aus dem Augenwinkel eine rote Ampel sehe. „Vorsicht!“

Unbeeindruckt bremst Elian seinen Wagen.

„Ich bin vor allem sehr attraktiv. Der attraktivste Junge in der Stadt“, behauptet er mit wackelnden Augenbrauen.

„Bei dir steht das *Ego* ganz weit vorne, oder?“, erwidere ich trocken, was ihn nur noch mehr zum Grinsen bringt.

„Ich sehe, du verstehst mich.“

„Wenn du klug bist, lernst du mit der Zeit, dein Ego nicht immer vorzuschicken.“

„Das heißt ja dann, dass du mir zustimmst“, triumphiert er und parkt das Auto auf gleich zwei Parkplätzen vor einem kleinen Café, das nur fünf Minuten von der Schule entfernt ist.

„Heißt es nicht.“ Ich schüttele den Kopf und steige aus. Dabei frage ich mich, wen ich gerade mehr belogen habe: ihn oder mich.

Dicht gefolgt von Elian betrete ich das Café. Flint, Fenja und ich verbringen im Winter häufig die Mittagspausen hier. Davon erzähle ich meinem Begleiter aber nichts.

Zielstrebig geht er auf die Theke zu und schenkt der jungen Bedienung ein so umwerfendes Lächeln, dass ich ihn gerne dafür getreten hätte. Aber es funktioniert, sie lächelt mit leuchtenden Augen zurück. So als habe sie soeben ein besonders kostbares Juwel entdeckt.

Ich halte mich im Hintergrund, bis er seine Bestellung aufgibt und mich danach fragend ansieht. Ich bestelle einen Milchkaffee und ein Käsebrötchen. Mit einem herablassenden Blick in meine Richtung schiebt die Bedienung die Tüten und Becher zu uns herüber.

Wir setzen uns in eine der Sitzecken. Etwas verkrampft beobachte ich die anderen Jugendlichen und jungen Erwachsenen, die sich vor der Schule oder der Uni noch etwas zu Essen kaufen. Ich versuche, einen triftigen Grund zu finden, warum er mit mir hierher gegangen ist. Vertieft in meine Gedanken, zucke ich zusammen, als er mir eine Frage stellt.

„Mit wem wohnst du eigentlich in dem Häuschen?"

„Häuschen?", echoe ich. Ich ziehe die Stirn in Falten. „Die Villa", ich betone das Wort absichtlich, „ist doch riesig. Viel zu groß eigentlich."

Die Falten auf meiner Stirn bleiben, bis er schließlich mit den Schultern zuckt. „Das Haus meiner Eltern ist größer. Ist übrigens nur wenige Straßen von deinem zu Hause entfernt. Merkwürdig, dass ich dich dort noch nie zuvor gesehen habe."

„Vorher hattest du ja auch keinen Grund, mir hinterher zu spionieren und mir geheimnisvolle Briefe zu übermitteln und mich dabei zu beobachten, wie ich sie finde und einstecke", gebe ich zurück.

„Man tut, was man kann", sagt er grinsend. Erneut verhaken sich unsere Blicke, so wie vorhin im Auto. Mir fällt ein weiteres Mal das intensive Grün seiner Iris auf. Unwillkürlich muss ich ebenfalls lächeln.

„Und mit wem wohnst du dort? Mit deiner Familie?"

Familie. Mit meiner Mutter ist die Hälfte meiner Familie gestorben. Ich schüttele den Kopf. Nein, Familie, das sind für mich seltsame, namenlose Gestalten, die sich ein Leben lang nicht blicken lassen. Nur nach gefühlten abertausenden von Jahren tauchen sie wieder auf, um das nächste Erbe abzusahnen. Bei meiner Geburtstagsfeier ist mir dies wieder zu deutlich vor Augen geführt worden. Nicht ein Gast hat sich für mich interessiert.

„Mit meinem Großvater. Er ist übrigens gestern auf die glorreiche Idee gekommen, meine Schubladen zu verwüsten, weil er dort die Schachtel vermutet hat."

„Und dein Vater?", überhört er die letzte Information.

„Der ist mal hier und mal dort in der Welt unterwegs. Nur zu Hause ist er nie", antworte ich steif. Meine Schultern schmerzen von der verkrampften Sitzposition.

Dass meine Mutter gestorben ist, weiß Elian schon, das muss ich nicht nochmal wiederholen. Ich muss ohnehin vorsichtiger sein mit dem, was ich erzähle. Noch kann ich mir nicht sicher sein, ob ich Elian vertrauen kann. Obwohl ich das sehr gerne tun würde.

Er lächelt mich an. Nicht minder strahlend als vorhin die Bedienung.

Ich nippe an meinem Milchkaffee und schaue ihn über den Becherrand an. Ich muss mir eingestehen, dass ich es mag, wenn er mich so ansieht. Ich mag sein Lächeln. Wie ihm das gelungen ist, bleibt mir schleierhaft. Wenn ich jedoch an das Kribbeln zurückdenke, das ich bei seiner Berührung verspürte, muss etwas an meinem Eingeständnis dran sein. Noch nie zuvor habe ich mich einem Jungen gegenüber so schnell öffnen können. Abgesehen von Flint, aber der zählt natürlich nicht, weil er mein bester Freund ist.

„Und? Gibt es etwas, das man über *dich* wissen sollte?", murmele ich, einfach, weil ich der Stille ein Ende setzen will.

Ich will Elian auf keinen Fall zeigen, dass seine Blicke mein Herz schneller schlagen lassen. Vorausgesetzt, ich lasse mich bei der AoLBC jemals wieder blicken, muss ich meine Gefühle und die Situation unter Kontrolle haben.

„Apropos Schachtel", greift er statt einer Antwort eine meiner Bemerkungen auf. „Die solltest du heute am besten zur AoLBC bringen. Dort ist sie auch vor deinem Großvater sicher."

Verwundert hebe ich meine Augenbrauen.

„Wer sagt, dass ich dort heute hingehe?"

„Na, dein Rad wirst du auf alle Fälle abholen müssen", erinnert er mich. „Und nach deinem überstürzten Aufbruch gestern müssen auch noch andere Angelegenheiten geklärt werden. Zudem müssen wir uns mit deiner eigentlichen Aufgabe beschäftigen. Und deiner persönlichen Gabe."

„Persönliche Gabe?", wiederhole ich. Ich muss zugeben, dass er meinen Unwillen mit diesem Argument effektiv abgewehrt hat. Sollten die Efeuranken, die fliegenden Buchstaben und das Teleportieren tatsächlich meine Gabe sein? So, wie ich es gestern Abend vermutet habe?

„Ja. Jeder von uns hat eine. Nur wissen wir in deinem Fall noch nicht, inwiefern sie sich äußern wird. Du bist die erste aus deinem Stammbaum, die wir ausfindig machen konnten. Im Grunde genommen wissen wir nichts über dich. Somit haben wir keinerlei Vorkenntnisse über die Gabe deiner Vorfahren", erklärt er mit gesenkter Stimme.

„Was hast du denn für eine Gabe?", möchte ich wissen. Hauptsächlich, um davon abzulenken, dass ich im Gegensatz zu ihm sehr wohl eine Ahnung bezüglich meiner Gabe habe. Augenblicklich versinke ich in dem Grün seiner Iris.

„Kannst du dir das nicht denken?“ Vielsagend wackelt er mit den Augenbrauen, bringt mich dadurch jedoch in keiner Weise zum Schmunzeln.

„Alle weiblichen Wesen auf dem Planeten anbaggern zu können, ist doch keine Gabe“, erwidere ich todernst, was er ziemlich amüsant zu finden scheint. Zumindest verstärkt sich sein Lächeln. Es fällt mir schwer, dieses nicht zu erwidern.

„Wie du meinst“, kommentiert er meine Antwort achselzuckend, während ich mich frage, ob es nicht besser wäre, wenn mein Verstand ein bisschen mehr Reue zeigen würde. Obwohl ich mir vorgenommen habe, nicht mehr auf Elians Charme anzuspringen, genieße ich es, bei ihm zu sein. Auch wenn mir sein selbstbewusstes und zum Teil arrogantes Verhalten etwas auf die Nerven geht.

„Bereust du manchmal Dinge, die du getan hast?“

Der rasche Themenwechsel kommt so unvermittelt, dass ich mich glatt an meinem Kaffee verschlucke. Das heiße Getränk verbrennt mir Zunge und Kehle. Während ich hustend Luft hole, frage ich mich, ob er meine Gedanken gelesen hat. Wäre vermutlich gar nicht so verrückt. Jeder von uns hat anscheinend eine Gabe. Vielleicht ist dies seine.

Kaum habe ich den Gedanken zu Ende gebracht, schwappt kalte Wut über mir zusammen. Die Frage ist mir viel zu privat. *Was geht ihn das überhaupt an*? Und vor allem: Er soll sich hüten, meine Gedanken zu lesen!

Als ich den Blick hebe und dem seinen begegne, krampft sich mein Herz zusammen. Der erwartungsvolle Ausdruck in seinen smaragdgrünen Augen wirkt ehrlich interessiert. Elian macht es mir wahrlich nicht leicht, die folgenden Worte auszusprechen.

„Ja, manchmal bereue ich etwas“, antworte ich. Meine Stimme zittert vor Zorn. Oh, ich bin so wütend – auf ihn, auf mich, auf all das hier.

„Zum Beispiel bereue ich gerade, hier mit dir zu sitzen.“ Weil mir verräterische Zornestränen in die Augen treten, stehe ich auf, wirbele herum und mache, dass ich wegkomme.

In Wahrheit ist das einzige, das ich in diesem Augenblick bereue, meine feige Flucht vor ihm.

Es wird nicht besser, als ich kurz vor Schulbeginn in den Klassenraum eile und mich auf meinen Platz neben Fenja fallen lasse.

„Oh oh“, macht sie. „Da hat aber jemand richtig gute Laune.“

„Fragt bloß nicht.“ Nacheinander sehe ich sie und Flint an. Dabei entgeht mir nicht, wie Rahen betont gleichgültig zu uns herüber schielt. Als sich unsere Blicke treffen, kneift sie die Augen zusammen. Kaum merklich schüttelt sie den Kopf. Ganz nach dem Motto: Ich bekomme alles mit, also verplappere dich nicht.

„Was hat sie denn nur?“, raunt Fenja, die es ebenfalls bemerkt hat.

„Ach, um Rahen müssen wir uns keine Gedanken machen“, winkt Flint ab. „Die ist nur neugierig.“

Das vielleicht auch. Vor allem aber weiß sie etwas, von dem ich meinen besten Freunden nichts erzählen darf. Der Gedanke verärgert mich so sehr, dass meine Fingerspitzen anfangen zu kribbeln.

Oh nein, alles nur das nicht. Unwillkürlich balle ich meine Hände zu Fäusten und unterdrücke den Drang, Efeublätter wachsen zu lassen und mich wegzuwünschen. An einen Ort, wo ich mir keine Gedanken um sonderbare Gaben, verwirrend grüne Augen, eine zickige Rahen und zwei verratene Freunde machen muss.

9

„Und dann hast du Elian einfach im Café stehen lassen?“, wiederholt Fenja noch einmal, nachdem ich meine Erzählung beendet habe. Sie will sich sicher sein, dass ich ihr die ganze Geschichte erzählt habe.

„*Sitzen* lassen“, korrigiert Flint, der auf dem Sofa im Wohnzimmer seiner Eltern lümmelt und sich gähnend die Haare aus der Stirn streicht.

Während ich noch daran denke, dass ich zumindest meine beiden besten Freunde in meine neuen Geheimnisse einweihen müsste, blickt Fenja mich versonnen an. „Du hättest ihm auch anders zeigen können, dass du ihn gut findest.“

„Ich hab ihm dadurch doch nicht gezeigt, dass ich ihn gut finde“, protestiere ich, doch meine beste Freundin lässt sich nicht beirren und redet weiter: „Aber ich verstehe noch immer nicht so ganz, warum du dich einfach von ihm hast mitnehmen lassen. Du hast ihn vorher doch erst das eine Mal vor der Schule gesehen. Mit Sonnenbrille“, fügt sie hinzu.

Ich seufze, weil hier der Teil beginnt, den ich den beiden verschwiegen habe. „Gib es doch zu, du hättest es auch gemacht. Dich von ihm mitnehmen lassen, meine ich.“ Als wäre das eine Erklärung.

Flint, der mich nach der Schule auf seinem Gepäckträger transportiert hat, richtet sich wieder auf. „Ja, sie hätte es genauso gemacht und das ist genau der Punkt. Ihr dürft nicht mit irgendwelchen halbfremden Typen mitfahren, egal wie gut sie aussehen." Sein ernster Tonfall lässt Fenja und mich losprusten.

„Ich mache es auch nie wieder", verspreche ich feierlich.

„Und ich habe es noch nie gemacht", ergänzt Fenja.

Gespielt erschüttert bedeckt er sein Gesicht mit den Händen und schüttelt den Kopf. „Ihr seid unmöglich."

Fenja und ich grinsen uns an.

„Wenn du ihn das nächste Mal triffst, dann gib mir Bescheid, ja? Ihr trefft euch doch wieder, oder?" Ihre Augen glitzern erwartungsvoll. So schaut sie immer, wenn sie die nächste große Sensation wittert.

Plötzlich schäme ich mich dafür, dass ich mich von Elian habe mitnehmen und ins Café einladen lassen. Ich komme mir wie ein Spielzeug vor, das er jeden Moment gegen ein neues ersetzen könnte, wenn er nur wollte.

„Du hast mir wohl nicht richtig zugehört", murmele ich, plötzlich mit einem miesen Gefühl. „Es wird kein nächstes Treffen geben."

Hilflos wechsele ich einen Blick mit Flint. Der hebt die Hände. Eine eindeutige Geste. Er will nichts mit dieser Angelegenheit zu tun haben und sich lieber heraushalten. Meine beste Freundin hingegen springt kreischend und lachend von der grauen Couchlandschaft auf, zieht mich hoch und tanzt mit mir eine Runde durch das Wohnzimmer. Offenbar hat sie mir noch immer nicht zugehört.

„Vielleicht wird ja er dein erster richtiger Freund", beginnt sie meine Zukunft zu planen. Ergeben seufze ich, lasse aber nicht zu, an ihren Händen weiter durch den Raum zu hampeln. Ich mache mich los.

„Erstens wird das ganz sicher nicht so sein und zweitens, hör bitte auf damit."

„Schon gut. Aber du musst zugeben, dass es ziemlich viele Zufälle sind, wenn du ihm so häufig begegnest und er sogar in deiner Nähe wohnt", gibt sie zu bedenken.

Das wären in der Tat zu viele Zufälle, wäre da nicht der Punkt, dass ich meinen Freunden nur die halbe Geschichte erzählt habe.

Wenn ich meine Finger ansehe, dann befürchte ich, dass jeden Moment erneut eine Efeuranke aus ihnen herauswachsen könnte. Würden sie mich für ein Monster halten, wenn sie es wüssten? Und was ist mit mir passiert, als ich meine Fingerspitzen auf die alten, vergilbten Seiten von ‚Tristan und Isolde' gelegt habe? Dass sich aus der verschmolzenen Tinte eine Person gebildet hat, kommt mir noch immer mehr als nur surreal vor. Ob es etwas mit meiner Abstammung von Isolde zu tun hat? Doch wie soll das möglich sein? Im echten Leben bleiben Buchfiguren in ihren Büchern und betreten nicht die Erde. Sie passen sich auch nicht so sehr den Menschen an, dass sie sogar eigene Nachfahren bekommen.

„Ivy?"

Flint fuchtelt mit einer Hand vor meinen Augen herum. Was mich vermuten lässt, dass ich den beiden in den letzten Minuten nicht zugehört habe.

„Was?", frage ich und ernte dafür einen spielerischen Schlag von Flint gegen die Schulter.

„Ich habe nur gefragt, wie lange du bleiben wolltest. Wir

könnten noch ..." Er unterbricht sich und wechselt einen langen Blick mit Fenja. „Aber du warst offensichtlich so in Gedanken versunken, dass du mir nicht zugehört hast. Sag bloß, du hast an diesen Elian gedacht."

Ich schüttele meinen Kopf, doch überzeugt sind sie beide nicht. Obwohl ich tatsächlich keinen Gedanken an ihn verloren habe. Zumindest gerade nicht. Um von dem Thema abzulenken, gucke ich auf meine Armbanduhr und stelle überrascht fest, dass es bereits nach 18 Uhr ist. Wenn ich noch zur AoLBC will, sollte ich jetzt aufbrechen. Ich suche nach einem Grund, um mich unauffällig abseilen zu können.

Aus Mangel an Ideen nehme ich mein Handy aus der Tasche und starre auf das schwarze Display.

„Ich muss los", sage ich und zögere. „Mein Großvater will etwas mit mir besprechen."

Meine Freundin hebt eine Augenbraue. „Sag bloß, er holt dich ab!"

Ich schüttele den Kopf und winke mit dem Handy. „Ich soll mir ein Taxi bestellen", flunkere ich weiter. Ich habe das Gefühl, dass ich mich bereits jetzt immer tiefer in ein Netz aus Lügen verstricke. So leicht werde ich daraus nicht wieder herauskommen.

„Alles klar." Flint erhebt sich und umarmt mich zum Abschied. „Spätestens am Montag nach dem Wochenende sehen wir uns wieder." Auch Fenja drückt mich an sich.

„Halt mich auf dem Laufenden", flüstert sie mir zu. Ich kann nur die Augen verdrehen. Erwidern möchte ich nichts, denn plötzlich breitet sich Übelkeit in mir aus, verursacht durch den Gedanken, eine furchtbare Freundin zu sein. Vielleicht bin ich es sogar, vielleicht ist es aber auch gerechtfertigt, ihnen nicht alles zu erzählen.

„Tschüss dann," bringe ich an der Tür mit kleinlauter Stimme hervor, bevor ich mich abwende und in den aufkommenden Schneesturm hinaustrete. Nachdem es im kompletten letzten Winter und im ganzen letzten Jahr nicht einmal geschneit hat, scheint das Wetter es in diesem Jahr ausgleichen zu wollen. Schneeflocken verfangen sich in meinem Haar und landen kalt auf meinem Gesicht. Nach und nach verwandeln sie die gesamte Stadt in eine Weihnachtslandschaft – ganze anderthalb Monate zu spät.

Ich ziehe die Schultern hoch und mache mich auf in Richtung der AoLBC. Als das Handy in meiner Jackentasche klingelt, fische ich es heraus. ‚*Papa*', leuchtet es mir von dem Display entgegen. Das Smartphone rutscht mir aus den Fingern, so überrascht bin ich, von ihm angerufen zu werden. Erst im allerletzten Moment fange ich es auf. Ich atme tief durch.

Der Touchscreen reagiert nicht sofort, weil meine Finger ohne Handschuhe bereits eisig kalt sind. Dann nehme ich den Anruf an. Irgendwie bin ich erleichtert, die Stimme meines Vaters zu hören. Vermutlich ist er der einzige Mensch, den ich in letzter Zeit nicht angelogen habe.

„Ivy, wo bist du?" Was interessiert ihn das, wenn er irgendwo in New York ist?

„Ist was passiert?", frage ich, denn alles andere wäre vollkommen untypisch für die Dringlichkeit in seiner Stimme.

„Dein Großvater hatte einen Herzinfarkt."

Darauf weiß ich im ersten Moment nichts zu sagen. „Oh", reagiere ich. Doch mit jeder anderen Antwort hätte ich gelogen. *Du hast bereits so viel gelogen, da macht es keinen Unterschied mehr, ob du es einmal mehr oder weniger machst.* Ich versuche, die gemeine Stimme in meinem Kopf zu ignorieren.

„Die Haushälterin hat mich soeben informiert und fragt, wo du bist. Also?"

Ich gebe keine Antwort. „Wie geht es Opa?", finde ich endlich meine Stimme wieder.

„Wie soll es ihm schon gehen", meint mein Vater. Ich kann nicht fassen, wie emotionslos er ist. „Und das war auch keine Antwort auf meine Frage."

„Ich bin bei Flint", antworte ich etwas zu schnell.

„Flint?"

Er hat es tatsächlich vergessen, ist denn das zu glauben?

„Mein bester Freund", erkläre ich und verdrehe die Augen. Zum Glück kann er das nicht sehen. „Fenja ist auch hier."

„Ich erinnere mich. Flint, genau", sagt er und klingt gestresst.

Zwischen uns entsteht eine peinliche Stille, die ich irgendwie füllen will.

„Hm", grummele ich. „Wie geht es dir eigentlich?" Während ich das sage, fällt mir ein, dass ich heute Früh den Haustürschlüssel in der Villa vergessen habe. Bevor mein Vater antworten kann, frage ich: „Du, hat die Haushälterin schon Feierabend gemacht? Ich habe meinen Schlüssel heute Morgen vergessen."

Mein Vater druckst herum. Merkwürdig.

„Ich habe ihr gesagt, sie könne sich frei nehmen, solange dein Großvater in Behandlung ist. Er wurde in eine spezielle Klinik in die nächste Stadt gefahren", erwidert mein Vater. Die letzte Information nehme ich nur am Rande wahr. Seit wann mischt er sich in diese Angelegenheiten ein?

Für eine Weile herrscht Stille an beiden Enden der Leitung.

„Hör mir mal zu, Ivy. Ich denke, es wäre besser, wenn du jetzt nicht allein in der Villa bleibst."

„Ich ...“ Irritiert runzele ich die Stirn. „Wieso?“

„Glaub mir, es ist so.“

Auf einmal ist meine Kehle ganz trocken. Warum macht er sich ausgerechnet jetzt Sorgen um mein Befinden? Wäre er hier, wäre ich nicht allein.

„Tschüss, Papa“, bringe ich hervor, dann lege ich ohne ein weiteres Wort auf. Ich nehme nicht mehr ab, als er ein weiteres Mal anruft. Soll er doch in New York bleiben. Weit weg von hier und möglichen Problemen, mit denen er dann konfrontiert werden würde.

Manchmal habe ich das Gefühl, er läuft vor jemandem davon. Aber vor den Toten kann man nun mal nicht fliehen.

Mit Blick auf das Haus von Flint und seinen Eltern fasse ich einen Entschluss. Vorhin noch habe ich Fenja und Flint gesagt, dass sich mein Großvater mit mir treffen will. Das war nicht mehr als eine Notlüge, doch nun hält sie mich davon ab, zu den beiden zurückzukehren.

Wütend stapfe ich weiter, bis ich die Auffahrt der AoLBC erblicke. Ich hatte bloß mein Rad abholen und nie wieder einen Fuß in das Haus setzen wollen. Die jüngsten Ereignisse zwingen mich jedoch dazu, etwas ganz anderes zu machen. Wohl oder übel werde ich die Nacht hier verbringen müssen.

Das Einzige, das mich in dieser Situation wenigstens etwas beruhigt, ist, dass Elians Sportwagen nicht in der Einfahrt parkt. Stattdessen stehen dort ein Motorrad, ein verbeulter Kleinwagen und zwei weitere Fahrräder.

Unwillig quere ich das schmiedeeiserne Tor, werfe einen Blick über die Schulter, um mich zu vergewissern, dass mich niemand dabei beobachtet, und betätige die Klingel neben der

Haustür. Sekunden später ertönt ein Summen und ich trete ein.

Im Türrahmen am Ende des Ganges steht ein schätzungsweise sechzehnjähriges Mädchen, das wie eine Verrückte auf einem Smartphone herumtippt. Es hat genau wie ich kastanienbraunes Haar. Nur trägt sie es im Gegensatz zu mir mit Pony. Wenn alle Menschen in diesem Haus ein Nachkomme einer literarischen Figur sind, muss auch dieses Mädchen von einer solchen abstammen. Ich überlege, an welche Buchfigur sie mich erinnert. Streng genommen könnten es Tausende sein. Allerdings erinnert sie mich stattdessen mit ihrem Pony, den zarten Gesichtszügen an eine ganz bestimmte Filmfigur. Wer war es nur?

Beim Klang meiner Schritte auf dem Flur blickt das Mädchen auf. „Ist sie das?“ Es wendet sich an jemanden, der hinter ihm im Büro der Sekretärin steht. Ich bete, dass es nicht Rahen oder Elian ist. Umso erleichterter bin ich, als der muskulöse Junge, dem ich gestern auf dem Flur begegnet bin, seinen Kopf aus dem Raum streckt. Er lächelt mich herzlich an. Augenblicklich wird mir wärmer und meine Anspannung lässt nach.

„Das ist sie. Ivy Hartmann, Nachfahrin der Isolde aus *Tristan und Isolde*“, stellt er mich vor, bevor ich selbst die Gelegenheit dazu bekomme.

Ich kann nicht einmal blinzeln, da hat das Mädchen schon ein Foto von mir geschossen. Es grinst fröhlich und tippt wieder auf dem Display herum, was sie mit „Fotos für das Jahrbuch“ kommentiert.

Ich verstehe gar nichts mehr. Am liebsten möchte ich ihr sagen, dass sie das Bild von mir schnellstmöglich löschen sollte, als ich es mir anders überlege und mich an den Jungen wende: „Findest du es nicht ein bisschen ungerecht, dass hier alle meinen Namen kennen, ich hingegen eure nicht?" Herausfordernd hebe ich eine Augenbraue, dann ziehe ich meinen Schal aus und gehe weiter. Kaum stehe ich vor dem Mädchen, verstärkt sich mein Gefühl, dass sie mich an eine Schauspielerin erinnert.

„Ich bin Lizzy," sagt sie, packt das Handy in die Gesäßtasche ihrer Jeans und streckt mir ihre zarte Hand entgegen. Vorsichtig ergreife ich sie. Sie wirkt so zerbrechlich, dass ich Angst habe, sie zu erdrücken. Kaum hat sie die Hand wieder frei, zieht sie ihr Smartphone erneut aus der Hosentasche.

„Und ich heiße Gordon," stellt sich der junge Mann vor, bevor er mich herzlich umarmt. Überrascht erwidere ich diese nicht sofort, muss aber zugeben, dass ich seine offene Art mag. Instinktiv scheint er gewusst zu haben, dass ich genau eine solche Umarmung gebraucht habe, um mich wohl fühlen zu können.

„Wir hätten nicht gedacht, dass du dich noch einmal blicken lässt. Vor allem nach deinem gestrigen Abgang." Er lacht in sich hinein.

„Ich war einfach überfordert mit der Situation. Oder ging es euch anders?" versuche ich mein stürmisches Verhalten zu erklären.

„Nach dem, was Rahen und Elian erzählt haben, kann ich mir gut vorstellen, dass das alles viel Unglaubliches für dich gewesen sein muss."

Lizzy nickt beipflichtend, wobei sich diese Geste genauso gut auf etwas beziehen könnte, was sie sich auf ihrem Handy anschaut. So langsam glaube ich, das Teil ist mit ihr verwachsen.

„Glaubst du uns denn nun, dass es die AoLBC wirklich gibt? Denn du weißt schon, dass nicht alles im Internet stehen muss, oder?“ Seine gute Laune steckt mich an, doch ich bleibe ernst. Woher weiß er überhaupt davon, dass ich nach dem Verein im Internet gesucht habe?

„Zu hundert Prozent noch nicht. Bedauerlicherweise habt ihr mir bisher nur einzelne Puzzlestücke hingeworfen. Sie passen nicht zusammen und mir fehlen noch einige, damit ich das Bild richtig und vollständig sehen kann“, wiegele ich ab. „Ich glaube also schon daran, dass es den Verein gibt. Aber ich kann einfach nicht verstehen, was ihr hier macht. Wie soll es möglich sein, dass jeder hier, inklusive mir, von einer literarischen Figur abstammt? Und was für Gaben sollen damit verknüpft sein? Und was sollen das für Aufgaben sein, die ich hier bewältigen soll?“

„Ist gar nicht mal so schwer zu erklären“, meint Gordon, der mir geduldig zugehört hat.

„Aber lass uns doch irgendwo hinsetzen, damit wir in Ruhe darüber reden können“, schlägt Lizzy vor, ohne den Blick vom Handydisplay zu nehmen. Daraufhin führt sie mich in das angrenzende Zimmer, das so ähnlich wie ein kleiner Aufenthaltsraum in einem Jugendheim aussieht.

Außer uns befindet sich niemand hier. Mehrere Sessel und Stühle sowie ein rechteckiger Esstisch, auf dem neben einer Teekanne und mehreren bunten Tassen einige Bücher liegen, füllen den Raum.

Wir lassen uns in die Sessel fallen und Lizzy schenkt jedem eine Tasse blumig duftenden Tee ein. Sogleich zückt sie wieder ihr Smartphone. Das Kameralicht blitzt auf.

„Lizzy“, spricht Gordon mahnend. „Du weißt doch, dass ...“

Entschuldigend blickt sie auf. „Jaja, ich weiß, was Herr Bergmann und Mrs. Walsh gesagt haben.“

„Dann leg dein Handy endlich weg. Du musst nicht ständig und andauernd alles posten, was dir vor die Linse kommt. Wegen dir fliegt der Verein irgendwann auf." Obwohl er ihr gerade eine Ansage gemacht hat, klingen seine Worte warm und freundlich.

Lizzy verzieht schmollend den Mund, legt das Smartphone dann jedoch außer Reichweite.

Vorsichtig nippe ich an meinem Tee, aber er ist gerade richtig temperiert. Ich weiß nicht, was ich sagen soll. Das Verhalten der Vereinsmitglieder stellt mich vor immer größere Rätsel. Ich sehe Lizzy und Gordon an, die sich Blicke zuwerfen. Bei diesem wortlosen Austausch geht es vermutlich darum, wer mir zuerst etwas erzählt.

„Natürlich klingt das alles sehr merkwürdig für dich", beginnt Lizzy. „Wir erzählen dir, dass du die Nachfahrin einer literarischen Figur bist, deren Werk in großer Gefahr schwebt und dass du eine besondere Gabe hast. Das muss dich ziemlich verwirrt haben. Ich zumindest war es damals, als ich in deiner Situation war." Sie wirft mir einen mitfühlenden Blick zu. „Zunächst einmal: Es gibt insgesamt acht Bücher, die literarische Nachkommen haben und somit in großer Gefahr schweben. Acht Bücher mit neun Nachkommen. Diese sind als einzige in der Lage, die ihnen zugehörigen Werke vor dem Existenzschwund zu bewahren. Mit dir haben wir die achte dieser Nachkommen gefunden."

„Aber warum gibt es neun Nachkommen, wenn es nur acht Werke gibt?", möchte ich wissen. „Und was heißt: Existenzschwund?"

„Zu deiner ersten Frage: Weil es aus einem Werk zwei Nachfahren gibt. Du und Elian, ihr beide stammt von Figuren desselben literarischen Werkes ab. Er von Tristan, du von Isolde. Zu deiner zweiten Frage komme ich später."

Ich muss schlucken. Wenn das nicht alles schon verrückt genug wäre: Warum müssen ausgerechnet er und ich Vorfahren aus demselben literarischen Werk haben? Und noch viel wichtiger: Von welcher Isolde stamme ich ab?

„Neben ‚Tristan und Isolde' gibt es noch ‚Oliver Twist', ‚Alice im Wunderland', ‚Das Bildnis des Dorian Gray', ‚Robinson Crusoe', ‚Odyssee', ‚Die Leiden des jungen Werther' und ‚Stolz und Vorurteil'", zählt Gordon auf.

Bei der Erwähnung von ‚Stolz und Vorurteil' fällt der Groschen. Ich starre die zierliche Lizzy an, die im Sessel neben mir sitzt.

„Du bist Elizabeth Bennet. Ich liebe die Verfilmung", hauche ich.

„Beziehungsweise ihre Nachfahrin", lacht Lizzy. Sie zieht eine Kette mit einem goldenen Ring, der wie ein Ehering aussieht, hervor. *Ist sie etwa verheiratet?*

Ich belasse es dabei und frage Gordon: „Und du?"

„Mein Vorfahre ist Robinson Crusoe", sagt er und schlägt Lizzy spielerisch auf die Finger, weil sie sich gerade nach ihrem Handy ausgestreckt hat. Die Ärmste scheint süchtig danach zu sein.

„Aber wie um alles in der Welt ist das möglich?"

„Natürlich wissen wir es nicht genau", beginnt Gordon, „Aber wir können uns auf verschiedene Quellen stützen. Die AoLBC ist im Besitz verschiedener Schriften, die unsere Vermutungen bestätigen."

„Und es gibt die Ahnentafeln", wirft Lizzy ein. „Und natürlich noch die Geschichten, die über Jahrzehnte weitergegeben wurden."

„Richtig, die Ahnentafeln“, nickt Gordon. „Vielleicht sind sie dir schon aufgefallen, Ivy. Die steinernen Tafeln, die im Flur hängen, das sind die Ahnentafeln.“

Ja, die sind mir bei meinem ersten Besuch gleich aufgefallen. Allerdings hatte mir Elian die Sicht auf die Tafeln versperrt.

„Auf ihnen können wir nachverfolgen, welche literarische Figur welche Nachfahren hat. Teilweise verlaufen sich die Spuren der einzelnen Nachkommen im Laufe der Zeit, bis sie wieder aufgenommen wurden“, erklärt Gordon. „Sie beweisen unseren Ursprung. Beispielsweise gab es im Mittelalter diesen angeblich verrückten Mann, der behauptete, er habe einen literarischen Vorfahren. Sein Name war ...“ Er legt die Stirn in Falten.

„Anselm von Löwenstein“, souffliert Lizzy.

„Richtig“, nickt er. „Anselm von Löwenstein. Die Gelehrten und Geistlichen waren zu dieser Zeit die Einzigen, die lesen konnten. Aber das weißt du sicher. Auf jeden Fall wollten sie ihm keinen Glauben schenken. Er wurde der Ketzerei beschuldigt und gehängt und ...“

„Das interessiert Ivy doch gar nicht“, unterbricht ihn Lizzy sanft und nickt mir zu. „Ich schätze, du willst wissen, wie es überhaupt zu literarischen Nachfahren kommen konnte?“

Bislang habe ich bloß stumm gelauscht. Gordons Worte verleihen den vielen Behauptungen mehr Glaubwürdigkeit. Bei nächster Gelegenheit werde ich mir die Ahnentafeln dringend einmal ansehen müssen. Vielleicht erfahre ich dann mehr über meine ‚Urahnen‘.

„Unsere Vorfahren wurden quasi aus ihren Geschichten gespuckt“, setzt Gordon an.

„Warum, wissen wir nicht genau. Nur so viel, dass eine andere

Buchfigur aus einem bislang unbekannten Buch dafür verantwortlich sein muss. Doch auch ihre Motive sind uns völlig unklar. Auf den ersten Blick lässt sich keine Gemeinsamkeit erkennen, die alle acht Bücher miteinander verbindet", ergreift Lizzy das Wort. „Aber uns ist klar, dass diese Figur die anderen Werke zerstören möchte. Denn jede der ausgespuckten Figuren ist entweder die Hauptfigur oder die tragende Kraft und Kernidee ihrer Geschichte. Das heißt, dass ohne diese Figur die Geschichte nicht mehr funktionieren kann. Mit der Zeit wird sie einfach zerfallen."

„Zerfallen?"

Lizzys Blick schweift in die Ferne. „Ich habe es selbst gesehen. ‚Stolz und Vorurteil' bröckelt. Da ist ein großes Nichts. Es schluckt alles, es zehrt an der Geschichte und macht sie kalt. Das ist der Existenzschwund. Er nimmt unseren Vorfahren ihre Geschichten, ihr Leben." Mit jedem weiteren Satz verliert sie sich ein bisschen mehr in einer fernen Welt, die sich gerade nur in ihrem Kopf abspielt. Dann, von einem Moment auf den anderen, ist ihr Blick wieder klar. „Weißt du, Ivy, jeder von uns hat ein ganz bestimmtes Anliegen, seine Geschichte vor dem Untergang zu bewahren."

Ich muss schlucken. Das klingt schrecklich. Doch etwas macht mich stutzig. Es klang fast so, als sei Lizzy *in* der Geschichte ihrer Ahnin gewesen, quasi als unmittelbare Zeugin ...

„Von den meisten Werken besitzt die AoLBC die originale Erstausgabe. Diese kann erst dann zerstört werden, wenn auch die ausgespuckte Figur zerstört worden ist."

„Das heißt, die literarischen Figuren sind hier auf der Erde, irgendwo unter uns, mitten in der Gesellschaft?" Meine Stimme ist etwas zu schrill. Ich spüre, wie mein letzter Widerstand zu schmelzen beginnt wie Eis in der prallen Sonne. So langsam glaube ich diesen ganzen Blödsinn.

„Ja, zumindest waren sie das", antwortet Lizzy schlicht. „Nachdem die böse Buchfigur sie aus ihren Geschichten geschmissen hatte, sind sie in die reale Welt gekommen. Das jedenfalls belegen die überlieferten Unterlagen."

„Hier erging es ihnen wie allen anderen Menschen: Sie alterten, sie brauchten zu essen und zu trinken und ein Dach über dem Kopf. Aber es gibt nun mal große Unterschiede zwischen der Realität und der literarischen Welt. Die literarischen Figuren müssen ziemlich überfordert gewesen und aufgefallen sein. Dennoch haben sie Nachfahren bekommen und sind nach Ablauf ihrer natürlichen Lebensspanne, statt zu sterben, in einen tiefen Schlaf gefallen."

Gordon wählt seine Worte mit Bedacht. Jedes von ihnen ist perfekt abgewogen, sodass es nie seine Wirkung verfehlt. Gebannt hänge ich an seinen Lippen.

„Aus diesem tiefen Schlaf kann sie nur der jüngste noch lebende Nachkomme wecken", ergänzt Lizzy.

„Wie soll das gehen?"

„Indem der jüngste Nachfahre die literarische Figur zurück in dessen ursprüngliche Welt bringt."

Ich versuche, die neu gewonnenen Informationen in meinem Kopf zu ordnen. „Wie soll man sie in ein Buch bringen? Ist das nicht unmöglich?"

„Nicht für uns." Lizzy lächelt und schielt auf ihr Handy. Als sie Gordons Blick bemerkt, reißt sie sich zusammen.

„Vor einigen Jahrzehnten hat sich die AoLBC gebildet. Der Verein wurde gegründet von Herrn Bergmanns Urgroßvater, also

Kaitos Ururgroßvater. Sie alle sind Nachfahren des Oliver Twist, musst du wissen. Und diese Vereinigung sammelt die Nachfahren der verlorenen literarischen Figuren, um die Geschichten zu retten“, erklärt Gordon weiter. Als er einen Schluck Tee trinkt, spricht Lizzy an seiner statt.

„Der alte Herr Bergmann hat beim Lesen der heute bekannten acht Bücher etwas Bemerkenswertes festgestellt. Er fand heraus, dass sich die Geschichten verändert hatten und nicht mehr der ursprünglichen Fassung entsprachen. Die Kernideen fehlten, ohne die die Geschichten nicht funktionieren konnten. Nur in den Erstveröffentlichungen stand noch die exakt richtige Geschichte geschrieben. Er stellte mit der Zeit außerdem fest, dass die meisten Ausgaben der betroffenen Bücher immer dünner wurden. So werden sie mit der Zeit unwiderruflich zerstört.“

„Was aber niemandem auffiel. Die gewöhnlichen Menschen bekamen nichts davon mit. War eine Seite ihrer Bücher zu Staub zerfallen, löschte sie sich aus ihren Gedächtnissen. Die Bücher wurden so nutzlos“, schiebt Gordon ein.

Lizzy räuspert sich. „Weil ihn die ganze Sache so beschäftigte, betrieb er sehr gründliche Ahnenforschung, nach der er die Ahnentafeln anfertigte. Er fand heraus, dass er selbst ein Nachkomme einer literarischen Figur ist. Zudem entdeckte er seine Gabe.“

Lizzy macht eine Pause, wofür ich ihr sehr dankbar bin.

Ich schüttele den Kopf, einfach, weil ich immer noch nicht glauben kann, was ich gerade zu hören bekomme. Doch ich vertraue den beiden. Sie machen nicht den Eindruck, als würden sie mich anlügen. Außerdem ergibt so alles einen Sinn, auch wenn ich es kaum zugeben mag.

„Herr Bergmann Senior begab sich schließlich auf die Suche nach den anderen Nachkommen. Zunächst machte er aber nur drei andere ausfindig. Gemeinsam mit den anderen Nachfahren gründete er die AoLBC und setzte sich zum Ziel, die Bücher zu retten und auch die letzten Nachkommen zu finden." Gordon schaut nachdenklich durch den Raum, bis sein Blick an mir haften bleibt.

Lizzy fährt fort. „Die Buchfiguren landen immer im Erscheinungsjahr ihrer Geschichte in unserer Welt."

„Und diese ganze *Zerstörung*", ich male Gänsefüßchen in die Luft, „hat tatsächlich nur der Gründer der AoLBC entdeckt? Keinem anderen Menschen ist es aufgefallen?"

Sie lächelt erneut. „Du hinterfragst wirklich alles, oder? Nun ja, Gordon hat es vorhin schon einmal angesprochen. Normale Menschen stammen von keiner literarischen Figur ab. Ihnen bleiben die Veränderungen der literarischen Werke verborgen. Sie haben, wenn man so will, einen blinden Fleck im Blick. Sie sehen nur die Künste, nicht die tiefere Handlung der Geschichten. Es ist fast wie eine Täuschung."

„Wie wenn du ins Licht gesehen hast und dann Punkte vor den Augen hast", fügt Gordon hinzu. „So wie man das eigene Kind nicht wachsen sieht oder sich selbst nicht altern."

„Wie ich schon sagte: Für sie hat sich nichts verändert, außer, dass der Inhalt des Werkes für sie keinen Sinn mehr macht", schließt Lizzy.

„Und für sie wird sich auch erst etwas verändern, wenn ein literarisches Werk endgültig zerstört worden ist. Das heißt wenn die Erstausgabe zu Staub zerfällt und dadurch ein Puzzleteil unserer menschlichen Geschichte und unseres kulturellen Erbes wegfällt“, meint Gordon. „Allerdings würden sie es nicht wissen. Nur wir Nachfahren müssten mit dem Wissen leben, dass gerade ein bedeutendes Werk und dessen Einfluss auf die Menschen für immer und unwiderruflich zerstört worden ist.“ Gordon seufzt. „Wir sind es unseren Vorfahren schuldig, ihre Geschichten zu retten. Es sollte unser aller Anliegen sein.“

„Die Literatur ist immer ein Spiegel der Gesellschaft. Sie spiegelt die aktuelle Lebenslage unserer Vorfahren wider.“ Lizzy blickt mich aus ihren dunklen Augen an. Angespannt spielt sie mit einer Haarlocke. „Ohne den zweiten Weltkrieg hätte es beispielsweise Morton Rhues *‚Die Welle'* niemals in dieser Form gegeben.“ Sie zupft stärker an ihrer Locke und spricht mit einer Dringlichkeit, die mich in ihren Bann zieht. „Stell dir vor, es würde Tolstois *‚Krieg und Frieden'* oder Jules Vernes *‚20.000 Meilen unter dem Meer'* nicht mehr geben ... Was ich damit sagen will, ist, dass wenn die Literatur verschwindet ...“

„Wenn die Literatur verschwindet, würde ein Teil der Menschheitsgeschichte ausgelöscht werden“, vollende ich den Satz.

Mit ernster Miene nickt Lizzy.

„Die Literatur gehört zu unserem Leben dazu. Aber immerhin haben wir die Chance, den Existenzschwund aufzuhalten. Und das verdanken wir allein Kaitos Vorfahren.“

Während ich mich noch frage, wer Kaito ist, wird die Tür schwungvoll aufgerissen. Herein tritt ein Junge in meinem Alter mit braunen Augen und schwarzen Haaren. Sein mittelgroßer, drahtiger Körper steckt in einer schwarzen Hose und einem schwarzen Kapuzenpulli.

„Hey", begrüßt er uns lässig, schnappt sich eine Tasse und lässt sich mir gegenüber in einen grauen Sessel fallen. Während er sich ebenfalls die Tasse mit Tee füllt, lässt er mich nicht aus den Augen. Etwas verkrampft halte ich seinem dunklen Blick stand.

Lizzy fährt unbeirrt mit der Erklärung fort: „Und nun zu deiner Frage mit der Gabe. Jeder Nachkomme einer literarischen Figur besitzt eine ganz bestimmte Gabe. Zusätzlich zu dieser Gabe besitzt jeder von uns die Fähigkeit, die Geschichte seiner Vorfahren betreten zu können."

„Ob es jeder ist, wissen wir nicht", fällt der schwarz gekleidete Junge ihr ins Wort. „Ich bin übrigens Kaito", stellt er sich mir vor. „Bislang gab es nur Fälle, in denen nur die gleichgeschlechtlichen Nachkommen die Gabe und damit diese Fähigkeit erben. Ivy, in deinem Stammbaum beispielsweise besitzen nur die weiblichen Nachkommen von Isolde diese Gabe. Die männlichen nicht. Aber in der Regel sind alle Nachfahren der weiblichen Buchfiguren ebenfalls weiblich. Bei den Nachkommen der männlichen Buchfiguren hingegen sind alle Nachfahren ebenfalls männlich." Er sieht mich zufrieden an. „So einfach ist das."

„Und es gibt wirklich keine Ausnahmen. Keine einzige?", frage ich in die Runde.

Gordon grinst schief. „Keine einzige. Du kannst dir gerne die Ahnentafeln im Flur anschauen, dann siehst du, was wir meinen."

„Warum fragst du?", erkundigt sich Kaito etwas misstrauisch.

„Nur so." rasch wechsele ich das Thema. „Aber ihr spracht eben von einer Gabe. Habt ihr eine Idee, wie meine aussehen könnte?" Ich weiß ja, dass es diese Sache mit dem Efeu und der

Teleportation ist, ich will aber herausfinden, ob die anderen es auch wissen.

„Leider nicht“, Lizzy schüttelt den Kopf.

Meine Gedanken springen weiter. „Aber meine Mutter hatte ebenfalls diese Gabe, oder?“

Gordon nickt. „Seit deiner Geburt besitzt deine Mutter aber nur noch die Gabe, die in deiner Familie von Generation zu Generation weitervererbt worden ist. Die Fähigkeit, in die Geschichte eurer Ahnin zu reisen, hat sie an dich weitergegeben und selbst verloren.“

Ich verschweige lieber, dass meine Mutter gestorben ist und somit nicht einmal mehr diese Gabe besitzt. Dennoch breitet sich in mir die Hoffnung aus, dem Geheimnis meiner Mutter ein entscheidendes Stück näher gekommen zu sein. Doch sie ist nicht die Einzige in meiner Familie, die ein Geheimnis wahren will.

Auch mein Großvater scheint eine Rolle in diesem ganzen Theater zu haben. Leider kann ich zum jetzigen Zeitpunkt noch nicht absehen, welche diese ist. Ein Nachkomme von Isolde wird er kaum sein können. Die Gabe muss von meiner verstorbenen Großmutter an Mama und schließlich an mich vererbt worden sein. Dennoch weiß er irgendetwas. Ob es einen Hinweis darauf in seinem Büro gibt? Oder in der Bibliothek? Irgendetwas muss doch zu finden sein. Ich sollte die Zeit, in der er nicht da ist, nutzen. Ich sollte schleunigst nach Hause fahren. Aber wie komme ich in die Villa, ohne Schlüssel?

„Ivy?“

Ich blinzele mehrfach, bevor ich einen Blick in Gordons Richtung werfe. „Was?“

Er schüttelt lächelnd den Kopf und ich merke, dass ich bereits zum zweiten Mal an diesem Freitag so abgelenkt war, dass ich nichts mehr um mich herum mitbekommen habe.

„Ich hab gefragt, ob alles in Ordnung bei dir ist."

„Oh", ich räuspere mich. „Jaja, mir geht's gut." Um meine wirren Gedanken loszuwerden, schüttele ich den Kopf. „Muss ich mich denn jetzt noch bei der AoLBC anmelden?"

Lizzy und Gordon stimmen ein fröhliches Gelächter an, von dem ich mich ausgeschlossen fühle. Ist die Antwort auf meine Frage so offensichtlich?

„Du bist doch schon Mitglied bei uns", eröffnet mir Lizzy.

Bin ich das? Na, das ist ja durchaus interessant.

„Das Einzige, was du trotzdem unterschreiben musst, ist eine Schweigeverpflichtung. Das heißt, dass du unsere Geheimnisse nicht an normale Menschen weitertragen darfst und so. Denn das ist wirklich wichtig." Sie strahlt als sei sie die Sonne selbst. Das ist irgendwie ansteckend.

„Hast du dieses Wochenende Zeit?" Gordons Augen blitzen erwartungsvoll, was mich zum Lachen bringt. Optimistisch gestimmt, schaue ich ihn an.

„Dann könnten wir dir beweisen, dass wir keinen Unfug erzählt haben."

„Nun, ihr scheint es wirklich ernst zu meinen."

„Was hast du denn gedacht?" Lizzy grinst und zeigt eine Reihe perfekter weißer Zähne.

Kaitos Miene bleibt hingegen verschlossen. „Hast du denn Zeit?", möchte er wissen.

Habe ich Zeit? Eigentlich schon. Sehr viel sogar.

„Habt ihr hier ein Gästezimmer oder so etwas Ähnliches?"

Es ist eine Schnapsidee, am Wochenende direkt hier vor Ort zu übernachten, das war mir von Anfang an klar. Doch was bleibt mir anderes übrig?

„Mein Vater und ich wohnen auf der ersten Etage in diesem Haus und haben tatsächlich ein Gästezimmer. Aber warum?" Kaito lässt seine Augen auf mir ruhen, lächelt aber ein wenig.

„Heute Morgen habe ich meinen Hausschlüssel vergessen. Mein Fahrrad liegt mit plattem Reifen in eurer Auffahrt, mein Großvater ist im Krankenhaus und ..." Ich stocke. Die drei starren mich an.

„Im Krankenhaus? Was ist mit ihm?" Lizzy legt mir eine Hand auf die Schulter.

„Er hatte einen Herzinfarkt", erkläre ich sachlich und ernte ein „Das tut mir leid" von allen Seiten. Stockend spreche ich weiter: „Ich habe absolut keinen Plan, wo ich ansonsten hinkönnte. Wenn ich bei meiner besten Freundin oder meinem besten Freund übernachte, werden sie mich mit Fragen löchern und dann könnte ich am Wochenende nicht hierherkommen." Kurz überlege ich, ob noch was fehlt, dann aber nicke ich, um die Sache abzuschließen, und erwidere Kaitos Blick.

„Mein Vater hat bestimmt nichts dagegen, wenn du hier übernachtest, und wenn du noch etwas von zu Hause holen willst, dann lässt sich das einrichten."

„Hast du mir nicht richtig zugehört? Ich habe meinen Schlüssel nicht dabei, kann also gar nicht ins Haus." Belustigt hebe ich meine Augenbrauen.

„Du kennst Kaito nicht", stellt Gordon fest. „Er ist nicht umsonst der Nachkomme von Oliver Twist. Bisher ist er noch in jedes Haus ungesehen hinein und auch wieder herausgekommen."

„Willst du damit sagen, dass wir beide einfach in die Villa meines Großvaters einbrechen sollen? Nur, damit ich ein paar Klamotten zum Übernachten holen kann?“ Mir kommen Bilder von zertrümmerten Fensterscheiben und eingeschlagenen Türen in den Kopf.

Ich fasse es nicht, dass sie so etwas überhaupt in Erwägung ziehen, doch allesamt scheinen sie es ernst zu meinen. Ihre Gesichtsausdrücke zeigen nicht den Hauch von Belustigung. Meine Augenbrauen wandern wieder nach unten.

„Ihr meint das ernst.“ Meine Stimme wackelt ein wenig, was die anderen nun vermutlich super witzig finden. Aber im Gegensatz zu ihnen gehört es für mich nicht zum Alltag in anderleuts Häuser einzubrechen. Und schon gar nicht in mein eigenes. Zumal ich dann auch direkt in der Villa bleiben könnte und gar nicht beim Verein übernachten müsste. Doch ich möchte nicht allein in der Villa bleiben. Einmal abgesehen davon, dass wir mehr Zeit für alles haben, wenn ich hier übernachte und direkt im Haus bin.

„Natürlich meinen sie das ernst“, höre ich in diesem Augenblick eine spöttische Stimme hinter mir. Mein Herz schlägt schneller und gefriert gleichzeitig in meiner Brust. „Aber wenn ich mitkomme, kommt Kaito nicht auf dumme Gedanken.“

Ich drehe mich in dem Moment zu Elian um, als dieser sich neben meinen Sessel stellt. Merkwürdig. Kaum hat er den Raum betreten, senkt sich betretenes Schweigen über unsere kleine Gruppe. Zu meiner Erleichterung verliert er kein Wort über heute Morgen. So bleibt mir zumindest diese Schmach vor den anderen erspart.

„Genau das wollte ich Ivy auch gerade vorschlagen“, erwidert Gordon kühl. Jegliche Wärme ist aus seiner Stimme und seinem

Blick gewichen. Auffordernd betrachtet er mich. „Aber lassen wir sie doch selbst entscheiden, wen sie von uns beiden lieber dabeihaben möchte.“

Alarmiert sehe ich zwischen ihnen hin und her. Ich möchte wirklich nicht der Grund dafür sein, dass sie sich anfeinden. Vor allem, weil ich nicht verstehe, worum es hier geht. Ich kann nur ahnen, dass ihr Streit tiefgründiger ist, als es scheint.

„Das ist nicht nötig“, behauptet Elian gerade. „Auf deinem Motorrad wirst du wohl kaum beide transportieren können.“

„Du in deinem Sportwagen doch genauso wenig“, schießt Gordon zurück. Zwischen seinen Brauen hat sich eine ärgerliche Falte gebildet. Es sieht aus, als wäre jeder Muskel in seinem Körper angespannt.

„Wäre ich mit dem Sportwagen da, wäre es wirklich problematisch. Wie gut, dass ich ausgerechnet heute mit dem Wagen meiner Mutter hier bin“, antwortet Elian überheblich.

Warum wollen ausgerechnet die beiden mitkommen? Was haben sie denn davon? Und was wollte Elian damit sagen, als er meinte, dass Kaito in seiner Anwesenheit nicht auf dumme Gedanken kommt? War das auf mich oder auf den Einbruch bezogen?

Verstohlen mustere ich ihn von der Seite, gucke aber schnell weg, als er es bemerkt. Mein Blick bleibt an Lizzy hängen. Sie lässt sich von der Streiterei nicht ablenken. Von Gordon unbemerkt, hat sie sich ihr Handy geschnappt und tippt bereits wieder wie wild darauf herum. Ich seufze. Von ihr werde ich wohl keine Unterstützung bei diesen testosterongesteuerten Idioten bekommen.

Als Gordon etwas erwidern will, geht Kaito dazwischen. „Okay Jungs, war wieder richtig amüsant, euch beim Streiten zuzusehen.

Aber ich denke, dass wir endlich los sollten, wenn Ivy ihre Sachen noch heute zusammenpacken will."

Wie auf Kommando springe ich auf und eile zur Tür. Über die Schulter werfe ich einen Blick in den Raum zurück. Elian und Gordon werfen sich noch immer vernichtende Blicke zu. Kaito hat sich ebenfalls erhoben.

„Hast du Erfahrungen damit, hochtechnisierte Alarmanlagen auszutricksen?", wende ich mich an Kaito. Erst jetzt fällt mir auf, dass er leicht asiatische Gesichtszüge aufweist. Er sieht so gar nicht wie der Oliver Twist aus, den ich mir beim Lesen vor meinem inneren Auge vorgestellt habe.

Sein Mund verzieht sich zu einem schelmischen Grinsen. Es gleicht dem eines kleinen Jungen, der gerade die Sandburg eines anderen Kindes mit seiner Schippe dem Erdboden gleichgemacht hat. „Ivy, ich bitte dich. Das wird ein Kinderspiel. Zudem bin ich wirklich gespannt auf die Villa deines Großvaters."

Irgendwie passt die leicht überhebliche Art zu ihm. „Wenn du meinst." Achselzuckend verlasse ich den Raum.

Ich zwinge mich dazu, weder zu Elian noch zu Gordon zurückzusehen. Seit der Auseinandersetzung zwischen den beiden hat sich etwas in mir verändert. Ich habe nicht das Gefühl, irgendeinem Geheimnis näher zu kommen. Vielmehr geschehen immer seltsamere Dinge, die neue Geheimnisse schaffen.

Und aus einem mir unerklärlichen Grund habe ich das Gefühl, mich nicht nur in dieser Situation für einen von ihnen entscheiden zu müssen.

10

Es macht mich wütend, dass Elian damit durchgekommen ist, uns zu fahren. Kaito und ich hätten dann zwar mit dem Rad fahren müssen, doch vielleicht hätte ich die Idee, in die Villa meines Großvaters einzubrechen, dann vollständig verworfen. Nun versuche ich jeden Gedanken an die bevorstehende Straftat zu verdrängen. Sollten die Alarmanlagen anspringen, kann ich mir der Polizei gegenüber noch immer irgendetwas einfallen lassen. Dass ich mich wegen des fehlenden Schlüssels gezwungen sah, mir auf anderem Wege Zugang zu der Villa zu verschaffen, nachdem mein armer Opa einen Herzinfarkt hatte, zum Beispiel.

Doch auch diese Variante ist wenig durchdacht und wird wahrscheinlich nicht zu einem Erfolg führen. So muss ich mich voll und ganz auf Kaitos Fähigkeiten als begnadeter Einbrecher verlassen.

Ich bin als erste am Auto und sinke in die Polster der Rückbank. Mich jetzt vorne neben Elian zu setzen, würde ich nicht aushalten. Ich ziehe das Handy aus meiner Jackentasche, während die Jungs auf den vorderen Sitzen Platz nehmen. Elian wirft den Motor an. Ich wünschte, er hätte nicht diese Wirkung auf mich. Warum auch immer ich mich ihm verbunden fühle, ich muss diese Emotionen in den Griff bekommen. Auf keinen Fall darf ich zulassen, dass sie mich beherrschen. Wie kann ich mich von einem Jungen angezogen fühlen, den ich gleichzeitig total arrogant und narzisstisch finde? Hinzu kommt, dass er sich nun auch noch für mich verantwortlich fühlt. Warum hätte er sonst darauf bestanden, mitzukommen?

„Du hättest uns nicht fahren müssen", durchbreche ich die Stille, als er den Wagen von der Auffahrt lenkt.

„Und wie wärt ihr sonst zur Villa gekommen?" In seiner Stimme liegt eine Kälte, die mich frieren lässt. Was ist los mit ihm? Hat es etwas mit Gordon zu tun?

„Mit dem Fahrrad", gebe ich zurück, ohne nachzudenken.

Er lacht trocken. „Auf platten Reifen? So stellst du dir das also vor?"

„Ich wäre lieber mit platten Reifen dorthin gefahren, als jetzt hier in deinem Wagen in der Kälte zu sitzen." Die Kälte bezieht sich natürlich auf die Stimmung, die hier herrscht.

„Dass du mit Hilfe nicht gut umgehen kannst, habe ich heute Morgen schon bemerkt. In Zukunft solltest du dringend etwas an deiner Einstellung ändern. Ansonsten können wir nicht zusammenarbeiten", gibt er zurück.

„*Ich* soll etwas an *meiner* Einstellung ändern? Sag mal, geht's noch? Du bist doch der, der meint, meinen Beschützer spielen zu müssen", fauche ich ihm in den Nacken.

Kaito schweigt. Ich sehe ihm an, wie unwohl er sich fühlt.

„Und wenn du es genau wissen willst, ich werde nicht mit dir zusammenarbeiten. Das kannst du vergessen", setze ich noch einen obendrauf. Vermutlich sind wir beide zu stur, um nachzugeben und dem anderen das letzte Wort zu überlassen.

„So geht das nicht“, presst er hervor. Unsere Blicke begegnen sich über den Rückspiegel. Kaum verhaken sie sich, überrollt mich eine Wärmewelle, die gleichzeitig jedes bisschen Wut hinwegspült. Was macht dieser Junge nur mit mir?

„Warum?“, frage ich atemlos.

„Wir müssen ein Team sein. Da hilft es nicht, dass du dich ständig von deinen Gefühlen leiten lässt“, behauptet er. Seinen Blick kann ich im Rückspiegel nicht mehr finden. Stur blickt er auf die Straße vor sich. Mittlerweile ist es stockduster. Mit dem Rad wäre es eine wahre Tortur geworden.

Gekränkt schnappe ich nach Luft, verbeiße mir den nächsten Kommentar jedoch.

„Und für eine erfolgreiche Zusammenarbeit ist es außerdem wichtig, dass du nicht an die falschen Leute gerätst.“

„Was meinst du mit *falschen* Leuten?“, frage ich, obwohl ich es mir denken kann. Zu offensichtlich war seine heftige Reaktion auf Gordon.

„Du meinst wohl eher *wen*?“ Kurz flackert sein Blick zu mir herüber, doch dieses Mal bleibt die Wärme aus. Achselzuckend blicke ich aus dem Fenster in die Dunkelheit. Er will dieses Thema nicht vertiefen, das merke ich ihm an. Zumindest nicht jetzt, solange Kaito dabeisitzt.

„Und bevor ich es wieder vergesse. Zu unserer Zusammenarbeit zählt auch, dass wir dem anderen helfen und dessen Hilfe annehmen, wenn wir sie brauchen.“ Das sagt er doch nur, weil ich seine Hilfe gerade nur mit enormem Widerwillen angenommen habe. Erwartet er etwa von mir, dass ich betend vor ihm auf die Knie falle und mein Leben für das seine riskiere? Wir sind doch nicht im Mittelalter.

„Verstanden, Chef“, murmele ich missmutig gegen die Fensterscheibe. Aus dem Augenwinkel registriere ich, wie Kaito grinsend den Kopf schüttelt. Was er amüsant finden mag, ist für mich kein Scherz mehr. Elian scheint das wenigstens genauso zu sehen, denn auch er hat die Lippen fest aufeinandergepresst, sodass langsam aber sicher die Farbe aus ihnen weicht.

„Wir sind da“, gibt er ausdruckslos zu vermelden, nachdem er das Auto auf der Auffahrt vor der herrschaftlichen Villa geparkt hat. Mit einem mulmigen Gefühl in der Magengegend öffne ich die Autotür und steige aus. Die Jungs tun es mir gleich.

Nebeneinander stehen wir da, sprechen kein Wort, bis Kaito sich einen Ruck gibt. Wir folgen ihm, halten aber so viel Abstand zwischen uns wie möglich. Eigentlich kindisch, dieses Verhalten, doch ich ziehe es trotzdem durch. Ich lasse mich nicht von so einem wie Elian von meinem Weg abbringen. Bloß weil er meint, der absolute Superheld zu sein, und dass auf seinen Fingerschnipp alle reagieren und nach seiner Pfeife tanzen müssen.

Hintereinander passieren wir das schmiedeeiserne Tor. In der Dunkelheit wirkt es mit seinen spitzen Zacken noch bedrohlicher als tagsüber.

Unbehaglich sehe ich mich im Vorgarten um. Nichts als Schatten sind hier zu erkennen. Da macht sich Kaito bereits am Türschloss zu schaffen.

„Was machst du eigentlich außerhalb der AoLBC? Ich meine, gehst du noch zur Schule?“ Ich weiß, diese Frage passt nicht unbedingt in diese Situation. Aber irgendwie muss ich meine Nervosität doch unter Kontrolle bringen. Und mit genügend Ablenkung sollte das hoffentlich funktionieren. Ich meine, es könnte einiges schieflaufen. Wir brechen gerade in eine Villa ein.

„Ich mache eine Ausbildung zum Schlosser."

Ich starre auf Kaitos Finger, die gerade dabei sind, die Eingangstür aufzubrechen.

„Du willst mich verarschen, oder?"

„Nein, wirklich, ich meine das ernst", lässt er sich nicht aus der Ruhe bringen und werkelt weiter am Türschloss herum.

Ich kann mir das Lachen kaum verkneifen, so absurd ist das Ganze.

Elian sieht Kaito prüfend über die Schulter, als müsse er sich vergewissern, dass er auch alles richtig macht. Schnaubend setze ich mich in Bewegung. Er muss sich anscheinend überall einmischen. Denkt er, dass ohne ihn nichts funktioniert? Kaum habe ich mich auf Kaitos freie rechte Seite gestellt, springt das Türschloss schon auf. Mit zufriedener Miene zieht er etwas, das wie ein Dietrich aussieht, aus dem Schlüsselloch.

Elian klopft ihm anerkennend auf die Schulter. Erstaunt und ein wenig beeindruckt folge ich den beiden in die totenstille Eingangshalle. So einfach geht das? Aber was ist mit den Alarmanlagen, mit denen mein Großvater immer herumprahlt? Sollten es letztendlich nur billige Attrappen sein?

Kaito sieht sich trotz des Dämmerlichts fasziniert um, doch Elian gibt sich unbeeindruckt. Ich kann nicht verhindern, erneut daran zu denken, wie eingebildet er doch wirkt.

„Ich würde sagen, dass du schnell in dein Zimmer gehst, um deine Sachen und deinen Schlüssel zu holen. Währenddessen warten wir hier unten auf dich", schlägt mir Kaito vor. Mit seiner durchweg schwarzen Kleidung ist er vermutlich von uns dreien am besten getarnt. Da wird mir bewusst, dass wir gar keine Tarnung brauchen. Wir sind in meinem zu Hause, was soll da schon geschehen?

Kurzerhand betätige ich den Lichtschalter. Kaito kneift die Augen zusammen und scheint noch immer auf eine Antwort zu warten.

„Okay“, murmele ich und husche die Treppe hinauf, hoch in mein Zimmer. Dort angekommen, mache ich zuerst das Licht an. Beinahe falle ich dabei über die herumliegenden Kleidungsstücke und andere Gegenstände. Alles liegt noch genau dort, wo es mein Großvater am Vorabend wütend aus den Schränken gerissen hat. Eilig ergreife ich meine Sporttasche und stopfe in die Fächer so viele Klamotten und Hygieneartikel, wie hineinpassen. Als ich das Ladekabel meines Handys entdecke, zögere ich einen Moment. Mein Blick fällt auf mein Smartphone. Ich drücke auf den Power-Knopf und entdecke neun neue Anrufe meines Vaters. Dazu mehrere Nachrichten von Fenja und Flint. Aber die kann ich gerade gar nicht gebrauchen. Kurzerhand schalte ich mein Smartphone vollständig aus, nehme das Ladekabel aber dennoch mit.

Suchend lasse ich meinen Blick durch den Raum schweifen. Irgendetwas habe ich vergessen. Richtig, den Schlüssel! Er liegt auf der Kommode. Hastig stecke ich ihn in meinen Rucksack, da höre ich Schritte hinter mir. Ich fahre heftig zusammen, als mich jemand anspricht.

„Bist du soweit?“

Am liebsten würde ich Elian eine verpassen, weil er mich so erschreckt hat. „Was soll das? Warum wartest du nicht unten, wie wir es abgesprochen haben?“

„Ich wollte nur nachsehen, ob alles in Ordnung bei dir ist, weil du noch nicht zurückgekommen bist.“ Seine Stimme klingt versöhnlich. Dass hier ein so heilloses Durcheinander herrscht, scheint ihn nicht zu verschrecken.

„Mir geht es bestens, wie du siehst. Wo ist Kaito überhaupt?“ Rasch, ohne eine Antwort abzuwarten, gehe ich an ihm vorbei aus dem Zimmer.

„Kaito wartet noch immer unten. Ich vermute, er sieht sich dort ungefragt ein wenig um. Jetzt mach schon, wir sollten wirklich langsam verschwinden“, erinnert Elian mich daran, dass wir eigentlich nicht hier sein sollten.

„Ach, hast du jetzt plötzlich Schiss? Vielleicht hättest du nicht so hartnäckig darauf bestehen sollen, uns hierher zu fahren“, antworte ich schnippisch, obwohl ich ihm im Grunde genommen sehr dankbar dafür bin, dass er es getan hat. Nur möchte ich sein Ego gerade nicht noch mehr pushen, indem ich ihm das unter die Nase reibe.

„Natürlich nicht“, brummt er. „Aber du vielleicht.“

Gekonnt weiche ich aus, als er die Hand hebt und mir die Haare hinter das Ohr streichen möchte. Was ist bloß in ihn gefahren, mir erst alles Mögliche vorzuwerfen und mir dann so nahe zu kommen?

„Am liebsten würde ich dir mal so richtig meine Meinung sagen“, motze ich.

„Warum tust du es dann nicht?“ Herausfordernd blitzen seine grünen Augen auf. Gegen meinen Willen muss ich zugeben, dass es mir gefällt.

„Na gut.“ Bevor ich es mir noch anders überlegen kann, zetere ich los. „Du bist ein reiches Arschloch, das vermutlich denkt, dass mit Geld alles und jeder käuflich ist. Du bist hemmungslos, wenn es darum geht, die Mädchen rumzukriegen. Und ein charakterloser Fiesling, weil dir das alles auch noch gefällt!“

Puh! Ich atme tief durch. Doch zu meiner Überraschung guckt er keineswegs böse oder gekränkt. Vielmehr kann ich eine gewisse

Zufriedenheit in seinem Blick erkennen, von der ich nicht so recht weiß, woher sie rührt. Jetzt tut mein Ausbruch nicht mehr halb so gut wie gedacht.

Stumm, aber mit einem vielsagenden Lächeln beugt er sich zu mir vor. Ich bleibe stocksteif stehen.

„Und wenn ich dir sage, dass nichts so ist, wie du es gesagt hast, sondern viel mehr dahintersteckt?“, wispert er mir ins Ohr.

Widerwillig streiche ich mir über die Arme, auf denen sich eine Gänsehaut gebildet hat. „Ist das deine neueste Masche, um Mädchen der Reihe nach rumzukriegen?“, frage ich verunsichert. Seine Augenbrauen wandern langsam in die Höhe.

„Du weißt selbst doch am besten, dass ich dich schon lange rumgekriegt habe.“ Mit diesen Worten dreht er sich um, läuft die Treppe herunter und lässt mich verwirrter denn je zurück.

Mir bleibt weder Zeit, mich über ihn aufzuregen, noch, mich wieder zu sammeln. Im nächsten Moment ruft Kaito meinen Namen. An seiner Stimme höre ich, dass etwas ganz und gar nicht stimmt.

Ich eile die Treppe herunter. Dabei blicke ich mich in alle Richtungen um, um herauszufinden, wo sich Elian und Kaito befinden. Durch einen Spalt der Bibliothekstür erspähe ich einen schwachen Lichtschimmer.

Kopflos stürme ich voran. Als ich die schwere, alte Bibliothekstür mit Schwung aufreiße, bereue ich es fast augenblicklich. Mir wird schwindelig, als ich in die Gesichter von Kaito und Elian blicke.

Wie paralysiert starren wir in den düsteren Raum.

11

Es dauert einige Sekunden, bis ich das, was sich mir in der Bibliothek zeigt, verstehe. Die Tragweite wird mir dennoch nicht bewusst. Gerne hätte ich mich an irgendetwas festgehalten, doch es erscheint mir unpassend, Elians Hand zu ergreifen.

Die Bibliothek scheint völlig zerstört. Überall sind Bücher aus den Regalen gerissen. Wild liegen sie durcheinander. Einige von ihnen sind am Buchrücken zerrissen. Bei anderen ist der Umschlag zerkratzt und bei wieder anderen sind einzelne Seiten herausgerissen. Dass nicht auch die Regale aus ihren Verankerungen gerissen wurden, ist alles. Nur wenige der zerstörten Bücher stammen aus den unteren Reihen, die man mühelos erreichen kann. Vorwiegend sind es die Bücher aus den höheren Reihen, also die, an die man nicht so ohne weiteres herankommt. Nur kann ich weit und breit keine Leiter sehen.

Die Bibliothek wirkt trostlos und verstörend mit ihren beinahe leeren Regalen und zerrissenen Büchern. Doch noch viel furchtbarer finde ich das, was sich uns in der Mitte des Ganges zwischen den Regalreihen präsentiert. Auch dort liegen kaputte, zerrissene Bücher, aber sie liegen nicht unsortiert und wahllos aufeinander geworfen da. Fein säuberlich arrangiert bilden sie Buchstaben, die sich zu Worten und einem Satz zusammenfügen. Überwuchert werden diese Buchstaben von riesigen Efeuranken. Sie haben sich um die Bücher geschlungen, sodass es aussieht, als hätten sie diese erdrosselt. Als meine Augen zum zweiten Mal über die Buchstaben huschen, tropft die Bedeutung des Satzes schwerfällig wie klebriger Honig in meinen Verstand: *Du weißt, wo sie sind.* Beklemmung breitet sich von meinem Brustkorb ausgehend im ganzen Körper aus.

Ich möchte begreifen, was dieser Satz bedeuten soll. Er klingt wie eine Drohung, und es macht mir Angst, dass es einer fremden Person gelungen ist, in das Haus meines Großvaters einzudringen. Doch auch uns ist es geglückt.

„Wer hat das getan?", flüstere ich vor mich hin.

Die Frage steht unbeantwortet im Raum, schwebt als drohende Unwissenheit über unseren Köpfen. Ist dies der Grund für den Herzinfarkt meines Großvaters? Vorstellen könnte ich es mir. Denn wie dieser Mann an literarischen Werken, Büchern und Manuskripten aller Art hängt, wird es ihn tief getroffen haben, die Bibliothek so vorzufinden. Selbst mich lässt es verzweifeln. Und dann noch diese Botschaft.

Was mich am meisten verstört, ist der Efeu, der wie Unkraut über die zerstörten Bücher wuchert. Die grünen Blätter recken sich mir in unterschiedlichen Größen entgegen, rufen mir etwas zu, das ich nicht verstehen kann. Aber sie haben eine Botschaft für mich. Ich höre ihr Flüstern und Raunen.

Es ist riskant, doch ich strecke meine Hand nach den Blättern aus. Ich fokussiere ein bestimmtes Blatt, das besonders schön geformt ist, und bitte es, zu wachsen. Vielleicht muss ich nur nah genug dran sein, um die wispernden Stimmen verstehen zu können. Ganz offensichtlich können Elian und Kaito nichts dergleichen hören, sie stehen nur stumm an der Türschwelle. Für einen Moment lassen mich die Stimmen an meinem Verstand zweifeln.

Als sich das Efeublatt tatsächlich regt und es an seiner Ranke durch den halben Raum auf mich zuwandert, starren sie mich mit offenen Mündern an. Auf seinem Weg bilden sich weitere Blättchen, die sich mir ebenfalls entgegenrecken. Sie tragen die Stimmen zu mir heran. Je näher sie mir kommen, desto sicherer bin ich, dass es sich um eine einzige Stimme handelt, die durch die Blätter spricht. Da die Stimme jedoch von jedem einzelnen Blatt ausgeht, hört es sich so an, als würden hunderte Personen gleichzeitig sprechen. Der Blätterchor wird immer lauter. Meine Ohren dröhnen, sodass ich mir die Hände darauf pressen will. Aber ich brauche die eine Hand, um den Efeu näher zu mir heranzuziehen.

Wie verrückt und unwirklich das ist. Ich versuche nicht auf meine eigenen, warnenden Gedanken zu hören. Sie sagen mir, dass es gefährlich ist, das zu glauben, was ich gerade tue. Gefährlich für meinen Verstand.

Mit klopfendem Herzen berührt meine Fingerspitze das erste Efeublatt. Aus dem Nichts werde ich mit voller Wucht von den Füßen gerissen. Mir dreht sich der Magen um, als ich einmal im Kreis herumgewirbelt werde. Dann ist es vorbei.

Mir ist so schlecht, als habe man meine inneren Organe der Reihe nach miteinander vertauscht. Dicht neben mir, innerhalb meiner Reichweite, tanzt das Efeublatt, das ich soeben berührt habe. Ich lege mir die Hand auf den rebellierenden Magen und blicke mich um.

Ich bin nicht mehr in der Bibliothek.

Tiefe Schatten, egal wohin ich sehe. Gänsehaut prickelt über meinen Körper. Ich bin nicht allein.

Wohin hat mich der Efeu gebracht? Gestern hat mich der Efeu, sobald ich ihn berührte und an mein Zimmer dachte, genau dorthin gebeamt. Doch dieses Mal habe ich mich nirgends hin gewünscht.

Da höre ich die Stimmen wieder. Sie rasen auf mich zu. Unbarmherzig und laut drängen sie ohne Vorwarnung in mich und erfüllen mich bis in die Haarspitzen. Ich halte mir die Hand vor den Mund, um nicht laut aufzuschreien. Panik erfüllt mich, lähmt mich. Langsam ebben die Stimmen ab, nur eine einzige bleibt. Und diese ist nicht so magisch wie der Blätterchor. Sie stammt von einer wahrhaftigen Person. Von einer Person, die in diesem Augenblick ihre Hand aus der Dunkelheit heraus in meine Richtung streckt. Es ist eine seltsame Hand. Irgendwie ähnelt sie zerknittertem Pergament. Doch ihre Fingernägel sind staubgrau und so lang wie die einer Hexe.

„Sag mir, wo sie sind, oder ich bringe dich schneller als der Fluch um."

Keuchend weiche ich der Hand aus und greife blind nach einer Efeuranke. Ihre Blätter recken sich mir bereits erwartungsvoll entgegen und ich wünsche mir, zurück bei Elian und Kaito zu sein.

Erneut durchfährt meinen Körper ein kräftiger Ruck. Nach einem weiteren Moment der gefährlichen Freiheit, die mir die Dunkelheit gibt, lande ich hart auf einem steinernen Boden. Der Aufprall schmerzt, doch der Terror in meinen Gedanken und die Panik in meinen Knochen sind schlimmer.

Tränen verschleiern meinen Blick, obwohl ich verdammt noch mal nicht weinen will. Alles, was ich jetzt brauche, ist jemand, der mich in den Arm nimmt und mir versichert, dass alles nur ein böser

Traum war, aus dem ich jetzt erwacht bin. So hat es Mama immer getan, wenn mich Albträume plagten und ich so lange gerufen habe, bis sie zu mir kam und mich in den Schlaf sang. Ich zucke zusammen, als sich tatsächlich ein Arm um meine bebenden Schultern legt. Verunsichert blicke ich auf. Als erstes sehe ich, dass sich der Efeu nicht nur zurückgezogen hat, sondern vollständig verschwunden ist. Dann blicke ich in ein Paar smaragdgrüner Augen.

Kraftlos lasse ich meinen Kopf auf Elians Schulter sinken. Es ist ihm scheinbar egal, dass ich seinen hellen Pullover mit wimperntuschegetränkten Tränen beschmutze. Es tut zu gut, wie er mich hält, neben mir kniet und mich einfach nur zu verstehen scheint. Auch Kaito hat eine Hand vorsichtig auf meine Schulter gelegt.

„Was ist passiert?", fragt Elian schließlich mit brüchiger Stimme.

Ich antworte nicht, mache mich ganz klein und kauere mich neben ihm zusammen. Gerade ist mir egal, was die beiden von mir denken könnten. Umso erleichterter bin ich, als Elian mich hochhebt und ich meine Arme nur noch um seinen Hals schlingen muss. Er trägt mich mit Leichtigkeit.

Hinter uns hebt Kaito meine Tasche und den Rucksack auf, hängt sich beides um und folgt Elian.

„Wir müssen von hier verschwinden. Irgendetwas stimmt hier nicht", sagt dieser über die Schulter zu Kaito.

Ich sehe zu ihm hoch, verliere mich in dem Grün seiner Augen, erwidere zaghaft das Lächeln, das sich auf seinen Lippen gebildet hat, und dämmere langsam weg.

12

Nebel umwabert mich.

Ich kann ihn nicht sehen, aber ich fühle die feuchte Kälte, die mir in Mark und Bein übergeht, am ganzen Körper. Ich ziehe die Schultern hoch und starre in die Dunkelheit. Ich weiß, dass mir hier Gefahr droht, und wage ein paar vorsichtige Schritte ins Ungewisse. Plötzlich vernehme ich ein Geräusch, bei dem sich mir die Nackenhaare aufstellen. Erschrocken fahre ich herum, höre ein boshaftes Kichern. Als sich eine eisige Hand in meine Schulter krallt, schreie ich.

Dann reiße ich die Augen auf, dieses Mal richtig, nicht nur im Traum, schnappe nach Luft und wache endlich auf.

Meine Finger ertasten etwas Weiches, eine Bettdecke. Ich richte mich auf. Zu ruckartig, denn augenblicklich tanzen winzige Sterne vor meinen Augen.

Ein Traum. Es war nur ein Traum.

Ich taste nach meinem Handy, das ich auf den Nachttisch gelegt habe, und schalte es ein. Ein Surren verrät mir, dass seit gestern noch mehr Nachrichten eingegangen sind. Mich aber interessiert nur die Uhrzeit.

6:37 Uhr. Ich habe eindeutig zu wenig Schlaf bekommen, wenn man bedenkt, dass ich erst weit nach Mitternacht in der

Wohnung von Kaito und seinem Vater angekommen bin.

Mir wird bewusst, wie unpassend es ist, einfach im Haus eines beinahe Fremden zu übernachten. Aber in der Villa meines Großvaters konnte ich nicht bleiben.

Und nun sitze ich hier, ratloser als zuvor, und bin sicher, dass mir die AoLBC auch keine Antworten geben kann. Sie haben meine Mutter nicht gekannt.

Dennoch muss es einen Grund geben, dass sie meine Mutter nicht ausfindig machen konnten. Möglicherweise wusste sie sogar von dem Verein, hat sich aber bewusst vor ihm versteckt. Diese Variante gefällt mir nicht sonderlich. Denn dann muss es irgendetwas gegeben haben, das Mama davon abgeschreckt hat, dem Verein freiwillig beizutreten. Dass sie von ihrer Gabe, ihrer Herkunft und ihrer Ahnin gewusst hat, bin ich mir mittlerweile ziemlich sicher.

Die andere Möglichkeit wäre, dass meine Mutter nichts von dem Verein wusste. Sich also nicht bewusst vor ihm versteckt hat. Doch diese Variante erscheint mir weit hergeholt, wenn ich mir vor Augen halte, wie viel Zeit und Aufwand die AoLBC aufgebracht hat, um mich zu finden.

Ich starre auf das schwarze Display. In Gedanken bin ich ganz bei dem goldenen Efeublatt, dass mitsamt Kästchen in meinem Rucksack verstaut ist. *Wo ist mein Rucksack?* Panisch blicke ich mich im Zimmer um und entdecke ihn zusammen mit meiner Sporttasche neben dem Nachttisch. Erleichtert atme ich auf. Doch da kommen mir die Geschehnisse von gestern Nacht wieder in den Sinn. Augenblicklich läuft es mir kalt den Rücken hinunter. Es war auf jeden Fall die richtige Entscheidung, in der Wohnung über der AoLBC zu übernachten. In der Villa meines

Großvaters hätte ich kein Auge zugetan. Keine zehn Pferde könnten mich jetzt dorthin zurückbringen.

Schnell greife ich mir frische Klamotten aus meiner Sporttasche, bevor ich im Badezimmer verschwinde. Als ich das Bad wieder verlasse, laufe ich fast in Kaito hinein. Er weicht mir mit einer Tasse voll dampfendem Tee geschickt aus. Überrascht zieht er die Augenbrauen hoch. „Und ich dachte schon, du seist abgehauen."

Ich runzele die Stirn, weil ich nur ein paar Minuten im Bad verbracht habe.

„Nicht, bevor ich Antworten habe", gebe ich grimmig zurück, muss aber schließlich doch lächeln, als er mir die Tasse entgegenhält. Dankbar ergreife ich sie.

„Elian wollte schon heute kommen, damit ihr möglichst viel Zeit habt", berichtet er, während er in Richtung Treppe geht. „Er wird dir eure Geschichte, also die eurer Ahnen, zeigen." Über die Schulter wirft er mir einen auffordernden Blick zu. Wie gestern trägt er ausschließlich schwarze Kleidung, anscheinend eine Angewohnheit von ihm. Ich soll ihm also folgen.

„Und was machst du an diesem Samstagmorgen?", frage ich und nippe an meinem Tee. „Den Schock von gestern Nacht verkraften?", versuche ich es mit einem Scherz. Doch wir beide wissen, dass das gestern auch anders hätte ausgehen können. Für einen Augenblick hängen wir unseren Erinnerungen nach, doch darüber sprechen wollen wir nicht.

„Sollen wir die Sache nicht deinem Vater erzählen?", frage ich.

„Nein, noch nicht. Er hat es nicht gerne, wenn wir in Häuser einbrechen. Lass uns damit noch warten. Außerdem stecke ich so etwas alltägliches leicht weg." Kaito lächelt starr. Er flunkert.

Natürlich war dieser Einbruch auch für ihn besonders. „Ich werde mit Gordon und Hektor weiter nach Werthers Nachkommen forschen", antwortet er und wartet am Fuße der Treppe auf mich.

„Hektor?", frage ich.

„Er ist der Nachkomme des Odysseus."

Ich nicke, als würde das alles erklären.

Gemeinsam treten wir in den Aufenthaltsraum, in dem noch niemand ist. Jedoch liegt auf dem Tisch eine Tüte, aus der es nach frischen Croissants duftet. Wir setzen uns und fangen an zu essen.

Über das Gebäck hinweg mustere ich Kaito und überlege, wie ich meine Frage formulieren kann. „Wie war das eigentlich nochmal?" Unter halb gesenkten Lidern blinzele ich zu ihm auf. „Ich stamme von Isolde ab, wie ihr gesagt habt. Aber ... von welcher Isolde?"

Beinahe zucke ich zusammen, als sich Kaitos dunkle Augen daraufhin unerbittlich in meine bohren.

„Wie meinst du das, Ivy?"

Ich bin kurz davor, die Augen zu verdrehen. Vielleicht hätte ich doch lieber jemand anders auf dieses Thema ansprechen sollen.

Ich recke das Kinn vor. Ich bin auf dieses Gespräch vorbereitet. Die Recherche in der Universitäts-Bibliothek ist mein Anhaltspunkt.

„Ob ich von der *guten* oder von der *bösen* Isolde abstamme, so meine ich das."

„Wie man es nimmt." Kaito zuckt mit den Schultern. „Wenn du mit der *bösen* Isolde die Isolde meinst, in die sich Tristan nur wegen des Minnetranks verliebt hat, dann hast du deine Antwort. Die *gute* Isolde Weißhand hat ihn zwar schlussendlich das Leben gekostet, aber sie wollte ihn schützen und nicht wieder an den Zauber des Minnetranks verlieren."

„Die Böse also", erwidere ich und versuche seinem Blick auszuweichen. Leider gelingt es mir nicht. Um das Thema abzuschließen, widme ich mich meinem Croissant. Zwischen zwei Bissen greife ich das andere Thema noch einmal auf. „Habt ihr denn schon eine Spur, die euch zu Werthers Nachkommen führt?" Ich verkneife mir die Frage, wie sie mich ausfindig machen konnten.

„Um ehrlich zu sein, ist das weitestgehend Hektors Aufgabe. Gordon und ich unterstützen ihn nur ab und zu ein wenig. Wenn du Genaueres wissen möchtest, musst du dich an ihn wenden. Auch wenn ich bezweifele, dass er dir etwas verraten wird. Dich kennt er nicht und selbst uns berichtet er immer nur das Nötigste."

Ich nicke. „Hat es eigentlich etwas mit seiner Gabe zu tun, dass vor allem Hektor nach den Nachfahren forscht?"

„Ja." Kaito runzelt die Stirn und sieht mich an, als überlege er ernsthaft, wie viel er mir verraten darf. Völlig übertrieben, denn mittlerweile bin ich eine von ihnen. Ich vermute, dass mehr dahinter steckt. Fast scheint es so, als habe Kaito Angst, dass unser Gespräch in die falsche Richtung laufen könnte. „Hektors Gabe ist wirklich besonders. Wenn er die originale Erstausgabe in die Hand nimmt, dann hat er eine Art Plan von der Stadt im Kopf, in der sich der jeweilige Nachfahre aufhält."

„Die originale Erstausgabe ist also das Navi für ihn?", hake ich nach.

„Sozusagen." Kaito grinst. „Jedenfalls hat er es uns so beschrieben. In seinen Kopf kann ich natürlich nicht gucken."

„Und er kann wirklich nur uns Nachfahren aufspüren?“

Er nickt.

„War er es auch, der meine Spur gefunden hat?“

Kaito wiegt den Kopf hin und her. „Unter anderem.“

Ich lasse das Croissant sinken. Ich befürchte, dass wir gerade an genau dem Punkt angekommen sind, an dem unser Gespräch in die falsche Richtung verläuft. „Wie meinst du das?“

Er rutscht auf seinem Stuhl herum, was mich seltsamerweise in eine Art Alarmbereitschaft versetzt. War das etwa eine heikle Frage? Warum weicht *er* meinen Blicken jetzt aus?

„Komm schon, die Antwort wird wohl kaum dazu führen, dass ich panisch aus dem Haus renne“, versuche ich es weiter.

Dabei guckt er mich so an, als sei er sich absolut sicher, dass ich weglaufen werde. Schließlich ringt er sich dazu durch, mir Rede und Antwort zu stehen. „Es ist nur so, dass dir die Antwort vermutlich nicht gefallen wird.“ Ich zucke mit den Schultern.

„Na gut“, lenkt er ein. „Hektor war eher weniger an deiner Suche beteiligt. Was unter anderem auch daran lag, dass wir die originale Erstausgabe von ‚Tristan und Isolde‘ nicht besitzen und er somit seine Gabe in deinem Fall nicht anwenden konnte.“ Er seufzt und ringt sich zu weiteren Worten durch. „Im Grunde genommen hat Elian die Arbeit ganz allein gemacht. Er hat sogar darauf bestanden, dass er dir allein den Brief zusteckt. Ansonsten machen wir das immer zu mehreren. Es ist uns zu riskant, uns bei der Übergabe auf nur einen zu verlassen, schließlich könnte so ein Brief in falsche Hände geraten. Aber Elian hat bewusst den Alleingang gewählt.“

Er hat recht. Mir gefällt seine Antwort nicht sonderlich. Vielleicht, weil sie nur noch mehr Fragen aufwirft.

„Warum?“, murmele ich.

Nun zuckt Kaito mit den Schultern. „Er hat sich wohl besonders verantwortlich gefühlt, weil du demselben literarischen Werk entstammst wie er. Bisher konnte keiner aus der AoLBC deine Spur, die deiner Mutter oder anderer Vorfahren aufspüren. Und das will etwas heißen. Denn ‚Tristan und Isolde‘ ist das älteste Werk, das von dem Existenzschwund betroffen ist.“ Kaito betrachtet mich forschend. „Um das Werk deiner Vorfahrin steht es besonders schlecht. Aus diesem fehlen gleich zwei Figuren. Beide Protagonisten wurden der Geschichte genommen. Was bleibt da noch?“ Seine dunklen Augen bohren sich in meine. „Außerdem ist es das einzige Werk, von dem wir nicht die originale Erstausgabe besitzen. Aber genau die benötigen wir, wenn wir die Geschichte retten wollen.“

Er stützt seine Ellenbogen auf den Tisch, sieht mich eindringlich an und beugt sich vor. Mit gesenkter Stimme fährt er fort: „Und genau deswegen ist es so wichtig, dass wir diese Erstausgabe finden. Dafür müssen du und Elian zusammenarbeiten, aber du musst trotzdem aufpassen. Der Fluch darf nicht in Erfüllung gehen und ...“

„Danke, Kaito, aber das hätte ich Ivy schon noch selbst gesagt“, unterbricht ihn eine Stimme hinter mir.

Ich fahre herum, soweit es mir auf dem Stuhl möglich ist und blicke in Elians ausdruckslose Maske. Bei seinem Blick, der gefriert, sobald sich seine Augen auf mich legen, wird mir eiskalt. Was ist nur los mit ihm?

Trotz seines Erscheinens pocht das Wort „Fluch“ in meinem Kopf. Woher weiß Kaito davon? Elian muss ihn ganz bewusst unterbrochen haben, damit ich nichts weiter davon erfahre. Mein Körper verkrampft sich, als ich daran denke, wo ich das Wort „Fluch" vorher gehört habe. Die Stimme aus der Dunkelheit hallt in meinem Kopf wider: *Sag mir, wo sie sind, oder ich bringe dich schneller als der Fluch um.* Ich weiß nicht, was ich denken soll, so absurd ist das alles. Jemand trachtet mir nach dem Leben und auch dieser ominöse Fluch scheint meinen Tod zu wollen. Was, verdammt nochmal, hat es damit auf sich?

Elian bedenkt mich mit einem weiteren unterkühlten Blick, dem ich irritiert Stand zu halten versuche. Nach kurzer Zeit unterbreche ich unser stilles Duell.

„Ihr solltet möglichst bald in die Geschichte gehen", murmelt Kaito. Wieder fühlt er sich sichtlich unwohl.

In die Geschichte? Ich bin mir sicher, mich verhört zu haben. Verdammt, das ist, weil mich Elian so ablenkt. Ich reibe mir den Nacken und weiche seinen Augen aus. Sie haben heute so rein gar keine Wärme in sich.

In diesem Moment beschließe ich, dass es für uns beide das Beste sein wird, wenn ich ihn nicht mehr leiden kann. Unsere gemeinsamen Ausflüge sollten wir auf das Nötigste beschränken.

„Alles klar." Ich erhebe mich. „Bringen wir es hinter uns."

Dabei ignoriere ich, dass Elians Augen sich verengen. Was erwartet er denn? Dass ich ihm um den Hals falle, nur weil er sich gestern um mich gekümmert hat? Schnaubend schiebe ich den Stuhl zurück an den Tisch und gehe auf die Tür zu. Dort warte ich, bis Elian an mir vorbeigegangen ist. Erst, als ich die Luft ausstoße, wird mir klar, dass ich sie angehalten habe, als er an mir vorbeiging.

„Ivy, hast du schon die Ahnentafeln gesehen?", erkundigt sich da Kaito.

Sie hängen den Flur entlang an den Wänden. Jetzt, da ich weiß, was es mit ihnen auf sich hat, packt mich die Neugier. Ich bin ganz erpicht darauf, meine eigene Ahnentafel zu Gesicht zu bekommen.

„Nur im Vorbeigehen", antworte ich. Elian steht so nah neben mir, dass sich unsere Arme berühren. Ich muss diese Nähe ausblenden, mich auf das Wesentliche konzentrieren.

„Insgesamt gibt es neun Tafeln", erklärt Kaito und deutet den Flur entlang. Von hier aus betrachtet, erkenne ich, dass fein säuberlich Namen in den Stein graviert sind.

Kaito tritt an eine bestimmte Tafel heran. Ganz oben steht: *Oliver Twist*. Demzufolge ist es seine eigene Ahnenreihe. Ich lehne mich vor, um besser sehen zu können. Ganz unten steht *Kaito Bergmann*, direkt unter dem Namen seines Vaters. So verläuft die Linie weiter. An wenigen Stellen sind anstelle von Namen Fragezeichen eingetragen.

„Ganz oben ist immer der erste Nachkomme der literarischen Figur eingraviert." Er zeigt auf den entsprechenden Namen. *Godric Pomeroy*, entziffere ich. „Ganz unten hingegen steht der jüngste Nachfahre. Wenn zwischendurch vereinzelt Fragezeichen auftauchen, dann sind diese Nachkommen nicht bekannt. Manchmal verloren sich die Spuren, bevor sie von der AoLBC wieder aufgenommen werden konnten."

Neugierig verfolge ich den Lauf der Namen. Einen deutlicheren Beweis für den Ursprung sowie die Existenz literarischer Nachkommen gibt es nicht.

„Wow", hauche ich. „Und wo ist meine Ahnentafel?"

Kaito guckt ganz komisch, bevor er sich einer anderen Tafel zuwendet. Als ich mich vorbeuge und nichts als Fragezeichen entdecke, breitet sich Enttäuschung in mir aus. Der einzige Name, der auf meiner Ahnentafel vermerkt ist, ist der von Isolde selbst.

„Wie gesagt", murmelt Kaito. „Noch nie wurde eine Nachfahrin der Isolde aufgespürt. Aber du könntest uns dabei helfen, wenigstens die neuesten Namen einzutragen. Deinen, den deiner Mutter und den deiner Großmutter."

„G-Großmutter?", stammele ich. Mein Tonfall verrät die Panik die mich überfällt. Ich will mich nicht mit der Vergangenheit auseinandersetzen.

Kaito hebt beschwichtigend die Hände. „Ist ja schon gut. Aber es wäre wirklich cool, wenn du ein paar Namen zusammentragen könntest."

Angestrengt nicke ich.

Hinter Kaito folge ich den beiden in das Büro. In diesem sitzt, genau wie ich es bereits vermutet habe, Mrs. Walsh hinter dem monströsen Monitor. Ihre Augen wendet sie nicht eine Sekunde vom Bildschirm ab. Sie nimmt keinerlei Notiz von uns, während wir den Raum betreten.

„Du wirst mich heute begleiten dürfen, aber vorher wirst du die Schweigepflicht unterschreiben. Wir müssen schließlich eine Grundlage haben, dass wir dir vertrauen können", erklärt Elian. Seine Gesichtszüge wirken angespannt, als würde es ihm einiges abverlangen, so beherrscht zu bleiben. Sein Blick ruht etwas oberhalb meines Haaransatzes. Traut er sich nicht mehr, mir in die Augen zu sehen?

„Tust du das denn nicht?" Ich bin es langsam leid, mit ihm zu diskutieren, aber seine ablehnende Haltung frustriert mich zunehmend. „Mir vertrauen, meine ich?"

„Unterschreib einfach diesen Vertrag, dann ist alles geklärt und wir können los", weicht er meiner provokanten Frage aus.

Bevor ich nachhaken kann, wohin wir überhaupt gehen, wendet er sich an Mrs. Walsh, was mir deutlich zu verstehen gibt, dass dieses Gespräch für ihn beendet ist. Die ältere Dame händigt ihm einen Batzen Papiere aus, den ich wohl ausfüllen soll. Ich verdrehe die Augen, nehme den Stapel entgegen und setze mich auf einen Stuhl, der neben dem Schreibtisch steht.

„Du solltest das alles etwas ernster nehmen, Ivy," ertönt Rahens nervtötende Stimme. Wie aus dem Nichts steht sie neben Elian. Ich beiße die Zähne zusammen.

„Euer Ausflug wird doch nicht lange dauern, oder?"

Natürlich spricht sie nicht mit mir, sondern mit Elian. Dessen Gesicht hellt sich bei ihrem Anblick jedoch auch nicht sonderlich auf.

„Nein", gibt er kurz angebunden zurück. Vielleicht hat er heute generell schlechte Laune und es ist gar nicht gegen mich persönlich gerichtet. Das jedenfalls versuche ich mir einzureden. Eine dunkle Vorahnung, dass sein Verhalten etwas mit dem Gespräch zwischen Kaito und mir oder sogar dem Fluch selbst zu tun hat, bleibt.

„Was machen wir überhaupt für einen *Ausflug*?" Ich betone das Wort absichtlich herablassend.

„Hat Kaito doch schon gesagt. Wir gehen in unsere Geschichte", gibt er patzig zurück. „Aber nur, wenn du einen Zahn zulegst und die Unterlagen ausfüllst."

„Hör auf, so mit mir zu reden!" Ich funkele ihn an.

Als er nur mit den Kiefern aufeinander mahlt und sich ansonsten nicht rührt, verdrehe ich die Augen. „Idiot."

Um meine Wut abzudämpfen, lenke ich mich ab, indem ich die Unterlagen überfliege. Ich habe meinen Namen, Geburtsdatum und andere Informationen über mich anzugeben. Als ich bei dem Feld ankomme, in dem ich Angaben über die Daten meiner Eltern machen soll, halte ich inne. Mit zittriger Hand schreibe ich den Namen meiner Mutter auf: *Efeja Hartmann.* Eine Träne, die auf das Blatt tropft, lässt die Tinte des Füllers verlaufen. Als ich ihn mit dem Ärmel trockentupfen möchte, rutscht mir der Füller aus den Fingern. Ich kann nicht verhindern, dass er auf den Boden fällt.

Ein fetter Tintenspritzer landet auf Rahens blütenweißer Hose. Sie kreischt los. Scheinbar zufällig stolpert sie dann auch noch in Elians Richtung, der sie auffängt und einen Moment länger als nötig an sich gedrückt hält.

Meine Finger greifen den am Boden liegenden Füller so fest, dass meine Knöchel weiß hervortreten. Ihre Stimmen kann ich ausblenden, als ich den Bogen weiter ausfülle, nicht aber meine eigenen Gedanken. *Warum musste Mama so früh sterben*?

Die letzten Blätter kritzele ich voll, ohne, dass ich mir die Fragen wirklich durchlese. Auf der letzten Seite steht, dass ich über alles, was mit der AoLBC und den damit verbundenen Ereignissen zu tun hat, Stillschweigen zu bewahren habe. Und zwar jedem gegenüber, der nicht selbst Teil dieses Vereins ist. Unter den Text der Einverständniserklärung setze ich in schwungvollen Lettern meine Unterschrift. Dann stehe ich auf und lege der Sekretärin den Papierstapel direkt vor die Nase, damit sie ihn auch bemerkt.

Fragend sehe ich die anderen an. Was nun?

„Okay. Am besten, du versprichst noch einmal mündlich, dass du über alles, was sich in diesem Gebäude abspielt und über alles, das etwas mit der AoLBC zu tun hat, absolutes Stillschweigen bewahren wirst." Kaito nickt mir auffordernd zu.

Ich muss ein Schnauben unterdrücken. „Ich verspreche es." Zur Verstärkung meiner Aussage halte ich meine Hände mit gespreizten Fingern in die Höhe, damit ich sie nicht hinter meinem Rücken kreuzen kann.

„Na, wenn sie das mal ernst meint. Sonst tratscht sie nämlich immer mit ihren besten Freunden über alles und jeden", geht Rahen dazwischen. Dabei wirft sie ihr langes, blondiertes Haar zurück. „Über dich haben sie auch geredet", raunt sie Elian leise zu. Trotzdem ist sie so laut, dass ich sie verstehen kann. Mit Sicherheit war das beabsichtigt. Aber ich lasse mich nicht von ihr aus der Reserve locken.

Achselzuckend sehe ich ihr direkt in die grauen Augen. „Ist schließlich nicht verboten, oder?"

In ihren Augen blitzt Neid auf. Ist sie ernsthaft eifersüchtig auf mich, weil ich, gezwungenermaßen, mit Elian Zeit verbringen muss? Wenn es nach mir ginge, wäre ich nicht die Nachfahrin irgendeiner Buchfigur, sondern ein ganz normales Mädchen. Dann könnte ja Rahen die Nachkommin der bösen Isolde sein und hätte noch mehr Gelegenheiten, Elian zu umgarnen.

Ich könnte mich selbst dafür ohrfeigen, dass meine Gedanken so voller Eifersucht sind. Mit Entsetzen muss ich feststellen, dass Elian gestern doch recht gehabt hat. Auf eine mir unerklärliche Weise hat er mich tatsächlich rumgekriegt. Leider bin ich nicht viel besser als Rahen. Vermutlich bin ich sogar genauso eifersüchtig auf sie, wie sie es auf mich ist. Und warum? Bloß, weil Elian vor *ihr* nicht zurückweicht und sie nicht mit diesen frostigen Blicken ansieht, mit denen er mich heute bedenkt.

„Natürlich ist das grundsätzlich nicht verboten", antwortet Elian, dem diese Aufmerksamkeit gerade anscheinend ganz recht ist. „Ständig reden die Mädchen über mich. Du kannst das Ivy nicht verbieten." Idiot! Wie kann er plötzlich von dem ich-lasse-dich-mit-meinen-Blicken-einfrieren-Modus zurück in den Flirt-Modus schalten?

Kaito lacht. „Ach komm. So oft reden sie nun auch wieder nicht über dich." Aber vermutlich fliegt ihm ebenfalls ein Haufen Mädchen hinterher. Er dreht sich um. In dem Regal hinter ihm stehen so viele Ordner, dass ich mich wundere, dass es sich nicht durchbiegt. Er legt seine Hand an den einzigen roten. Er kippt ihn, woraufhin ein knarzendes Geräusch im Büro zu vernehmen ist. „Lasst uns runtergehen." Im nächsten Moment schwingt das Regal auf. Dahinter erscheint ein steinerner Bogen, hinter dem es auf abgenutzten Stufen in die Tiefe geht. Stickige Luft schlägt mir entgegen.

Ich gehe als letzte die Steintreppe hinunter. Hinter mir schließt sich die geheime Regaltür.

Die Wärme des Büros ist verschwunden. Was bleibt, ist der leicht modrige Geruch des Kellers. An den groben Steinmauern tropft in unregelmäßigen Abständen Wasser herunter. Gelegentlich landet es auf meinen Turnschuhen.

Als wir am Fuße der Treppe angelangt sind, führt Rahen unsere schweigende Gruppe schnurstracks zu der letzten von drei Türen. Hier müssen wir uns genau unterhalb des Hauses befinden.

Kaito öffnet die schwere Tür, hinter der sich lediglich eine winzige Kammer befindet. Dieser Raum ist isoliert und dementsprechend nicht so kalt und feucht wie der Flur. An den Wänden stehen acht Vitrinen, in denen sich acht Bücher befinden. *Acht Vitrinen für acht literarische Werke und neun Nachfahren*, schießt es mir durch den Kopf. Ja, so muss es sein, denn Elian geht auf einen der Glaskästen zu. Zaghaft folge ich ihm, doch dieses Mal weicht er nicht vor mir zurück, sondern legt lächelnd seine Hand auf das Glas.

‚Tristan und Isolde' kann ich auf dem brüchigen Cover lesen.

„Ich dachte, ihr habt die Erstausgabe nicht." Nachdenklich blicke ich ihn an.

„So ist es auch. Das hier ist lediglich ein sehr altes Exemplar."

Elian fasst die Vitrine an beiden Seiten und hebt sie von ihrem Sockel. Als er zurück in den Flur geht, aus dem wir gekommen sind, bin ich zunächst etwas irritiert. Doch Rahen und Kaito folgen ihm ganz selbstverständlich.

„Ivy?" Kaito dreht sich zu mir um.

Ich folge ihnen. Zurück den Flur entlang, dann die Treppe hinauf und schließlich wieder in Mrs. Walshs Büro.

Elian stellt den Glaskasten auf einen Tisch, zieht einen Schlüssel aus der Tasche seiner Winterjacke und schließt damit die Vitrine auf. Sein Blick huscht zu mir.

„Bereit?"

„Wofür?"

„Für unsere Welt."

„Heißt das ...?" Ich lasse meine Frage offen. Irgendwie traue ich mich nicht, die Worte auszusprechen.

„Dass wir *in* die Geschichte gehen?" Elian lacht. Aber es hört sich nicht nach einem echten Lachen an. Dafür fehlt die Wärme, die Freude. „Ja", antwortet er dann.

„Und ihr?" Ich drehe mich zu Rahen und Kaito um. „Gordon

und ich werden gleich weiter nach Werthers Nachkommen forschen." Stimmt, das hatte er mir heute Morgen schon erzählt. Er wirft einen Blick auf seine Armbanduhr. „Er müsste jeden Moment da sein."

Diese Information scheint Elian zur Eile zu drängen. „Also, bist du bereit?" Sein Blick prüft mich.

Seine Finger schließen sich um das Buch, als wäre es ein Rettungsanker auf hoher See. Plötzlich habe ich das Gefühl, dass es ihm schwerfällt, seine Geschichte mit mir zu teilen. Und seltsamerweise kommt auch mir ein Eintritt in diese Geschichte mit einem Mal so vor, wie ein Eingriff in seine Privatsphäre.

Trotzdem nicke ich. „So bereit wie ich eben sein kann, schätze ich."

Ungefragt greift er nach meiner rechten Hand und schlägt das Buch auf der ersten Seite auf. Dann legt er meinen Zeigefinger auf die Buchstaben und seinen eigenen daneben. Die Buchstaben verschwimmen vor meinen Augen, heben sich empor und verflüssigen sich. Ich will mich nach Kaito umsehen. Was er wohl sieht, während Elian und ich "verschwinden"? Doch um mich herum ist alles voller Buchstaben. Da ist nur Elian neben mir, der meine Hand nicht loslässt. Die Tinte schwirrt durch die Luft um uns herum, bildet Stück für Stück eine Landschaft, in die wir beide, kurz bevor sie vollendet ist, hineingesogen werden. Ich befinde mich in einem Strudel aus schwarzer Tinte, hier und da streifen Worte an mir vorbei:

„Nun dass die Jungfrau und der Mann,
Die Beiden, Isolde und Tristan,
Den Trank getrunken, was geschah?"

Die Worte hallen in meinem Kopf wider.

Elian befindet sich genau neben mir, hält meine Hand, damit ich nicht von ihm fortgezogen werde. Unsere Blicke begegnen sich. Ich kann nicht anders, als befreit zu lachen, obwohl mir diese ungewohnte Situation Angst einjagen sollte.

Keine Sekunde später werden wir von der Tinte ausgespuckt. Geradewegs hinein in eine prächtige grüne Landschaft, auf deren grüner Wiese eine Menge Bäume stehen. Weiter hinten, auf einem Hügel, erkenne ich eine Ritterburg. Mir treten Tränen in die Augen.

Ich höre Mamas Stimme, wie sie diesen Ort beschreibt. Eine Erinnerung aus Kindertagen. Mich durchzuckt die endgültige Erkenntnis, dass meine Mutter tatsächlich von ihrer Gabe gewusst haben muss. Ansonsten hätte sie mir früher nicht ständig genau diese Geschichte vorgelesen.

Ich bücke mich, betaste das Gras, das sich weich und erstaunlich echt anfühlt. Wie ein Schwamm sauge ich alle Eindrücke in mich auf.

„Wow. Das ist alles einfach so umwerfend", hauche ich zutiefst beeindruckt. Wenige Schritte von mir entfernt höre ich Elians Lachen. „Aber natürlich meine ich das nicht im positiven Sinne", rudere ich schnell zurück. Immerhin habe ich mir vorgenommen, ihn nicht mehr leiden zu können.

Aus dem Augenwinkel sehe ich, dass sich sein Gesicht verklärt.

„Natürlich", erwidert er gedehnt. Seine Stimme ist kalt. Es trifft mich mitten ins Herz. „Das hatte ich mir schon gedacht."

Er geht an mir vorbei, ein ernster Zug liegt um seine weichen Lippen. „Wir sollten uns nicht zu lange hier aufhalten, du musst dich erst an alles gewöhnen. Am Anfang wird dich ein Aufenthalt in der Geschichte weitaus mehr Kraft kosten als nach einigen Wochen, Monaten oder Jahren." Einmal dreht er sich im Kreis, wirkt befreit und glücklich, dann wendet er sich mir zu.

„Was ganz wichtig ist: Fass keine losen Gegenstände an und stehlen darfst du sie schon gar nicht. Jede Veränderung trägt weiter zur Zerstörung dieser Geschichte bei. Solltest du jemals allein in die Geschichte gehen, dann musst du darauf achten, dass du nicht vom Weg abkommst." Sein Blick bohrt sich in meinen, lässt mich an Ort und Stelle verharren. „An den Grenzen dieser und aller anderen Geschichten werden diese von einem reißenden Fluss umgeben. So kann niemand diese Geschichte verlassen und niemand von außerhalb hier eindringen. Weder aus anderen Geschichten in diese Geschichte noch aus unserer realen Welt."

Mir liegt auf den Lippen, dass es durchaus jemandem gelungen sein muss, in andere Geschichten zu gelangen, unter anderem auch in diese. Nämlich der bösen Buchfigur, die für dieses ganze Schlamassel verantwortlich ist. Doch ich beiße mir auf die Zunge, damit ich nicht wieder eine Diskussion losreiße.

„Mit den anderen literarischen Figuren können wir ganz normal reden, so wie mit normalen Menschen. Wenn wir zurück in unsere Welt wollen, dann müssen wir nur zu der Stelle zurückkehren, an der wir gelandet sind, und uns zurückwünschen. Meistens hilft ein Reim dabei", erklärt er weiter. *„Bei allem Glück, bring mich zurück*, zum Beispiel."

Kurz gucke ich ihn an, dann pruste ich los. „Ernsthaft?"

Zum ersten Mal, seit ich Elian begegnet bin, scheint ihm eine Situation unangenehm zu sein. Beschämt zuckt er mit den Schultern und sieht an mir vorbei. „Bisher hat es noch immer geholfen."

Wir gehen ein paar Schritte näher an die Burg heran, vermutlich die, auf der Tristan aufgewachsen ist. Als ich ein paar verkümmerte Grashalme und einen abgestorbenen Baum entdecke, zeige ich mit dem Finger darauf. Ich möchte fragen, was es bedeutet, da sagt Elian ein einziges Wort: „Existenzschwund."

Seine knappe Antwort gefällt mir nicht. Das Kopfschütteln, das mit ihr einhergeht, lässt mich innerlich aufschreien.

„Was soll das?", tobe ich los. „Du sagst das geradeso, als sei diese ganze Scheiße meine Schuld!"

Jetzt schnaubt er sogar los:

„Jetzt bilde dir mal nichts ein! Wenn du eine solche Macht hättest, würdest du nicht so dumme Fragen stellen."

Das reicht! So mache ich hier nicht mit. Ich stapfe zurück zu der Stelle, von der wir eben losgegangen sind. Kaum habe ich sie erreicht, ruft Elian mir irgendetwas hinterher, das ich nicht recht verstehe.

Und obwohl ich mir ziemlich dämlich dabei vorkomme und mir noch immer nicht sicher bin, ob er mich nicht nur verarscht hat, murmele ich: „Bei allem Glück, bring mich zurück."

Da werde ich aus der Landschaft gezogen, direkt in das Büro der AoLBC. Überrascht, dass es tatsächlich geklappt hat, blinzele ich.

Ich habe gerade genug Zeit, mich zu orientieren und festzustellen, dass ich allein bin. Einmal abgesehen von Mrs. Walsh, die nur kurz den Kopf hebt, ansonsten aber keinerlei Notiz von mir nimmt. Nur den Bruchteil einer Sekunde später landet Elian direkt neben mir. Er ist einfach da, wie aus dem Nichts. Wütend blickt er mich an.

„Was fällt dir ein? Du kannst nicht einfach allein durch die Geschichte laufen, wenn du gerade das erste Mal dort bist!", fährt er mich an.

„Ach nein?" Ich habe endgültig genug von seiner Herumkommandiererei. „Und was ist mit allen anderen? Die waren auch auf sich allein gestellt, als sie das erste Mal in die Geschichte ihrer Vorfahren gegangen sind."

Er schüttelt den Kopf. „Das ist doch etwas völlig anderes."

„Warum?" Ich stemme meine Hände in die Hüften, muss mich zusammenreißen, damit ich nicht auf dem Absatz kehrtmache und abhaue. Ich möchte mir irgendetwas suchen, das ich kurz und klein schlagen kann.

„Weil alle anderen sich offensichtlich auf einen klaren Verstand verlassen können. Du hingegen lässt dich viel zu stark von deinen Gefühlen leiten, sodass du einfach durch die Geschichte marschierst und auf nichts und niemanden mehr Rücksicht nimmst. Das macht dich ziemlich unberechenbar. Impulsiv."

Leider spricht er genau das aus, was ich mir das ein oder andere Mal auch von meinem Großvater habe anhören müssen. Ich werfe ihm einen bitterbösen Blick zu. Schon will ich aus dem Raum rennen, da gerate ich unglücklicherweise ins Straucheln. Das müssen die Nachwirkungen des Sprungs aus der Geschichte sein. Mir ist auf einmal so schwindelig. Eine Hand fasst meinen Arm und bringt mich zurück ins Gleichgewicht. Überrascht blicke ich in seine grünen Augen.

Ein gepresstes „Danke" murmelnd, mache ich mich von ihm los. Dabei stolpere ich direkt vor den Schreibtisch von Mrs. Walsh. Das bringt mich auf eine Idee.

Elian folgt mir die wenigen Schritte, bleibt knapp hinter mir stehen. Ich rücke von ihm ab, doch im Grunde ist es mir egal, ob er das mitanhört, was ich der Sekretärin jetzt zu sagen habe.

„Mrs. Walsh, ich bestehe darauf, dass ich von nun an *allein* in die Geschichte meiner Vorfahrin gehen kann“, werfe ich der älteren Dame die Wut entgegen, die sich in den letzten Minuten aufgestaut hat. „Wenn ich schon dazu verpflichtet bin. Ich möchte nicht mehr auf Elian angewiesen sein. Es ist in keinster Weise notwendig, dass er meinen Babysitter spielt.“

Wie in Zeitlupe sieht sie hinter ihrem Monitor auf, tippt aber weiterhin unablässig auf der Tastatur herum. Ihre dunklen Augen richten sich auf mich, springen dann jedoch zwischen mir und Elian hin und her. Sie sieht aus, als würde sie rein gar nicht verstehen, was ich ihr sagen möchte. Und das, obwohl ich mich, meiner Meinung nach, ziemlich präzise ausgedrückt habe.

Nach einer Weile des Schweigens kehrt Leben in die alte Dame zurück. Sie strafft die Schultern und hebt das Kinn ein wenig an, so als würde sie mir nun eine Kampfansage machen.

„Aber sein Vorfahr entstammt demselben literarischen Werk wie deine Vorfahrin, Miss. Ihr beide müsst zusammenarbeiten“, sagt sie bestimmt. Dabei wippen ihre weißen Löckchen auf und ab. „Außerdem ist er einer der qualifiziertesten Mitarbeiter dieses Vereins.“

Sieht diese Frau denn nicht, dass mich seine Qualifikationen und die Gemeinsamkeit unserer Vorfahren kalt lassen?

„Er ist ein junger Mann mit außerordentlichen Fähigkeiten“, macht sie unbehelligt weiter und ich werfe ihr einen vernichtenden Blick zu, den sie mit der Hand bei Seite wischt.

„Meine eigentlichen Fähigkeiten liegen aber auf einem ganz anderen Gebiet“, raunt Elian mir plötzlich von hinten ins Ohr. Bei seinen Worten werde ich prompt knallrot, was mir vor allem im Beisein dieser alten Schachtel sehr unangenehm ist.

Als ich ihr den Blick jedoch zuwende, stelle ich fest, dass sie sich bereits wieder dem Monitor gewidmet hat. Einen Moment starre ich die Frau nur an. Sie scheint mich in keiner Weise zu verstehen. Hinter den Gläsern ihrer schmalen, roten Lesebrille huschen ihre Augen über den Bildschirm. Vermutlich überprüft sie gerade die Angaben, die ich ihr vorhin auf den Tisch gelegt habe.

Elians kühler Atem streift währenddessen meinen Nacken und löst damit eine Gänsehaut auf meinem gesamten Körper aus.

„Sonst noch etwas?“ Mrs. Walsh sieht mich immer noch nicht an, ihre Finger fliegen über die Tastatur. Ein deutliches Zeichen dafür, dass sie uns loswerden will. Vielleicht auch nur mich.

„Nein“, gebe ich genauso unfreundlich zurück.

„Gut, denn ich habe zu tun.“ Damit ist für sie das Gespräch beendet. Ich beiße die Zähne so fest aufeinander, dass man meinen Kiefer in dem aufgetretenen Schweigen nur zu deutlich knacken hören muss.

Elians Hand berührt mich an der Schulter. Unwillkürlich zucke ich zusammen, ducke mich unter seinem Arm hinweg und zische ihm zum Abschluss ein „Blödmann“ zu. Er guckt mir ausdruckslos hinterher, dann wende ich den Blick ab und schwöre mir, mich nicht noch einmal umzudrehen. Und tatsächlich halte ich durch, bis die schwere Eichenholztür lautstark hinter mir ins Schloss fällt.

13

Das Zuschlagen der Tür hallt noch in meinen Ohren nach, als ich den Flur entlangrenne. Ich will Elian vergessen. Er ist so ein Idiot! Aber hier bei der AoLBC kann ich ihm nicht dauerhaft aus dem Weg gehen. Vielleicht kann ich mich zumindest für ein paar Stunden in meinem Gästezimmer verkriechen.

Vor der Treppe stoße ich mit einer anderen Person zusammen. Überrascht blicke ich auf und geradewegs in Gordons graue Augen. Sturmgrau, korrigiere ich mich alberner Weise.

„Wohin des Weges?“, fragt er, lehnt sich dabei lässig an das Treppengeländer und grinst schief.

„Nach oben“, erkläre ich ausweichend.

„Du bist also wirklich für das Wochenende hier eingezogen? Und das, obwohl du niemanden von uns kennst? Respekt.“ Er grinst fröhlich.

„Ich kenne Rahen“, murmele ich.

„Na dann.“ Er lacht. Mein Herz zieht sich zusammen. Kann er bitte diese dauerhafte Fröhlichkeit sein lassen?

„Ivy?“

Elian kommt den Flur heruntergelaufen. Sein Blick verdüstert sich, als er sieht, mit wem ich mich unterhalte.

„Lass gut sein, Elian“, unterbreche ich ihn, bevor er irgendetwas sagen kann, was mich vielleicht zum Umdenken bewegen könnte. Mit erhobenem Haupt will ich die Treppe hinaufgehen, werde jedoch von Gordon nach ein paar Stufen aufgehalten. Er beugt sich zu mir, sodass mir der Geruch seines herben Parfüms in die Nase steigt. „Hättest du etwas dagegen, wenn ich mitkomme? Nur kurz?“

Er hätte mich alles fragen können, ich hätte es gemacht, wenn ich nur schnell genug von Elian wegkomme. Dieser hält eine Art Sicherheitsabstand. Gordons geflüsterte Worte kann er nicht verstanden haben.

„Klar“, antworte ich in normaler Lautstärke, als wäre es das Selbstverständlichste auf der Welt.

Gordon folgt mir nach oben, sodass Elian allein unten zurückbleibt. Prompt schleicht sich das schlechte Gewissen in meinen Verstand, doch ich wische es fort. Wir gehen in die winzige Küche, aus der Kaito mir heute Morgen entgegengekommen ist.

Wir lassen uns gegenüber auf die einfachen Holzstühle am Tisch fallen.

„Du musst dich von Elian fernhalten“, beginnt Gordon übergangslos. Irritiert blinzele ich.

„Wer sagt denn, dass ich das nicht tue?“ Die roten Flecken, die sich von meinem Hals aus bis auf meine Wangen ausbreiten, strafen meine Worte lügen.

„Ivy“, er seufzt. „Du musst mir vertrauen, wenn ich dir sage, dass es das Beste ist. Für dich, für ihn. Für uns alle.“ Seine Hände tasten nach meinen, die verschränkt vor mir auf dem Tisch liegen, und umschließen sie sanft. Mein Herz macht einen Hüpfer. Seine Hände schüttele ich nicht ab. Wie könnte ich auch, wenn er mir so ernst in die Augen sieht wie in diesem Moment?

Er scheint einfach immer, egal in welcher Situation, zu wissen, was zu tun ist. Seine Berührung jagt Wärme durch meinen Körper, direkt in mein Herz.

„Warum ist es das Beste?“ Verdammt, warum klingt meine Stimme so kratzig?

„Weil ...“

„Sag mir, dass es nichts mit einem Fluch zu tun hat“, bitte ich ihn. Doch was nützt es, wenn es am Ende genau so ist. Seit der Reise in meine literarische Geschichte zweifele ich nicht einmal mehr daran, dass es wahrhaftig so etwas wie Flüche gibt.

Gordon rutscht auf seinem Stuhl herum, senkt die Lider mit den langen, dichten Wimpern. Als er antwortet, sieht er mich wieder an. Der Sturm tobt in seinen Augen und ich habe komischerweise das Gefühl, dass die Worte, die folgen, nicht voll und ganz wahr sind. Dass er mir ausweicht.

„Man könnte es als einen Fluch bezeichnen, was er mit euch Mädchen anstellt.“ Er lacht trocken auf. Verflogen sind Wärme und Fröhlichkeit. „Pass einfach auf dich auf.“ Plötzlich ist sein Blick intensiver, so als wolle er mich seine Worte unbedingt glauben machen.

Verstört unterbreche ich unseren Blickkontakt. „Was soll das? Warum antwortest du nicht auf meine Frage?“

Nun ist er derjenige, der irritiert dreinblickt. Doch er fängt sich schnell wieder. „Es ist noch nicht an der Zeit, es dir zu sagen, denke ich. Aber wenn es soweit ist, werde ich für dich da sein.“

Wieder einer, der den Aufpasser spielt. Und warum habe ich das Gefühl, dass weitaus mehr hinter seinen Worten steckt, als es zunächst den Anschein hat? Ich ziehe meine Hände unter seinen hervor und falte sie in meinem Schoß. Dann starre ich die weißen Fliesen auf dem Boden der Küche an und sage erstmal nichts mehr. Mag er mich? Dann blicke ich auf. Kopfschüttelnd lächelt er mich an.

„Ich weiß, dass du nichts dafür kannst, was du für ihn fühlst", unterbricht er die Stille.

„Was sollte ich denn für ihn fühlen?" Ich lege die Stirn in Falten. „Und warum kennt jede Person in diesem Haus meine Gefühle besser als ich?" Ich falte meine Hände auseinander, werfe sie in einer aufgebrachten Geste in die Luft und blicke ihn verzweifelt an. „Was hat es mit diesem Fluch auf sich?"

„Du lässt nie locker, was?"

Ich schüttele den Kopf, starrsinnig.

Bedauernd sieht er auf seine teuer aussehende Armbanduhr. Was Statussymbole angeht, scheinen er und Elian sich ähnlich zu sein. Elian. Warum nur schweifen meine Gedanken ständig zu ihm ab? Gerade sitze ich doch mit einem anderen, weitaus netteren Jungen an einem Tisch.

„Tut mir leid, aber ich muss los. Sonst macht Rahen mir die Hölle heiß."

Plötzlich ist mein Mund staubtrocken. „Rahen?" *Ist sie etwa seine Freundin? Egal*, rufe ich mich selbst zur Vernunft. *Was interessiert es mich überhaupt*? Gordon lächelt belustigt, als er sich erhebt.

„Keine Sorge, sie ist nicht meine Freundin, falls es das ist, was du denkst. Wir sollen nur weiter nach Werthers letztem Nachkommen forschen."

Eben noch habe ich ihn für nett gehalten. Aber jetzt soll er bloß nicht mit demselben überheblichen Getue anfangen wie Elian. Ich lege mir gerade einen passenden Kommentar parat, da redet er weiter.

„Mit ihr würde ich weiß Gott nichts anfangen. Da wäre sie bei Elian schon eher an der richtigen Adresse. Obwohl …“ Er kratzt sich gespielt nachdenklich das Kinn. „Seit er mit ihr Schluss gemacht hat, womöglich doch nicht mehr.“

Seine Worte treffen mich härter als gewollt. Schnell beiße ich mir auf die Unterlippe, damit Gordon mir meine Gefühle nicht ansehen kann. Er sieht mich entschuldigend an, doch ich weiche seinem Blick aus. Wollte er mich etwa mit Absicht auf diese Weise verletzen?

„Wenn du irgendetwas brauchst oder irgendetwas wissen willst, dann komm einfach zu mir“, sagt er und ist weg. Womit er mir offensichtlich zu viel versprochen hat. Doch die indirekte Botschaft ist mir nicht entgangen: *Komm gar nicht erst auf die Idee, zu Elian zu laufen. Er benutzt dich nur. Und dann ist da ja auch noch der Fluch …*

Für den Rest dieses Samstags traue ich mich nicht mehr in die untere Etage. Ich verschanze mich in dem Gästezimmer und versuche irgendwie mit meinen Gefühlen klar zu kommen. Das ist gar nicht so leicht.

Irgendwann ringe ich mich dazu durch, meinem Vater eine kurze Nachricht zu schreiben, in der ich mich nach meinem Großvater erkundige. Vielleicht weiß Papa, ob sich Opas Zustand in der Zwischenzeit gebessert hat.

Draußen ist die Sonne gerade untergegangen, als ich mein Smartphone noch immer in der Hand halte. Gähnend stelle ich fest, wie müde ich doch bin. Die Reise in die Geschichte muss weitaus stärker an meinen Kräften gezehrt haben, als zunächst gedacht.

„Ivy!“ Kaito klopft gegen die Zimmertür. „Alles klar bei dir?“

Ich bin ihm dankbar, dass er nicht die Tür aufreißt, sondern mir dieses bisschen Privatsphäre lässt.

„Du hast dich den ganzen Tag nicht mehr unten blicken lassen.“

„Mir ging es nicht so gut“, weiche ich aus und lasse mich auf der Matratze zurücksinken. Ich starre an die weiße Decke.

„Wegen der Reise in die Geschichte?“ Etwas poltert gegen die Tür. Er hat sich dagegen gelehnt. „Das ging uns allen so beim ersten Mal. Am besten du schläfst aus. Morgen wird es dir nicht mehr so schwer fallen.“

„Ich soll wieder in die Geschichte? Mit Elian?“ Ich kann nicht verhindern, dass ich leicht panisch klinge. Von der anderen Seite der Tür ernte ich Schweigen. Offenbar habe ich genau ins Schwarze getroffen.

„Was ist, wenn ich das nicht möchte?“

„Ivy, schlaf eine Nacht darüber. Morgen können wir nochmal reden.“ Es scheint, als würde er mich nur vertrösten. Enttäuschung macht sich in meiner Brust breit.

„Gute Nacht, Kaito.“

„Schlaf gut, Ivy.“ Er stößt sich von der Tür ab. Ich bin allein.

Mein Handy vibriert. Schon erwarte ich, dass mir mein Vater geschrieben hat, doch es ist eine Nachricht von Fenja. Eine von dutzenden. Ich soll mich bei ihr melden, weil sie sich Sorgen um mich macht. Um mir nicht weiter vor Augen führen zu lassen, was ich für eine schlechte Freundin bin, will ich mein Smartphone schon ausschalten, da erinnere ich mich an die Dateien meiner Mutter. Mein Daumen fliegt förmlich über das Display, um die Dokumente aufzurufen. Weiße Seiten springen mir entgegen, egal wie weit ich nach unten scrolle. Ich habe ein ganz mieses Gefühl dabei. Soll es das wirklich gewesen sein? Von meiner Mutter ist mir nichts weiter geblieben als diese leeren Dokumente?

Ich schließe die Datei und öffne sie danach in einem anderen Programm. Noch immer sind die Seiten blütenweiß. Das ist der Tropfen, der das Fass zum Überlaufen bringt. Ich schalte mein Handy aus, als Tränen meine Sicht verschwimmen lassen.

Heimweh. Das ist dieses übermächtige Gefühl in mir drin. Doch mich zieht es nicht an einen bestimmten Ort oder gar die Villa meines Großvaters. Ich glaube, ich habe Heimweh nach meiner Mutter.

Für einen Augenblick wünsche ich mir nichts sehnlicher, als Efeublätter wachsen zu lassen, von denen mich jedes einzelne in einen Moment mit ihr zurückbringt. Denn mit jedem Tag verblassen die Erinnerungen an sie ein wenig mehr.

Ich kauere mich seitlich auf der Bettdecke zusammen. Das Handy habe ich gegen meine Brust gedrückt. So schlafe ich ein.

Die Augenringe am nächsten Tag überraschen mich wenig. Mit meinem Concealer bekomme ich sie sogar ganz gut weggeschminkt. Dennoch scheint meine Müdigkeit unverkennbar. Als ich im Aufenthaltsraum erscheine, in dem Kaito bereits Müsli frühstückt, wirft er mir einen fragenden Blick zu.

„So schlecht geschlafen?“

„Frag nicht“, murmele ich und fahre mir durch die Haare, bevor ich sie zu einem Knoten binde.

„Am besten, du frühstückst noch eine Kleinigkeit, denn gleich kommen Rahen und Elian.“

Ich stöhne entnervt. „Ihr lasst mich nicht ohne ihn in die Geschichte, habe ich recht?“

Kaito schüttelt den Kopf. „Tut mir leid.“

„Und wenn ich für heute einfach aussetze?“ Hoffnungsvoll setze ich mich ihm gegenüber an den Tisch und ziehe die Tüte mit frischen Brötchen zu mir heran.

„Ivy, das geht nicht.“

„Warum?“

Kaito rauft sich die Haare. Der Ärmste wirkt heillos überfordert. „Wenn ich es dir doch sage. Wir alle müssen in unsere Geschichten reisen. Wir ...“

Da kommt mir ein ganz anderer Gedanke. „Was passiert eigentlich mit uns? Wenn der Existenzschwund unsere Geschichten auffrisst und die Bücher verschwinden, was passiert dann mit den Nachfahren?“

Sein Schweigen macht mich schier verrückt. Sag mir doch einfach, dass alle gut werden wird. Bitte!

„Wir wissen es nicht.“

Ich habe das Gefühl, dass mir der Boden unter den Füßen weggezogen wird. Ich falle.

„Und das macht mir verdammt nochmal am meisten Angst. Diese Ungewissheit.“ Kaitos Augen bohren sich in meine. „Wenn schon am Ende alles schief läuft und wir den Kampf um unsere Geschichten nicht gewinnen, dann möchte ich wenigstens wissen, was mich danach erwartet.“

Einen Augenblick hängen wir beide unseren eigenen Gedanken nach. Ich glaube zu verstehen, was er meint.

„Habt ihr noch mehr zu Werthers Nachkommen herausgefunden?“, frage ich nach einer gefühlten Ewigkeit.

Kaito lehnt sich auf dem Stuhl zurück, das Gesicht zu einer Grimasse verzogen. „Nein.“ Sein Blick wandert durch den Raum.

„Aber wir sind trotzdem schon ganz nah dran." Ein selbstsicheres Lächeln bildet sich auf seinen Lippen und wischt die Traurigkeit der letzten Minuten fort.

„Ivy." Rahens kühle Stimme lässt mich aufschrecken. Ich schnappe mir ein Brötchen, in das ich hineinbeiße, während ich aufspringe und Richtung Tür laufe. Manche Menschen sollte man nicht warten lassen. Und Rahen ist definitiv einer davon.

Gemeinsam mit Elian lehnt sie an der weißen Wand. So nebeneinander geben sie ein harmonisches Bild ab. Die Erkenntnis lässt mich die Zähne zusammenbeißen. Doch davon bemerken sie beide nichts.

Ich werfe einen flüchtigen Blick auf meine Uhr. 9:37 Uhr. Ein bisschen früh für einen Sonntagmorgen, um sich auf eine Reise in eine gänzlich andere Welt zu begeben. Für die beiden, und generell alle anderen Nachkommen, scheint es jedoch das Natürlichste auf der Welt zu sein. Sonst wären sie nicht schon hier. Putzmunter und so selbstsicher, dass sie wie zwei Models auf einem Laufsteg den Flur entlangschreiten.

„Wie findest du es eigentlich, von jemandem wie der bösen Isolde abzustammen?" Rahen blickt über ihre Schulter zu mir zurück. Mir entgeht nicht, dass sie das „böse" besonders betont. Ihr Blick hat etwas Lauerndes, was mich sofort in Alarmbereitschaft versetzt. Bei ihr muss ich vorsichtig sein. Nicht ohne Grund haben Fenja, Flint und ich sie von Anfang an gemieden. Schon in der fünften Klasse war sie ein scheußlich eingebildetes und zickiges Mädchen.

„Wie soll ich das schon finden? Besser, als von gar keiner literarischen Figur abzustammen?" Ich möchte sie nicht spüren lassen, dass es mir noch immer nicht normal und begrüßenswert erscheint, überhaupt Nachfahrin einer literarischen Figur zu sein. Für mich ist der Gedanke allein schon befremdlich genug. Doch dass es die Wahrheit ist, damit muss ich mich erst noch abfinden.

„Ich an deiner Stelle wäre etwas enttäuscht“, gibt sie zurück. Ich schließe zu ihr auf, während wir das Büro erreichen und Elian die Geheimtür öffnet.

Weshalb sollte ich enttäuscht sein? Gibt es etwa eine Rangfolge unterhalb der literarischen Figuren? Nein, ich schüttele den Kopf. Sie möchte mich nur verunsichern und provozieren. Mit Sicherheit stammt sie von der bösen Stiefmutter aus Schneewittchen ab. Doch dann fällt mir ein, dass *Schneewittchen* keines der vom Existenzschwund betroffenen Bücher ist. Deshalb drängt sich mir unweigerlich die nächste Frage auf.

„Von welcher literarischen Figur stammst du überhaupt ab?“, frage ich.

Rahen schüttelt ihr blondiertes Wallehaar aus. „Alice ist meine Vorfahrin. Alice aus dem Wunderland.“

Wie schön, denke ich sarkastisch. Von einem Mädchen abzustammen, das einem weißen Kaninchen in den Bau hinterherhüpft, das mit dem verrückten Hutmacher spricht, bevor es von irgendwelchen Gegenständen und Tränken zu wachsen und schrumpfen beginnt, davon träumt vielleicht ein achtjähriges Mädchen. Nicht aber ich mit achtzehn Jahren. Ich bin kurz davor, einen abfälligen Kommentar zu lassen, da fährt sie mit schneidender Stimme fort: „Und meine Vorfahrin und meine Geschichte werde ich retten, das schwöre ich.“

Das Problem ist, dass ihre Worte mich einschüchtern. Rahen fährt gerne ihre Krallen aus, um an ihr Ziel zu gelangen.

Mein Blick huscht zu Elian, der mich seinerseits heute noch keines Blickes gewürdigt hat. Doch er wendet sich nicht um. So bekomme ich nur seinen Hinterkopf zu sehen, als wir die Treppe in den Keller heruntergehen. Mit Sicherheit hört er uns zu, er lässt es sich nur nicht anmerken. Darin ist er wirklich gut. Natürlich wird er mir nicht zur Hilfe eilen, um mich gegen Rahen zu verteidigen. Dass ich gestern Mrs. Walsh gebeten habe, nicht mehr mit ihm zusammenarbeiten zu müssen, scheint ihn tiefer getroffen zu haben als er vorgegeben hat.

Ich merke, dass ich mich rein gar nicht an meine eigenen Vorsätze halten kann. Ich muss diesem bescheuerten Drang entgegenstehen, mich völlig diesem Gefühl hinzugeben, das sich immer mehr in meinem Herzen ausbreitet, wenn ich an ihn denke.

Je mehr Zeit ich mit ihm verbringe und je näher wir uns kommen, desto mehr glaube ich, hinter seine sorgfältig errichtete Fassade blicken zu können. Allerdings glaube ich auch, dass er genau das verhindern möchte. Dass er hartnäckig dagegen ankämpft, indem er mir immer dann die kalte Schulter zeigt, bevor wir uns einander noch weiter annähern können.

„Woran denkst du?“ Rahens säuselnde Stimme lässt mich aufhorchen. Als ich begreife, dass sie mit mir spricht, will ich gerade zu einer schlagfertigen Antwort ansetzen, da redet sie unbeirrt weiter. „An Elian?“

Dieses Mädchen wird mich noch in den Wahnsinn treiben mit ihrem dämlichen Getue. Schnaubend, und ohne ein weiteres Wort, beschleunige ich meine Schritte und werfe meine dunklen Haare zurück, genau wie sie es immer macht.

Als wir die Vitrine wie beim letzten Mal vorsichtig hoch ins Büro transportiert haben und davorstehen, finde ich meine Stimme wieder.

„Warum gehen wir in die Geschichte? Ich will mir die Zerstörung nicht noch einmal ansehen müssen." So langsam verstehe ich Lizzy und ihre Worte über das große Nichts, das alles schluckt.

„Wir müssen es tun. Spätestens jeden zweiten Tag", antwortet Rahen anstelle von Elian, den ich eigentlich angesprochen habe.

„Aha." War ja klar, dass sie sich da einmischen muss.

„Bleiben wir dieses Mal länger in der Geschichte?"

Rahen hält sich mit einem Mal diskret zurück und bleibt im Hintergrund. Was sie jedoch nicht davon abhält, uns mit Argusaugen zu beobachten. Ist sie jetzt so etwas wie meine Gouvernante, die dafür sorgt, dass ich mich mit keinem der kostbaren Bücher aus dem Staub mache? Diese Vorstellung ist absurd und doch würde sie passen.

„Wahrscheinlich."

Okay. Mehr werde ich aus ihm wohl heute nicht herausbekommen. Doch was mache ich mir auch vor? Es ist nicht seine Aufgabe - und augenscheinlich auch nicht sein Wille – mir Klarheit zu verschaffen.

Ergeben trete ich neben ihn, warte, bis er den Glaskasten aufgeschlossen und das alte Buch herausgenommen hat. Dann lege ich, dieses Mal selbstständig, meinen Zeigefinger auf die aufgeschlagene Seite. Dieses Mal liegt sie deutlich weiter hinten. Kaum hat Elian seinen Finger neben meinen gelegt, verschwimmen die Buchstaben vor meinen Augen. Sie erheben sich kurz darauf in die Luft und wirbeln um mich herum, bis sie eine kniende weibliche Person gebildet haben.

Flüchtig überlege ich, um wen es sich bei dieser Person handeln könnte. Da spüre ich den Sog, der von ihr ausgeht. Keine Sekunde später befinde ich mich in dem Tintenstrudel, der mich hin und her wirft. Elians und meine Hände sind heute nicht miteinander verschlungen, was mir merkwürdigerweise einen kleinen Stich versetzt.

Als uns der Strudel freigibt, landen wir nicht weit voneinander entfernt in einem kalten, düsteren Raum. Zwischen uns kniet eine junge Frau. Ihre blonden Haare fallen ihr über den Rücken, das erstickte Schluchzen tönt durch den steinernen Raum. Ich erkenne sie als Isolde Weißhand, die gute Isolde.

Weil die trauernde Frau uns beide anscheinend nicht bemerkt, trete ich an das bogenförmige Fenster heran. Am Festland ist ein einziges Schiff angebunden. Sein Segel ist von einem so puren weiß, dass es mir in den Augen brennt. So langsam glaube ich zu wissen, in welcher Szene wir uns befinden. Wäre Tristan noch Teil der Geschichte, dann läge er vermutlich gleich neben seiner Frau. Tot.

Meine Finger fahren über den kühlen Stein.

„Ivy."

Ich wende mich um.

„Lass uns verschwinden." Elian sieht mitgenommen aus. Sein Blick wechselt zwischen mir und der am Boden knieenden Frau.

Ohne Widerworte gehe ich zu ihm, gespannt, was wir nun tun werden. Eigentlich würde ich mich gerne mit der literarischen Figur unterhalten. Das wäre einfach umwerfend. Noch ganz in Gedanken bei den Möglichkeiten, die sich mir hier bieten, bin ich regelrecht erschrocken, als ich eine andere Stimme als Elians höre.

„Wo ist mein geliebter Tristan?“, schluchzt Isolde Weißhand auf. Aus tränennassen Augen starrt sie mich an. Ihr Blick bereitet mir Angst. Er ist wie ein Abgrund in ein tiefes, schwarzes Nichts.

„Sagt, habt Ihr ihn gesehen?“

Elian tritt zu mir heran. Seine Haltung zeigt nur zu deutlich, dass er von hier verschwinden möchte.

„Mich dünkt, ich habe ihn umgebracht“, stöhnt Isolde Weißhand und wird von einem weiteren Schluchzer geschüttelt.

„Wir dürfen ihr nicht helfen“, raunt Elian mir ins Ohr. „Lass uns gehen.“

In diesem Moment wird mir bewusst, wie nah er mir ist. Sein Atem streift meinen Hals, seine Hand ist Zentimeter von meiner entfernt. Ohne Herrin meiner eigenen Sinne zu sein, tasten meine Finger nach seinen. Elian zieht scharf die Luft ein, als ich ihn berühre. Dann jedoch schlingen sich seine Finger wie perfekt um meine.

Wohin er auch will, plötzlich bin ich dankbar, von der trauernden Isolde weg zu können. Ich folge Elian, der die einzige Tür öffnet, durch die man diesen Raum verlassen kann. Wir lassen das Zimmer mit dem massiven, hölzernen Himmelbett hinter uns und treten hinaus auf einen steinernen Flur. An einer Seite ist die Wand von großen, bogenförmigen Fenstern unterbrochen, die den Blick auf einen kleinen Innenhof mit Bäumen freigeben. Elians Hand lässt meine für keine Sekunde los. In meiner Brust vibriert es vor lauter Glück.

Auf dem menschenleeren Flur ist es kalt, kälter als in dem zugigen Zimmer, das wir soeben verlassen haben. Ich klappere mit den Zähnen. Warum nur ist es hier so kalt? Draußen scheint doch die Sonne.

„Auf diesem Flur befinden wir uns außerhalb der Handlung. Nur der Raum mit Isolde gehört in diesem Moment zur Handlung der Geschichte. Die literarischen Figuren sind immer am Ort der Handlung, aber auf diesem Flur ist gerade niemand, der Teil der Geschichte ist. Außerhalb ist es deswegen immer sehr kalt“, antwortet Elian auf mein Bibbern hin.

„Aber in dem Raum war es auch so kühl“, murmele ich.

„Das liegt daran, dass etwas in der Handlung fehlt.“

„Tristan“, antworte ich, auch wenn er keine Frage gestellt hat und sich vermutlich nicht darüber unterhalten möchte. Vielmehr habe ich das Gefühl, dass er mich aus der Handlung gezogen hat, um mit mir über etwas anderes zu sprechen. Mein Eindruck verstärkt sich, als sich Elians Miene verdüstert.

„Was hat dir Gordon über mich erzählt?“

Überrascht blinzele ich ihn an. Damit habe ich nun wirklich nicht gerechnet.

„Du hast mich schon richtig verstanden. Gestern, da habt ihr doch mit Sicherheit über mich gesprochen.“

Geht er etwa davon aus, dass sich die ganze Welt nur um ihn dreht? Doch er klingt nicht neugierig, sondern einfach nur enttäuscht. Und das ist viel schlimmer. Rasch entziehe ich ihm meine Hand. Augenblicklich wird es noch kälter.

Ja, wir haben über dich gesprochen, will ich antworten, doch etwas hält mich zurück. Es ist der Gedanke an Elian und Rahen. Wie er sie einen Moment länger als nötig festgehalten hat, als sie den Tintenfleck ankreischte. Wie sie ausgerechnet ihm in die Arme fiel, und wie sie beide ein so harmonisches Bild abgegeben haben.

Ich tröste mich damit, dass *er* mit *ihr* schlussgemacht hat.

„Nein, wir haben nicht über dich gesprochen. Damit würde Gordon wohl keine Zeit verschwenden." Die Kälte in meiner Stimme versetzt mir selbst einen Stich, wie muss es ihm da ergehen?

„Wie schön, dass er nun mit dir seine kostbare Zeit verschwenden kann."

Autsch. Mein Körper erstarrt zu einem Eisblock. Wütend funkele ich ihn an. Soll er doch glauben, was er will. Vielleicht hört er dann endlich auf zu glauben, mir alles vorschreiben zu können.

Allmählich wird mir diese ganze Situation echt zu blöd. Was bildet er sich überhaupt ein, was er sich rausnehmen kann?

„Kannst du ihn nicht leiden, weil er mich mag? Weil er sich mir gegenüber nicht wie ein Idiot aufführt so wie du es immer machst?" Gut, das war das Dümmste, was ich hätte sagen können. Zumal es nicht die Ursache für die Feindseligkeit zwischen den beiden sein kann. Sie konnten sich doch schon vor meinem Auftauchen nicht leiden.

„Wir haben beide unsere Gründe, uns nicht zu mögen", bringt er zwischen zusammengepressten Lippen hervor. Leider ist mir das nicht Antwort genug.

„Und welche Gründe sollen das sein?"

„Die gehen dich nichts an. Dass es welche gibt, ist Information genug. Und außerdem solltest du dich am besten von mir fernhalten."

„Wie bitte? Sag mal, kannst du dich eigentlich entscheiden? Dir passt es nicht, dass ich auch mit Gordon Zeit verbringe. Du hältst meine Hand und dann sagst du mir doch wieder, dass ich mich von dir fernhalten soll. Das macht doch alles keinen

Sinn!“ Aufgebracht fuchtele ich mit den Händen vor mir in der Luft herum.

Er sieht mich nur eindringlich an und wiederholt seine Worte noch einmal: „Halt dich am besten von uns beiden fern.“

Ich lache gekünstelt auf.

„Und warum, bitteschön?“

„Das wirst du noch früh genug erfahren. Bis dahin könntest du zur Abwechslung vielleicht einmal das machen, was ich dir sage“, gibt er unwirsch zurück.

„Von dir lasse ich mich schon mal gar nicht herum kommandieren! Soweit kommt es noch. Das kann doch nicht dein Ernst sein!“, lasse ich die Wut aus meinem Inneren auf ihn los.

Doch mein Ausbruch lässt ihn völlig kalt.

Ich ziehe den einzigen Trumpf aus meinem Ärmel. „Ist es wegen des Fluchs?“

Mitten in der Bewegung verharrt er.

„Der Fluch“, er schüttelt den Kopf, so als würde er ernsthaft an meinem Verstand zweifeln. Dann ist er plötzlich ganz ernst, scheint es sich anders überlegt zu haben. „Du solltest dir nicht unnötig Gedanken darüber machen“, winkt er ab. Dann geht er mit großen Schritten zu der Tür, die zurück zur guten Isolde führt. Dort dreht er sich noch einmal zu mir um.

„Es mussten, die ihn tranken,
in Herzen und Gedanken,
sich lieben wider Willen
in Sehnsucht nicht zu stillen.
Eins fortan in Glück und Not,
Eins im Leben und im Tod.“

Perplex starre ich ihm hinterher, als er die Tür aufreißt und sie hinter ihm ins Schloss fällt. Was hat er da gerade gesagt? Ich folge ihm und reiße die zugefallene Tür auf. Doch meine Vermutung bestätigt sich. Er ist nicht hier, hat mich zurückgelassen, so wie ich gestern ihn.

Als ich ins Büro zurückkehre, finde ich dieses leer vor. Mrs. Walsh ist nicht zurückgekehrt, um wie gewohnt auf ihrer Tastatur zu tippen. Ich frage mich zum ersten Mal, was sie mit der AoLBC zu tun hat. Herr Bergmann wird niemanden als seine Sekretärin eingestellt haben, die rein gar nicht mit der AoLBC in Verbindung steht.

Aber der Glaskasten mit ‚Tristan und Isolde' ist noch hier. Ich beuge mich über die Vitrine und lege meine Finger seitlich an das Glas. Mir kommt der Gedanke, dass es wirklich merkwürdig ist, dass mein Großvater ein ähnlich aussehendes Exemplar dieser Geschichte in seiner Bibliothek hat.

Ich erstarre. Kann das sein? Meine Gedanken überschlagen sich. Die originale Erstausgabe – ist sie es? Warum ist mir das nicht schon viel früher aufgefallen? Bereits bei meiner ersten Reise in die Geschichte hätte ich es wissen müssen. Doch ich erinnere mich daran, wie fixiert ich auf Elian gewesen bin. Im Nachhinein ärgert es mich nur noch mehr, wie sehr er mich vom Wesentlichen abgelenkt hat. Mein Herz pocht schneller. Ich muss die originale Erstausgabe holen.

Der AoLBC würde es dabei helfen, den Existenzschwund aufzuhalten. Außerdem könnte ich Rahen, Elian und auch mir selbst beweisen, dass ich nicht so unfähig in Sachen literarische Werke bin, wie die meisten in diesem Haus es denken.

Und wenn ich mich irre?, flüstert eine Stimme in meinem Kopf. Aber ich schiebe sie beiseite. Ich muss es versuchen!

Um das Buch zu holen, brauche ich allerdings etwas Unterstützung. Zwar trage ich den Schlüssel für die Villa bei mir, doch es kann nie schaden, einen Meisterdieb bei sich zu haben. Außerdem brauche ich den Jungen, von dem ich mich laut Elian nun ebenfalls fernhalten soll. Das heißt, ich benötige nicht Gordon selbst, aber etwas, das ihm gehört.

Mit dem unguten Gefühl, ihn auszunutzen, verlasse ich das Büro so wie ich es vorgefunden habe.

Auf der Suche nach Kaito betrete ich den Aufenthaltsraum, aus dem mir in dem Moment ein Junge entgegen kommt. Seine Haut ist braungebrannt, das lockige dunkle Haar fällt ihm wirr in die Stirn. Er erinnert mich an eine Statue aus der griechischen Mythologie. Das offene Leinenhemd und die Eulenkette verstärken meinen Eindruck. Das könnte Odysseus Nachfahre sein.

„Hi," begrüßt er mich, bevor er sich an jemanden hinter ihm wendet: „Verrate mir bitte, wie es sein kann, dass ich die ganzen letzten Tage hier war und sie kein einziges Mal gesehen habe!" Er lacht. Ich betrachte ihn, während seine dunklen Augen mir aufmunternd entgegenfunkeln.

„Hektor, du musst dich damit abfinden, dass nicht du es warst, der sie gefunden hat." Mit Freude erkenne ich Kaitos Stimme. Fehlt nur noch Gordon.

„Tja, man sieht sich." Hektor winkt mir zu, dann geht er in Richtung des Büros. Ob er jetzt in seine Geschichte reisen wird? Wie cool ist das denn? Mehr Abenteuer geht nicht.

Ich trete in den Aufenthaltsraum. Außer Kaito sind auch noch Gordon und ein weiterer Junge anwesend. Allesamt beugen sie sich über einen Laptop und einen Haufen Unterlagen in Papierform. Forschen sie nach einer Spur von Werthers Nachkommen?

„Was ist eigentlich mit unseren literarischen Vorfahren? Wo sind sie?"

Drei Augenpaare mustern mich. Während Gordon mich strahlend anlächelt und Kaito die Stirn in Falten legt, blickt mich der andere Junge misstrauisch an. Ich kann nicht abstreiten, dass er makellos hübsch ist. Für meinen Geschmack aber zu makellos. Zu perfekt. Nicht eine Strähne seines schwarzen Haares fällt ihm in die Stirn, seine blauen Augen sind zwei Eiskristalle. Die hohen Wangenknochen betonen sein schmales Gesicht. Irgendetwas an ihm ist regelrecht faszinierend.

Als Gordon sich räuspert, reiße ich mich von dem Anblick des fremden Jungen los. In Gedanken gehe ich die Liste der Bücher durch und hake gedanklich ab, wer von den Jugendlichen zu welchem Werk gehört: Kaito gehört zu ‚Oliver Twist', Elian und ich zu ‚Tristan und Isolde'. Lizzy entstammt ‚Stolz und Vorurteil', Rahen kommt aus ‚Alice im Wunderland'. Gordons ist der Nachfahre von ‚Robinson Crusoe'. Und Hektor ist Odysseus. Bleibt nur noch ‚Dorian Gray'.

„Wir haben sie gesucht. Auch Kaitos Ururgroßvater, der die AoLBC gegründet hat, hat es selbstverständlich getan. Nur sind wir auf keinen einzigen von ihnen gestoßen. Sie könnten überall sein. Wie Dornröschen in ihrem 100-jährigen Schlaf", beantwortet Gordon meine Frage.

„Wie könnte man sie aufspüren?"

Als keiner etwas darauf sagt, fällt mir ein, weshalb ich eigentlich hergekommen bin.

„Gordon, bist du mit deinem Motorrad hier?“

Er nickt und grinst. „Warum? Willst du eine Runde drehen?“

Kopfschüttelnd wende ich mich an Kaito. „Würdest du noch einmal zur Villa mitkommen? Ich muss dort etwas erledigen.“

Der Junge sieht mich interessiert an. „Was musst du dort erledigen?“

„Wirst du dann sehen. Ist auch nur so ein Gefühl.“ Verdammt, genau das ist das Problem. Es ist nur ein *Gefühl*, dass die Ausgabe von ‚Tristan und Isolde‘ in der Bibliothek meines Großvaters die originale Erstausgabe ist. Vielleicht ist es auch totaler Schwachsinn. Deswegen lasse ich es vorerst lieber ungesagt. Eine solche Blamage möchte ich nicht riskieren.

„Klingt spannend, ich bin dabei.“ Er grinst. Abenteuer sind sein Ding.

„Gut.“ Ich nicke. „Gordon, dürfen wir uns dann dein Motorrad leihen?“

Dieser grinst. „Sag bloß, du kannst Motorradfahren?“ Ungläubig schüttelt er den Kopf.

Nein, ich würde nicht behaupten, dass ich es kann.

Achselzuckend murmele ich ein „Warum nicht“.

„Gibs zu, du hast nicht einmal einen Motorradführerschein“, grinst Kaito. Er wendet sich an den fremden Jungen. „Könntest du uns nicht fahren, Zayn?“

Zayn guckt auf seine Armbanduhr, dann schüttelt er den Kopf. „Nein, sorry, ich muss gleich noch los ins Theater.“

Ich werde hellhörig. „Theater?“

Gordon grinst. „Dein Praktikum, verstehe.“

Ich verstehe hingegen gar nichts. „Was denn für ein Praktikum?“

Zayn winkt ab, doch Kaito redet drauf los: „Er will Maskenbildner werden."

Bevor ich etwas dazu sagen kann, sehe ich aus dem Augenwinkel etwas auf mich zufliegen. Reflexartig greife ich danach. Als ich die Faust öffne, liegt Gordons Schlüssel darin.

„Wohl oder übel müsst ihr mit dem Motorrad fahren. Ich verlasse mich darauf, dass du mir die Maschine heil zurück bringst." Sein Grinsen enttarnt den ernsten Unterton seiner Worte.

„Kaito, wenn die Polizei euch erwischt, könnte eine Veränderung nicht schaden", mischt sich Zayn ein. Kaito zwinkert mir zu. „Gute Idee."

Gordon steckt ihm eine Karte zu, die ich für seinen Führerschein halte. Zayn streckt eine Hand in Kaitos Richtung und ich erstarre regelrecht.

Zunächst kann ich nur erkennen, dass sich Kaitos Haarfarbe verändert, sobald Zayn eine Strähne mit den Fingern berührt. Ausgehend von dieser Haarsträhne werden seine schwarzen Haare langsam immer heller, bis sie blond sind. Gleichzeitig verfärben sich auch seine Augenbrauen. Als Zayn seine Hand wegzieht, dreht Kaito mir sein grinsendes Gesicht entgegen. Das heißt, eigentlich ist es vielmehr Gordons Gesicht.

Irritiert sehe ich die Jungen der Reihe nach an. Kaitos Gesicht gleicht Gordons nun so sehr, dass die beiden glatt als Zwillinge durchgehen könnten. Einzig ihre unterschiedliche Statur lässt mich die beiden noch auseinanderhalten.

Fasziniert von Zayns Gabe kann ich ihn nur anstarren.

„Maskenbildner." Ich schlage mir mit der flachen Hand gegen die Stirn. „Jetzt verstehe ich. Kannst du so etwas bei jedem machen?"

Zayn schüttelt den Kopf. „Das kommt darauf an. Dich hätte ich nicht in Gordon verwandeln können, weil meine Fähigkeiten nicht geschlechterübergreifend wirken.“

Sprachlos blicke ich in die Runde.

Der verwandelte Kaito kräuselt die Lippen. „Aber komm jetzt nicht auf die Idee, dass ich fahren soll, nur weil ich aussehe wie Gordon.“ Er wirkt beinahe verzweifelt, als er auf sein – Gordons – Gesicht zeigt.

„Keine Sorge.“ Ich klopfe ihm auf die Schulter und raune ihm ins Ohr: „Du wirst schon sehen, ich fahre tausendmal besser als Gordon.“

Als wir vor dem Motorrad stehen bin ich nicht mehr halb so zuversichtlich, dass alles glatt gehen wird.

„Hat es eigentlich irgendwie wehgetan?“, frage ich Kaito und blicke seine neuen Gesichtszüge vielsagend an.

Dieser schüttelt den Kopf. „Kein bisschen. Aber seine Gabe ist echt heftig. Ist schon eine Ehre, dass er sie bei mir angewandt hat. Ansonsten macht er es nur bei sich selbst.“ Ich muss zugeben, dass ich mir selbst eine ebenso faszinierende Gabe wünsche.

„Was ist eigentlich deine Gabe?“

Kaito grinst verschmitzt. Es ist seltsam, dabei in Gordons Gesicht zu blicken. „Ich kann Gegenstände aller Art nur mit meiner Gedankenkraft verschwinden und an einem anderen Ort wieder auftauchen lassen.“

„Das heißt, du könntest mir alles aus der Villa beschaffen, ohne dass wir hinfahren müssten?“

„Wenn du mir genau sagst, was du brauchst und wo es liegt, könnte es klappen, ja.“

„Mist.“ Weil ich mir nicht sicher bin, wo ich das Buch beim letzten Mal in der Eile hingeräumt habe, bringt uns seine Gabe also nicht weiter. Egal, es wird auch so funktionieren.

„Also ich finde meine Gabe größtenteils sehr praktisch.“

„Oh. So meinte ich das nicht. Deine Gabe scheint beinahe so cool wie Zayns zu sein. Nur jetzt gerade hilft sie uns nicht weiter“, erkläre ich meinen Ausruf von vorhin.

„Gehe ich also richtig in der Annahme, dass du einen bestimmten Gegenstand aus der Villa klauen willst?“

„Genau.“ Doch dafür müssen wir erst einmal ankommen.

Kurz entschlossen setze ich mich auf das Motorrad und starte es. Er schwingt sich hinter mich. „Bring uns bitte heil ans Ziel“, jammert er. Und los geht’s.

Die Fahrt jagt meinen Puls in die Höhe und lässt mich schwitzen wie eine Verrückte. Ich vermeide es, Kaito darauf hinzuweisen, dass ich noch nie mit einem Motorrad gefahren bin. Der Ärmste japst ohnehin bei jeder Kurve, die ich viel zu eng nehme, und schreit bei jeder Ampel, dass ich bloß weiterfahren soll. Das ist mit ganz recht. Ich habe keine Ahnung, ob ich das Motorrad so schnell wieder gestartet bekomme, wenn wir erst einmal stehen. Dennoch erreichen wir mein zu Hause recht zügig. Den Sonnenuntergang im Nacken sind wir schon nach einigen Minuten da.

Vor der Auffahrt der Villa halte ich an, ziehe den Schlüssel aus dem Zündschloss und öffne das Tor. Kaito schwankt mehr, als dass er geht. Seine Gesichtsfarbe hat einen leicht grünlichen Farbton angenommen.

„Nie wieder“, keucht er. „Nie wieder.“

Ich reiche Kaito den Hausschlüssel, als er sich bereits mit seinem Dietrich an der Haustür zu schaffen machen will.

Die Villa ist leer, doch mir stellen sich augenblicklich die Nackenhaare auf, als ich an die Ereignisse von Freitagabend zurückdenke. Die völlige Zerstörung in jedem Zentimeter der Bibliothek. Und wie ich plötzlich in die Dunkelheit gerissen wurde, kaum, dass ich das Efeublatt berührt hatte.

„Haben alle Nachkommen einer Linie eigentlich dieselbe Gabe?"

Kaito, der sich bereits etwas weiter in die Eingangshalle vorgewagt hat, blinzelt mich an. „Für gewöhnlich schon. Jedenfalls ist es bei meiner Familie so. Mein Vater hat die gleiche Gabe wie ich. Und soweit wir es von den anderen Mitgliedern des Vereins wissen, besitzen zumindest die letzten beiden Generationen dieselbe Gabe. Ausschließlich bei dir wissen wir nicht, wie groß und umfangreich deine Gabe mit dem Efeu ist. Und Werthers Nachkommen können wir weiterhin nicht ausmachen."

Ich beiße mir auf die Lippen, um die aufsteigenden Tränen zurückzuhalten. Wenn es doch bei ihnen allen so ist, dann müsste Mama die gleiche Gabe wie ich gehabt haben, oder? Leider habe ich nicht einmal im Traum daran gedacht, sie könne überhaupt eine magische Gabe besitzen. Ich kannte sie gar nicht. Hätte sie mir davon erzählt, wenn sie nicht so früh gestorben wäre?

„Was ist das eigentlich für ein Werkzeug, mit dem du beim letzten Mal die Tür der Villa aufbekommen hast?", erkundige ich mich, weil ein Teil des Dietrichs aus seiner Hosentasche lugt.

„Das ist ein Dietrich, entworfen von meinem Vater. Über Generationen wurde uns zwar das Einbrecherwerkzeug von Oliver Twist höchstpersönlich weitervererbt, aber damit lassen sich die modernen Schlösser natürlich nicht mehr aufbrechen. Deswegen baut mein Vater neben seiner Arbeit im Verein Dietrichsets zusammen. Ihm liegt viel daran, unsere

Familiengeschichte des Einbrechertums aufrecht zu erhalten“, erklärt Kaito.

„*Dein* Vater baut Dietriche?“

Er zuckt mit den Schultern, dann beugt er sich zu mir herüber und flüstert mir ins Ohr: „Sag es niemandem weiter, aber mein Vater ist der Einbrecherkönig schlechthin. Und ein Meisterdieb noch dazu.“

Als ich ihn entgeistert anstarre, grinst er. „Sprich ihn nur besser nicht darauf an. Es ist sozusagen ein offenes Geheimnis unter den Mitgliedern des Vereins.“

Ungläubig schüttele ich den Kopf. Der nette Herr Bergmann soll ein Meisterdieb sein? Nicht zu glauben.

„Was glaubst du denn, wovon sich die AoLBC sonst finanziert?“

Streng genommen habe ich mir diese Frage noch gar nicht gestellt, doch darauf wäre ich trotzdem nicht gekommen.

„Das ist doch illegal“, zische ich.

„Es ist ein schmaler Grad auf dem wir uns alle bewegen“, meint Kaito nur. Offenbar erholt von dem Schrecken meiner halsbrecherischen Fahrweise, quert er das Foyer mit großen Schritten. Selbstbewusst öffnet er die Tür zur Bibliothek. Von Angst ist ihm nichts anzumerken. Wie schafft er es bloß, so furchtlos zu sein?

Ich brauche noch einen Moment, dann folge ich ihm. An seinem Rücken vorbei werfe ich einen vorsichtigen Blick in den riesigen Raum. Auf seltsame Weise beruhigt es mich, dass die Bibliothek genauso verwüstet ist wie beim letzten Mal. Auch die aus Büchern geschriebene Botschaft ist geblieben.

Zielstrebig steige ich über die am Boden liegenden Bücher hinweg und gehe auf den dunklen Schreibtisch am Ende des

Ganges zu. Auf diesem habe ich die Ausgabe meines Großvaters von ‚Tristan und Isolde' zum ersten und auch letzten Mal gesehen. Wenn ich doch nur wüsste, wo ich das Buch hingelegt habe. Aber es war alles so schnell gegangen und dann wollte ich unbemerkt vor meinem Großvater verschwinden.

Je weiter ich gehe, desto düsterer wird es, die Beleuchtung dringt nicht bis in die hintersten Ecken der Regalreihen vor. Beinahe scheint es so, als habe jemand das Licht gedimmt. Es ist nicht so hell wie sonst. Ich gehe langsamer. In meiner Erinnerung sehe ich die Hand, die nach mir greift. Ich schlucke. Dann denke ich an die unheilvolle Stimme, die etwas von *fernhalten* und *Fluch* gefaselt hat. Darauf würde ich dieses Mal wirklich gerne verzichten.

Mit einem letzten Blick über die Schulter vergewissere ich mich, dass Kaito in der Nähe der Tür stehen geblieben ist. Immer noch verstört davon, dabei in Gordons Gesicht zu blicken, wende ich mich rasch wieder ab.

Als ich vor dem Schreibtisch stehe, ist das Buch nicht da. Wahllos öffne ich eine Schublade nach der anderen. Und tatsächlich. In der untersten liegt ganz oben auf ‚Tristan und Isolde'. Einen Moment verharrt mein Blick auf dem Einband. Dann greife ich danach, drücke es fest an meine Brust.

Genau in dem Augenblick scheint sich die Atmosphäre in der Bibliothek zu verändern. Als würde etwas Übermächtiges erscheinen. Aber der Gedanke ist natürlich Blödsinn. Was sollte hier schon ...

Als ich einen Schatten aus der Ecke der Regalreihe auf meiner rechten Seite auf mich zukommen sehe, schreie ich überrascht auf.

Erst mache ich zwei Schritte rückwärts, doch dann drehe ich mich um und renne los. Ich sehe mich nicht um. Zu groß ist meine Furcht, der Schatten könnte mir dicht auf den Fersen sein.

Plötzlich spüre ich, wie sich etwas um meinen Fußknöchel schlingt.

„Ivy!" Kaitos Stimme klingt alarmiert.

Ich versuche, meinen Fuß loszureißen, doch es ist sinnlos. Als ich hinuntersehe, merke ich auch warum. Eine Efeuranke, dick wie ein Tau, hat sich um mein Bein gewickelt. Die Ranken breiten sich immer weiter aus und haben bald mein ganzes Bein umschlossen. Panisch wechsele ich Blicke mit Kaito. Oder besser gesagt mit Gordon. Denn es sind seine sturmgrauen Augen, in die ich dabei sehe.

Ich werfe das Buch in seine Richtung. Sofort strecken sich die ersten Efeublätter danach aus. *Was, um alles in der Welt, ist hier los?*

Er fängt das Buch auf, sodass ich wenigstens dieses in Sicherheit weiß. Mein Herzschlag pocht laut in meinen Ohren wider. Mit schwitzigen Händen greife ich nach den dicken Efeuranken, gebe jedoch schnell wieder auf. Es bringt nichts. Sie sind so fest, dass sie mir richtig ins Fleisch schneiden. Schon bald kribbelt mein Bein nur noch, dann ist es taub. Immer wieder rucke ich an den Ranken, kann sie aber nicht lösen.

„Du beherrschst deine Gabe gerade so wie ein Kleinkind. Das ist unwürdig", ertönt eine hohe weibliche Stimme vom anderen Ende des Ganges her. Mir läuft ein Schauer über den Rücken. Es ist die gleiche Stimme wie die aus der Dunkelheit.

Ich blicke mich um, entdecke jedoch niemanden.

„Ich dachte, du seist stärker." Ein Kichern, ähnlich wie das einer Hexe, ertönt, dieses Mal von weiter weg. Mir schnürt sich die Kehle zu. Auch dieses Kichern kommt mir bekannt vor. Ich kenne es von meinem Geburtstag, kurz bevor der Kronleuchter runterkrachte, und später bei dem Autounfall war es ebenfalls da.

Ich schaue zu Kaito, kann seinem erschrockenen Gesicht entnehmen, dass er die Stimme ebenfalls gehört hat und ich mir das nicht nur einbilde.

„Wie lange bist du schon hier? Versteckst du dich in der Bibliothek?"

„Nein." Auf das Wort folgt erneut das Kichern. Es hat etwas Übernatürliches an sich. Dieses Wesen, mit dem ich spreche, ist kein Mensch. „Aber ab und zu mache ich es mir hier gemütlich."

„Du machst es dir also gemütlich, indem du hier Bücher zerstörst?" Ich bin fassungslos.

„Das lass mal meine Sorge sein." Kurz schweigt die Stimme. „Ich hätte wissen müssen, dass es noch immer hier ist."

Es? Spricht sie etwa von dem Buch?

„Ich hätte vor euch hier sein sollen."

Plötzlich sehe ich Haare. Ganz kurz nur, dann zuckt der Kopf, zu dem sie gehören, wieder zurück. Lange, dunkelblonde Haare, die wirr in alle Richtungen abstehen. *Wer ist das*?

„Wer bist du?" Meine Stimme hallt gespenstisch von den hohen Wänden wider.

„Kannst du dir das nicht denken?"

Dieses Mal ist die Stimme wieder ganz nah, zu nah. Und da sehe ich ihn: einen Schatten, der sich dem ahnungslosen Kaito nähert und ihm das Buch aus den Händen reißen will.

„Nein!" Ich kann es nicht bewusst steuern, doch da schlingen sich Efeuranken von meinen Armen aus um das Buch. Sie hüllen es komplett ein, als Kaito es loslässt, und tragen es zu mir.

Augenblicklich strecken sich die Efeuranken, die sich in mein Bein graben, empor, um es ebenfalls zu erreichen. Abrupt lockert sich der Druck um mein Bein. Doch frei bin ich noch immer nicht. Denn die fremden Ranken wollen sich um meine legen, um sie vom Buch wegzureißen. Doch ich bin schlauer. Mit der einen Hand beschwöre ich meine Efeupflanzen dazu, sich fester um den Einband zu schlingen und nicht nachzugeben. Mit der anderen Hand lasse ich neue Ranken wachsen, die die fremden bekämpfen. Ich muss verhindern, dass das Buch der Hexe zum Opfer fällt. Dann, plötzlich, ziehen sich die Ranken zurück.

Bevor ich wieder zu Kaito sehe, weiß ich, dass der Schatten verschwunden ist. Fassungslos starrt er mich an, ich starre zurück. Für den Bruchteil einer Sekunde habe ich keinen Zweifel daran, dass Gordon vor mir steht. Doch dann neigt Kaito den Kopf und sein Gesicht flackert, sodass man seine wahre Identität hindurchschimmern sieht.

Er hat den Blick wie paralysiert auf meine eigens gebildeten Efeuranken gerichtet. Ich kann es ihm nicht verübeln, mich selbst überrascht es ja auch. Gleichzeitig fühle ich mich stärker und werde nicht zulassen, dass jemand Fremdes das Buch meiner Vorfahrin in die Hände bekommt.

Meine Vorfahrin. Die Gedanken in meinem Kopf überschlagen sich förmlich. Wäre es möglich ...? Hat Kaito nicht eben noch gesagt, dass bei allen bekannten Nachkommen literarischer Figuren die Gaben immer identisch gewesen sind?

Isolde!

Ich fahre herum, als ich erneut das Kichern vernehme. Aber nein! Das ist unmöglich! Lizzy und Gordon haben mir doch erklärt, dass alle literarischen Figuren in einen tiefen Schlaf gefallen sind. Davon wird auch die böse Isolde betroffen gewesen sein. Sie kann keineswegs putzmunter nach Belieben in der Villa meines Großvaters umhergeistern und mich mit ihren Efeuranken fesseln. Bleibt nur die Frage, wer es sonst sein kann.

„Isolde?", wage ich einen Versuch. „Bist du es?"

Das Kichern verstummt. Ein deutliches Zeichen: Ich habe mit meiner vagen Vermutung genau ins Schwarze getroffen. Meine Vorfahrin, die gar nicht hier sein dürfte, ist in diesem Raum. Oder war, denn ich habe sie so überrumpelt, dass sie Hals über Kopf geflohen ist.

„Ivy!" Kaito lässt sich neben mich sinken. „Alles klar bei dir?"

Erst jetzt bemerke ich, dass ich vor Erschöpfung in die Knie gegangen bin. Das Buch halte ich jedoch so fest an meine Brust gedrückt, als hinge mein Leben davon ab. Und vielleicht tut es das sogar.

Besorgt und doch fasziniert blickt Kaito mich aus Gordons Augen an. Sofort verspüre ich so etwas wie Geborgenheit.

„Schon in Ordnung. Sie hat mir nicht wehgetan. Zumindest nicht sehr." Ich reibe mir das schmerzende Bein, in das das Blut langsam und kribbelnd zurückfließt.

„Das ist doch nicht möglich, oder?" Fragend sehe ich zu ihm auf. „Dass meine Vorfahrin hier ist und wach?"

Er zögert einen Moment, bevor er spricht. „Aber unmöglich ist es auch nicht. Wir haben es bisher einfach noch nicht in Erwägung gezogen."

Triumphierend betrachtet er das Buch. „Ist es das, was ich glaube?"

„Genau das." Ich kann nicht verhindern, dass sich auch auf meinem Gesicht ein heroischer Ausdruck breit macht. Doch gleichzeitig fühle ich mich ausgelaugt und völlig verausgabt. Der Einsatz meiner Gabe muss mich mehr Kraft gekostet haben als zunächst angenommen.

„Die originale Erstausgabe von ‚Tristan und Isolde'. Kein Wunder, dass sie die haben wollte. Aber jetzt haben wir sie alle komplett."

Doch ich schaue zurück in die Dunkelheit zwischen den Regalen und frage mich, warum sie das Buch nicht schon längst genommen hat. Sollte es am Ende womöglich wirklich so gewesen sein, dass sie schlichtweg nicht wusste, dass es hier ist?

„Meinst du, sie ist weg?" Kaito folgt meinen Blicken.

Für einen Moment schließe ich die Augen. Die bedrückende Atmosphäre, die etwas schier Übernatürliches mit sich gebracht hatte, ist verschwunden. Wenn ich mich nicht täusche, ist es in der Bibliothek sogar wieder heller geworden.

„Sie hat die Bibliothek verlassen", sage ich. Aber streng genommen ist das keine richtige Antwort. Denn wo ist sie hin?

In einem Anflug von Angst greife ich Kaitos Hand. Vielleicht, weil er mich mit Gordons Gesicht so mitfühlend anlächelt. Ich starre auf unsere miteinander verschlungenen Finger. Irgendwann räuspert sich Kaito und schaut verlegen weg. Ich löse meine Hand aus seiner und überspiele die Situation, indem ich die Bibliothek verlasse.

„Lass uns abhauen. Ich möchte nicht da sein, wenn sie zurückkehrt."

14

Ich atme schwer und wische mir den Schweiß von der Stirn, als ich von dem Motorrad steige. Von der Rückfahrt zum Verein dreht sich mir noch immer der Magen um. Kaito und ich nehmen die Helme von den Köpfen. Mir fällt auf, dass die Wirkung von Zayns Zauber nachgelassen hat. Mit jeder weiteren Sekunde verwandelt sich Kaito in Kaito zurück. Sein Lächeln ist wacklig.

„Ich hab schon verstanden." Auch ich muss mich zu einem Lächeln durchringen. „Das machen wir nie wieder, versprochen."

„Hätte ich gewusst, wie du fährst, hätte ich es mir gründlicher überlegt, ob ich mitkomme", jammert er. Aber ich sehe dem Funkeln in seinen Augen an, dass es ihm doch irgendwie Spaß gemacht hat.

„Schon klar", lache ich. Die Achterbahn in meinem Magen hat sich mittlerweile beruhigt.

Die Sonne senkt sich langsam dem Horizont zu und versinkt hinter den Bäumen, die das Gebäude der AoLBC umgeben.

Hinter Kaito gehe ich den Flur entlang, hin zu dem Büro seines Vaters. Ohne vorher anzuklopfen, so wie es ausdrücklich an der Tür geschrieben steht, stürmt er hinein. Etwas langsamer folge ich ihm.

Am Tisch sitzt der Mann, den ich an meinem ersten Abend hier zu Gesicht bekommen habe. Auch hinter der Hornbrille können seine buschigen Augenbrauen nicht verschwinden, unter denen mich zwei schlaue Augen anblicken. Sie erfassen erst mich, dann seinen Sohn, bevor Herr Bergmann uns zunickt.

Das ist er also, der Meisterdieb und Einbrecherkönig. Kurz bin ich versucht, in seinem Büro nach Anzeichen auf eine Dietrich-Werkstatt zu suchen.

Mit einer freundlichen Geste bedeutet er uns, vor seinem schicken weißen Schreibtisch Platz zu nehmen.

Überhaupt wirkt dieser Raum um einiges moderner als das Büro von Mrs. Walsh, auch wenn es recht karg eingerichtet ist. Der Schreibtisch mit einem Stuhl dahinter und zwei Stühlen davor sowie ein abschließbarer Schrank sind die einzigen Möbelstücke.

Ich nehme Platz und rutsche unruhig auf dem Stuhl herum.

Herr Bergmann sieht mich an.

„Gibt es einen Grund für euren ...“, er sucht offenbar nach den richtigen Worten, „... *überstürzten* Besuch?“

„Jawohl“, sagt Kaito und grinst ihn an.

„Und was ...“

„Wir haben die originale Erstausgabe von ‚Tristan und Isolde‘ gefunden. In der Bibliothek von Ivys Großvater“, unterbricht ihn Kaito postwendend.

Zur Bestätigung seiner Aussage lasse ich das Buch vor Herrn Bergmann auf den Schreibtisch fallen.

„Ihr habt ...“ Sein Blick glänzt durch die dicken Gläser der Brille hindurch. Er scheint ziemlich überwältigt. „Ivy Hartmann“, sagt er nach einer Pause feierlich. „Ich bin dir zu großem Dank verpflichtet.“

Mit beiden Händen greift er nach dem Buch und schlägt es auf. Behutsam blättert er durch die Seiten, dreht und wendet das Buch ein ums andere Mal zwischen seinen Händen umher. „Unglaublich. Es stimmt. Die originale Erstausgabe", flüstert er verblüfft. Mit einem Finger deutet er auf die erste Seite des Buches. Ich erkenne etwas, das wie ein Siegel aussieht. „Alle originalen Erstausgaben sind durch diesen Stempel gekennzeichnet", erklärt er mir und Kaito nickt eifrig. „Aber wie seid ihr auf die Idee gekommen, es in der Bibliothek deines Großvaters zu suchen?"

Kaito zuckt nur mit den Achseln und sieht mich von der Seite an.

„Intuition", antworte ich rasch.

„Intuition?", wiederholt Herr Bergmann. „Na, deine Intuition wird uns hoffentlich in Zukunft noch das ein oder andere Mal weiterhelfen."

Nun bin ich es, die mit den Achseln zuckt. Diese Aufmerksamkeit ist mir ein wenig unangenehm.

„Na klar, sie ist schließlich Mitglied der AoLBC", antwortet Kaito an meiner statt. „Und wie Ivy dann noch den Efeu in der Bibliothek bekämpft hat, einfach der Wahnsinn."

Sofort ist Herr Bergmann hellwach. Er reißt den Blick vom Bucheinband und starrt mich an. „Was ist passiert?"

Kaito neben mir presst die Lippen aufeinander. Ich bin mir sicher, dass er seinem Vater die genaueren Umstände unseres Fundes lieber verschwiegen hätte. Jetzt ist es zu spät.

„Am Freitag, also vorgestern Abend, waren wir schon einmal in der Villa, um meine Sachen zu holen", beginne ich ganz von vorne. „Als wir in die Bibliothek kamen, war sie zerstört.

Alle Bücher waren aus den Regalen gerissen. Es sah aus wie ein Schlachtfeld." Die Begegnung mit der Hexenhand in der Dunkelheit lasse ich aus. „Als wir vorhin erneut in die Bibliothek kamen, sah es genauso aus wie zuvor. Ich bin zum Schreibtisch meines Großvaters gegangen und habe mir ‚Tristan und Isolde' gegriffen. Aber auf einmal hat sich etwas im Raum verändert, ich ..."

„Es war echt gruselig", pflichtet Kaito mir bei. „Wie aus dem Nichts schossen Efeuranken auf Ivy zu und wollten ihr das Buch aus der Hand reißen. Aber sie hat es geschafft, den Angriff abzuwehren und die Erstausgabe zu beschützen", kürzt er die furchtbare Situation ab. Die Anstrengung steckt mir noch immer in den Knochen. Ich bin müde und echt fertig.

Herr Bergmann schweigt für eine schrecklich lange Zeit. Als er spricht, ist alle Freundlichkeit aus seinem Gesicht verschwunden und einer tiefen Ernsthaftigkeit und Unerbittlichkeit gewichen. „Von nun an startet ihr keine Alleingänge mehr. Das werde ich euren Freunden ebenfalls mitteilen. Egal, wohin ihr geht. Egal, welche Spuren ihr verfolgt. Ich möchte darüber informiert werden. Jemand muss wissen, wo ihr seid, damit wir euch im Ernstfall aus den Situationen rausholen können, in die ihr euch begebt." Er senkt die Stimme. Kaito und ich sitzen unbeweglich auf unseren Stühlen. „Seit du hier bist, Ivy, häufen sich die merkwürdigen Zufälle. Die literarische Welt ist in größerer Gefahr denn je."

Ich schlucke die Bitterkeit seines stummen Vorwurfs hinunter. Da kann ich es nicht mehr zurückhalten: „Es war Isolde."

Herr Bergmann kneift die Augen zusammen. „Wie kann ich das verstehen?"

„Isolde, sie war es, die Ivy angegriffen hat!“, ruft Kaito aus. „Isolde will die literarische Welt zerstören! Sie ist die böse Buchfigur!“

Mit neuem Interesse mustere ich die Holzdielen unter meinen Füßen. Nach dieser Eröffnung traue ich mich nicht, Herr Bergmann anzusehen.

„Das … ist mir neu.“ Er klingt verblüfft. „Aber wenn ich so darüber nachdenke … Es ergibt durchaus Sinn. Wir konnten deine Gabe noch nicht bis ins Detail ergründen, Ivy, aber Isolde scheint über ganz ähnliche, wenn nicht sogar stärkere Fähigkeiten zu verfügen.“

Ich schlucke. Langsam hebe ich den Blick. Doch er fügt seinen Worten nichts weiteres hinzu als: „Ich werde darüber nachdenken müssen.“

„Aber was werden wir wegen der Erstausgabe machen?“ Kaito nickt zu dem Buch in den Händen seines Vaters. „Wir könnten eine Verkündung vor den Mitgliedern des Vereins veranstalten. Vielleicht schon heute Abend.“

Herrn Bergmanns Blick schweift in die Ferne. Er ist ganz woanders, nicht in diesem Raum, dieser Situation. Dennoch wiegt er den Kopf hin und her. „Ich bin mir nicht sicher, ob wir in der kurzen Zeit noch alle Mitglieder zusammentrommeln können.“

Kaito steht von seinem Stuhl auf. „Ich bekomme das schon hin. Alle Mitglieder zusammentrommeln, meine ich.“ Er eilt auf die Tür zu. „Möchtest du mir dabei helfen, Ivy?“

„Klar“, murmele ich. Meiner Euphorie über den Fund der Erstausgabe versetzt der bevorstehende Abend einen gehörigen Dämpfer. Gezwungenermaßen werde ich Elian und Gordon begegnen. Beiden zusammen an einem Ort. Na, ob das gut geht?

Herr Bergmann bedankt sich noch einmal bei mir, dann verlasse ich hinter Kaito das Büro.

„Na, das ist ja gerade nochmal gut gegangen", grinst er mir über die Schulter hinweg zu. „Ich glaube, mein Vater war kurz davor, mir ein Beschäftigungsverbot für den Außendienst zu erteilen."

„Beschäftigungsverbot?", frage ich.

„Jeder von uns jüngsten Nachkommen ist für einen anderen Bereich zuständig. Abgesehen davon, dass wir alle regelmäßig in unsere Geschichten reisen, wurden jedem von uns mehrere Aufgaben zugeteilt", erklärt er.

„Und eure Eltern, was machen die?"

„Die haben ihre Pflichten an uns Kinder abgegeben, als wir alt genug waren. Aber zu solchen Veranstaltungen wie heute lassen auch sie sich blicken."

Das klingt ja fast so, als würden sie hier eine Feier organisieren. Das passt so gar nicht zu der wir-verhalten-uns-unauffällig-und-niemand-darf-von-uns-wissen-Taktik. Ich bin mir sicher, dass Kaito ein bisschen übertreibt.

Und dennoch: *Eine Feier*, denke ich, *bitte nicht.*

Wenn diese genauso endet wie meine eigene Geburtstagsparty, na dann viel Spaß. Kaum erinnere ich mich daran, denke ich an meinen Großvater, der in diesem Augenblick im Krankenhaus liegt. Mir fällt ein, dass Papa mich etliche Male angerufen und mir zig Nachrichten geschrieben hat.

„Du, Kaito, ich muss noch etwas klären." Ich mache eine unbestimmte Geste, die so ziemlich alles bedeuten könnte.

Etwas verdattert bleibt Kaito im Flur stehen. Seine Mundwinkel wandern merklich nach unten. „Hm. In Ordnung.

Aber beeil dich, ja? Vor allem du solltest bei der Verkündung dabei sein."

Ich zwinge mir ein Lächeln ins Gesicht und achte darauf, dass es nicht verrutscht. Ich eile die Treppe hinauf. Im Gästezimmer angekommen, nehme ich das Handy zur Hand und fluche, als ich bemerke, dass der Akku leer ist. Ich lade es auf und schalte es noch währenddessen an.

Kaum leuchtet der Bildschirm meines Smartphones auf, geht ein Anruf ein. Mein Vater. Mit zittrigen Fingern nehme ich ab.

„Wo bist du?"

Soll das etwa eine Begrüßung sein? Er klingt gehetzt, so wie immer.

„Wo soll ich denn sein?" Das war die dümmste Frage, die ich hätte stellen können.

„Nicht dort, wo du gesagt hast. Ich habe bei Flint und bei Fenja angerufen, doch die beiden haben dich zuletzt am Freitagabend gesehen. Kannst du dir vorstellen, wie es mir ging, als du nicht einmal an dein Handy gegangen bist?"

Das ist keine Frage, auf die er ernsthaft eine Antwort erwartet, dennoch gebe ich ein trockenes „Nein" von mir.

Seine Worte überraschen mich. Seit wann interessiert er sich für mein Leben? Und woher kennt er Fenjas und Flints Nummern?

„Beschissen, Ivy. Ganz schön beschissen."

Bitte? Sonst ist er doch auch nicht so.

Er schweigt und das gibt mir so richtig zu denken. Wenn er sich sonst aufregte, redete er sich meistens so in Rage, dass man ihn erst seinen halbstündigen Monolog halten lassen musste, bevor man irgendwie reagieren konnte.

„Also, wo bist du jetzt? Wo soll ich dich abholen?"

„*Abholen*?", echoe ich, als sei es ein Fremdwort. Aus dem Mund meines Vaters klingt es genauso.

„Ja, abholen", erwidert er mit schwindender Geduld. Im Hintergrund höre ich Fahrzeughupen und Motorengeheule. Er scheint in einem Auto zu sitzen.

„W-wieso?", stammele ich, ein bisschen überfordert damit, dass er sich auf einmal um mich kümmert.

„Ich hatte doch gesagt, dass ich dich nicht allein in der Villa lasse. Bis dein Großvater aus dem Krankenhaus zurück ist, werde ich meine Geschäftsreise unterbrechen. Und jetzt sag mir, wo du bist. Der Flug war stressig genug." Er spricht mit mir wie mit einem dummen Kind. Doch etwas anderes beschäftigt mich viel mehr: Mein Vater unterbricht eine Geschäftsreise? Freiwillig? Mir schwirrt der Kopf.

„Den Stress hättest du dir nicht machen müssen", entgegne ich schnippisch.

„Ivy, bitte, ich möchte nicht mit dir streiten."

Streiten? Nein, das will ich genauso wenig. Ihm gehörig die Meinung zu sagen, ist etwas völlig anderes.

„Also, wo bist du?"

„Elisenstraße 12", antworte ich ein wenig zu schnell.

Einen Moment herrscht Stille am anderen Ende der Leitung, nur gelegentlich von Motorengeräuschen unterbrochen.

„Elisenstraße 12 sagtest du?"

„Ja. Aber du musst mich nicht abholen. Ich bin 18, Papa", erinnere ich ihn. „Ich kann ganz hervorragend auf mich selbst aufpassen", schiebe ich schnell hinterher. Er soll sich bloß nicht das Recht rausnehmen, mir irgendetwas vorzuschreiben.

Durch die Leitung vernehme ich ein Rauschen, dann Papas Stimme, wie er jemandem den Weg erklärt. Wieder Rauschen. Dann seine Stimme:

„Ich bin in fünf Minuten da. Bis gleich." Er legt auf, während ich noch immer bei den *fünf Minuten* hänge. Hat er mir denn gar nicht zugehört? Aber wenn ich darüber nachdenke, dann war es schon immer so. Mein Vater hat gesagt, was zu tun ist und das wurde dann auch gemacht.

Fünf Minuten! Das ist viel zu wenig Zeit. Er darf hier nicht klingeln. *Warum habe ich ihm nur diese Adresse genannt*? Einfach nur *Elisenstraße* hätte es doch auch getan.

In Windeseile packe ich meine Sachen zusammen, stopfe alles in die Sporttasche, schultere sie, nehme den Rucksack in die Hand und sprinte die Treppe hinunter. Ich muss irgendwem mitteilen, dass ich jetzt wieder nach Hause gehe. Fast schüttele ich mich, als ich an die Villa denke. Mich gruselt die Vorstellung, dort wieder einzuziehen.

Im Aufenthaltsraum finde ich Kaito und Gordon, die zu mir sehen, als ich eintrete. Hinter den beiden auf dem Tisch gruppieren sich bereits zig Sektgläser, denen Gordon mit einem Tuch die letzte Polierung verpasst. Kaito hat einen altmodischen Telefonhörer am Ohr. Während er mich anblickt, übermittelt er seinem Gesprächspartner die Pläne des heutigen Abends.

„Ich werde jetzt abgeholt", sage ich.

Kaito rutscht der Hörer aus der Hand. Geschickt fängt er ihn wieder auf und hält den Handballen vor die Hörmuschel.

„*Was?*"

„Mein Vater hat angerufen und ..."

„Wo holt er dich ab? Der Verein muss doch geheim bleiben",

schneidet er mir das Wort ab. Er wirkt fassungslos. Vermutlich hat er sich sehr darauf gefreut. „Außerdem kannst du jetzt nicht einfach gehen. Ich kann doch nicht allen wieder absagen."

„Musst du auch gar nicht", beruhige ich ihn. Dass ich ohnehin keine Lust auf die Zusammenkunft aller Vereinsmitglieder habe, spreche ich lieber nicht aus. „Du bekommst das schon ohne mich hin", beteuere ich, als Kaito seine schwarzen Brauen zu einem einzigen Strich zusammenzieht.

„Aber dann wäre es nur halb so schön", wirft Gordon ein und zwinkert mir zu. Blinzelnd betrachte ich den Fußboden. „Geht es dir eigentlich wieder besser? Kaito hat erzählt, was passiert ist." Er klingt ehrlich besorgt. Auf einmal ist mir das alles viel zu viel.

„Wie auch immer, ich werde jetzt abgeholt. Tut mir echt leid wegen der Feier. Hast du denn schon ein paar Mitglieder informieren können?", erkundige ich mich bei Kaito.

„Ein paar?" Gordon lacht. „Er hat schon fast alle Mitglieder informiert und so lange auf sie eingeredet, bis sie zusagten, dass sie so schnell wie möglich kommen würden. Aber warum musst du so schnell weg? Ist etwas passiert? Mit deinem Opa?"

Ich lächele nur gequält. Eine Antwort bleibe ich ihm schuldig.

Mir graut es vor dem Zusammentreffen mit meinem Vater. Wie lange habe ich ihn schon nicht mehr gesehen? Bestimmt drei Monate.

Aus dem Telefonhörer zetert in diesem Augenblick eine weibliche Stimme los. Kaito, der das Mitglied der AoLBC offenbar zwischenzeitlich vergessen hat, hält sich erneut das Telefon ans Ohr.

Na, wenn das nicht der ideale Zeitpunkt ist, um von hier zu verschwinden. „Tschüss dann." Ich hebe die Hand.

„Tschüss." Gordon lächelt, während Kaito noch immer etwas enttäuscht ist.

„Aber denk daran, dass du mit niemandem, der nicht in unsere Geheimnisse eingeweiht ist, über das hier reden darfst. Du musst absolutes Stillschweigen bewahren", erinnert er mich.

Ich weiß, dass er recht hat. So wie eigentlich immer. Dennoch verdrehe ich die Augen und verlasse das Haus auf dem schnellsten Weg. Auf der Auffahrt schnappe ich mir mein Rad, das noch immer dort liegt, wo ich es zurückgelassen habe. Ich schiebe es auf den Bürgersteig, bleibe jedoch abrupt stehen, als ich meinen Vater sehe. Er sitzt im Fond eines Großraumtaxis, das wenige Meter entfernt vom Tor der AoLBC am Straßenrand parkt.

„Wo kommst du her?" Er ruft aus dem Seitenfenster. Warum guckt er denn so grimmig?

Ich öffne den Kofferraum und wuchte das Rad hinein und werfe meine Sporttasche daneben. Die empörten Rufe des Taxifahrers ignoriere ich. Meinen Rucksack schmeiße ich auf die Rückbank, dann lasse ich mich daneben sinken. Mein Vater sitzt mir genau gegenüber, mit dem Rücken zur Fahrtrichtung.

Einen flüchtigen Augenblick bin ich unschlüssig, ob ich ihn umarmen soll. Unter anderen Umständen hätte ich es vielleicht getan, gerade könnte es mir jedoch nicht unpassender erscheinen.

„Hallo, Papa."

Er hat dunkle Ringe unter den Augen. Es sieht aus, als habe er noch gehörig mit den Folgen des Jetlags zu kämpfen. Die Haare, die am Ansatz bereits ergrauen, hängen ihm schlaff in die Stirn. Irgendwie habe ich ihn fitter in Erinnerung.

„Hallo. Wo kommst du her?"

Wie? Monatelang ist ihm mein Leben egal und dann kommt er mir so?

Aus dem Fenster werfe ich einen Blick auf das schmiedeeiserne Tor, an das die Nummer 12 gepinselt ist. Irritiert wende ich mich meinem Vater zu, der meinem Blick gefolgt ist und nun wie paralysiert das mit Efeuranken bewachsene Tor ansieht. Warum guckt er so seltsam?

Plötzlich macht sich ein mulmiges Gefühl in mir breit.

„Hinter den Bäumen, da steht das Haus." Ich mach eine vage Bewegung mit der Hand.

„Ja, die Bäume sehe ich."

„Also, das Haus ist dahinter", sage ich vorsichtig. „So ein bisschen versteckt."

Der Taxifahrer murrt vor sich hin. Offensichtlich dauert ihm unser Geplänkel zu lange.

„Ich weiß, dass dort ein Haus steht. Oder zumindest stand dort einmal eins, im Dunkeln sieht man ja nichts. Aber ich hatte angenommen, dass es leer steht." Mein Vater zieht die Brauen zusammen und bedeutet dem Fahrer, dass er losfahren könne.

Ich überlege, ob ich Papa von dem Chaos in der Bibliothek berichten soll, entscheide mich dann jedoch dagegen. Kaito und ich hätten vielleicht ein bisschen aufräumen sollen. Von Isolde war am Ende keine Gefahr mehr ausgegangen. Sie ist verschwunden, wohin auch immer.

Ich starre auf mein Bein. Wenn ich nur an die dicken Efeuranken denke, bekomme ich jetzt noch eine Gänsehaut. Jetzt will ich aber wissen, was hier los ist. Ich habe einige Fragen.

Papa hat den Blick stur auf die Straße gerichtet und wirkt nicht so, als hätte er große Lust auf ein Gespräch. Vorhin war er schon so kurz angebunden gewesen.

„Ist Opa wieder zu Hause?“ Ich kann mich nicht daran erinnern, ihn jemals so genannt zu haben, oder die Villa mein zu Hause. Ein wenig erschrecke ich mich vor mir selbst.

„Nein. Noch ist er im Krankenhaus.“

„Und wann kommt er da wieder raus?“ Will er sich jetzt jedes Wort aus der Nase ziehen lassen? Ich verschränke die Arme. Wenn ich an die Villa und an die Bibliothek denke, breitet sich Angst in meiner Brust aus. Fehlt nur, dass Papa ebenfalls einen Herzinfarkt bei dem Durcheinander bekommt.

„Am Mittwoch.“ Sein Blick bleibt starr und seltsam entrückt. „Aber dann wird man ihn in die Psychiatrie fahren müssen, wenn sich sein Zustand nicht verändert.“

„Sein *Zustand*?“

Für den Moment, in dem mein Vater spricht, sieht er mich an. Danach verschließt sich sein Blick. „Er redet merkwürdiges Zeug.“

„Was für merkwürdiges Zeug?“, hake ich nach. Von seinem Tonfall ausgehend bin ich auf das Schlimmste gefasst.

Hat mein Großvater, bevor er den Herzinfarkt hatte, irgendetwas gesehen, was er sich nicht erklären kann?

Mein Vater schweigt beharrlich.

„Was für merkwürdiges Zeug?“, wiederhole ich mit Nachdruck.

Mein Vater nimmt den Blick von der Straße und heftet ihn auf mein Gesicht.

„Er redet von der *Efeufrau*.“

Kaum hat Papa die Eingangstür zur Villa aufgeschlossen, bemerkt er, dass etwas nicht stimmt. Als hätte er es geahnt, geht er schnurstracks auf die Bibliothek zu. Ich stelle gerade meine Tasche und den Rucksack vor der Kommode im Flur ab, da bekommt er einen Wutausbruch. Und das ist noch nett ausgedrückt. Mir klingeln förmlich die Ohren von seiner Motzerei.

„Dieser alte Verrückte!", schimpft er gerade, nachdem er wie ein aufgescheuchtes Huhn in der ganzen Bibliothek herumgelaufen ist, um sich ein allumfassendes Bild der Tragweite des Chaos zu machen. Ich hingegen halte mich vorsorglich im Hintergrund.

„Hier muss jemand eingebrochen sein", zieht mein Vater seine Schlüsse. „Wir müssen die Polizei verständigen."

„Die Polizei?" Meine Stimme ähnelt einem Kreischen. Nein, das darf er nicht machen. „Bist du dir sicher? Sollen wir nicht einfach sauber machen und das ganze hier", ich deute auf das Chaos in der Bibliothek, „einfach vergessen?"

Er sieht mich aus zusammengekniffenen Augen an, mustert mich von oben bis unten. Als würde er auf diese Weise die Wahrheit herausfinden. „Also schön." Die Stimme meines Vaters ist gefährlich ruhig. „Keine Polizei. Aber erkläre mir eines Ivy: Was ist hier passiert?" Mit dieser einen Frage richtet er seinen ganzen Zorn gegen mich. Mit verschränkten Armen stehe ich mitten im Flur.

„Keine Ahnung." Demonstrativ recke ich das Kinn. „Ich war genauso wenig hier wie du."

„Wie meinst du das: keine Ahnung? Das kann doch nicht wahr sein! Jetzt bin ich zum ersten Mal in diesem Jahr in der Villa und alles was ich vorfinde, sind Chaos und Zerstörung! Wie erklärst du dir das, Ivy?"

„Vielleicht solltest du nicht erwarten, dass dir hier der rote Teppich ausgerollt wird!" Nun schreie ich ebenfalls. „Wenn du auch nur ein bisschen häufiger herkommen würdest, dann bekämst du vielleicht noch etwas von dem Leben hier mit. Natürlich empfängt dich hier niemand mit offenen Armen. Aber wen wundert das schon? Du bist ja nie hier!" Meinem Vater klappt die Kinnlade herunter. Ich habe den Bogen überspannt, das sehe ich ihm an. Wären wir Figuren in einem Comic, ihm würden die Ohren qualmen.

Er muss sich sichtlich zur Beherrschung zwingen. Mit ausgestrecktem Zeigefinger deutet er auf die schmale Tür zur Putzkammer. „Hol dir einen Besen und bring das in Ordnung."

Meine Augen schwimmen. Ich würde ihm gerne noch so viel mehr gegen den Kopf werfen. Einfach, weil sich so vieles in den letzten Monaten, Jahren aufgestaut hat, was ich nie rausgelassen habe. Ich reiße die Tür zur Putzkammer auf und kehre mit zwei Besen zurück. Einen davon drücke ich meinem Vater in die Hand. „Du kannst mir wenigstens helfen."

Ich bin schon dabei, die zerrissenen Bücher alle auf einen großen Haufen in der Bibliothek zusammen zu kehren, da höre ich Schritte hinter mir. Mein Vater hat die Lippen aufeinandergepresst, den Besenstil hält er so fest, als wolle er ihn erwürgen. Er sagt kein Wort, als er die Bücher zusammenfegt.

Unsere Blicke begegnen sich.

Das ist kein Waffenstillstand auf Dauer, das wissen wir beide.

15

„Wieso hast du auf keine meiner Nachrichten geantwortet? Wo hast du gesteckt? Ich habe mir Sorgen um dich gemacht.“ Das ist zugegebenermaßen nicht die Begrüßung, die ich mir an diesem Montagmorgen von Fenja gewünscht habe.

Abgehetzt schließe ich mein Rad ab.

Flint steht neben ihr und sieht mich nachdenklich an.

„Wir haben dich mehrfach angerufen. Vor allem, nachdem sich dein Vater bei uns gemeldet hat.“

„Ja, was war bei dem eigentlich los?“, schaltet sich Fenja sogleich wieder ein. Sie lassen mir keine Zeit zu verschnaufen. „Sonst interessiert er sich doch auch nicht für dich.“

„Lasst uns reingehen“, schlage ich vor. Einerseits möchte ich nicht in das allgemeine Gedrängel geraten, in dem sich alle zu Beginn der ersten Stunde ins Schulgebäude quetschen. Und andererseits erhoffe ich so, den Fragen meiner Freunde zumindest für kurze Zeit entfliehen zu können.

Wir setzen uns in Bewegung.

„Also: Wo warst du am Wochenende?“, fragt Flint, als wir über den Gang zu unserem Raum gehen. „Wie gesagt, dein Vater hat bei uns beiden angerufen. Wir haben uns ehrlich Sorgen um dich gemacht.“ Fenja nickt bestätigend, während ich in mich zusammensacke.

Was soll ich antworten? „Ich …" Meine Gedanken zucken hin und her. Da legt sich eine Hand auf meine Schulter.

„Ivy hat bei mir übernachtet." Bei dem Klang von Rahens überheblich-spöttischer Stimme zucke ich zusammen, bevor ich mich zu voller Größe aufrichte.

„Genau", bestätige ich lahm.

„Aber vergiss das nächste Mal bitte nicht deine Zahnbürste." Lachend rauscht sie ab. Ich presse meine Kiefer aufeinander. Obwohl Rahen mir geholfen hat, kann sie es einfach nicht lassen, weiterhin fiese Kommentare abzugeben. Außerdem hat sie es nicht für mich getan, sondern für die AoLBC.

Meine Freunde wechseln einen zutiefst verstörten Blick.

„Bei Rahen?" Fenja wirkt wenig überzeugt.

„Fragt sie gerne noch einmal", gebe ich achselzuckend zurück, während sich meine Eingeweide zu verknoten scheinen. Ich verstricke mich immer mehr in einem Netz aus Lügen. Und ich bin es leid. So leid.

„Wie ist es denn *dazu* gekommen?" Flint guckt mich prüfend an.

Wir setzen uns auf unsere Plätze. Der Lehrer betritt den Raum, doch mein bester Freund lässt nicht locker. Das bin ich gar nicht gewohnt von ihm. Er dreht sich auf seinem Stuhl zu Fenja und mir um. „Also?"

Zum Glück bewahren mich der Gong und der Unterrichtsbeginn vor weiteren Erklärungen.

Nachdem wir das Thema in den Pausen auf sich haben beruhen lassen und nur noch über Unverfänglicheres wie die nächste Deutschklausur gesprochen haben, geht es nach Schulschluss mit dem Kreuzverhör weiter.

Zunächst kann ich die beiden noch damit ablenken, dass mein Vater plötzlich seine Geschäftsreise abgebrochen hat. Doch diese Information interessiert Fenja nur kurz. Zügig leitet sie zu ihrer eigentlichen Frage über.

„Auch wenn du es uns anscheinend nicht sagen willst, wir haben uns Sorgen um dich gemacht. Wie würden gerne wissen, wie es dazu gekommen ist, dass du bei Rahen und nicht bei einem von uns beiden übernachtet hast“, versucht Fenja es noch einmal.

Gespielt ergeben flunkere ich den beiden eine Geschichte vor, in der ein furchtbarer Schneesturm, ein leerer Akku und eine zufällig aufgetauchte Rahen die Hauptrollen spielen.

Ich merke selber, dass diese Story unausgereift und nur sehr vage ist. Allerdings ist es das Beste, was mir auf die Schnelle einfällt. Außerdem wirft es nicht allzu viele weitere Fragen auf.

„Aha“, macht Flint.

„Ja“, bekräftige ich noch einmal, da fällt mir etwas ein. „Du kennst doch das Haus in deiner Straße mit der Hausnummer 12, oder?“

Flint wirft mir einen so irritierten Blick zu, dass ich glaube, einen Brötchenkrümel im Gesicht zu haben.

„Was ist?“, frage ich und reibe mir die Wangen. „Hab ich was im Gesicht?“

Er schüttelt den Kopf. „Hast du nicht. Keine Ahnung, ob ich das Haus kenne.“ Seine Antwort kommt mir merkwürdig vor. Er legt den Kopf schief.

„Das Hexenhaus?“, helfe ich ihm auf die Sprünge. Doch auf seinem Gesicht zeigt sich keinerlei Regung.

„Warum fragst du?“

Wir erreichen unsere Räder und schließen sie los.

Als ich den Schlüssel reinstecken will, rutsche ich ab und hole mir einen Kratzer an der Hand. „Autsch“, murmele ich. Ich bin zu hektisch, zu unaufmerksam, seit ich diesen bescheuerten Brief erhalten habe. Nur aus dem Augenwinkel nehme ich wahr, wie sich ein winziges Efeublatt dem Kratzer nähert, um die Wunde zu heilen. Rasch schüttele ich die Hand aus und das Blatt zieht sich zurück. Mit einem prüfenden Blick auf meine Freunde gehe ich sicher, dass sie nichts davon mitbekommen haben.

In Flints Richtung winke ich ab. „Nur so. Papa meinte, das Haus stünde leer. Stimmt das?“

Flint zuckt mit den Achseln. „Wer weiß das schon.“

Tja, das war nicht wirklich die Antwort auf meine Frage.

„Moment mal“, schaltet sich Fenja ein. Nun ist sie diejenige, die nachdenklich die Stirn in Falten legt. „Warum fragst du nach dem Hexenhaus? Was hat es damit auf sich?“

Ich werfe Flint einen verzweifelten Blick zu. Aber natürlich kann er mir nicht helfen. Er weiß genauso wenig von der AoLBC wie Fenja. Nun bin ich diejenige, die mit den Schultern zuckt.

Fenja schiebt ihr Rad aus dem Fahrradständer, Flint und ich machen es ihr gleich.

„Ich verstehe zwar nicht, warum Ivy nach Jahren nach diesem Haus fragt, aber bei nächster Gelegenheit können wir überprüfen, ob es leer steht. Was meinst du, Fenja?“ Es klingt, als würde Flint sie auf etwas vertrösten, was er niemals einhalten wird.

Bevor wir uns auf die Räder schwingen, bedenkt er mich mit einem langen Blick, der mich in der Bewegung innehalten lässt. Dieser Blick bohrt sich in meine Augen, er schmerzt regelrecht. Dann höre ich plötzlich eine Stimme in meinem Kopf. Monoton zwar, doch es ist unverkennbar Flints Stimme:

In Zukunft solltest du besser aufpassen. Geheimnisse müssen bewahrt werden. Halt sie da raus.

Ich strauchele, kippe beinahe mit meinem Rad um, da fängt mich eine starke Hand auf.

„Ivy. Herr Bergmann hat mir aufgetragen, dich abzuholen." Wie von der Tarantel gestochen zucke ich zurück. Elian steht vor mir, der ganze Schulhof gafft ihn an. Ich spüre, wie die Röte meine Wangen hochsteigt.

„Das kannst du vergessen", zische ich und schiebe mein Rad hinter meinen Freunden her. Fenja faselt etwas von *Calvin Klein Model*. Ich höre nicht richtig zu.

„Kommt, lasst uns losfahren", murre ich, doch auch die beiden sind stehen geblieben. Wie gebannt glotzen sie Elian an, der mit ausdruckslosem Gesichtsausdruck wenige Meter entfernt dasteht und nur Augen für mich hat. Trotz seiner lässigen Haltung sieht er irgendwie angestrengt aus. So als würde ihn irgendetwas große Kraft kosten.

„Ivy, bitte." Der Klang seiner Stimme, sanft und fordernd zugleich, bringt mich zugegebenermaßen ein wenig durcheinander. Auch ich verharre auf dem Hof. Ein unbestimmtes Gefühl sagt mir, dass es wichtig ist, dass ich mitkomme. Und augenscheinlich scheint es etwas mit der AoLBC zu tun zu haben.

Als sich Elians und mein Blick treffen, stolpert mein Herz, bevor es zu rasen beginnt. Verdammt, ich spüre, wie mein Widerstand sich in Luft auflöst. Und die Wut auf ihn, die ich gestern verspürte, verpufft mit ihm.

„In Ordnung", bricht es schneller aus mir hervor, als dass ich meinen Entschluss noch einmal überdenken kann. Ich setze mich in Bewegung, kann nicht glauben, dass noch immer alle

Augenpaare wie gebannt auf Elian gerichtet sind. Bloß mein bester Freund stiert in der Gegend herum.

„Aber wie willst du das Rad in deinen Kofferraum bekommen? Hast du Werkzeug dabei?"

Er zuckt mit den Schultern, etwas an seiner Haltung verändert sich. Er wirkt gelöster, nicht mehr so angestrengt. Es ist der Moment, in dem die anderen Schüler sich wieder in Bewegung setzen und nur noch der ein oder andere irritiert zu uns hinüber sieht. Ich winke Flint und Fenja. Sie reckt einen Daumen in die Höhe und grinst wie ein Honigkuchenpferd.

Ohne ein weiteres Wort zieht Elian mehrere Schraubenschlüssel aus dem Kofferraum seines Sportwagens und zerlegt mein Mountainbike. Ich kann nicht anders als abfällig zu schnauben. Und trotzdem bleiben meine Blicke an seinen Muskeln hängen, die man auch durch den Pullover noch deutlich erkennen kann.

Ich hole tief Luft und schaue betreten zur Seite, als er das Rad im Kofferraum verstaut hat und sich mir zuwendet.

„Na, dann los."

„Das Fahrrad hätte ich auch selbst auseinanderbauen können. Nur, dass du Bescheid weißt", lasse ich ihn wissen. Es soll ja nicht so aussehen, als wäre ich auf ihn angewiesen.

Ich zwinge mich zu einem Lächeln, setze mich auf den Beifahrersitz und kann nicht leugnen, dass mich seine Nähe nervöser macht als sonst. Irgendwie spielt mein Herz genauso verrückt wie mein Verstand. Beide lassen sich seit einer Weile nicht mehr vereinen.

Elian startet den Wagen und rast aus der Parklücke hinaus in den Verkehr.

„Warum wolltest ausgerechnet du mir den Brief zukommen

lassen?", frage ich. Diese Frage beschäftigt mich seit ich von Kaito weiß, dass Elian darauf bestanden hat, ihn mir allein zukommen zu lassen. Bisher habe ich mich nicht getraut, sie ihm gegenüber auszusprechen. Umso mehr wundere ich mich, dass ich es gerade jetzt getan habe.

Er lässt sich etwas Zeit mit der Antwort.

„Ich war neugierig", gibt er zu.

„*Neugierig*?" Mein Blick bleibt an seinen Lippen hängen.

„Naja. Wir hatten noch keine einzige Nachfahrin von Isolde gefunden."

Ich belasse es dabei. „Glaubt ihr wirklich, dass sich Isoldes und Werthers Nachfahren vor der AoLBC versteckt haben beziehungsweise es noch tun? Das würde ja heißen, sie kannten den Verein und wollten ihm aus irgendeinem Grund aus dem Weg gehen. Oder sie versteckten sich vor jemand anderem. Voraussetzung dafür ist natürlich, dass sie wissen, wer sie sind."

„Ich kann nur für die Nachfahren sprechen, die schon länger der AoLBC angehören. Natürlich gab es auch bei uns Unterschiede, aber noch bevor ich denken konnte, haben mich meine Eltern im Kinderwagen in den Verein geschoben. Wenn man so will, dann bin ich praktisch in die AoLBC hineingeboren worden."

„Und das war bei den anderen ähnlich?"

Elian nickt. „Und wir vermuten, dass sich Werthers und Isoldes Nachfahren zusammengetan und bewusst dafür entschieden haben, dem Verein nicht beizutreten", erklärt er.

Ich nicke. Das könnte sein. Noch eines von Mamas Geheimnissen.

„Du wusstest nicht, dass du ihre Nachfahrin bist, oder?"

„Nein.“ Meine Stimme klingt belegt. „Meine Mutter hat mir nie etwas gesagt. Aber bei euch scheint es ja so zu sein, dass eure Eltern schon dem Verein angehört haben.“

„So ist es“, bestätigt er. „Und unsere Großeltern und deren Eltern. Zayns Familie ist da die einzige Ausnahme. Es war erst sein Großvater, der vor gut fünfzig Jahren in unsere Stadt kam und dem Verein beitrat.“ Es folgt kurzes Schweigen. „Ich stelle es mir merkwürdig vor, plötzlich durch einen mysteriösen Brief zu erfahren, wer ich wirklich bin.“

„Vielleicht wäre ich ganz gerne unentdeckt geblieben“, sage ich. Dann müsste ich jetzt nicht hier sitzen, kurz vor einem Herzversagen.

„Da hab ich wohl etwas zu gut nach dir gesucht.“

„Nach welchen Kriterien sucht ihr eigentlich? Ich meine, ihr braucht doch bestimmte Anhaltspunkte, um die Nachfahren ausfindig zu machen.“

„Das stimmt.“ Elian nickt. „Die Hinweise finden sich in den Geschichten selbst. Hektors Vorfahren waren beispielsweise alle Seefahrer. Seinen Großvater fand der Verein damals auf Rhodos.“

„Also ist seine Familie dann hierher gekommen?“, frage ich nach.

„Genau.“ Er grinst. „Herr Bergmann hat sie darum gebeten. Sie leben hier auf einem Hausboot. Unbewusst suchen sie sich ähnliche Lebensorte wie ihre literarischen Vorfahren.“

„Und bei mir war das genauso?“

„Im Grunde genommen schon, ja. Isolde lebt in ihrer Geschichte in einem märchenhaften Schloss. Die Villa deines Großvaters passt genau in dieses Schema.“

„Das klingt ja alles schlüssig, aber wo könnte man dann nach Werthers Nachfahren suchen?“, frage ich.

Kurz schweift Elians Blick ins Leere. „Ich schätze, das ist genau unser Problem. In Bezug auf Werther fehlt uns jeglicher Anhaltspunkt."

Ich selbst erinnere mich nur düster an die Lektüre, die wir vor zwei Jahren im Deutschunterricht besprochen haben. Vermutlich muss man für diese entscheidenden Hinweise ganz genau zwischen den Zeilen suchen.

„Aber dich haben wir gefunden. Das ist ein Anfang und macht uns Hoffnung." Sein Lächeln kehrt zurück.

„Und ... wurden eure Erwartungen erfüllt?" Erst als der Satz ausgesprochen ist, merke ich, wie blöd er eigentlich klingt.

„Mehr als das." Für einen Augenblick sieht er mir tief in die Augen. Das ist kein blöder Anmachspruch von ihm. Ich spüre, dass er es ernst meint und mein Herz hüpft vor Freude. Warum habe ich ihn letztens eigentlich so angemotzt? Ich kann mich beim besten Willen nicht mehr daran erinnern.

Seine Worte bleiben in der Luft über uns hängen. Fast schwebe ich selbst ein bisschen. Im nächsten Moment fahren wir auf die Auffahrt der Elisenstraße 12.

Wenn ich so darüber nachdenke, hat Flint echt komisch reagiert, als ich ihn auf dieses Haus ansprach. Und dann war da auf einmal seine Stimme in meinem Kopf. Was ich mir beim besten Willen nicht erklären kann.

Als ich den Kopf drehe, sieht Elian mich unverwandt an. Ich kann das Knistern in der Luft zwischen uns förmlich spüren. Meine Hand zuckt vor, legt sich auf seine. Zumindest zieht er seine nicht gleich weg, doch er unterbricht den Blickkontakt, blickt beherrscht nach draußen.

„Ich muss wieder los. In die Geschichte wirst du heute also

nicht reisen. Aber ich bringe dich noch zur Tür." Behutsam legt er meine Hand auf mein Bein zurück und steigt aus. Wie betäubt bleibe ich sitzen.

Er geht einmal um das Auto herum, öffnet mir Gentleman-like die Beifahrertür und hilft mir sogar beim Aussteigen. Auch er scheint heute wie ausgewechselt. Irgendwie macht er auf mich einen viel ernsteren Eindruck. Er wirkt nachdenklich, nicht so arrogant und übertrieben selbstsicher. So gefällt er mir gleich besser. Mein Vorhaben, mich von ihm fernzuhalten und aufzupassen, ist so jedoch nur noch schwieriger einzuhalten.

Hinter mir fällt die Autotür zu. Ich blicke in Elians Gesicht. Die Frage, wie wir uns heute verabschieden werden, versetzt mich ein wenig in Aufregung. Einen kurzen Moment stehen wir einander gegenüber, sehen uns an. Vermutlich warten wir beide darauf, dass der andere den ersten Schritt macht.

Ohne lange nachzudenken, gehe ich einen Schritt auf ihn zu. Zwischen uns ist nicht mehr viel Platz. Meine Hand legt sich wie von allein an Elians Wange. Aus großen Augen blickt er mich an, beobachtet, wie ich mich auf die Zehenspitzen stelle, um noch näher zu ihm zu kommen.

„Ivy." Der raue Klang seiner Stimme lässt mich mitten in der Bewegung innehalten. „Ich kann das nicht", murmelt er während er meine Hand von seiner Wange nimmt. „Du verstehst es nicht, ich kann das echt nicht."

Meine eigenen Wangen brennen. Habe ich denn die Signale so falsch gedeutet? Er hat doch selber gesagt, dass ich ihm wichtig bin. Dass ich seine Erwartungen mehr als erfüllt hätte.

Hals über Kopf flüchte ich ins Haus.

16

Mein Herzschlag dröhnt mir in den Ohren.

Was habe ich nur getan?

Blindlings, mit einem Tränenschleier vor den Augen, laufe ich den Flur entlang. Eine Welle der Wut überschwemmt mich. Ich hätte es nicht tun sollen. Alle haben mich davor gewarnt, Elian nicht zu nahe zu kommen. Aber anscheinend habe ich nicht hören wollen.

„Mein Vater wartet schon in seinem Büro auf dich", höre ich da eine körperlose Stimme. Ich wische mir über die Augen und befürchte, dass ich dabei die Wimperntusche verschmiere. Doch so kann ich zumindest erkennen, dass Kaito direkt vor mir steht.

Besorgnis zeichnet sich auf seinen Gesichtszügen ab, als er registriert, dass ich geweint habe. Schon bei dem bloßen Gedanken an die Zurückweisung könnte ich glatt wieder anfangen. Er beschließt jedoch, mich nicht darauf anzusprechen, was ich ihm hoch anrechne. Er legt mir lediglich die Hand auf die Schulter und drückt sie leicht und ermutigend.

„Danke," murmele ich, betrete jedoch statt Herrn Bergmanns Büro den Aufenthaltsraum. Gott, ich bin echt durcheinander. Gerade will ich das Zimmer wieder verlassen, da fällt mir eine Gestalt in einem der Sessel auf.

„Du schon wieder! Hat man denn vor dir nie seine Ruhe?“ Die schneidende Stimme verrät Rahen. Unwillkürlich zucke ich zusammen.

„Herr Bergmann möchte mit mir sprechen“, stehe ich ihr Rede und Antwort. Verdammt, ich sollte wirklich den Rückzug antreten. Ich blinzele schnell und heftig. Wenigstens hilft es gegen den Schleier vor meinen Augen.

„Mit *dir*?“ Rahen beäugt mich kritisch, einen verächtlichen Ausdruck in den Augen. Sie lässt es absichtlich so klingen, als sei diese Antwort absolut abwegig.

„Ja, mit mir“, beharre ich, einfach, um meine Würde zu verteidigen. Das fehlt mir gerade noch, dass sie mich unglaubwürdig erscheinen lässt.

Auf meine Worte hin lacht Rahen glockenhell und wirft sich in einer anmutigen Geste das blondierte Haar zurück. Sie gluckst und kichert hinter vorgehaltener Hand. Über die perfekt manikürten Fingernägel hinweg mustert sie mich.

„Aber du stammst von der *bösen* Isolde ab.“ Ihr Tonfall ändert sich bei dieser Feststellung. Die Temperatur im Raum fällt rapide ab. „Dir kann man doch gar nicht trauen. Leider.“ Sie schnalzt mit der Zunge. Das Geräusch hallt dumpf in meinem Inneren wider.

Wie kann sie nur!

„Blödsinn“, stoße ich aus. Viel zu schwach, viel zu leise. Das Wort verheddert sich in meiner Kehle und lässt mich nach Luft schnappen. Denn vielleicht hat Rahen ja recht. Vielleicht bin ich genauso böse wie meine durchtriebene Vorfahrin und deswegen weist mich Elian ab.

„Hast du etwas gesagt?“, erkundigt sich Rahen und spielt an

einer langen Haarsträhne herum. In dem Sessel thront sie wie eine Königin.

„Nein“, lüge ich, wirbele herum und verlasse das Aufenthaltszimmer Hals über Kopf.

Ich stehe noch immer völlig neben mir, als ich das Büro des Leiters der AoLBC betrete. Erst im Türrahmen und mit geöffneter Tür fällt mir auf, dass ich ganz vergessen habe, zu klopfen.

Herr Bergmann sitzt, genau wie bei meinem gestrigen Besuch, hinter seinem Schreibtisch. Er bietet mir einen Stuhl an, auf den ich mich erschöpft fallen lasse. Seine Augen huschen über meine geröteten Wangen und die verschmierte Schminke um meine Augen.

Doch wie sein Sohn zuvor, geht auch er nicht darauf ein, sondern erläutert sofort und ohne viele Umschweife, weswegen er mich herbestellt hat.

„Ivy Hartmann. Du hast lange auf dich warten lassen“, sagt er freundlich und ohne jeden Vorwurf. Währenddessen blättert er verschiedene Papiere durch und sieht mich über den Rand seiner Brille hinweg an. Ich frage mich, ob er den ganzen Tag in diesem Raum verbringt. Außerhalb dieses Büros habe ich ihn noch nirgends gesehen. Nicht in der Wohnung, nicht im Keller, nicht in einem der anderen beiden Zimmer.

„Wie meinen Sie das? Wir sind uns doch gestern begegnet. Und dass ich heute herkommen sollte, wusste ich nicht.“

Herr Bergmann lacht warm und herzlich. „Ich meine, dass wir seit vielen Jahren auf der Suche nach der letzten Nachfahrin von Isolde gewesen sind. Zunächst auf der Suche nach deiner Mutter, schließlich nach dir“, erklärt er geduldig.

„Nach meiner Mutter haben Sie also auch schon gesucht“, stelle ich fest.

„Ja.“

„Wie können Sie überhaupt so viel über all unsere Familien wissen?“ Die Fragezeichen sind mir wohl bildlich anzusehen, denn Herr Bergmann lächelt verständnisvoll.

„Ich vergesse immer wieder, dass du so Vieles noch nicht weißt.“ Er schüttelt den Kopf. „Eigentlich ist es recht einfach. Die literarischen Figuren wurden aus ihrer Geschichte gespuckt. In sich trugen sie zwar das Wissen, wie sie zurück in ihre Geschichten und wie diese gerettet werden könnten, doch allein wären sie nicht fähig dazu gewesen. Denn du musst wissen: Die literarischen Figuren können nur von ihrem jeweils jüngsten Nachkommen zurück in ihre Geschichte gebracht werden.“ Herr Bergmann rückt sich die Brille zurecht. Kurz hält er inne. „Wo war ich? Ach ja. Für ihre Nachfahren schrieben sie alles auf. Doch nach einiger Zeit merkten sie, wie ihre Kräfte schwanden. In unserer Welt waren sie Fremde. Das Leben hier laugte sie aus. Als sie spürten, dass ihre Energie nachließ, suchten sie sich unabhängig voneinander einen sicheren Ort, an dem sie in einen Schlaf fielen. Zu einem Treffen der Figuren kam es daher nie. Ich vergleiche es ganz gerne mit dem Dornröschen-Schlaf. Sie konnten gar nicht anders. Denn dieses Schicksal war ihnen von Vorneherein von der bösen Isolde vorherbestimmt gewesen. Ihren Nachfahren hinterließen sie nur einen Gegenstand, den sie aus ihrer Geschichte mit in unsere Realität gebracht hatten, sowie die Aufzeichnungen. Generation für Generation wurden sie weitergegeben, immer an den jüngsten lebenden Nachfahren.“ Bedauernd verzieht er das Gesicht. „Der erste Nachfahre des Oliver Twist war es, der sich mit den Schriften seines Vaters auseinandersetzte. Alle Papiere und Unterlagen wurden von ihm über alle Generationen hinweg schließlich an meinen Urgroßvater vererbt. So hatte er die ersten Anhaltspunkte. Außerdem las er mehrfach von einem Fluch. Einem Fluch, der droht, die gesamte literarische Welt zu vernichten. Und noch weitaus Schlimmeres darüber hinaus." Seine Stimme senkt sich bedrohlich.

Bei dem Wort *Fluch* werde ich hellhörig, befürchte aber, dass er mir diesen nicht näher ausführen wird. Ob der Fluch wohl etwas mit unseren Vorfahren zu tun hat? Meine Gedanken driften zu Isolde ab. Welches Motiv könnte sie gehabt haben, andere Werke langsam zu zerstören? Und welchen Nutzen könnte sie davon haben?

„Aber genug von den alten Geschichten." Herr Bergmann klatscht in die Hände und reißt mich damit aus meinen Überlegungen. „Wie wäre es, wenn du mir etwas mehr über deine Gabe berichtest. Beziehungsweise über das, was sich als eine Art Gabe bisher bemerkbar gemacht hat?"

„Mmh", mache ich und druckse herum. Ich überlege, wie viel ich erzählen und preisgeben darf. Die Vermutung, dass meine Vorfahrinnen sich allesamt bewusst vor der AoLBC versteckt haben, hat Herr Bergmann selbst noch nicht geäußert. Welchen Grund sieht er also für die langwierige und schwierige Suche nach mir und meinen Vorfahren?

„Da ist diese Sache mit dem Efeu", erzähle ich vage.

„Efeu ..." Er nickt. So, als würde es Sinn machen, dass meine Gabe irgendetwas mit Efeu zu tun hat. „Und was genau ist mit dem Efeu?"

Ausdruckslos blicke ich zurück. *Soll ich es sagen*?

„Ich kann ihn wachsen lassen." Ich merke selbst, wie ausweichend meine Antworten sind, doch mein Gehirn ist noch mit anderen Angelegenheiten beschäftigt. Momentan bin ich zu keiner umfassenderen Antwort im Stande.

„Wachsen lassen", wiederholt Herr Bergmann und kritzelt etwas auf einen Block, den er vor sich liegen hat. Dann blickt er auf. „Noch etwas?"

Ich beiße mir auf die Lippe. Ich möchte nicht all das kaputt machen, was Mama aufgebaut hat. Vielleicht hatte sie auch für mich ein Leben vorgesehen, in dem ich nicht von der AoLBC hätte entdeckt werden sollen. In diesem Fall erscheint es mir sehr unpassend, diesem Mann alles, was ich über meine Gabe weiß, zu berichten.

Doch so eindringlich wie er guckt, erscheint es mir wichtig. Zwar habe ich keine ungemein starke Bindung zu dem Buch meiner Vorfahrin, dennoch möchte ich nicht für die Zerstörung der Literatur verantwortlich sein. Wie hatte Lizzy es noch gleich gesagt? Dann würde auch ein Teil der menschlichen Geschichte aussterben.

„Ich kann den Efeu wachsen lassen, wo ich will. So konnte ich auch Isoldes Angriffe abwehren. Ich konnte die Ranken hinlenken, wohin ich wollte. Und wenn ich den Efeu berühre und mich gleichzeitig an einen Ort wünsche, dann lande ich genau dort", sprudelt es aus mir heraus. „Aber das hat erst zweimal geklappt. Wobei, eigentlich nur einmal. Das andere Mal wurde ich an einen Ort transportiert, an den ich mich gar nicht gewünscht habe. Aber da waren es auch keine Efeublätter, die ich selbst habe wachsen lassen, sondern Isoldes." Ich habe zu schnell gesprochen, bin zum Ende hin immer schneller und hektischer geworden.

„Aha“, sagt Herr Bergmann nur, bevor er weiter auf seinem Block herumschreibt. Vermutlich heftet er diesen unübersichtlichen Zettel später in einen Ordner mit meinem Namen. Als Merkhilfe, falls er sich nicht mehr an mich erinnern sollte, wird er vermutlich einen Zusatz hinzuschreiben: *„Die mit der verschmierten Schminke um die Augen“.*

Verstohlen wische ich mir mit den Fingern unter den Augen entlang. Überrascht stelle ich fest, dass die Wimperntusche entweder schon getrocknet ist oder gar nicht erst verwischt ist. *Wenn ich doch nur vor diesem Gespräch einen gründlichen Blick in den Spiegel geworfen hätte*, denke ich noch. Auch wenn das hier kein Bewerbungsgespräch oder etwas Ähnliches ist, so möchte ich doch keinen merkwürdigen Eindruck hinterlassen.

Ich setze mich aufrechter hin und beobachte Herrn Bergmann beim Schreiben.

„Du sagtest, du hättest Isoldes Efeu berührt. Wann war das?“

„Als ich mit Kaito und Elian letzten Freitag in der Villa meines Großvaters war. Aber da wussten wir nicht, dass es Isolde ist“, beantworte ich artig die Frage.

„Was ist passiert, als du dann ihre Efeublätter berührt hast, was war anders? An welchen Ort wurdest du teleportiert?“ Herr Bergmann sieht mich an. Der Bleistift liegt neben dem Block. Ich habe seine volle Aufmerksamkeit.

„Alles um mich herum war schwarz. Ich weiß nicht, wo ich gewesen bin. Aber aus der Dunkelheit kam eine Hand auf mich zu. Mit langen Fingernägeln und papierdünner, faltiger Haut. Wie eine Hexe.“ Bei der Erinnerung schaudere ich.

„Es war Isoldes Hand?“

„Ich denke schon.“

Herr Bergmann legt die Stirn in Falten. „Sie muss zu etwas Übernatürlichem geworden sein, als sie ihre Geschichte verließ.“

„Sie meinen, sie ist vielleicht wirklich zu einer Hexe geworden? Und die anderen Figuren? Was ist mit ihnen?“

„Allein ihre starken Kräfte würden für diese Annahme sprechen. Wenn ich so darüber nachdenke und mir vor Augen führe, dass sie eine Brücke zwischen der literarischen Welt und unserer geschaffen hat, dann stehen ihr womöglich noch weit mehr Möglichkeiten zur Verfügung.“

„Welche Möglichkeiten meinen Sie?“

„Kaito und du habt erzählt, dass sie einfach aus der Villa verschwunden ist, als ihr das letzte Mal da wart.“

Ich nicke.

„Vielleicht hat sie sich eine Art Zwischenwelt aufgebaut, in die sie verschwindet, wenn es hier zu brenzlig wird. Denn in die literarische Welt kann sie nicht zurückkehren. Wie alle anderen Figuren, die sie in unsere Welt geworfen hat, kann sie das nur mithilfe ihres jüngsten lebenden Nachfahren.“ Herr Bergmann rückt seine Brille zurecht.

„Um ehrlich zu sein, übersteigt das alles so langsam meine Vorstellungskraft“, gebe ich zu.

„Meine auch, Ivy, meine auch.“

Auf seine Worte hin folgt Schweigen. Er starrt auf die Kritzeleien auf seinem Block, doch er greift nicht erneut nach seinem Stift.

„Danke, Ivy.“ Er hebt den Kopf.

„Wofür?“

„Für deine Mithilfe.“

„Das ist doch selbstverständlich, Herr Bergmann. Die literarische Welt muss gerettet werden. An ihr hängt so vieles, ich kann nicht zulassen, dass sie womöglich untergeht."

„Diese Einstellung ehrt dich." Herr Bergmann lächelt. „Aber ich hätte noch eine weitere Frage. Was ist dein persönlicher Gegenstand? Dein Gegenstand, der dich als Nachfahrin von Isolde ausweist? Der, der von Generation zu Generation vererbt wird."

Verständnislos sehe ich ihn an. *Soll das bedeuten, dass ich vielleicht gar nicht ihre Nachfahrin bin?*

„Natürlich hast du dich schon erfolgreich als diese ausgewiesen, indem du bewiesen hast, in ‚Tristan und Isolde' reisen zu können. Du hattest auch einen erstaunlich guten Riecher, was den Aufenthaltsort der dazugehörigen originalen Erstausgabe betrifft. Danke noch einmal dafür." Er nickt mir zu. „Aber jeder Nachfahre hat einen speziellen Gegenstand. Welcher ist es bei dir?"

„Was könnte es denn sein?", frage ich, obwohl ich natürlich eine Ahnung habe, was diesen Gegenstand anbelangt.

„Na ja. Kaito hat beispielsweise ein Einbrecherset, das bereits Oliver Twist gehörte. Rahen besitzt die Uhr des weißen Kaninchens, Lizzy den Ehering von Elizabeth Bennet. So was eben." Er legt sich die Hand ans Kinn, betrachtet mich. „Ausschließlich von dem ausgehend, was du mir bisher über deine Gabe erzählt hast, würde ich auf einen Gegenstand tippen, der etwas mit Efeu zu tun hat."

Also doch! Allem Anschein nach ist das goldene Efeublatt in der kleinen Schachtel dieser Gegenstand, der zu mir gehört. Und es ergibt Sinn. Meine Mutter besaß bereits diese Schachtel und mein Großvater gab sie mir zu meinem 18. Geburtstag. Ob er auch von der wahren Bedeutung dieses Erbes wusste? Oder hat er mir die Schachtel nachher wieder weggenommen, um herauszufinden, was es wirklich damit auf sich hat?

Automatisch legt sich meine Hand auf den Reißverschluss meines Rucksacks. Unter Schulheften, Büchern und Mäppchen trage ich darin noch immer meine Schachtel bei mir. Ob ich sie Herrn Bergmann aushändigen soll? Nein, das kommt nun wirklich nicht infrage. Das goldene Efeublatt mitsamt Kästchen gehörte meiner Mutter und ist praktisch das einzig handfeste, das mir von ihr geblieben ist. Wenn ich es schon Elian nicht geben konnte, dann Herrn Bergmann erst recht nicht.

„Natürlich weiß ich nicht, ob es das ist, was Sie meinen, aber ich habe eine kleine Schachtel. Darauf ist ein Efeublatt mit Ranken abgebildet und darin liegt ein goldenes Efeublatt."

„Dieses Efeublatt könnte dein persönlicher Gegenstand sein. Hast du es dabei? Wenn nicht: Bringe die Schachtel am besten bei deinem nächsten Besuch mit. Jetzt, da wir wissen, dass Isolde die böse Buchfigur ist, würde ich mir die Schachtel gerne einmal genauer ansehen." Er legt die Stirn in nachdenkliche Falten. „Die Zeit drängt mehr denn je. Irgendetwas stimmt nicht mit den betroffenen Büchern. Als ich heute Morgen nach den originalen Erstausgaben in ihren Vitrinen gesehen habe, hatte ich das Gefühl, sie sind noch dünner geworden."

Auch das noch.

„Bis du die Schachtel herbringst, solltest du auf das goldene Blatt besonders gut aufpassen. In den falschen Händen machen sich die literarischen Gegenstände nicht besonders gut", murmelt Herr Bergmann geheimnisvoll.

„In falschen Händen?", frage ich nach.

„Damit meine ich insbesondere Isolde. Wer weiß, was sie noch alles anstellen könnte, wenn sie erst einmal diesen Gegenstand besitzt. Schließlich wissen wir nicht, ob er besondere Kräfte besitzt.“ Er schüttelt den Kopf und wechselt das Thema. „Hast du denn mit Elian schon einen neuen Termin ausgemacht, wann ihr erneut in eure Geschichte reisen werdet?“

Bei dem Gedanken an Elian bekomme ich heftiges Herzklopfen. Gleichzeitig aber nagen Zweifel an mir: Kann ich ihm trauen?

„Ich werde mit ihm darüber sprechen“, versichere ich.

„Gut, du kannst dann jetzt gehen.“

Hastig erhebe ich mich und schiebe den Stuhl so zurück, dass er laut quietscht. Bei dem Geräusch verziehe ich das Gesicht. Dann eile ich zur Tür. Nichts kann mich jetzt noch bremsen. Auch nicht Herrn Bergmann, der mir noch einmal seinen Dank dafür ausspricht, dass ich ihm die originale Erstausgabe von ‚Tristan und Isolde‘ besorgt habe.

Ich stürme aus Herrn Bergmanns Büro, anschließend aus dem Gebäude der AoLBC. Ich versuche, jeden Gedanken an Elian zu unterdrücken, was mir schrecklich misslingt. Stattdessen schlägt mein Herz verräterisch einige Takte schneller.

Ich schnappe mir mein Rad und rase die Auffahrt runter. Immer schneller trete ich in die Pedale. Bald fliege ich fast so schnell über die Straße, dass ich glatt bei der Tour de France mitmachen könnte.

Ich will einfach nicht begreifen, dass ich meinen Gefühlen nicht entfliehen kann.

17

Die Tage von Montag bis Freitag ziehen wie im Flug an mir vorbei. Vielleicht liegt es daran, dass ich mich in Hausaufgaben und Klausurvorbereitungen verliere und einen Test nach dem anderen schreibe. Doch so richtig bei der Sache bin ich nicht. Mein Großvater darf das Krankenhaus erst eine Woche später als angekündigt verlassen. Mein Vater ist nicht zu Hause. Wenn überhaupt, dann kommt er nur zum Übernachten her. Doch morgens ist er schon wieder weg und abends schlafe ich bereits, bevor er die Villa betritt. Eine Geldbörse, befüllt mit Scheinen, hat er mir dagelassen, damit ich mir davon Essen kaufen kann. Dieses Verhalten ist nicht neu für mich, aber trotzdem frage ich mich, warum er sich die Mühe gemacht hat, seine Geschäftsreise zu unterbrechen, wenn er mich nun doch in der Villa allein lässt. Denn hier beginne ich mich langsam einsam zu fühlen. Sogar die Haushälterin kommt nicht vorbei, da Papa ihr gesagt hat, sie könne wegbleiben, bis mein Großvater wieder da ist. Doch das ist frühestens in fünf Tagen, nächste Woche Mittwoch.

Flint und Fenja gehe ich aus dem Weg, was natürlich nur außerhalb der Schule möglich ist. Der AoLBC statte ich in dieser Woche keinen einzigen Besuch mehr ab. Auch nicht an diesem Freitagnachmittag, als ich erschlagen von der Schule heimkomme. Entgegen meiner schlechten Erwartungen ist der Test, den ich heute zurückbekommen habe, sogar ganz ordentlich ausgefallen. Meine miesepetrige Stimmung beeinflusst das jedoch so gut wie gar nicht.

In der Nacht habe ich zu wenig Schlaf bekommen, sodass ich mich nun gähnend auf den Weg zum Telefon mache. So oft wie ich die Speisekarte der Pizzeria in den letzten Tagen studiert habe, kann ich die Nummern jedes Gerichts mittlerweile auswendig.

Ich bestelle mir eine Familienpizza Margherita, so wie ich es in der letzten Woche schon mehrfach getan habe. Meinem Vater lasse ich immer die Hälfte übrig. Gespickt mit einem Zettel mit einem Gruß von mir. Das ist mein Zeichen an ihn, dass ich da bin und an ihn denke. Auch wenn ich das von ihm nicht erwarten kann.

Die Kartons stapeln sich auf dem Couchtisch. Mein Beitrag dazu, dass die Villa allmählich verwahrlost.

Ich ziehe meinen Schulkram aus dem Rucksack und breite ihn vor mir aus. Während ich den ersten Satz lese, verdrehen sich die Buchstaben vor meinen Augen, was mich seltsamerweise wütend macht.

Eine Träne tropft von meiner Wimper. Ich bette den Kopf auf das Mathebuch und beginne zu schluchzen. Zuerst ganz leise. Dann erfüllt es bald die ganze Villa, deren leere Räume mich schier wahnsinnig machen. Ich bin einsam.

Warum nur habe ich meine Freunde und alle anderen in den letzten Tagen so ferngehalten? Stattdessen bin ich in Selbstmitleid versunken und meine Gedanken kreisen immer wieder um die verfluchte AoLBC. Ich möchte dort nicht mehr hingehen. Seit ich das Haus nach dem Gespräch mit Herrn Bergmann so stürmisch verlassen habe, fühle ich mich krank.

In der Schule müssen Fenja und Flint wohl gemerkt haben, dass etwas mit mir nicht stimmt. Darauf angesprochen haben sie mich nicht.

Früher bin ich in solchen Situationen zu Mama gegangen. Sie trocknete Tränen und ließ mich den Schmerz vergessen. Kaum sehne ich mich nach ihrer Umarmung, fallen mir ihre Dokumente wieder ein. Beim letzten Mal muss irgendein technischer Fehler aufgetreten sein, sodass die Dateien ihren Inhalt nicht richtig anzeigen konnten. Gerade nehme ich mein Smartphone zur Hand, da klingelt es an der Tür. Wie auf Signal beginnt mein Magen zu knurren und ich erhebe mich. Das Handy lasse ich auf dem Küchentisch liegen. In die Dateien kann ich immer noch gucken, wenn ich meine Pizza entgegengenommen habe.

Auf dem Weg zum Hauseingang schnappe ich mir Papas Geldbörse. Schwungvoll, wie jedes Mal, öffne ich die Tür. Die Worte, mit denen ich den Lieferanten sonst immer begrüße, bleiben mir im Halse stecken. Mein Lächeln verrutscht.

„Hey.“ Gordon schiebt die Hände betont lässig in die Jackentaschen. „Herr Bergmann und Mrs. Walsh schicken mich. Du musst jetzt wirklich mitkommen, sonst wirst du krank.“ Er klingt besorgt.

„Krank?“, wiederhole ich.

„Hat man dir denn nicht erklärt, dass du mindestens jeden zweiten Tag in deine Geschichte reisen musst? Ansonsten wirst du kraftlos und niedergeschlagen, je nachdem, wie lange du nicht reist.“

Das würde zumindest meine Unfähigkeit erklären, was die Hausaufgaben anbelangt. Rückblickend kann ich tatsächlich sagen, dass es mir in der letzten Woche von Tag zu Tag schlechter ging. Je mehr Zeit zwischen der letzten Reise in die Geschichte verstrichen ist, desto unkonzentrierter bin ich geworden.

In dem Moment fährt das Lieferauto auf die Auffahrt, in der bereits Gordons Motorrad steht.

Gordon dreht sich um. Wortlos hebt er eine Augenbraue, tritt dann zur Seite und lässt den Pizzaboten zu mir durch.

Wir stehen am Küchentresen.

Gordon lässt sich auf einen der Barhocker sinken und sieht sich beeindruckt um. „Und ich dachte schon, das Haus meiner Eltern wäre protzig, oder das von Elians Eltern." Mein Verstand registriert, dass er schon einmal bei Elian zu Hause war.

„Meintest du das vorhin ernst, als du gesagt hast, dass ich krank werde, wenn ich nicht wieder in die Geschichte meiner Vorfahrin reise?" greife ich das Thema von eben noch einmal auf.

„Ja", beantwortet er meine Frage, „das meinte ich ernst. Und, nimm es mir nicht übel, aber du siehst ziemlich erschöpft aus."

„Bin ich auch", gebe ich zu. Dann strecke ich meinen Arm über die Theke, um an den Pizzaroller heran zu kommen. Hungrig setze ich mich ebenfalls auf einen der Hocker, schütte ihm ein Glas Wasser ein und esse die Pizza aus dem Karton. Gordon tut es mir gleich. Dabei lässt er mich keine Sekunde aus den Augen. Ganz so, als habe er Angst, dass ich vom Stuhl kippen könnte.

„Dann ist es wirklich an der Zeit, dass du wieder zum Verein kommst. Du musst dich an die Abmachungen halten", gibt er zu bedenken.

Ich verdrehe die Augen und widme mich lieber der Pizza.

„Es ist wirklich wichtig", beharrt Gordon. „Die Gabe der Nachfahren äußert sich immer zwischen dem 14. und 18. Lebensjahr. Von da an musst du regelmäßig in die Geschichte deines Vorfahren reisen."

Ob es da einen Zusammenhang mit den Depressionen meiner Mutter gibt? Doch das kann eigentlich nicht sein, weil sie seit meiner Geburt nicht mehr in Geschichten reisen kann. Also verwerfe ich den Gedanken.

„Ist gut." Beschwichtigend hebe ich die Hände. „Ich habe es verstanden und werde mit dir mitkommen. Aber lass mich vorher bitte diese Pizza essen."

Bei dem Gedanken, dass ich Elian gleich wiedersehen werde, wird mir etwas mulmig zumute.

„Muss ich dann wieder mit Elian zusammen reisen oder darf ich ausnahmsweise allein hinein?", wage ich auf dem Weg zu seinem Motorrad zu fragen.

„Wer hat denn gesagt, dass er immer mitkommen muss?" Verärgert runzelt Gordon die Stirn. Ein Moment, in dem ich mich erneut frage, was die beiden gegeneinander haben.

„Ich würde sagen, dass es davon abhängt, ob er da ist oder nicht", antwortet er, als er meinen fragenden Blick sieht. Gleichzeitig reicht er mir einen Helm, dann schließt er die Lederjacke über seiner muskulösen Brust. Er zwinkert mir zu, zieht ebenfalls einen Helm an und schwingt sich auf seine Maschine.

Die Fahrt ist schnell vorbei. Ich bin damit beschäftigt, mich nicht zu fest, aber auch nicht zu zaghaft an ihm festzuhalten, um nicht vom Motorrad zu fliegen. So habe ich keine Zeit darüber nachzudenken, wie ich Elian gegenübertreten soll.

Als wir das Motorrad auf dem Parkplatz vor dem Haus stehen lassen und es betreten, ist niemand da. Alle Räume sind leer. Zu hören ist lediglich das rasend schnelle Tippen auf der Tastatur aus Mrs. Walshs Büro.

Die alte Dame begrüßt Gordon mit einem strahlenden Lächeln. Sogar für mich hat sie heute ein freundliches Nicken übrig.

Gordon tritt ohne Zeit zu verschwenden ans Regal und kippt den roten Ordner. Augenblicklich schwingt die Geheimtür auf und gibt den Blick auf die steinerne Treppe frei. Der Keller ist zweifelsfrei der älteste Teil dieses Gebäudes.

Hinter Gordon tapse ich die kalte Treppe hinunter.

„Wie ist das eigentlich? Bisher habe ich nur euch, also die jüngsten literarischen Nachfahren, Mrs. Walsh und Herrn Bergmann beim Verein gesehen. Aber was ist mit euren Eltern? Was machen die?“ Elian hatte zwar schon angedeutet, dass sie all ihre Aufgaben abgetreten hätten, doch noch einmal nachzufragen, kann nicht schaden.

„Ach, die halten sich lieber im Hintergrund. Vor allem meine Eltern. Sie alle haben ja auch noch andere berufliche Verpflichtungen. Da haben sie die dringenden Aufgaben und alles, was sonst noch so anfällt, an uns abgegeben.“

„Aber du wirst doch auch nicht dauerhaft beim Verein hocken.“ Ich folge ihm in den hintersten Kellerraum. „Also was machst du den lieben langen Tag?“

„Ich studiere. Architektur“, fügt er dann noch hinzu.

Verrückt, irgendwie passt das zu Robinson Crusoe. Ich muss lächeln.

„Was ist?“

„Ach, nichts“, winke ich schmunzelnd ab.

Unter dem Glas der Vitrine von ‚Tristan und Isolde‘ erkenne ich die Ausgabe aus der Bibliothek meines Großvaters. Wie von selbst streichen meine Finger über das kühle Glas. Unterdessen kramt Gordon einen Schlüssel aus seiner Hosentasche hervor, um den Glaskasten zu öffnen.

„Du musst dich nicht lange dort aufhalten“, murmelt er. Irgendwie wirkt er abwesend. „Schon wenige Minuten reichen normalerweise aus. Da du nun aber eine ganze Weile nicht dort gewesen bist, müssen es ein paar mehr sein.“

Ich nicke. Stille breitet sich im Raum aus. Doch diese Stille ist nicht von der unangenehmen Sorte. Mit Gordon kann sogar das Schweigen schön sein.

„Ich wünschte, ich könnte dich begleiten und auch in der literarischen Welt bei dir sein“, flüstert er so leise, dass ich ihn beinahe nicht verstanden hätte.

Bei seinen Worten wird mir zwar etwas wärmer ums Herz, doch ich erwidere nichts. Stattdessen senke ich den Kopf und schlage das Buch irgendwo am Anfang auf.

Langsam lege ich meinen Finger auf die vergilbte Seite. Die Buchstaben verschwimmen vor meinen Augen, dann erheben sie sich in die Luft, wirbeln herum und bilden schließlich eine Landschaft. Kaum, dass sie vollständig ist, werde ich in die Tinte hineingezogen. Sie umgibt mich, ich wirbele in dem Tintenstrudel herum. Mich erfüllt das inzwischen gewohnte Gefühl der Schwerelosigkeit, bevor ich in der Hocke auf einer weichen Wiese lande. Freudig sauge ich die Strahlen der hoch am Himmel stehenden Sonne in mich auf. Ein Hauch Sommer im nasskalten Winter. Auf eine besondere Art fühle ich mich hier beheimatet.

Mir fällt sofort auf, dass es dieselbe Wiese ist, auf der Elian und ich bereits einmal gelandet sind. Mit Schrecken bemerke ich dann aber, dass ein Stück weit entfernt die Pflanzen und Bäume vergilbt, brüchig und schwindend aussehen.

„Der Existenzschwund“, flüstere ich.

Ich gehe näher heran, um es mir genauer anzusehen. Im Gegensatz zu der sonnenbeschienenen Wiese herrscht hier eine Kälte, die sich durch mein Shirt bis auf die Knochen frisst. Mir ist unwohl zumute, weshalb ich nur eine kleine Runde über die weite Fläche wandere. Dabei komme ich den langsam zerfallenden Pflanzen nur so nah wie nötig.

Dennoch erscheint mir Gordons Erklärung, warum ich regelmäßig in diese Geschichte reisen muss, wahr. Schon nach wenigen Sekunden in dieser literarischen Welt hat sich der leichte Schwindel in meinem Kopf verflüchtigt. Das wattige Gefühl lässt nach. Ich fühle mich fitter und wacher.

Irgendwann kehre ich an die Stelle zurück, an der ich vorhin gelandet bin und murmele den Reim: „Bei allem Glück, bring mich zurück.“

Kaum ist das letzte Wort verklungen, werde ich aus der Szene gezogen. Ohne Umwege lande ich in dem muffigen Kellerraum, in dem Gordon an der Tür lehnt. Seine Miene hellt sich auf, als er mich erblickt. Hat er die ganze Zeit auf mich gewartet?

„Wie lange war ich weg?“

„Etwa eine halbe Stunde“, antwortet er so schnell, dass ich das Gefühl nicht loswerde, er könnte mir sogar die exakte

Sekundenzahl nennen. Meine Armbanduhr und auch die meines Handys sind in der literarischen Welt stehen geblieben. Und auch mir fällt es schwer, die Zeit meines Aufenthalts abzuschätzen.

„Musst du denn gar nicht in deine Geschichte reisen?“ Ich streiche mir die Haare hinters Ohr und gehe langsam auf ihn zu.

„Ich war erst gestern“, murmelt er, den Blick auf meine Lippen gerichtet. Ich blinzele mehrfach, dann sieht er mir wieder in die Augen und fährt sich lächelnd durch die hellen Haare.

Ich stelle fest, dass er zwar nicht das komplette Gegenteil von Elian ist, sich aber dennoch grundlegend von ihm unterscheidet. Auf ihre eigene Art und Weise faszinieren mich allerdings beide. Mit dem feinen Unterschied, dass Elian mir einen Kuss verwehrt hat.

Gordon hingegen zeigt noch immer Interesse an mir. Manchmal jedoch bin ich unsicher, ob meine Gefühle nicht lediglich freundschaftlich sind.

Etwas verlegen gehe ich so schnell an ihm vorbei, dass er mich nicht aufhalten kann. Ich eile die Treppe hinauf. Hinter mir höre ich seine Schritte. Langsamer, nicht so schnell. Dennoch ist er zeitgleich mit mir zurück in Mrs. Walshs Büro.

Von dort gehe ich ohne Umschweife weiter auf den Flur. Warum auch immer, ich will so schnell wie möglich von hier weg.

„Ivy, warte doch mal.“

Gordons Stimme lässt mich innehalten. Rückwärts trete ich in den Aufenthaltsraum zu meiner Linken. Der Raum ist glücklicherweise leer.

„Was ist los?“ Meine Stimme ist zu hoch, mein Atem geht viel zu schnell. Ich lasse Gordon nicht aus den Augen, der auf mich zu tritt und mich zu meinem Entsetzen in die Arme nimmt. Jeder Muskel meines Körpers spannt sich an. Erst als er mir beruhigend über den Rücken streicht, entspanne ich mich. Kraftlos lasse ich mich gegen seine Brust sinken und bette meinen Kopf an seiner Schulter. Sogar sein Duft wirkt beruhigend auf mich. Es ist verrückt, aber ich weiß nicht einmal mehr, weshalb ich vorhin so schnell von hier wegwollte.

Plötzlich erscheint Elians Gesicht vor meinem inneren Auge. Egal, in welcher Situation ich mich mit Gordon auch befinde, immerzu schleichen sich Gedanken an Elian in mein Bewusstsein. Als ich dem Blick aus Gordons sturmgrauen Augen wieder begegne, schnellt mein Puls erneut in die Höhe. Kurz sieht er an mir vorbei, sein Blick verdüstert sich für den Bruchteil einer Sekunde. Dieser Moment geht so rasch vorbei, dass ich es mir nur eingebildet haben könnte. Denn dann ruht all seine Aufmerksamkeit wieder auf mir.

„Du glaubst ja gar nicht, wie wichtig du mir in der kurzen Zeit geworden bist“, raunt er.

Doch ich bin verunsichert. Ich werfe einen verstohlenen Blick in die Richtung, in die Gordon gerade gesehen hat. Da ist ein Schatten, er spiegelt sich in der Fensterscheibe. Ich keuche auf, als ich in dem Schatten Elian erkenne. Bevor ich reagieren kann, liegt Gordons Hand an meiner Wange. Sein Daumen streicht über meine Haut und löst einen Schwarm Schmetterlinge in meinem Bauch aus.

Warum tut er das?

In seinen Augen suche ich nach der Antwort und ich ertappe mich sogar bei dem Gedanken daran, wie es sein würde, von ihm geküsst zu werden. Ansonsten ist mein Hirn wie leergefegt.

Umso überraschter bin ich, als Gordon plötzlich seinen Kopf neigt, sodass seine Haarsträhnen meine Stirn berühren. Meine Finger krallen sich in sein Shirt, während er mich näher zu sich zieht bis kein Blatt Papier mehr zwischen uns passt. Auch nicht zwischen unsere Lippen.

Meine Hände verharren auf seiner Brust, hin- und hergerissen, ob ich ihn wegschubsen oder näher heranziehen soll. Küsst er mich, weil er es will, oder will er verhindern, dass ich Elian bemerke?

Ich reiße die Augen auf. Im nächsten Moment schiebe ich ihn von mir. Anders weiß ich mir nicht zu helfen. Wieder starren wir einander an, dieses Mal mit deutlich mehr Abstand und um einiges skeptischer. Er wird nicht verstehen können, warum ich ihn von mir geschoben habe und ich selbst habe diese Situation noch gar nicht realisiert.

Es dauert noch eine Weile bis ich meine Haltung zurückerlangt habe. Auch Gordon scheint seine Gedanken gesammelt und geordnet zu haben. Sein Blick wirkt mit einem Mal distanziert und frostig. Unwohl streiche ich mir über den Unterarm, auf dem sich eine Gänsehaut breit macht.

„Warum wollt ihr Mädchen immer die Typen, die euch wie Dreck behandeln?“ Gordon sieht mir tief in die Augen. Noch lässt er sich nichts von der Enttäuschung anmerken. Dennoch bin ich mir sicher, dass ich dieses Gefühl in ihm ausgelöst habe. Instinktiv weiche ich einen weiteren Schritt zurück.

„Lass mich raten: Elian ist derjenige, der mich wie Dreck behandelt?“

Als er nicht reagiert, fahre ich ihn an: „Ist es das, was du mir sagen willst?“

Mit einem verächtlichen Blick flüstert er: „Der Fluch hält dich schon fester in seinen Fängen, als ich angenommen hatte." In seiner Stimme schwingt deutlich eine Drohung, aber auch Sorge mit.

„Sag mir doch endlich, was es mit diesem Fluch auf sich hat", fahre ich ihn an. Wie kann er mich nur in einem Moment küssen und im nächsten behaupten, Elian sei der einzige, für den ich Gefühle habe? Warum versucht er immer, sich selbst dadurch aufzuwerten, dass er Elian vor mir schlecht macht? Der einzige Grund ist immer nur dieser bescheuerte Fluch, von dem ich als einzige nicht weiß, was er bedeutet und welche Folgen er hat.

Kopfschüttelnd und ohne ein weiteres Wort zu sagen ergreift Gordon die Flucht.

Ich sehe ihm hinterher, fassungslos, und würde am liebsten diesen blöden Kuss komplett rückgängig machen.

Mein Blick wandert zurück zu dem Fenster. Noch hoffe ich, mich vorhin getäuscht zu haben. Vielleicht ist es nicht Elian gewesen, den ich in der Spiegelung gesehen habe. Das Paar smaragdgrüne Augen, das sich in meinen schreckgeweiteten Blick bohrt, beweist das Gegenteil.

Elian!

Er steht noch immer dort! Ich habe mich nicht getäuscht.

Als er sich von seinem Platz am Fenster löst und aus meinem Sichtfeld verschwindet, verfalle ich in Panik. *Lass ihn bitte nicht in den Aufenthaltsraum kommen*!

Natürlich schlagen all meine Bitten fehl. Sekunden später betritt er den Raum und schlägt die Tür zum Aufenthaltsraum zu. Mit wenigen Schritten ist er bei mir, fasst mich an den Schultern. Doch ich schüttele seine Hände ab.

„Hatte ich dir nicht gesagt, du sollst dich von ihm fernhalten?“ Seine Stimme ist hart.

„Komisch, dass er mir über dich genau das gleiche sagt“, gebe ich zurück.

„Mit dem Unterschied, dass ich einen Grund für meine Warnung habe.“

„Er hat auch einen. Und auch wenn er mir diesen Grund nicht näher erklärt, erscheint er mir doch sinnvoller, als dein dämliches Getue.“

„Ivy.“ Plötzlich ist Elians Stimme ganz sanft. Ich schüttele mich, will nicht zulassen, dass mich seine Stimme so sehr berührt. Ich würde ihr alles glauben.

„Erzähl mir endlich von dem Fluch“, fordere ich atemlos.

„Das kann ich nicht.“

„Warum?“

Er hebt seine Schultern, lässt sie aber schnell wieder sinken, als er bemerkt, wie verstört ich ihn ansehe.

„Du musst einfach wissen, dass du mir unglaublich wichtig bist. Dass ich am liebsten nie mit dir gestritten, dich niemals abgewiesen hätte. Aber es hatte alles einen Grund. Und ja, so wie du es schon mehrfach vermutet hast: Der Grund dafür ist dieser beschissene Fluch. Aber es ist, verdammt noch mal, sicherer für dich, wenn du momentan nicht mehr darüber weißt.“ Verzweifelt fährt er sich durch die Haare und zerstört seine Frisur. „Nur verstehe ich nicht, weshalb du dich von diesem Idioten Gordon einlullen lässt. Ich sorge mich wirklich um deine Sicherheit.“

Was erlaubt er sich überhaupt? Er hat *mich* abgewiesen und quasi dazu gebracht, mich doch in den anderen Jungen zu verlieben. Da sollte er mir nun nicht Rücksichtslosigkeit unterstellen.

Fassungslos blicke ich ihn an, während er mich nicht minder böse anfunkelt.

„Ich lasse mich von niemandem *einlullen*. Und falls es dir von deinem Platz vor dem Fenster entgangen sein sollte, ich wollte diesen Kuss nicht.“ Wütend verschränke ich die Arme, aber ich bin noch nicht fertig. „Du solltest einmal gehörig darüber nachdenken, dass ich diese *Sicherheit* vielleicht gar nicht brauche“, sage ich nun deutlich leiser. Es muss ja nicht jeder in diesem Haus von unserem Streit mitbekommen. Sofern dies nicht schon längst geschehen ist.

„Und *du* solltest endlich darüber nachdenken, dich in Zukunft von uns beiden fernzuhalten. Du kannst von nun an allein in die Geschichte reisen. Das wolltest du doch sowieso“, gibt er trocken zurück. Wieso versteht er mich einfach nicht? *Oder will er mich nur nicht verstehen*?

Als habe er meine Gedanken gelesen, sagt er im nächsten Augenblick: „Auch wenn du denkst, dass ich dich nicht verstehe, das tue ich sehr wohl. Aber manchmal ist der schmerzhaftere Weg der bessere, weil er einem noch mehr Leid erspart.“ Mit trauriger Miene weicht er meinem Blick aus.

Bevor ich ihn fragen kann, was es mit seiner kryptischen Aussage auf sich hat, stürmt Hektor in den Raum.

An der Schwelle bleibt er wie angewurzelt stehen. „Ich wollte nicht stören“, murmelt er beschämt und senkt den Blick.

„Tust du nicht. Wir waren gerade fertig.“ Tapferer als ich mich gerade fühle, sehe ich ihn an. „Worum geht es?“

Seine Miene hellt sich auf. „Ich habe den entscheidenden Hinweis auf den Verbleib von Werthers jüngstem Nachkommen gefunden. Elian, ich habe dir doch gesagt, dass wir ihn über sein Talent zum Schreiben finden würden. Wir müssen zum Jugendzentrum im Westen der Stadt, dort findet heute eine Preisverleihung statt. Wenn wir uns beeilen, dann schaffen wir es noch, ihm den Brief zukommen zu lassen."

Für einen Moment weiß ich nicht, was ich machen soll. Ich bleibe einfach stehen. Hektor rollt mit den Augen. „Nun mach schon, Ivy. Lizzy und Gordon warten bereits. Die Zielperson ist hier ganz in der Nähe, nur ein paar Minuten entfernt."

Elian schnaubt. Dass ihm das nicht passt, macht mich umso entschlossener. Ich schnappe mir meinen Parka von der Garderobe und streife ihn auf dem Weg nach draußen über. Schnell folge ich Hektor hinaus in den strömenden Regen.

18

„Wir gehen nicht verdeckt vor. Soll heißen, es ist kein Problem, wenn uns Werthers Nachkomme sieht. Es kann sogar von Vorteil sein, wenn er uns später beim Verein wiedererkennt“, rattert Hektor die „Regeln“ für unsere Observation herunter. „Was aber ganz wichtig ist: Wir sprechen ihn auf gar keinen Fall an. Wenn wir gleich auf den Parkplatz fahren, dann bleibt jeder auf seinem Platz im Auto sitzen, verstanden?“

Zustimmend nicken Gordon, Lizzy und ich. Obwohl Lizzys Aufmerksamkeit vielmehr ihrem Handydisplay gewidmet ist. Von der Rückbank aus erkenne ich, dass sie gerade dabei ist, einen Beitrag auf ihrem Profil hochzuladen.

Gordon, der am Steuer neben ihr sitzt, wirft ihr zwar immer wieder mahnende Blicke zu, doch sie ignoriert diese gekonnt. Da fahren wir auf den Parkplatz vor dem Jugendzentrum. Es kommt mir bekannt vor und ich weiß auch woher: Hier findet Flints Schreibworkshop statt. Hoffentlich sieht er mich hier nicht. Ich möchte nicht, dass noch mehr zwischen mir und meinen besten Freunden steht.

„Und ihr glaubt wirklich, dass Werthers Nachkomme gleich genau vor unserer Nase auftaucht?“ Ich selbst glaube nicht so ganz daran, aber Elian hat mich schließlich auch vor der Schule aufspüren können.

„Das wird er", bekräftigt Lizzy, während sie einen Text zu ihrem Beitrag verfasst, an dem sie schon seit Beginn der Fahrt sitzt. Gordon nickt ebenfalls. In seiner Anwesenheit fühle ich mich immer noch etwas merkwürdig. Unsere Augen treffen sich im Rückspiegel. Bevor der Blickkontakt zu lange anhält, reiße ich mich von ihm los.

„Zielperson gesichtet", sagt Hektor in diesem Moment vom Rücksitz neben mir. Aber ich sehe weit und breit niemanden auf dem Parkplatz vor dem Jugendzentrum.

„Wo?" Lizzy ist genauso ratlos. Ihr Smartphone noch immer in der Hand, blickt sie sich suchend auf dem Parkplatz um.

„Er kommt gerade aus der Tür." Gordon nickt in besagte Richtung.

Niemand von uns hat Hektor gefragt, wer dieser Nachkomme ist, doch er hätte es uns vermutlich ohnehin nicht verraten. Ich kann nicht sagen, dass es mich schockiert, als ich die *Zielperson* nun ebenfalls erblicke. Vielmehr fällt es mir wie Schuppen von den Augen.

Ein Notenheft unter den Arm geklemmt ist er in den Text eines Briefes vertieft, den er aus einem weißen Umschlag genommen hat. Aus einem Umschlag, von dem ich weiß, dass auf ihm nichts als sein Name steht: *Flint Simon.*

Warum habe ich das nicht früher gemerkt? Bin ich blöd! Es war im Grunde doch ganz offensichtlich. Er hat in Gedanken zu mir gesprochen, wie auch immer er das angestellt hat. ‚Normale' Menschen können das jedenfalls nicht. Schon da hätte ich deutlich misstrauischer sein sollen.

„Flint?" Zu spät bemerke ich, dass ich seinen Namen laut ausgesprochen habe. Da guckt mich Hektor an, als habe ich den Verstand verloren.

„Du kennst ihn?"

Da fällt mir auf, dass mich weder Lizzy noch Gordon oder Hektor jemals zusammen mit Flint gesehen haben. Ganz im Gegensatz zu Elian, der mir gemeinsam mit Flint und Fenja auf dem Schulhof begegnet ist.

Sogleich ärgere ich mich darüber, schon wieder an Elian zu denken. Und wenn es auch nur aus diesem Grund ist. Ich balle meine Hände zu Fäusten im Schoß zusammen und starre Flint an – meinen besten Freund.

Unbewusst habe ich meine Hand auf den Türgriff des Autos mit den getönten Scheiben gelegt. Aber ich darf nicht aussteigen und Flint entgegenlaufen.

„Ivy!", mahnt Hektor. „Woher kennst du ihn überhaupt?"

Ich beruhige meine Atmung und nehme die Hand vom Türgriff. „Das ist Flint, mein bester Freund. Was habt ihr denn alle? Was ist denn schon dabei, wenn ich mit ihm rede?"

Flint sieht genau in unsere Richtung. Ohne mich vorzuwarnen, drückt Hektor meinen Kopf runter, sodass ich ächzend in den Fußraum blicke.

„He, was soll das, Hektor?"

„Tut mir leid, Ivy. Aber die Lage hat sich soeben geändert", meint er. „Wenn du seine beste Freundin bist, sollte er dich hier vielleicht besser nicht sehen!"

„Aber warum? Er weiß doch gar nichts von dem Verein und dass ich auch dazu gehöre!", versuche ich zu erklären. „Außerdem wäre ich dir sehr verbunden, wenn du endlich aufhörst, meinen Nacken bis unter den Vordersitz zu drücken."

„Wir haben so lange nach ihm gesucht, da können wir nichts riskieren."

Der Druck in meinem Nacken lässt nach. Stöhnend richte ich mich auf. Als ich einen prüfenden Blick aus dem Fenster wage, kann ich Flint nirgends mehr sehen. Dennoch beruhigt sich mein rasender Herzschlag kein bisschen. „Was meinst du mit riskieren? Er ist doch mein bester Freund und ..."

„Genau darum geht es, Ivy. Wir sollten ihn langsam an die Sache heranführen und nicht direkt mit der Tür ins Haus fallen." Hektor sieht mich eindringlich an. „Genau wie du muss er erst verarbeiten, dass er der Nachfahre einer literarischen Figur ist. Was mit seiner besten Freundin ist, sollte man danach klären, denke ich."

Ich werfe fragende Blicke zu Gordon und Lizzy. Doch Gordon mustert mit großem Interesse das Lenkrad, das er umklammert hält, und Lizzys Finger fliegen über den Bildschirm ihres Handys.

„Glaubt ihr, er wird sich bei der AoLBC melden?", frage ich nach einer Weile in die aufgekommene Stille hinein.

Ratlos lässt Hektor den Blick aus dem Fenster schweifen. „Ich bin mir nicht sicher."

Die Arme verschränkt lehne ich mich zurück und schließe die Augen. Das Brummen des Motors verrät mir, dass Gordon den Wagen gestartet hat.

„Wir werden wohl abwarten müssen", greift Lizzy noch einmal meine Frage auf. Ihr Blick ist dabei weiterhin auf ihr Smartphonedisplay geheftet. „Aber jetzt, wo wir ihn gefunden haben, wird es nicht so schwer sein, Werthers Nachkommen im Auge zu behalten."

„Er heißt Flint", zische ich wütender als beabsichtigt. Ich öffne die Augen und sehe, dass Lizzy ein wenig zusammengezuckt ist. Sie erwidert nichts, nur Gordons Augenbrauen ziehen sich misstrauisch zusammen. Das kann ich im Rückspiegel sehen.

„Für uns hat er erst einen Namen, wenn er sich bei uns gemeldet hat. So wie es im Brief steht“, erklärt Gordon hart.

Ich schweige. In keiner Weise daran interessiert, mit ihnen über dieses Thema zu diskutieren.

Ich schließe die Augen und lehne mich gegen die Rückenlehne.

Ich öffne sie erst wieder, als zwei Autotüren fast zeitgleich zuschlagen. Hektor und Lizzy gehen durch das schmiedeeiserne Tor zum Haus des Vereins hinauf.

Ich möchte nur noch unter die Dusche und dann ins Bett fallen, bevor ich am Montag wieder in die Schule muss.

Wenn ich nur an die Schule denke, wird mir schlecht. Bereits in den letzten Tagen war es seltsam, Fenja und Flint dort gegenüberzutreten. Seitdem Elian mich auf dem Schulhof abgeholt und Flint in Gedanken zu mir gesprochen hat, ist nichts mehr wie zuvor. Und seit heute ist alles noch viel schlimmer. Aber mir ist bewusst, dass es unfair ist, Flint nun für irgendetwas verantwortlich zu machen.

„Soll ich dich nach Hause fahren?“

Ich zucke zusammen und schlage mir den Kopf an der Fensterscheibe an. Gordon habe ich glatt vergessen.

Unbewusst werfe ich einen Blick zum Haus hinüber. In meinen Gedanken sehe ich Elian hinter den Fenstern des Aufenthaltsraums. Er hat betont, dass ich ihm wichtig bin und dann hat er sogar zugegeben, dass er mich am liebsten gar nicht abgewiesen hätte. Mein Herz flattert wie ein kleiner Kanarienvogel in meiner Brust. Plötzlich habe ich das dringende Bedürfnis, mit ihm zu sprechen. Vorhin waren Gordons Kuss,

Elians Eifersucht und meine eigene Wut noch zu frisch. Da habe ich nicht klar denken können und ihn einfach angemotzt. Jetzt würde ich gerne alles anders machen.

Gordon macht mir jedoch einen Strich durch die Rechnung. Ohne meine Antwort abzuwarten, fährt er rückwärts vom Parkplatz und wendet. Wieder schaue ich zum Haus.

Lizzy und Hektor werden wohl gerade von Flint berichten. Ich beiße mir fest auf die Unterlippe. Wenn Rahen gerade beim Verein ist, dann wird sie mit Sicherheit einen blöden Kommentar nach dem nächsten über mich loslassen. Zugegeben, auch ich halte es für einen verdammt großen Zufall, dass sowohl mein bester Freund als auch ich selbst literarische Vorfahren haben.

Ich versuche, es mir wieder bequem auf der Rückbank zu machen, doch Gordons Anwesenheit hindert mich daran. Und plötzlich bin ich überzeugt davon, dass Gordon mich nur geküsst hat, weil er Elian hinter der Fensterscheibe entdeckt hatte.

Ich balle die Hände zu Fäusten, würde damit am liebsten auf Gordon einschlagen. Doch ich beherrsche mich und kontrolliere meine Atmung.

Die Landschaft fliegt an uns vorbei. Ich werfe Gordon einen verstohlenen Blick zu. Er wirkt entspannt und absolut sicher. Egal, was für ein Arsch er ist, bei ihm fühle ich mich zumindest beschützt. Vielleicht sind Arschlöcher die besten Bodyguards. Bei Elian geht es mir genauso. Genervt von meinen eigenen Gedanken, schaue ich aus dem Fenster.

Kaum erblicke ich die Villa meines Großvaters in der Ferne, schnalle ich mich ab, denn ich will so schnell wie möglich von hier verschwinden. Ich will auf keinen Fall noch einmal mit Gordon über das reden, was heute zwischen uns passiert ist.

Er lenkt den alten Wagen in die Auffahrt und wirft einen Blick zurück zu mir. Schneller als ich denken kann, bin ich draußen, der Wind peitscht mir ins Gesicht.

„Ivy!“ Seine Stimme übertönt alle Winde. Seine Haare wehen durcheinander. Ich könnte ihm jedes einzeln ausrupfen.

„Warte! Bitte!“

Ich denke ja gar nicht daran. Blindlings laufe ich weiter, erreiche das schmiedeeiserne Tor, bekomme in der Eile aber nicht den richtigen Schlüssel in die Finger. Gordon fasst meine Schulter. Ich wirbele zu ihm herum, schleudere seine Hand fort und fahre ihn an: „Fass mich nicht an oder du wirst es bereuen.“

Sofort tritt er einen Schritt zurück, hebt beschwichtigend die Hände.

Wieder krame ich nach dem richtigen Schlüssel, bekomme ihn endlich zu fassen und öffne das Tor.

„Ivy, wir müssen reden.“

„Ich wüsste nicht, worüber“, gebe ich zurück. Egal, was er mir zu sagen hat, ich will es nicht hören.

Seine Hand greift nach dem Tor, er will es schließen.

„Stell dich mir nicht in den Weg“, zische ich.

„Wie soll ich dich sonst dazu bringen, mit mir zu reden?“, fragt er verzweifelt. Als würde er die Antwort nicht kennen. Er weiß genau, dass ich gerade nicht mit ihm reden will. Warum missachtet er das? *Weil es immer nur nach ihm geht.* In dieser Hinsicht ähnelt er Elian sogar. Gut, vielleicht entspricht das nicht ganz der Wahrheit, aber in diesem Augenblick kommt es mir genau so vor.

Zittrig hole ich Luft. „Lass mich in Ruhe oder ich muss zu anderen Mitteln greifen“ sage ich ruhig, aber drohend.

Ihm fällt nichts Besseres ein, als zu lachen. Dabei legt er seinen hübschen Kopf in den Nacken. Sein Hals ist frei, ungeschützt. „Welche Mittel sollten das sein?“

Veralbert er mich gerade? Macht er sich über mich lustig?

Auch wenn ich es wollte, kann ich das, was geschieht, nicht verhindern. Es passiert einfach so. Es ist wie ein Drang, dem ich willenlos nachgeben muss.

Eine winzige Bewegung in meinen Fingern, die ich nicht selbst steuere, und da legen sich Efeuranken um seine Beine. Kleine Blätter sprießen daran. Die Ranken werden dicker, legen sich in immer mehr Schichten um seine Knie und binden so beide Beine aneinander. Gordons Augen sind weit aufgerissen. Ich selbst zucke zurück. Ich habe Angst vor mir selbst.

„Ivy“, keucht er. „Wir können über alles reden. Es tut mir leid, ehrlich!“

Doch so sehr ich die Ranken auch entfernen möchte, es lässt sich nicht bewerkstelligen. Es ist, als würde ich ferngesteuert. Ich kann nicht über meinen eigenen Körper entscheiden, kann meine Gabe nicht steuern. Doch ich darf Gordon nicht mit meinen Efeuranken wehtun!

Als die Ranken sich immer fester zusammenziehen, kann er sich nicht mehr auf den Beinen halten. Vor meinen Augen kippt Gordon um, seine Hände an die Ranken gelegt, doch er kann sie nicht lösen oder bewegen. Sein Blick sucht flackernd nach meinem.

„Warum tust du das? Ivy, das bist doch nicht wirklich du!“

Voller Verzweiflung versuche ich, den Efeu zurückzurufen. Ihn verkümmern zu lassen, sodass er abfällt. Ich sammele all meine Sinne, richte meine volle Konzentration auf den Efeu.

Meine Adern werden von einem prickelnden Gefühl durchströmt. So als sei ich Eins mit den Ranken um Gordons Beinen.

Dann, ganz plötzlich, lockern sich die Ranken. Der Efeu zieht sich zurück, wandert wie eine Schlange über den Boden auf mich zu, versteckt sich wie ein scheues Tier hinter meinen Füßen. Verstört blicke ich zu Gordon, der sich sichtlich erschöpft erhebt und auf den Wagen zu schwankt. Er bewegt sich schwerfällig, ich habe ihm die Kraft geraubt. Ohne sich umzublicken, steigt er ins Auto und fährt wortlos davon.

Ich habe ihm gewaltige Angst eingejagt und mir selbst bewiesen, dass ich meine Gabe nicht halb so gut im Griff habe, wie ich es dachte. Bestimmt wird er im Verein von diesem Vorfall berichten. Er wird mich bloßstellen, mich ...

Erst jetzt fällt mir auf, dass der Efeu zu meinen Füßen nicht gewöhnlich ist. Er glitzert golden und strahlt mir förmlich entgegen. Wie kann es sein, dass er auf einmal goldfarben ist, wenn er doch zuvor immer grün war? Darüber werde ich nachdenken müssen. Und ich werde Gordon um Verzeihung bitten müssen. Es tut mir unfassbar leid, was gerade geschehen ist. Obwohl ich mich über ihn geärgert habe, wollte ich ihn niemals verletzen.

Ich strecke die Hand aus, berühre das nächstbeste Blättchen und wünsche mich in mein Zimmer. Sekundenbruchteile später sitze ich auf meinem Bett. Doch eigentlich will ich viel weiter weg, irgendwohin, wo ich mich nicht mit meinen Problemen rumschlagen muss. Mir kommt sogar der irrwitzige Gedanke, Efeu wachsen zu lassen, um mich in eine Bankfiliale, direkt zu den Tresoren zu wünschen. Das Adrenalin während des Diebstahls würde mich mit Sicherheit so einiges vergessen lassen. Als mir dann aber einfällt, wie erschöpft ich nach jeder Teleportation bin, beschließe ich, dass es besser ist, meine Kräfte ein wenig zu schonen. Trotzdem kann ich es nicht lassen und wackele mit den Fingerspitzen, bis sie kribbeln. Doch der Efeu wächst nicht wie sonst drauf los. Er lässt mich im Stich.

Ich lache humorlos auf, weil das meine Gefühlslage aktuell ganz gut beschreibt.

19

Mein Vater sitzt am Esstisch und schlürft seinen Kaffee. Vor ihm ist die frisch gedruckte Sonntagszeitung ausgebreitet. Mehr als überrascht, ihn hier zu sehen, will ich mit meiner Müslischale zurück in die Küche gehen. Da hebt er den Kopf und bohrt seine Augen in meine.

„Ich dachte, wir könnten heute gemeinsam frühstücken", begrüßt er mich.

„Aha." Das hat er noch nie gewollt.

Dennoch lasse ich mich auf einen Stuhl ihm direkt gegenüber sinken. Der neue Kronleuchter hängt genau über dem Tisch. Schnell senke ich den Blick. Die Erinnerungen an meine Geburtstagsfeier sind einfach unangenehm.

„Ich habe dich noch gar nicht gefragt, wie dein Geburtstag war", fragt mein Vater und landet damit einen Volltreffer. Bevor ich antworte, schiebe ich mir einen großen Löffel Müsli in den Mund. Ich kaue extra lange.

„Schön."

„Schön? Kanntest du denn die Gäste überhaupt?"

„Ich hätte jemanden gekannt, wärst du da gewesen."

Er sieht mich an. Kauend halte ich seinem Blick stand.

„Es ließ sich nicht einrichten", erwidert er und versinkt in seiner Zeitung.

Alte Wut steigt in mir hoch. Ich will nach dem Schmierblatt greifen, hinter dem er sich und seine Schuld versteckt. Doch die Entfernung ist zu groß, die Tischbreite beträgt mindestens drei Meter.

Wie aus dem Nichts schießen grüne Efeuranken los und jagen unter dem Tisch auf ihn zu. Mit gierigen Fingern greifen sie nach der Zeitung, reißen sie an sich und legen die Papiere genau neben meiner Müslischale ab. Trotz des Schocks frage ich mich, warum der Efeu beim Angriff auf Gordon golden war.

Verdattert starrt mein Vater mich an. Sein Blick fällt auf den Efeu, der sich unter dem Tisch zurückzieht. Hastig will ich ihn verschwinden lassen, doch er hat ihn ohne Zweifel gesehen. Panik breitet sich auf seiner Miene aus und erstarrt zu einer Grimasse.

„Du bist genau wie sie!“, stößt er aus. Seine Stimme ist ganz dünn.

Er kann gar nicht schnell genug vom Tisch aufstehen. Der Stuhl aus Mahagoniholz fällt krachend um. Mit ausgestrecktem Finger zeigt er auf die Efeuranken, die sich nun wie Armbänder um meine Handgelenke legen. Es ist nicht unangenehm, fühlt sich sogar recht schön an. Wenn ich jedoch dem Entsetzen aus Papas Blick glaube, dann muss es grotesk aussehen.

„Du bist genau wie sie!“, seine Stimme ist nicht mehr als ein Krächzen. Verunsichert schiebe ich meinen Stuhl zurück, aber ich bin wie gelähmt. Verdammt, er hätte das mit dem Efeu nicht sehen dürfen. Ich muss unbedingt daran arbeiten, meine Gabe unter Kontrolle zu kriegen. Noch tanzt sie mir unerzogen auf der Nase herum.

„Wer ist *sie*?“, frage ich tonlos, obwohl ich die Antwort bereits kenne.

„Efeja“, stammelt mein Vater, den Blick weiterhin wie paralysiert auf den Efeu gerichtet. Als ich aufstehe, weicht Papa noch weiter vor mir zurück.

„Ich will dir keine Angst machen“, versuche ich ihn zu beruhigen. „Und was meinst du genau damit?“

„Sie konnte das auch“, stößt er aus. „Das Ding mit dem Efeu. Auch wenn es nur ein Versehen war, werde ich es nie vergessen: Sie hat die Pflanze auf mich losgejagt, als sie wütend darüber wurde, wie ich über deinen Großvater sprach. Sie hat mich bedroht! Bedroht mit dem Efeu!“ Sein Blick ist glasig. „Ich dachte, du wärest nicht wie sie. Aber ich habe mich getäuscht.“

Er weicht weiter vor mir zurück. Immer weiter.

„Du bist genauso verrückt wie sie!“

„Hast du dich deswegen nicht mehr zu Hause blicken lassen?“ Wenn meine Wut kurzzeitig gelähmt war, dann bricht sie nun über mir zusammen. Mein Vater antwortet nicht. Er starrt nur auf die Efeuranken. Sein Schweigen ist Antwort genug.

Ein letztes Mal hebt er den Blick und ich sehe nackte Angst. Auf dem Absatz macht er kehrt und verlässt den Saal.

„Wo willst du hin?“, rufe ich ihm hinterher.

„Weg von hier. Am besten für immer“, lautet die Antwort, die mir von den Wänden als Echo immer und immer wieder um die Ohren gefegt wird. Ich höre wie die Eingangstür zuschlägt, dann ist es still.

Die plötzliche Einsamkeit ist erdrückend. Die Stille nach dem Knallen der Tür ist laut und tosend. Sie dröhnt in meinen Ohren. Ich presse meine Hände darauf und verschließe die Augen. Nichts mehr hören, nichts mehr sehen - es hilft nicht. Kraftlos sinke ich auf meinem Stuhl zusammen und kauere dort wie ein kleines Kind.

Die Efeuranken beginnen von meinen Handgelenken aus zu wachsen. Der Prozess dauert nicht lange. Schnell hat sich die Pflanze über meinem ganzen Körper ausgebreitet. Sie spendet mir Trost und Wärme. Irgendwie fühlt es sich an wie zu Hause.

Als ich das Schulgebäude am nächsten Tag betrete, bin ich verdammt unpünktlich. Fast eine ganze Schulstunde zu spät.

Mit einem unguten Gefühl betrete ich den Klassenraum und bleibe stocksteif an der Tür stehen. Ich habe Angst, Flint entgegenzutreten. Ich habe Angst, die Kontrolle über den Efeu zu verlieren. Alle sehen mich an.

„Ivy?“ Die Lehrerin wirkt überrascht. „Fenja hat mir erzählt, du seist krank.“

Mein Blick huscht zu Fenja, die allein irgendwo in der Mitte des Raumes sitzt. Keine Spur von Flint. Als mein Blick zurück zur Lehrerin wandert, bleibt er an Rahen hängen. Mit undurchdringlicher Miene sieht sie mich an. Ob Elian ihr von gestern erzählt hat? Von Gordons Kuss, den ich nicht einmal gewollt habe?

Ihre Miene ist starr und lässt keinerlei Vermutungen zu. Sie schaut beinahe so ernst drein, als stünde der Weltuntergang bevor.

„Bist du nicht krank?“, wiederholt die Lehrerin.

„Mir geht’s schon wieder besser“, murmele ich und lasse mich neben Fenja auf dem freien Platz nieder. Was auch immer ich ihr in den letzten Wochen verschwiegen habe, sie ist meine beste Freundin. Sie hält immer zu mir, ist immer loyal. Sie hat ein Recht darauf, zu erfahren, was los ist.

Ich beschließe, sie in alles einzuweihen. So schnell wie möglich. Zwar habe ich mich in den letzten Tagen von ihr und Flint zurückgezogen, doch um keinen Preis will ich sie als beste Freundin verlieren. Sie ist immer für mich da gewesen. Da wird sie mir auch jetzt beistehen, in einer Zeit, in der ich mit niemandem sprechen kann oder darf. Über diese eine Regel der AoLBC werde ich allerdings hinwegsehen müssen.

„Wirklich alles okay mit dir?“ Fenjas Stirn legt sich in Falten. „Du warst die ganze letzte Woche so merkwürdig drauf und hast fast gar nicht mit uns gesprochen.“ Es ist ihr natürlich aufgefallen. Vermutlich kennt sie mich sogar besser als ich mich selbst.

„Frau Hartmann und Frau Schulze“, ermahnt uns die Lehrerin, die in die nächsten Lektüre einsteigen möchte.

„Später“, flüstere ich Fenja zu. „Ich erkläre dir alles, das schwöre ich. Aber lauf danach bitte nicht weg.“

„Frau Hartmann“, entrüstet sich die Lehrerin erneut.

Neben mir wird meine beste Freundin bereits ganz unruhig. Sie rutscht auf dem Stuhl hin und her. Warten war noch nie ihre Stärke. Damit kann man sie in den Wahnsinn treiben. Ich muss lächeln, denn ich beneide sie um diese ganz normale kleine Schwäche. Dann versuche ich mich den Rest der Doppelstunde auf den Unterricht zu konzentrieren.

„Warte. Was?“ Fenja schaut mich mit handtellergroßen Augen an. Was ich ihr gerade in aller Ausführlichkeit berichtet habe, muss sie scheinbar erst einmal verdauen.

Ich kann ihr nicht verübeln, dass sie mich für verrückt hält. Nach den ersten beiden Schulstunden habe ich sie in das Café geschleppt, in dem ich mit Elian gewesen bin. Kaum dass wir uns hingesetzt hatten, begann ich zu erzählen. Ich ließ nicht die winzigste Kleinigkeit aus. Dementsprechend wurden Fenjas Augen immer größer. Sie ist eine geduldige Zuhörerin, sie hat mich kein einziges Mal unterbrochen. Mich nur angesehen, als käme ich von einem anderen Stern und würde eine gänzlich fremde Sprache sprechen. Verstanden hat sie diese ganz offensichtlich trotzdem.

Nun sitzen wir zur Zeit der vierten Unterrichtsstunde noch immer hier. Unausgesprochen haben wir beschlossen, dass dieses Gespräch wichtiger ist als der Chemieunterricht.

„Das ist nicht wahr“, sagt sie und belässt es dabei. Ich kann beobachten, wie sich ihr erstaunter Gesichtsausdruck in Skepsis wandelt. Sie sitzt mir mit so viel Abstand gegenüber, wie es ihr als gerade noch angemessen erscheint. Ich bemerke natürlich trotzdem, dass sie aus Verunsicherung von mir abgerückt ist.

„Doch, ist es.“ Meine Stimme wackelt. Fenja zwirbelt nervös eine Locke zwischen den Fingerspitzen. Sie ist wie ausgewechselt. Jegliche Selbstsicherheit ist aus ihr gewichen. Offensichtlich ringt sie um Fassung.

„Wirklich sicher, dass alles bei dir in Ordnung ist? Wirkt gerade nämlich nicht so.“

Ich schnaube. „Ich habe dir gerade nichts als die Wahrheit erzählt. Mit allem drum und dran. Jetzt solltest du eigentlich wissen, was bei mir los ist.“

„Ivy“, sie stockt und lehnt sich etwas zurück, um mich mit mehr Distanz anzusehen. „Das ist mir eine Spur zu seltsam. Was du da erzählst ist komplett verrückt.“

Fenja sagt zwar nicht direkt, dass sie mich im Grunde genommen für verrückt hält, doch ich sehe es ihr an.

„Efeu, Existenzschwund, literarische Figuren in unserer Welt? Findest du das glaubwürdig? Wenn du mich fragst, ist das komplett besch-“

„Nicht so laut“, zische ich. Manche Cafégäste haben sich bereits zu uns herumgedreht. Gequält lächele ich in ihre Richtung, damit sie sich rasch wieder abwenden.

„Nicht so laut?“, wiederholt Fenja. „Ich mache mir Sorgen um dich! Aber offenbar willst du meine Hilfe gar nicht.“ Mit diesen Worten greift sie ihre Jacke und ihre Tasche und will sich am Tisch vorbeischieben.

„Stopp!“ Ich stehe auf, stelle mich ihr in den Weg. Das ist seltsam, aber mir fällt nichts anderes ein, um sie aufzuhalten, auch wenn wir nun die Aufmerksamkeit des gesamten Raumes haben.

Über ihre Schulter hinweg erhasche ich einen Blick auf einen Mann mit hochgeschlagenem Kragen und hochgezogener Sweatshirt-Kapuze. Okay, es ist verdammt kalt draußen, aber diese Aufmachung erscheint mir doch eine Spur zu merkwürdig. Ich kneife die Augen zusammen, weil mir trotz der Vermummung irgendetwas an ihm bekannt vorkommt.

„Geh zur Seite“, motzt Fenja, und ich löse meinen Blick von dem Mann. In ihren Augen erkenne ich Panik. So wie gestern Morgen bei meinem Vater. Ich balle die Hände zu Fäusten und nehme mir vor, alles anders zu machen. Richtig zu machen. Ich muss meine Aufruhr niederkämpfen, denn ich befürchte, der Efeu könne die Sache wieder selbst in die Hand nehmen.

„Ich kann dir beweisen, dass ich nicht gelogen habe“, verspreche ich.

Eine Weile schweigt meine beste Freundin. Dann sacken ihre Schultern nach unten. Sie seufzt. Die Tasche fällt auf den Boden, die Jacke gleitet ihr aus der Hand. „Du hast fünf Minuten“, lenkt sie ein, die Brauen noch immer vor Skepsis zusammengezogen.

Fünf Minuten. Das ist besser als gar nichts. Kraftlos sinke ich zurück auf meinen Platz. Wie soll ich ihr beweisen, dass ich nicht gelogen habe und dass alles gar nicht so verrückt ist wie es scheint?

Fenja rutscht auf ihrem Stuhl hin und her. Sie beäugt mich misstrauisch. Irgendwie möchte ich ihr Sicherheit geben. Instinktiv legt sich unter dem Tisch meine Hand über ihre, die sich augenblicklich verkrampft. Als etwas meine Finger kitzelt, schaue ich überrascht auf meine Hand hinunter. Winzige filigrane Efeuranken schlingen sich um mein Handgelenk und verbinden es mit Fenjas. Zunächst ist die Pflanze von einem unnatürlich grellen grün, dann wird sie immer heller. Bis sie schließlich in einem blassen Goldton glänzt und wie ein hübsches Armband ausschaut. Aus Angst, einer der anderen Cafébesucher könnte es sehen, lege ich meine andere Hand darüber.

Meine beste Freundin hat diesen Vorgang wie erstarrt beobachtet. Fast rechne ich damit, dass sie sofort aufspringen und weglaufen wird. Doch sie gibt weiterhin keinen Mucks von sich. Stocksteif sitzt sie da, ihre Finger verkrampfen unter der Berührung des Efeus.

„Okay“, haucht sie dann gedehnt. Sie wirkt verängstigt, gleichzeitig jedoch erleichtert. Zwei Gefühle, die nicht so recht zueinander passen wollen. „Damit habe ich nicht gerechnet.“

Ich ziehe meine Hand weg und der Efeu zerfällt zu Staub. Fenjas Blick folgt den einzelnen Goldpartikeln, in die sich das Armband auflöst.

„Das ist …“, beginnt sie, unterbricht sich allerdings gleich wieder selbst.

„Unglaublich und mega verrückt?“ Ich lache auf. Ein bisschen nervös, ob sie mir endlich glauben wird, bin ich noch immer. Doch sie nickt und tupft einen Finger in die dünne Schicht Goldstaub. Ungläubig schüttelt sie anschließend den Kopf.

„Ich habe doch schon immer gewusst, dass du was Besonderes bist, Ivy." Aus ihren hellen Augen mustert sie mich nachdenklich. Ein vorsichtiges Lächeln umspielt ihre Mundwinkel. Nun kann ich ebenfalls lachen und erleichtert feststellen, dass ich mich wirklich auf sie verlassen kann. Die zarte Efeuranke scheint etwas bei ihr bewirkt zu haben.

„Aber du hättest dich nicht so zurückziehen dürfen." Ihr Blick ist auf das Kuchenstück vor ihr gerichtet, das sie bisher noch nicht angerührt hat. „Mann, das ist echt cool, was du da draufhast." Unwillkürlich muss ich an den gestrigen Abend denken. Mir wird ganz anders. Gordon hätte ich mit dem Efeu beinahe ernsthaft verletzt. Ob meine Fähigkeiten also wirklich so cool sind, wie Fenja sagt, wage ich zu bezweifeln.

„Aber glauben kann ich das alles noch immer nicht. Ich meine, ich kann's nicht fassen. Wie verrückt ist das denn? Du bist die Nachfahrin einer literarischen Figur." Erneut schüttelt sie den Kopf, dass die dunklen Locken nur so fliegen. Dass sie ihre Zweifel noch nicht vollständig abstellen konnte, spüre ich dennoch.

„Aber die Sache mit Flint beunruhigt mich doch ein bisschen. Und wie er in Gedanken zu dir gesprochen haben soll ... oha", sagt sie hinter vorgehaltener Hand. „Das stelle ich mir ganz schön komisch vor. Es passt gar nicht zu ihm, dass er dir solche Angst gemacht hat", grübelt Fenja vor sich hin und widmet sich endlich ihrem Kuchen.

Darüber habe ich auch schon nachgedacht. Aber im Moment ist für mich wichtiger, dass es unglaublich gut getan hat, mit jemandem über diese Angelegenheiten zu sprechen, der nicht Mitglied der AoLBC ist. Lange sehe ich Fenja einfach nur an, bin dankbar, sie bei mir zu haben.

„Was ist los?“

Ich schüttele den Kopf. „Ich hatte so gehofft, dass du zu mir halten wirst. Danke. Und natürlich denke ich darüber nach, was Flint mir an diesem Tag in Gedanken gesagt hat.“ Verstohlen schaue ich mich um. Im Eifer des Gefechts habe ich gar nicht mehr darauf geachtet, dass niemand davon erfahren darf, dass ich jemand Außenstehendem von meinen Geheimnissen berichtet habe. Doch da fällt mir noch etwas zu Flint ein. „Er hat etwas Weiteres gesagt. So etwas wie, dass ich dich da raushalten soll. Weil du sonst auch noch mit reingezogen wirst.“

Fenja klatscht in die Hände. Weil sie dabei die Gabel in der einen Hand hat, verteilt sie Kuchenkrümel im Radius von einem halben Meter einmal um sich herum. „Au ja. Ich wäre wirklich gerne mit dabei.“

Schnell zische ich: „Psst! Nicht so laut!“

Flüsternd fährt sie fort: „Dann könntest du mir bei Gelegenheit endlich Elian so richtig vorstellen.“ Sie wackelt übertrieben mit den Augenbrauen. „Und du könntest mir zeigen, wer dieser Gordon ist, den du Freitag angegriffen hast. Und ...“

„Das ist nicht witzig“, gehe ich dazwischen, werde von Fenja jedoch mit einem bitterbösen Blick gestraft. Sofort halte ich den Mund und lasse sie weiterreden.

„Und falls es dir nichts ausmacht, könntest du mir diesen Zayn vorstellen. Vielleicht sprichst du bei ihm eine Empfehlung für mich aus.“ Rundum glücklich strahlt sie mich an.

Ich verdrehe die Augen. „Fenja, du solltest es wirklich ernster nehmen. Das ist echt. Das ist kein Film, bei dem man auf *Pause* drücken kann. Ich hatte gestern Morgen Angst vor mir selbst. Ich hatte mich absolut nicht mehr im Griff." Ich seufze.

Eine Pause entsteht, in der sie mir eine Hand auf den Arm legt und mich mitfühlend ansieht. „Ich weiß schon, warum ich nicht selbst so besonders sein möchte. Das wäre mir zu anstrengend, denke ich." Sie macht eine Pause. Ihr Blick wird versonnen. „Aber cool ist es trotzdem. Und verrückt", gibt sie zu.

Sie schiebt sich eine weitere Gabel Streuselkuchen in den Mund. Ich reiche ihr mein Stück, weil mir im Moment der Appetit vergangen ist und ich genau weiß, wie sehr sie Kuchen liebt. Als sie fertig ist, wischt sie sich die Finger an der Serviette ab, dann streicht sie sich die braunen Locken zurück. „Eigentlich ist es doch ganz einfach." Sie blickt auf einen Punkt knapp neben meinem rechten Ohr, genau auf die Eingangstür des Cafés. „Ihr müsst Isolde finden und ihr eine gehörige Gehirnwäsche verpassen, damit sie die anderen Figuren zurück in ihre Geschichten lässt und selbst auch zurückgeht. Und weil diese Figur vermutlich genauso wenig weiß wie ihr, wo sich die anderen literarischen Figuren aufhalten, müsst ihr die auch noch finden. Denn wie war das?" Sie legt die Stirn in Falten, sieht mich noch immer nicht direkt an. „Nur die jeweiligen Nachkommen können ihren literarischen Vorfahren zurück in die richtige Geschichte bringen?"

Ich nicke und denke an diese Erklärung zurück. Wenn ich Fenja darüber sprechen höre, klingt es ganz einfach. Aber das ist es nicht. Zwischen Fenjas Theorie und der komplizierten Praxis liegen Welten. Literarische Welten, in diesem Fall.

„Und du bist mir wirklich nicht mehr böse?"

Endlich wendet sie sich mir wieder zu. „Du weißt doch genau, dass ich dir nie länger als fünf Minuten böse sein kann. Solange du das nicht noch einmal mit mir machst, verzeihe ich dir. Aber Flint kann was erleben, das kann ich dir sagen."

In diesem Moment quietscht sie so unerwartet auf, dass ich zusammenzucke und mir den Musikantenknochen am Stuhl stoße.

„Was ist denn los?", zische ich und folge ihrem Blick, der wieder in Richtung des Eingangs gewandert ist.

„Er ist es doch", haucht sie atemlos.

„Wer?" Meine Augen suchen das Café ab, können aber niemand Bekannten entdecken. Warum auch immer, mein Blick bleibt an dem Mann mit dem hochgestellten Kragen hängen.

„Eben war ich mir nicht sicher, ob er es ist", flüstert sie viel zu laut. „Aber als er sich gerade noch einmal umgedreht und direkt zu uns rüber gesehen hat, da war ich mir sicher, dass er es ist."

„*Wer*, um Himmels willen?"

„Na, der Typ da vorne, der uns den Rücken zugewandt hat." Mit dem ausgestreckten Finger fuchtelt sie herum. Geradewegs deutet sie auf den Mann mit der Kapuze. „Ich habe ihn ja noch nicht so oft gesehen, aber ..."

Es könnte kein unpassenderer Moment sein. Elian dreht sich genau in dem Augenblick um, als Fenja noch immer mit der Hand umherfuchtelt und ich ihn mit großen Augen anstarre. *Peinlich*, ist das einzige, was mir dazu einfällt. Dann packt mich das schlechte Gewissen. Hat er etwas gehört? Weiß er, dass ich mein Wort gebrochen habe? Mir wird plötzlich ganz heiß.

Blitzschnell drehe ich mich von ihm weg. Wie gerne würde ich mich jetzt hinter der Lehne des Stuhls verstecken oder vor ihm auf die Toilette flüchten. Aber Fenja hält mich zurück.

„Nein, Fräulein. Du bleibst schön sitzen und wirst mit ihm reden." Streng misst sie mich mit Blicken.

„Er kommt hier hin?“, flüstere ich hysterisch. Ich beginne fürchterlich zu schwitzen. Natürlich habe ich meiner besten Freundin von meinem missglückten Kussversuch mit Elian berichtet. Ihr guter Rat war, nicht aufzugeben. Irgendwann werde er einsehen, dass ich ein ganz toller Mensch sei und so. Bei ihren Worten habe ich beinahe aufgelacht, weil diese Möglichkeit so absurd ist. Irgendetwas scheint er ja für mich zu empfinden. Ansonsten hätte er nicht behauptet, wie unglaublich wichtig ich ihm bin. Doch aus unerfindlichen Gründen zieht er es nicht in Betracht, seine Gefühle zuzulassen. Nun ja, eigentlich hat er mir schon einen Grund genannt. Aber Flüche lasse ich nicht gelten.

Fenjas Ratschläge helfen mir somit zum ersten Mal rein gar nicht weiter. Ich werde mir selbst etwas einfallen lassen müssen.

Langsam hebe ich den Blick. Zuerst sehe ich in Fenjas strahlendes Gesicht, das abwechselnd mich und Elian ansieht. Dann drehe ich meinen Kopf und schaue geradewegs in seine smaragdgrünen Augen.

Für einen kurzen Moment herrscht Stille an unserem Tisch. Es ist der Moment, bevor er vorwurfsvoll die Augenbrauen zusammenzieht und uns anstarrt. „Habt ihr keinen Unterricht?“

Fenja und ich wechseln fragende Blicke.

„Für uns ist der gerade ausgefallen“, erwidert sie schließlich. „Und du? Nichts Besseres zu tun, als uns zu beobachten?“

Er zuckt mit den Schultern.

„Ivy, könnten wir für einen Moment miteinander sprechen? Wirklich nur kurz“, schiebt er hinterher, als er sieht, wie sich meine Miene verdunkelt. Trotz unserer Streitereien habe ich mich zumindest sicher bei ihm gefühlt. Nun macht mir das plötzlich Angst. Nein. Ich muss mich korrigieren: Ich habe

Angst vor mir. Angst davor, dass ich ihn mit Efeu verletzen könnte, wenn ich mich zu sehr über ihn ärgern würde. Und irgendwo ist auch noch ein bisschen Angst, dass ich doch aufgeflogen bin.

Dennoch erhebe ich mich, schnappe mir meine Jacke und sage zu Fenja, dass ich schon einmal mit ihm nach draußen gehe. Sie versichert mir, in spätestens zehn Minuten nachzukommen. Dann lege ich noch etwas Geld auf den Tisch und folge Elian, der die Hände in den Taschen seiner Jacke vergraben hat.

Vor der Tür scheint die Sonne. Doch der nahende Frühling schafft es dieses Jahr nicht, mich glücklich zu stimmen. Angespannt stehe ich vor Elian.

Er fährt sich durch die Haare. „Hör bitte auf, so zu zappeln, das macht mich noch ganz verrückt“, sagt er und klingt dabei irgendwie traurig.

Augenblicklich halte ich still.

Ich blicke zu ihm hinauf, erwarte sehnsüchtig eine Entschuldigung oder eine Erklärung zu dem Fluch.

„Ich möchte dich um Verzeihung bitten. Niemals hätte ich dich so schnell verurteilen dürfen. Aber in dem Moment konnte ich einfach nicht anders“, erklärt er seinen gestrigen Ausbruch. Erwartungsvoll lächele ich ihn an. Nicht im Traum hätte ich daran gedacht, dass er sich so bei mir entschuldigt.

„Es war einfach eine saublöde Situation“, gebe ich niedergeschlagen zu. Die Hoffnung, die so plötzlich in mir aufkeimt, will ich noch nicht ersticken. Durch das Glas der Cafétür sehe ich, wie Fenja sich auf den Weg nach draußen macht. Sollte sie gleich dafür verantwortlich sein, dass wieder ein Kuss nicht zustande kommt, werde ich es ihr ein Leben lang vorhalten.

„Genau," stimmt Elian mir zu, greift vorsichtig nach meiner Hand und streichelt sie. Mein Herz stolpert einmal, bevor es sich wieder fängt und schneller als zuvor weiterschlägt. Zaghaft mache ich einen winzigen Schritt auf ihn zu, sehe mich schon in seinen Armen und ...

„Und deswegen wollte ich vorschlagen, dass wir einfach gute Freunde bleiben."

Fassungslos reiße ich meine Hand zurück. So schnell und schmerzerfüllt, als hätte ich mich gerade verbrannt. Meine Träume zerplatzen wie eine Seifenblase, die zu hoch in den Himmel aufgestiegen ist.

„Freunde", wiederhole ich mit brüchiger Stimme. „Das kannst du dir sparen."

Ich taumele von ihm weg und sehe, wie sich auch sein Gesicht betroffen verzieht. Was fällt ihm eigentlich ein? *Freunde*? Das ist mit Abstand das Schlimmste, was er hätte sagen können. Es ist ein mieses Gefühl, wenn einem das Herz so unvorbereitet aus der Brust gerissen und darauf herumgetrampelt wird. Das werde ich ihm nicht verzeihen. Niemals!

Fenja schließt die Tür des Cafés hinter sich. Betroffen blickt sie zwischen uns hin und her. Ja, ich habe mir dieses Gespräch auch anders vorgestellt.

Elian öffnet den Mund. Bevor er allerdings seinen unverschämten Worten noch etwas hinzufügen kann, drehe ich mich um und nehme Fenja an die Hand.

Nicht einen Blick werfe ich zurück. Das gönne ich ihm nicht.

20

„Ich hätte ihn nicht für so einen empathielosen Idioten gehalten, ganz ehrlich“, sagt Fenja, als ich auf der Mädchentoilette in Tränen ausbreche.

„Ich auch nicht“, gebe ich zwischen zwei Schluchzern zu.

„Um ehrlich zu sein, habe ich sogar kurz gedacht, er würde dich jeden Moment küssen.“

Das hätte sie besser nicht gesagt, denn diese Worte bringen nur noch mehr Tränen. Sie reicht mir ein frisches Taschentuch mit den Worten, dass er es nicht wert sei, dass ich so um ihn weine. Ich verstehe sie. Mich hingegen umso weniger. Wie hat er es nur geschafft, sich in dieser kurzen Zeit so sehr in meinem Herzen auszubreiten? Betrübt schnäuze ich in das Taschentuch und kontrolliere über einem der Waschbecken mein Aussehen im Spiegel. Fenjas und meine Blicke begegnen sich. Ich bin froh, dass ich ihr alles erzählt habe.

Nachdem wir die letzten Unterrichtsstunden besucht haben, verabschieden wir uns voneinander. Wir haben einiges zu erledigen. Mit einer Art Arbeitsteilung haben wir einen Plan verfasst. Fenja wird mit Flint telefonieren, um ihm unauffällig ein paar Informationen zu entlocken. Währenddessen werde ich mich endlich Mamas Dateien auf meinem Handy widmen.

Wir stehen bei unseren Rädern, wo sie mir noch einmal versichert, bei unserem besten Freund anzurufen. Bisher hat er uns noch immer kein Lebenszeichen gesendet. Schließlich schwinge ich mich auf mein Rad und düse nach Hause. Wie immer erwarten mich gähnende Leere und gespenstische Stille.

In der Küche angekommen bestelle ich mir ausnahmsweise keine Pizza, sondern greife nach einer Dose mit Tomatensauce und einer Packung Spaghetti. Ich fische mein Smartphone aus der Hosentasche hervor und rufe die erste Datei auf. Doch wie schon beim letzten Mal blicke ich auf eine leere weiße Seite. Die Datei ist leer. Verwirrt runzele ich die Stirn. Eine leere Datei, aber vierzehn Seiten? Das kommt mir doch recht verdächtig vor. Zur Sicherheit öffne ich die zweite Datei.

Auch leer.

Und das, obwohl sie sogar mehr als zwanzig Seiten umfasst. Ich raufe mir die Haare und strecke den Rücken durch.

Das Wasser im Topf schlägt blubbernd Blasen und ich schütte die Spaghetti rein. Einfach die ganze Packung. Ich habe keine Zeit zum Abmessen.

Ich tippe mich zurück zu der ersten Datei. Eine Weile starre ich die weißen Seiten an, scrolle herunter. Nur um zu sehen, dass auch alle übrigen Seiten weiß und leer sind. Einer Eingebung folgend tippe ich auf die Anzeige, die verrät, wie viele Worte die Datei umfasst.

3509 Wörter. In der Annahme, das Programm wolle mich gehörig verarschen, stoße ich ein paar Flüche aus.

Also noch einmal die zweite Datei. 9671 Wörter. Ich schüttele den Kopf, stütze ihn auf die freie Hand und überlege.

Ich stelle einen weiteren Topf auf den Herd und schütte die Tomatensauce hinein. Mit einem Kochlöffel rühre ich gedankenverloren darin herum. Mit der anderen Hand markiere ich alle vierzehn Seiten der ersten Datei und ändere die Schriftfarbe. Und tatsächlich: als ich die Schriftfarbe, die zuvor auf weiß gestellt war, auf schwarz ändere, erscheinen Buchstaben auf meinem Handydisplay.

Ich beuge mich vor, um die kleinen Buchstaben zu entziffern, doch dann fahre ich erschrocken zusammen. Der Kochlöffel entgleitet meinen Fingern und besprenkelt die Küche mit lauter roten Tomatenflecken. Und das alles nur, weil plötzlich ein Anruf eingeht. Bevor mir das Handy auch noch herunterfällt, greife ich es fester und nehme den Anruf entgegen.

„Ivy, du, irgendetwas muss passiert sein. Ich habe ein ganz komisches Gefühl", sprudelt es aus Fenja heraus, kaum, dass ich auf die grüne Hörertaste gedrückt habe. Ich muss nicht einmal nachfragen oder sie um weitere Erklärungen bitten. Sie redet bereits wie ein Wasserfall. Mir bleibt der Mund offenstehen, weil auch ich gerne mal zu Wort kommen würde. „Flint geht nicht an sein Handy. Es ist einfach ausgeschaltet. *Ausgeschaltet*, hörst du? Als ich bei ihm zu Hause angerufen habe, hat sein Vater behauptet, Flint sei heute Morgen ganz normal zur Schule gefahren." Sie nimmt sich die Zeit, kurz durchzuatmen.

„Na, auf jeden Fall hat er dann gefragt, ob denn etwas passiert sei. Aber ich habe ihm versichert, dass Flint heute natürlich in der Schule gewesen sei." Eine kurze Pause entsteht, in der ich mich nicht traue, etwas zu sagen. Also bleibt mein Mund offen. Als ich Fenjas Stimme das nächste Mal höre, ist diese ganz leise und besorgt.

„Ivy, ich habe Angst um ihn. Wir beide wissen genau, dass er heute nicht in der Schule war. Etwas muss ihm auf dem Weg dahin zugestoßen sein."

„Das ist wirklich sehr beunruhigend", sage ich.

Wir schweigen erneut.

„Hast du denn wenigstens etwas herausgefunden?"

„Wir hätten skypen sollen, findest du nicht?"

„Okay, aber das beantwortet meine Frage nicht, Ivy."

„Nein, ich habe noch nichts herausgefunden, bin aber gerade dabei. Lass uns gleich skypen."

„Ist gut", pflichtet sie mir bei, doch ihre Stimme klingt bedrückt. „Ich mache mir nur solche Sorgen um ihn."

Ich atme tief durch. „Ich mir doch auch. Aber ich verspreche dir, wir werden ihn finden."

Nachdem wir aufgelegt haben, widme ich mich wieder den Dokumenten meiner Mutter. Dabei geistern andauernd Gedanken an Flint in meinem Kopf herum. Um die kleinen Texte auf meinem Smartphone lesen zu können, muss ich die Schrift vergrößern. Die Sätze auf der Seite verrutschen immer wieder und ich brauche Zeit, bis ich den Text lesen kann.

Die Anzahl der Fragezeichen in meinem Kopf wird immer größer. Und das Gefühl, meine Mutter nicht ansatzweise gekannt zu haben, wächst zu einem schweren Stein in meinem Herzen heran.

Die Dokumente sind Emails, als Dokumente abgespeichert. Abwechselnd sind diese Briefe von meiner Mutter und von einem Mann. Ich kenne seinen Namen, kenne ihn sogar persönlich. Es ist Flints Vater. Doch ich will nicht begreifen, was da vor mir schwarz auf weiß geschrieben steht. Obwohl es deutlicher nicht sein könnte. Die beiden unterhalten sich über Flint und mich, über die AoLBC und darüber, dass die böse Isolde für das ganze Schlamassel verantwortlich ist. Mit einem Mal habe ich die Gewissheit, dass sie von allem wissen.

In der zweiten Datei geht es weiter mit Emails von und an Flints Vater. Insgesamt dauert dieser Emailkontakt ungefähr zwei Jahre und endet genau einen Tag vor Mamas Tod.

Mit jeder weiteren Zeile wird mir mehr und mehr bewusst, dass meine Mutter eine Art Doppelleben geführt hat. Ich sauge jedes einzelne Wort in mich auf, sodass ich keines vergessen werde. Doch die letzten Seiten überfliege ich nur, weil ich befürchte, dass mir ansonsten der Kopf platzt. Außerdem möchte ich so schnell wie möglich mit Fenja reden, um ihr mitzuteilen, was ich herausgefunden habe.

Aber was ist, wenn ein Gespräch über Skype zu unsicher ist? Jemand könnte mich abhören, mich gehackt haben.

Mein Blick fällt auf das museumsreife Telefon, das auf einem Tischchen wenige Meter von mir entfernt steht. Ein langes Kabel verschwindet dahinter. Ich meine mich daran zu erinnern, dass mein Großvater sich für vertrauliche Gespräche häufig ins Wohnzimmer zurückzieht. Also verlasse ich mich darauf, dass ein Gespräch über dieses Telefon ungefährlich ist.

Ich raffe mich auf, nehme den Hörer in die Hand und lege einen Finger an die Wahlscheibe. Kaum habe ich Fenjas Nummer gewählt, knackt es ein bisschen in der Leitung.

„Fenja Schulze“, meldet sie sich.

„Fenja, hier ist Ivy. Ich weiß nicht, ob es sicher genug ist, zu skypen und ...“

„Wie bitte? Ivy? Du, ich versteh dich ganz schlecht. Sag mal, von wo rufst du gerade an?“

Ich halte mir das Telefon näher an den Mund, damit meine Stimme lauter zu ihr durchkommt. „Von zu Hause. Ist so ein altes Telefon von meinem Großvater.“

Erneut knackt es in der Leitung. Mein Kopf brummt, mein Nacken schmerzt davon, dass ich so lange auf mein Smartphone gestiert habe. Mein Körper ist hundemüde, aber mein Geist ist hellwach, da plötzlich das Adrenalin in großen Mengen durch meine Adern strömt. Das ist irgendwie anstrengend.

„Und?“, fragt sie erwartungsvoll. „Was hast du herausgefunden?“ Ihre Stimme dringt gedämpft zu mir durch. Zusätzlich wird sie ständig von einem Knacken in der Leitung unterbrochen.

Unschlüssig druckse ich herum. Ist es wirklich die richtige Entscheidung, ihr von den Geheimnissen meiner Mutter zu berichten? Ich bin mir nicht sicher. Andererseits will ich um keinen Preis an meine Lügenserie anknüpfen. Heute Morgen habe ich ihr ohnehin alle Karten offen auf den Tisch gelegt. Und ich kann niemand anderem vertrauen. In der AoLBC stehe ich niemandem so nahe, dass ich ihn freiwillig einweihen würde. Meinen Vater werde ich vielleicht nicht wiedersehen. Mein bester Freund hat sich als ein Nachkomme einer literarischen Figur herausgestellt, und es hat nicht den Anschein, als würde er Fenja oder mir davon erzählen.

Bleibt nur noch mein Großvater. Der scheint zwar mehr zu wissen, als ich angenommen habe, doch vertrauen kann ich auch ihm nicht.

„Fenja, ich glaube, ich weiß, wo Flint ist“, sage ich schwerfällig. Trotz der schlechten Verbindung hat sie jedes Wort aufgeschnappt. Knackend wird ihre Antwort durch die Telefonleitung zu mir getragen.

„Wo?“

Ich zögere. „Ein Ort, an den er geht, wenn er nicht gefunden werden will.“

Emails:

13. 01. 2017

Lieber Denno,

Du hast mir geschrieben, dass sich bei Flint erste Anzeichen seiner Gabe bemerkbar machen. Bei Ivy ist mir noch nichts dergleichen aufgefallen. Ich traue mich nicht, ihr von ihrer Abstammung zu erzählen. Zu groß ist meine Angst, Isolde könnte sie finden. Aber auch Du musst aufpassen.

Du hast recht, wenn du schreibst, dass wir uns vor der AoLBC verstecken sollten. Ich traue den anderen Nachfahren genauso wenig wie Du. Auch Flint und Ivy dürfen dem Verein nicht beitreten. Das sollten wir verhindern. Lieber finden wir selber heraus, wie wir die literarische Welt retten können.

Schreib mir, sobald Du Zeit hast

Efeja

20.03.2017

Liebe Efeja,

genau wie Du denke ich jeden einzelnen Tag daran, wie sehr wir auf der Hut sein müssen. Ich habe die Lagerhalle 11 im alten Industriegebiet nochmal geprüft, und es ist nach wie vor der beste Ort, den ich finden konnte. Dort ist es sicher. Wir können uns nicht ewig verstecken. Das geht einfach nicht.

Die Anzeichen häufen sich, dass immer mehr literarische Werke zerfallen. Zwar langsam, aber sie zerfallen. Das bringt alles durcheinander. Es gibt mehr entführte literarische Figuren, als wir bislang angenommen hatten. Um die literarische Welt retten zu können, müssen wir weiterhin versuchen, die originalen Erstausgaben zu finden.

Findest Du nicht, es ist an der Zeit, Ivy in alles einzuweihen? Auch sie ist mittlerweile so alt, dass die Gabe bei ihr erwachen könnte.

Wenn sie nicht weiß, was mit ihr los ist, dann schwebt sie in Gefahr, ohne es zu wissen. Willst Du das wirklich verantworten? Du weißt, dass man sich vor der literarischen Welt nicht verstecken kann. Nicht als Nachkomme einer literarischen Figur. Sie sollte wenigstens den Ort kennen, an den wir uns zurückziehen können, sollte die AoLBC einen von uns aufspüren.

Denk darüber nach.

Denno

15.12.2017

Denno,

wie ich schon schrieb, möchte ich nicht, dass Du irgendjemandem oder gar Ivy selbst von ihrer Abstammung berichtest. Wenn, dann werde ich es tun. Jetzt ist es allerdings noch nicht an der Zeit. Vertrau mir.

Was ich außerdem herausgefunden habe: Der AoLBC sind nur acht Werke bekannt, die vom Existenzschwund betroffen sind, aber es gibt so viele mehr. Ich habe angefangen, die originalen Erstausgaben dieser übrigen Werke zu suchen. In der Bibliothek der Villa sammele ich sie. Anhand deiner und meiner eigenen Beobachtungen habe ich eine Liste erstellt, um welche Literatur es sich dabei handelt. Wenn wir beide suchen, dann werden wir schneller alle beisammenhaben.

Stell dir nur vor, mein Vater hat auf eigene Faust einige der betroffenen Bücher ersteigert und in der Bibliothek versteckt.

Ich kann es nicht glauben, aber er muss mehr wissen, als ich bisher angenommen hatte.

Das Schlimmste ist jedoch, dass ich herausgefunden habe, dass Isolde aufgewacht ist. Jemand muss sie geweckt haben. Wie und warum, das bleibt ein Rätsel.

Efeja

07.08.2018

Liebe Efeja,

seit wir herausgefunden haben, dass Deine Vorfahrin Isolde die unheilvolle Buchfigur ist, die alles ins Rollen gebracht hat, ist eine lange Zeit vergangen. Ich wage zu bezweifeln, dass wir uns weiterhin erfolgreich vor ihr verstecken können. Natürlich will ich Dich zu nichts drängen, aber Isolde ist gefährlich. Sie hat eine Art Instinkt, der sie früher oder später zu Dir und Ivy führen wird.

Ich mache mir Sorgen um Dich. Dieser Weg der Kommunikation ist so unpersönlich. Manchmal möchte ich einfach an der Villa klingeln und Dich in den Arm schließen. So wie früher. Aber das geht nicht, ich verstehe schon. Wenn wir zusammen sind, dann können uns sowohl die AoLBC als auch Isolde noch einfacher aufspüren.

In Liebe

Denno

10.09.2018

Denno,

es fällt mir schwer, davon zu berichten.

Aber es geschehen seltsame Dinge in meinem Umfeld. Ein Glück, dass sie nicht Ivy betreffen. Doch da sind Schatten, die mir auflauern, mich beobachten. Stimmen, die unheilvoll kichern. Und da sind die Efeuranken, die mich attackieren. Gestern hätte mich beinahe eine erwürgt.

Ich weiß nicht, was ich tun soll. Mich in meinem Zimmer einzuschließen und für Tage nicht mehr herauszukommen, schien mir die beste Lösung zu sein. Doch so langsam nagt es an mir. Ich bin verzweifelt und wenn das so weitergeht, dann werde ich noch wahnsinnig.

Ich traue mich nicht mehr vor die Tür. Ivy sieht mich an und versteht nicht, was mit ihrer Mutter los ist. Das macht mich ganz krank.

Dich jetzt treffen zu können, wäre ein Segen. Aber es geht nicht.

Efeja

21.09.2018

Liebe Efeja,

ich möchte dir sagen, dass du dich nicht so zurückziehen darfst. Klar, wir müssen vorsichtig sein, aber Du sollst nicht dein ganzes Leben wegwerfen.

Auch die letzten Bücher der Liste habe ich finden können. Frag mich lieber nicht, wo ich sie herhabe und wie ich daran gekommen bin. Ich weiß, dass dir die Antwort nicht gefallen würde. Nur so viel: in kultur-historischen Museen findet man so einiges

Ich werde sie Dir schicken, damit die Sammlung in der Bibliothek vollständig ist.

Das, was Du gerade durchstehst, muss furchtbar sein.

Denno

04.11.2018

Denno,

ich sitze in meinem Zimmer, die Tür ist abgeschlossen. Vorhin ist etwas Schreckliches geschehen. Ich habe mich mit meinem Mann gestritten. Heftig gestritten. Worum es ging, spielt keine Rolle.

Ich habe mich in letzter Zeit nicht im Griff. Was soll ich sagen. Meine Gedanken sind wirr, meine Gefühle völlig durcheinander. Ich hatte nicht den Hauch einer Chance, den Efeu aufzuhalten. Die Ranke schoss los und legte sich um seinen Hals. Er ging auf die Knie und rang um Atem. Er hatte Angst, nannte mich eine Hexe. Sein Geschrei im ganzen Haus war furchtbar laut. Ich kann von Glück sagen, dass mein Vater und Ivy nicht da waren.

Als ich es bewerkstelligen konnte, den Efeu zurückzuziehen, da hörte ich ein Kichern. Jemand lachte mich aus. Dieselbe Stimme, die mich immer auslacht.

Mein Mann rappelte sich auf, rannte davon. Vom Fenster aus habe ich ihn weglaufen sehen. An der Ecke hat er sich ein Taxi gerufen. Bis jetzt ist er nicht in die Villa zurückgekehrt.

Was ist, wenn Ivy später einmal dasselbe widerfährt? Was soll ich nur machen?

Efeja

„Fenja?“

Mucksmäuschenstill sitzt sie neben mir auf dem Sofa. Seit sie vor einer halben Stunde in Opas Villa angekommen ist, hat sie so gut wie kein Wort gesprochen. Sie ist viel zu sehr in die Emails vertieft.

„Was willst du jetzt tun?“ Fenjas Stimme klingt belegt.

„Die Liste“, beginne ich. „Sie könnte uns helfen, die literarische Welt wirklich zu retten. Aber sie ist schon mehr als drei Jahr alt, vielleicht gar nicht mehr aktuell“, gebe ich zu Bedenken. „Die AoLBC würden diese Informationen auf jeden Fall ein ganzes Stück weiterbringen.“

„Willst du denen denn die Dokumente geben?“, unterbricht Fenja meine Gedanken.

Ich lehne mich zurück und halte mir den dröhnenden Kopf.

„Es muss schließlich irgendeinen Sinn gehabt haben, wenn deine Mutter und Flints Vater dafür gesorgt haben, dass dieser Verein keinen von euch aufspüren konnte“, murmelt sie. „Immerhin ist Flints Vater auch der Nachkomme einer literarischen Figur.“

Ich denke daran, dass meine Mutter gestorben ist, bevor sie mir von alledem erzählen konnte. Mir wird ganz anders, wenn ich nur an ihren vermeintlichen Autounfall denke.

„Der Tod meiner Mutter war kein Unfall“, krächze ich. Okay, das ist eine ziemlich vage Vermutung. Doch ich erinnere mich nur zu gut an meinen eigenen Autounfall. Und an das fürchterliche Kichern danach. Dasselbe Kichern, das auch vom Kronleuchter kam. Wenige Sekunden bevor dieser abstürzte.

„Was?“ Fenja schnappt nach Luft. „Wie meinst du das?“

„Na, dass es eben kein Unfall gewesen sein kann. Jedenfalls kein ungewollter.“

„Sie hat sich selber umgebracht?“

Es aus Fenjas Mund zu hören, macht es nur noch schlimmer. Ich weiche ihrem Blick aus.

„Ich weiß es nicht“, gebe ich zu. „Oder es war ...“

„Isolde!“, schneidet mir Fenja das Wort ab. „Ihre eigene Vorfahrin.“

Müde fahre ich mir durch das Gesicht, möchte am liebsten allein sein. Ich befürchte allerdings, dass sich Isolde in einem der vielen Schatten herumtreiben könnte, weil sie gerade jetzt einen Schritt aus ihrer mysteriösen Zwischenwelt herauswagt.

„Es wäre zumindest eine Möglichkeit“, rudere ich zurück, da ich mir auf einmal gar nicht mehr so sicher mit meiner Vermutung bin. Vielleicht hat Mama ihr Doppelleben einfach nicht mehr ausgehalten und wollte niemandem, auch nicht sich selbst, weiter zur Last fallen. Besonders nach dem, was ihr mit Papa passiert war.

„Wenn Isolde deine Mutter umgebracht hat, dann müssen wir doch davon ausgehen, dass sie auch Interesse daran haben könnte, dir etwas anzutun“, flüstert meine beste Freundin und jagt mir damit einen Schauer über den Rücken.

„Entschuldigung, ich wollte dir auf keinen Fall Angst machen“, beteuert sie, als sie meinen Gesichtsausdruck sieht. „Und diese Werke von der Liste, die müssen doch noch irgendwo bei euch sein“, spricht sie übergangslos weiter.

Der von Papa und mir zusammengefegte Buchhaufen in der Bibliothek erscheint vor meinem geistigen Auge. Der Rest von Isoldes Verwüstung. Und auf einmal erscheinen mir die Worte meiner Mutter noch viel wichtiger, sie bekommen einen ganz neuen Sinn. Wenn in der Bibliothek meines Großvaters originale Erstausgaben gesammelt wurden, dann ...

Ich schließe die Augen. „Oder auch nicht. Isolde hat doch etliche Bücher zerrissen und in der ganzen Bibliothek verteilt." Meine Stimme wird ganz piepsig. Ich denke an die aus Efeu geschriebene Nachricht auf dem Boden der Bibliothek.

„Aber wirst du der AoLBC die Dateien deiner Mutter geben?" Fenja sieht mich aus großen Augen an und legt mein Handy neben sich, von dem sie die Briefe abgelesen hat.

Die Antwort fällt mir nicht schwer. Ich möchte nicht wie meine Mutter enden. Eingeschlossen in meinem Zimmer, in ständiger Angst vor einer übermächtigen Isolde. Ganz auf mich allein gestellt, weil ich mich vor dem Verein verstecke, der mir bei alledem helfen würde.

„Mir bleibt wohl nichts anderes übrig", murmele ich. Ich möchte mich schon verabschieden und danach sofort in mein Bett gehen, da fällt Fenja Flint wieder ein.

„Aber, Ivy. Mir ist es egal, ob Flint gefunden werden möchte oder nicht. Jemand muss ihn suchen", sagt sie mit kämpferischer Miene.

„Ich denke, dass wir nicht lange nach ihm suchen müssen", sage ich, denn ich weiß, dass sie sich ansonsten in Rage reden und so schnell nicht wieder damit aufhören wird. „Ich denke, ich kenne das Versteck. Es ist der Ort, den meine Mutter und Flints Vater für die Situation vorgesehen haben, sollte einer der beiden von der AoLBC ausfindig gemacht werden."

„Die Lagerhalle?" Fenja rutscht auf dem Sofa herum.

„Die Lagerhalle", nicke ich. „Im alten Gewerbegebiet. Da stehen zwar eine Menge davon, aber eine gehört wohl Flints Familie." Ich ziehe die Schultern hoch. „Aber ich weiß nicht, ob es eine gute Idee wäre, da jetzt allein hinzugehen. Mit dem

Rad brauchen wird bestimmt eine halbe Stunde. Wenn nicht sogar länger. Und ich will mir gar nicht vorstellen, was alles passieren könnte, wenn wir da allein hingehen ..."

„Wir müssen ja gar nicht allein da hin", grinst Fenja. „Die Dateien wolltest du dem Verein doch ohnehin geben. Da kannst du denen auch erzählen, wo sich Werthers Nachfahre befindet und ihnen Flint sozusagen auf dem Silbertablett servieren."

Ich verziehe das Gesicht. „Er ist unser bester Freund. Ich kann ihn nicht einfach ausliefern, wenn er nicht gefunden werden möchte."

„Aber ...", beginnt sie, doch ich schneide ihr das Wort ab.

„Wenn wir mit fremden Leuten da auftauchen, wird Flint bestimmt nicht aus seinem Versteck rauskommen. Und er wird uns ganz sicher nicht zur AoLBC folgen. Außerdem kannst du nicht mit. Die wissen doch gar nicht, dass ich dir alles erzählt habe, und das dürfen die auch nicht wissen."

„Aber du könntest beweisen, dass du deiner Rolle würdig bist. Rahen würde es bestimmt wütend machen, wenn sie erfährt, dass du Flint ausfindig gemacht hast und nicht sie selbst."

Das ist tatsächlich ein schlagendes Argument. Ich rolle mit den Augen, zucke mit den Schultern und grinse sie an. „Oh Mann. Ich mach's."

Triumphierend reckt Fenja ihre Arme. „Das ging ja schnell."

„Doch ganz bedingungslos läuft die Sache nicht. Du musst mir versprechen, dass du nicht auch zu der Lagerhalle fährst."

„Ich weiß ja nicht einmal, wo genau das ist. Am Ende spürt mich deine charmante Vorfahrin auf und erledigt mich. Darauf werde ich es nicht ankommen lassen. Und jetzt beeil dich." Sie wirft einen Blick aus dem Fenster hinaus. „Es wird schon langsam dunkel."

Ich kaue auf meiner Unterlippe. „Danke."

„Danke wofür?" Fenja legt den Kopf schief.

„Dass du mir hilfst. Ich kann mir keine bessere beste Freundin vorstellen."

„Ich mir auch nicht", flüstert sie mit plötzlich heiserer Stimme. Sie schließt mich fest in ihre Arme. „Du rufst jetzt deine Freunde beim Verein an und sagst ihnen, dass sie dich abholen sollen", wispert sie mir dann ins Ohr. „Und ich verschwinde ganz schnell von hier, damit sie nichts von unserem kleinen Geheimnis erfahren."

Mit einem schelmischen Grinsen löst sie sich von mir und läuft wie ein Wirbelwind aus dem Wohnzimmer. Vom Flur aus wirft sie mir mit der Hand einen Kuss zu. „Finde ihn, ja?"

Dann ist sie weg.

21

„Ivy? Was gibt's?"

„Ich weiß, wo Werthers Nachfahre sich aufhält", falle ich mit der Tür ins Haus.

Für einen Moment ist es still am anderen Ende der Leitung. „Kaito? Bist du noch dran?"

„Woher weißt du das?", meldet sich eine andere Stimme zu Wort. Dies lässt vermuten, dass Kaito die Lautsprechertaste betätigt hat. Dass aber ausgerechnet Elian mit mir spricht, wirft mich aus der Bahn.

„Ich weiß es einfach." Kurz zögere ich, doch dann steht mein Entschluss fest. Es bringt nichts, länger Geheimnisse vor ihnen zu bewahren. Vor allem, weil es auch sie etwas angeht. „Es gibt eine Liste meiner Mutter, auf der noch viel mehr Bücher stehen, die vom Existenzschwund betroffen sind." Ich spreche schnell weiter, warte ihre Reaktionen nicht ab. „Meine Mutter und Flints Vater haben sich bewusst vor dem Verein versteckt gehalten. Ich habe die Dateien gefunden, in denen sie darüber schreiben, wo ihr Versteck für Notfälle ist. Flint muss dort sein. Aber ohne euch kann ich ihn nicht holen", gebe ich widerwillig zu. „Ich geh da nicht allein hin."

„Du kannst ruhig sagen, dass Flint dir Bescheid gegeben hat. Er ist dein bester Freund." Rahen ist also auch da.

„Er hat mir nichts erzählt!" Empört schnappe ich nach Luft. Eigentlich sollte es mich nicht überraschen, dass sie mir vor den anderen in den Rücken fällt. „Er ist heute, wie du sicherlich mitbekommen hast, nicht einmal in der Schule gewesen. Und ohne die Dateien meiner Mutter hätten wir noch immer keinen Hinweis auf Flints Versteck", erwidere ich patziger als beabsichtigt. Dann ist es still.

Ich nutze ihr Schweigen für weitere Anweisungen: „Ich erwarte euch in zehn Minuten mit einem Auto vor der Villa meines Großvaters. Wenn ihr mein Vertrauen wollt, dann müsst ihr erst mir vertrauen."

Genau zehn Minuten später stehe ich draußen und warte auf die anderen. Ich muss zugeben, dass ich ein bisschen gespannt bin, wer von ihnen kommen wird.

Kaum stehe ich an der Straße, sehe ich die Scheinwerfer. Elians Wagen fährt vor und mir rutscht das Herz in die Hose. Ich lasse mich neben Kaito auf die Rückbank sinken. Ich lächele ihn an. Vor uns sitzen Elian und Rahen.

Über den Rückspiegel sucht Elian meinen Blick. „Du sagst, wo es langgeht."

„Ins alte Gewerbegebiet", erkläre ich und dann geht es los.

Als wir das Gewerbegebiet erreichen, gebe ich die Adresse der leerstehenden Fabrikhalle in mein Handy ein und erhalte die genaue Route. Mittlerweile ist es Nacht und so langsam bekomme ich das Gefühl, paranoid zu werden. In jedem Schatten und hinter jeder Hausecke vermute ich eine Gefahr. Ich bin heilfroh, dass ich nicht allein hier bin. Was mich nur darin bestärkt, dass es die richtige Entscheidung war, die AoLBC einzuweihen.

Dennoch fehlt mir noch ein Detail, um alles verstehen zu können. Außerdem weiß ich nicht, inwiefern uns die neuen Informationen weiterhelfen werden. Selbst wenn wir die Zusammenhänge nun verstehen, wissen wir nicht, ob es gut für uns ausgeht, denn wir wissen immer noch nicht, wo die literarischen Figuren sind. Es ist dasselbe Gefühl, als würde ich die letzte Folge meiner Lieblingsserie nicht kennen. Alles, was ich bisher getan habe, erscheint sinnlos, weil das Ende nur ein schwammiges Gebilde zwischen Hoffnung und Angst ist.

„Stopp", sage ich in diesem Moment. Wir haben die gesuchte Lagerhalle erreicht. Trotz der nächtlichen Dunkelheit um uns herum, kann man im Scheinwerferlicht des Autos die vielen Lagerhallen erkennen, die entlang der Straße nebeneinander stehen. Eine sieht aus wie die andere. Die Gegend ist kahl, irgendwie trostlos. Auf einmal schlägt mir das Herz bis zum Hals. Habe ich wirklich die richtige Entscheidung getroffen? Oder ist es ein mieser Verrat an meinem besten Freund?

„Okay", ich atme durch. „Ich gehe da jetzt rein und suche ihn. Einer von euch sollte ebenfalls mitkommen, sich aber im Hintergrund halten und ihm keine Angst machen. Am besten jemand, der ihm nicht völlig fremd ist." Bei diesen Worten bleibt mein Blick an Rahen hängen. Zu meiner Überraschung sieht sie mich mit ernster Miene an und nickt. „Ich mache das."

Ich nicke zurück, und es fühlt sich ein wenig so an, wie die Besiegelung eines Pakts. „Wenn wir ihn überzeugt haben, dass es nichts bringt, sich vor uns zu verstecken, sondern, dass er unsere Hilfe braucht, dann kommen wir mit ihm raus."

„Solltet ihr länger als eine halbe Stunde weg sein, kommen wir rein", sagt Elian und sieht mir dabei direkt in die Augen.

„Gut." Wieder nicke ich.

Noch einmal sehen wir uns alle an. Die Sache ist somit beschlossen.

Rahen und ich steigen aus dem Wagen. In meiner Jackentasche taste ich nach der kleinen Taschenlampe, die ich zu Hause eingesteckt habe. Ich knipse sie an und nicke Rahen zu, die vor mir das Grundstück betritt. Darauf steht nur eine einzige große Halle, beschriftet mit der Nummer 11.

Vor einer Tür bleiben wir stehen. Rahen drückt die Klinke herunter und ruckelt daran. Vergeblich. Ich überlege, ob ich zurück zum Auto laufen und Kaito, den Einbrecherkünstler der Gruppe, holen soll. Da schüttelt Rahen den Kopf, als habe sie mir meine Gedanken angesehen. Zwar weiß ich nicht, wie sie das Gebäude ansonsten betreten möchte, doch ich bleibe stehen. Dann verändert sie sich plötzlich.

Ich muss mich anstrengen, um nicht aufzuschreien, als das blonde Mädchen vor mir immer kleiner wird und in sich zusammenschrumpft. Die Hände vor den Mund gepresst starre ich sie an. Dann kann ich sie nicht mehr sehen. Vor mir liegt nur noch ein Haufen mit ihren Klamotten, die ganz offensichtlich nicht mitgeschrumpft sind.

Vermutlich lachen sich Elian und Kaito im Auto gerade schlapp. Da entdecke ich sie wieder. Im Schein meiner Taschenlampe eilt eine winzige Rahen auf die im Verhältnis riesige Tür zu und klettert unter dem Türspalt hindurch. Keine Minute später steht sie wieder vor mir. So groß wie zuvor. Ein triumphierendes Lächeln auf den Lippen. Und splitterfasernackt.

Rasch senke ich den Blick. Ich bin wirklich nicht prüde oder so, aber es ist mir trotzdem unangenehm.

„Stell dich nicht so an, Ivy." Rahen wirft sich die Haare über die Schulter, dann deutet sie auf den Haufen Klamotten hinter mir. „Aber die könntest du mir trotzdem geben."

„Klar doch." Mit Sicherheit sind meine Wangen feuerrot, als ich ihr ein Kleidungsstück nach dem nächsten reiche, damit sie hineinschlüpfen kann. Ein Glück, dass man das im Dunkeln nicht sehen kann. Meine roten Wangen *und* die halbnackte Rahen, die sich gerade den Pulli überstreift und dann ihre Schuhe zubindet. Sie sagt: „Wir haben übrigens Glück gehabt, der Schlüssel steckte von innen", dann dreht sie sich um und winkt mich auffordernd zu sich heran. Noch immer sprachlos über ihre Gabe folge ich ihr. Mit der Taschenlampe beleuchte ich den Flur vor uns.

„Machst du sowas häufiger?", frage ich.

Achselzuckend erwidert sie: „Immer, wenn es nötig ist. Aber ich kann mich nicht nur beliebig klein, sondern auch beliebig groß machen." Obwohl sie so tut, als sei das etwas ganz Normales, höre ich, wie stolz sie ist.

„So wie die echte Alice", murmele ich überflüssigerweise und eigentlich mehr zu mir selbst.

„Nur, dass meine Kleidung nicht mitwächst."

Erinnere mich bloß nicht daran, denke ich. Sie hätte mich ja wenigstens vorwarnen können.

Am Ende des Ganges betreten wir einen riesigen Raum, der komplett leer steht. Es ist außerdem der einzige Raum, den wir gefunden haben. Einen Keller gibt es augenscheinlich nicht, weshalb Flint sich logischerweise hier aufhalten müsste. Habe ich mich geirrt?

Unsere Schritte wirbeln Staub auf, der vom Lichtkegel der Taschenlampe eingefangen wird. Rahen niest leise.

Aus einer der dunklen Ecken höre ich ein leises Rascheln. Hätte ich nicht so konzentriert auf meine Umgebung geachtet, hätte ich es wahrscheinlich überhört.

„Flint?", rufe ich klar und deutlich, damit er nachher nicht sagen kann, er hätte mich nicht gehört.

Stille.

„Ich weiß, dass du hier bist", rede ich weiter. „Du bist Werthers Nachfahre und versteckst dich hier vor der AoLBC. Aber das sind die einzigen Menschen, die dir wirklich helfen können. Wenn du dich vor uns versteckst, bist du ganz auf dich allein gestellt. Niemand kann dir dann helfen."

Wieder Stille.

Es macht mir Angst. *Da ist doch jemand*!

Ich taste nach Rahens Arm, klammere mich daran fest, bis sie mir ihre Hand reicht. Es tut erstaunlich gut, sie bei mir zu wissen. Am liebsten würde ich meine Gabe einsetzen. Ich könnte die Taschenlampe mit Efeuranken weiter in die Ecke bewegen, aus der ich ein Geräusch gehört habe. Nur, um zu sehen, ob dort tatsächlich jemand ist, oder ich mir alles nur eingebildet habe. Und wenn dort jemand ist, herauszufinden, ob Gefahr von ihm ausgeht. Vielleicht ist es ja auch nur eine verirrte Katze. Aber das glaube ich nicht.

„Flint, jetzt komm schon. Wir wollen dir helfen, nichts anderes", bitte ich. „Du weißt, dass du mir vertrauen kannst."

„Nein!", ertönt es aus einer ganz anderen Ecke. Rahen und ich fahren herum.

„Sie hat ihn umgebracht!" Flints Stimme, die ich sofort erkannt habe, klingt so, als habe er vor kurzer Zeit erst geweint.

„Wer hat wen umgebracht?“, gebe ich zurück und leuchte in die Richtung seiner Stimme.

Flint tritt in den Lichtkegel meiner Taschenlampe. Das Licht ist ein bisschen schwächer geworden. Vielleicht, weil die Batterie ihren Geist aufgibt. Hoffentlich nicht so bald.

Ich betrachte meinen besten Freund. Vor allem fällt mir seine schmuddelige Kleidung auf. Die Jeans ist an den Knien aufgerissen. Es sieht aus, als sei er hingefallen und habe sich dabei die Hose zerrissen. Das Haar hängt ihm strähnig in die Stirn. An seinen Schuhen hängt Staub und Dreck. Ein paar Meter hinter ihm erkenne ich seinen Rucksack. Daneben stehen eine geöffnete Konservendose und eine Flasche Wasser. Schließlich bleibt mein Blick jedoch an etwas ganz anderem haften. In seinen zitternden Händen hält Flint ein dünnes Heft, das zerfällt, je fester er es umklammert. Auf seinem Gesicht zeichnet sich Wut ab. Zu meinem Entsetzen stelle ich fest, dass diese Wut einzig und allein mir gilt.

„Wer hat wen umgebracht?“, wiederhole ich noch einmal. Doch darauf geht er gar nicht ein.

„Du bist nicht allein“, stellt er fest und beugt sich vor, um im Gegenlicht zu erkennen, wer da neben mir steht.

„Nein“, stammele ich.

„Wer ist da bei dir?“, fordert er harsch.

In diesem Moment erkenne ich ihn kaum wieder. Mein bester Freund, mit dem ich meine Kindheit verbracht und allerlei Dummheiten angestellt habe, hat plötzlich das Gesicht eines Fremden.

„Ich bin’s“, sagt Rahen und stellt sich ihrerseits ins schwächelnde Licht.

„Du“, knurrt er. Dabei sieht er aus, als würde er jeden Moment auf uns beide losgehen. Ich zucke zurück. Dann schießt sein Blick wieder zu mir herüber. „Mein Vater hat mir alles über dich erzählt. Erst vor wenigen Tagen. Du stammst von dieser zerstörerischen Kreatur ab.“

So hätte ich es nicht formuliert, aber ich traue mich nicht, ihm das ins Gesicht zu sagen.

„Hör mal“, versuche ich es noch einmal. „Ja, ich stamme von der bösen Isolde ab, aber ich möchte sie genau wie du besiegen. Wir ...“

„Werther ist tot.“

Wie ein Vorhang fällt alle Hoffnung von mir ab. Damit habe ich nicht gerechnet. Neben mir zieht Rahen scharf die Luft ein. Ich folge ihrem Blick, der auf das dünne zerfledderte Heft gerichtet ist, und verstehe.

Es ist eine Ausgabe von ‚Die Leiden des jungen Werther‘. Offensichtlich frisst der Existenzschwund es gerade auf.

„Woher willst du das wissen?“, schaltet sich Rahen ein. Ihr Blick flackert zu mir herüber. „Aber Ivy kann es nicht gewesen sein.“ Das kommt unerwartet. Bislang hatte sie mir immer nur schaden wollen.

„Das habe ich doch auch gar nicht behauptet. Aber sie stammt von der bösen Isolde ab. Und die hat Werther umgebracht. Ich habe es mit eigenen Augen gesehen!“, ereifert er sich immer mehr.

„Moment! Was sagst du da? Mit eigenen Augen gesehen?“ Ich wechsele einen Blick mit Rahen. „Du hast Werther gefunden?“

„Ja, und wenn nicht in dem Moment diese böse Hexe aufgetaucht wäre, dann würde er jetzt noch leben. Dann hätte ich ihn in Sicherheit bringen können.“

„Du hast also gesehen, wie Isolde Werther umgebracht hat?“

Flint nickt. Dann wedelt er träge mit einer Hand herum und sagt: „Er liegt da hinten. Sie hat ihn einfach im Schlaf erstochen.“

„Wo liegt er?“, fragt Rahen nach. Flint zeigt noch einmal in die Richtung einer der düsteren Ecken. Rahen setzt sich in Bewegung, was ich ihr hoch anrechne. Doch als sie an besagter Stelle steht, blickt sie mich über die Schulter an und schüttelt den Kopf. „Da liegt nichts mehr.“ Sie kniet nieder und drückt ihren Finger in etwas, das auf dem Boden liegt. „Hier ist nur ein Häufchen Goldstaub.“

„Er hat sich aufgelöst“, stammelt Flint.

Rahen richtet sich auf, wirft ihre blondierten Haare zurück und funkelt ihn böse an. „Gerade, wenn du gesehen hast, wie Isolde ihn umgebracht hast, solltest du doch einsehen, dass es dir nichts bringt, dich zu verstecken. Warum überhaupt? Wir können dir helfen, denn wir haben das gleiche Ziel: die literarische Welt zu retten und alle literarischen Figuren zurück in ihre Geschichten zu bringen.“

Ihre Worte scheinen etwas in ihm zu bewirken. Die Wut weicht aus seinem Blick. Langsam gleitet das Heft aus seiner Hand und zerfällt vollends zu Staub. Mit hängenden Schultern steht er wie ein Häufchen Elend da und hat niemanden, der ihn trösten könnte.

Ich fühle mich noch immer ein wenig gelähmt. Trotzdem nutze ich die Gelegenheit, in der er so wehrlos vor mir steht und eile auf ihn zu. Als ich ihn in meine Arme schließe, sinkt er gegen mich.

„Ich würde niemals etwas tun, was dir schadet. Ich bin nicht wie *sie*“, flüstere ich ihm zu.

Er zuckt ein wenig zurück, doch ich halte ihn fest und weiß, dass ich ihn so schnell nicht wieder loslassen werde.

„Mein Vater und deine Mutter haben alles getan, um unentdeckt zu bleiben", erinnert er mich mit einem letzten Rest Widerstand.

„Das weiß ich, aber doch nur, weil sie Angst hatten, dass Isolde sie einfacher finden könnte, sollten sie sich dem Verein anschließen. Es hatte keinen Sinn. Zusammen, und nur zusammen, sind die Nachfahren stark. Nur gemeinsam können wir gegen Isolde und ihre finsteren Pläne bestehen." Ich schüttele den Kopf. „Die anderen Nachfahren wollen uns beschützen."

Wie kann ich sichergehen, dass ich euch vertrauen kann, ertönt es mit einem Mal so laut in meinem Kopf, dass ich mir am liebsten die Ohren zugehalten hätte. Er kann also tatsächlich in Gedanken zu mir sprechen. Funktioniert es so wie Telepathie?

Plötzlich sackt Flint in sich zusammen. Sein Gewicht reißt mich mit zu Boden. Dann liege ich da, wie ein Käfer auf dem Rücken. Flint liegt reglos neben mir. Schnell rappele ich mich auf, spreche ihn an und tätschele seine Wange, doch er reagiert nicht. Er ist bewusstlos.

„Was ist mit ihm?", fragt Rahen.

„Ich weiß nicht. Er ist einfach umgekippt." Hilflos blicke ich auf ihn hinab.

„Hilf mir mal", sagt Rahen, die sich neben Flint kniet. Die Taschenlampe, die ich anscheinend habe fallen lassen, hält sie in der Hand. Mit meiner Hilfe schlingen wir uns jede einen von Flints Armen um die Schulter, um ihn zum Auto und zu den Jungs zu bringen.

„Meinst du, wir konnten ihn überzeugen?", fragt sie, was ich angesichts der Situation etwas unpassend finde, antworte ihr aber trotzdem.

„Ja, das konnten wir", murmele ich. Vielleicht, um sie zu beruhigen, vor allem aber, um mich selbst davon zu überzeugen, dass es so ist. Ich sehe Rahen an, dass sie sich fragt, weshalb ich mir da so sicher bin. Aber sie spricht es nicht aus.

Sobald wir hinaus auf die Straße treten und die Tür hinter uns abgeschlossen haben, winkt sie in Richtung des Autos.

Den Rest des Abends nehme ich nur noch in Zeitraffer wahr:

Wir platzieren Flint auf der Rückbank neben Kaito und mir. Ich bin nicht ansprechbar, so schwindelig ist mir auf einmal.

Elian fährt, Kaito wirft jedem von uns besorgte Blicke zu. Ich selbst sitze wie eine Puppe neben ihm und starre nur geradeaus.

Wir fahren zum nächsten Krankenhaus, schaffen Flint in die Notaufnahme und sitzen dann für eine unbestimmte Dauer im Wartezimmer.

Die anderen drei unterhalten sich angeregt. Sie vermuten, dass Flints Zustand etwas mit dem Tod seines literarischen Vorfahren zu tun hat. Vielleicht auch mit dem, in seinem Fall, unnormal fortgeschrittenen Existenzschwund.

Ihre Stimmen rauschen in meinen Ohren. So weit weg, als würde ich mich unter Wasser befinden oder als hätte ich Watte in den Ohren.

Irgendwann werden wir aus dem Wartezimmer gescheucht, mit nichts weiterem als der Versicherung, dass sich um Flint gekümmert würde.

22

Am nächsten Morgen wache ich mit unglaublichen Kopfschmerzen in meinem eigenen Zimmer auf. Kaito hat mich heute Nacht die Treppe hochtragen müssen, so müde war ich.

Ich rufe im Sekretariat der Schule an, dann bei Fenja, der ich in der Kurzfassung alles über den gestrigen Tag berichte. „In der Schule verpasst du sowieso nichts. Herr Meier wird uns nachher wieder seinen einstündigen Monolog über die Jugend von heute halten, so wie jeden Dienstag. Nichts Neues also“, beruhigt sie mich und rät mir, mich heute mal so richtig auszuruhen und mir bloß nicht zu viele Gedanken zu machen.

Danach dusche ich eiskalt, um endlich wach zu werden und die Kopfschmerzen loszuwerden.

In eine Sportleggins und einen dicken Pullover gehüllt gehe ich zurück in mein Zimmer. Auf meinem Handy rufe ich die Liste auf, von der ich gestern in Mamas Briefen gelesen habe. Sie umfasst rund siebzig Werke, darunter auch die acht, die dem Verein bekannt sind.

Anschließend steige ich die Treppe hinunter, gehe in die Bibliothek und blicke mich um. Warum nur verspürt Isolde einen solchen Hass auf die literarische Welt, dass sie versucht, sie für alle Zeiten auszulöschen?

Schlagartig wird mir bewusst, dass die Antwort auf diese Frage das entscheidende Detail ist, nach dem ich gestern gesucht habe. Nur wenn ich es kenne, werde ich die Zusammenhänge von allen neugewonnenen Informationen verstehen können.

Kurz entschlossen wähle ich Kaitos Nummer, doch er geht nicht an sein Handy. Vermutlich sitzt er im Unterricht. Also quassele ich ihm auf die Mailbox.

„Hi, Kaito. Gestern habe ich euch von der Liste mit den literarischen Werken erzählt. Hast du Lust, vorbeizukommen und mir beim Suchen zu helfen?“

Einen Augenblick halte ich das Smartphone noch in der Hand, bevor ich mich sammele und den Büchern widme. Wenn mein Großvater heute wiederkommt, müssen sie bei der AoLBC in Sicherheit sein. Allerdings weiß ich nicht, wo ich mit der Suche anfangen soll. Es sind einfach zu viele.

Seufzend greife ich nach dem ersten Einband, der nicht völlig zerrissen ist, und kontrolliere den Titel: „Gedichte des 17. Jahrhunderts“. Okay, das war wohl nichts. Wäre auch zu schön gewesen, hätte ich sofort ein Buch der Liste gefunden. Vorsichtig lege ich es zur Seite. Nacheinander halte ich verschiedene Sachbücher, Kunstbände oder Geschichtsbücher in den Händen. Die Klassiker, nach denen ich suche, wollen sich einfach nicht finden lassen.

Nach zwei Stunden Arbeit habe ich noch keinen einzigen Erfolg verbuchen können. Zu meiner Linken türmen sich Bücher, Kataloge und Sammlungen, die nichts mit der Liste zu tun haben. Mein Rücken und die Schultern schmerzen, ich habe Hunger. Vor allem aber habe ich ein ganz mieses Gefühl, das mir beharrlich einreden will, dass Isolde alle wichtigen Bücher bereits mitgenommen hat.

Erst als es klingelt, unterbreche ich meine Suche und reibe mir auf dem Weg zur Haustür den Rücken. Es ist Kaito.

Erleichtert, dass er endlich gekommen ist, falle ich ihm um den Hals. Etwas überfordert tätschelt er mir die Schulter.

„Hat jemand etwas von Flint gehört?“, nuschele ich in seine Halsbeuge.

„Flint ist noch immer im Krankenhaus. Dir Ärzte müssen sicherstellen, dass sich sein Zustand nicht verschlechtert. Aber im Moment sieht es gut aus“, berichtet er und schenkt mir damit genau die Erleichterung, nach der ich mich gesehnt habe.

„Wie bist du an die Informationen gekommen?“ Ich löse mich ein Stück von ihm, um ihm ins Gesicht sehen zu können.

„Rahen hat sich geschrumpft und Mäuschen im Krankenhaus gespielt. So hat sie das herausfinden können, als der Arzt mit Flints Eltern sprach.“ Im Gegensatz zu seinen positiven Worten verdunkelt sich Kaitos Miene. „Er hatte einen Kreislaufzusammenbruch. Aber keiner der Ärzte kann sich erklären, warum es dazu gekommen ist.“

Mein Herz stolpert und setzt einen Schlag aus. Ich kann nur hoffen, dass Flint sich schnell erholt.

Bei dem Versuch zu lächeln, ziehe ich eine Grimasse.

Wir müssen etwas gegen Isoldes Wahnsinn unternehmen! Der Tatendrang packt mich.

Über die Schulter erkläre ich Kaito, dass ich die Liste nochmal ausdrucke, damit die Suche effizienter wird. Nach zehn Minuten komme ich in die Bibliothek zurück und staune nicht schlecht, als Kaito mir ein Buch präsentiert.

Die Erzählungen aus 1001 Nacht.

„Du bist super!“, rufe ich mit großen Augen.

„Nun ja." Etwas verlegen zuckt er die Schultern. Dann blickt er mich zufrieden an. „Da hast du wohl recht."

Ich händige ihm eine der zwei ausgedruckten Listen aus und wir haken beide das gefundene Buch ab. „Wo hast du es gefunden?" Wo eines war, können auch die anderen sein, schießt es mir durch den Kopf.

Mit ausgestrecktem Finger zeigt er auf die oberste Regalreihe zu unserer Rechten. Von hier unten lassen sich die Buchtitel jedoch nicht ansatzweise entziffern.

„Du könntest den Buchhaufen dort hinten weiter unter die Lupe nehmen", schlage ich vor.

„Und was machst du?" Er grinst. „Endlich ausschlafen? Du siehst ganz schön fertig aus."

„Haha", erwidere ich und verdrehe die Augen. „Ich könnte in den Regalen daneben suchen. Vielleicht ist es kein Zufall gewesen, dass dieses Buch ganz oben im Regal stand." Ich deute auf die *Erzählungen aus 1001 Nacht*.

„Geht klar."

Wir nicken einander zu, dann machen wir uns an die Arbeit.

Ich schnappe mir eine der Regalleitern, denn die Reihen, an die ich ohne Leiter gekommen wäre, sind von Isolde komplett leergefegt worden.

Einige Titel habe ich mir bereits merken können. Dennoch gucke ich zur Sicherheit immer wieder die verschiedenen Namen an, gehe Reihe für Reihe durch und streiche über jeden der verstaubten Buchrücken. Das Problem ist, dass die Werke in dieser Bibliothek weder alphabetisch noch nach Themengebieten sortiert sind.

„So langsam habe ich das Gefühl, dass ich völlig ungeeignet

für diese Suche bin“, lache ich, als Kaito schon das zehnte Buch für diesen Nachmittag gefunden hat.

„Quatsch.“ Er greift sich einen der Schokoriegel, die ich vorhin aus dem Vorratsraum geholt habe und verputzt ihn. „Ich glaube wirklich, dass das eher Glück ist.“ Er dreht sich um und guckt auf den Buchhaufen, den er heute komplett durchsucht hat. „Wenn du magst, dann helfe ich dir noch bei ein paar Regalreihen.“

Ich nicke, als mich mit einem Mal die Müdigkeit überkommt und ich mir gähnend eine Hand vor den Mund halte. „Aber wirklich nur ein paar. Wir könnten die linke Seite der Regale heute noch fertig machen. Beim nächsten Mal nehmen wir uns die rechte Seite vor, was hältst du davon?“

Kaito nickt, schnappt sich noch einen Riegel und begibt sich erneut auf die Suche. Schon nach wenigen Minuten stößt er einen triumphierenden Ruf aus und kommt mit dem nächsten Buch auf mich zugelaufen. Lächelnd schüttele ich den Kopf und mache mich daran, die letzte Regalreihe für heute abzusuchen.

Als Kaito in die Hände klatscht und fröhlich „Feierabend“ ruft, streifen meine Finger gerade den letzten Bucheinband der Reihe. *Der Sandmann* lese ich. Mein Puls beschleunigt sich, als vor meinem geistigen Auge genau dieser Titel auf Mamas Liste auftaucht. Schnell ziehe ich den Einband aus dem Regal und falle vor Euphorie beinahe von der Leiter. Mein Herz setzt für einen Schlag aus, als ich mich erst in allerletzter Sekunde an einer Sprosse festklammere.

„Noch etwas gefunden?“, fragt Kaito von unten, neben sich die kleinen Stapel, zu denen wir unsere gefundenen Bücher aufgetürmt haben.

„Und ob.“ Ich grinse ihn an, während ich die Leiter herunter klettere. „Anscheinend habe ich auch etwas Glück gehabt.“

Ich lege den letzten Fund zu den anderen Büchern und zähle durch. Sechzehn Bücher haben wir heute gefunden. Fehlen noch 43.

„Würdest du die gleich alle mitnehmen oder kannst du sie mit deiner Gabe in den Verein schicken?“, frage ich Kaito.

„Mit der Gabe ist es zu unsicher, ich packe sie in meinen Rucksack. Wer weiß, wie sie im Verein landen würden. Sie könnten kaputt gehen, das will ich unbedingt vermeiden.“

Er macht sich bereits daran, die Bücher in seinen Rucksack zu verstauen.

„Mein Vater wird vielleicht Augen machen.“ Er wirft einen prüfenden Blick aus dem Fenster, dann heftet er seinen Blick zurück auf mich. Es scheint mir so, als zögere er zunächst, bevor er die Worte ausspricht.

„Sag mal, du und Elian ... ihr ...“

Ich spüre, wie sich meine Wangen bereits rot färben, obwohl Kaito nicht mal ausgesprochen hat. „Was ist mit Elian und mir?“ „Zwischen euch läuft nichts, oder?“

Vehement schüttele ich den Kopf, werde dabei aber nur noch eine Spur röter, was Kaito wohl als eine Art Eingeständnis wertet. Schon immer bin ich eine lausige Lügnerin gewesen. „Weißt du, ich frage nur, weil ich da nicht mehr so richtig durchsteige. Gordon und Rahen haben in letzter Zeit immer so merkwürdiges Zeug über dich und Elian geredet. Ständig haben sie die Köpfe zusammengesteckt und immer sofort aufgehört zu reden, wenn jemand von uns anderen dazugekommen ist. Man könnte fast meinen, dass sie einen Plan aushecken.“

Was er so belanglos klingen lässt, verunsichert mich. Eine Ahnung formt sich in meinem Kopf. Nur bekomme ich sie nicht richtig zu fassen.

„Okay", sage ich knapp, weil mir nichts anderes einfällt. „Was ich mich aber schon die ganze Zeit frage: Was hat Mrs. Walsh mit der AoLBC zu tun?"

„Wie meinst du das?" Kaito legt den Kopf schief und mustert mich aus seinen mandelförmigen Augen.

„In welcher Verbindung steht sie zur AoLBC? Warum ist ausgerechnet sie die Sekretärin?"

„Sie ist Zayns Großmutter, also die Frau seines Großvaters. Schon früh hat sie sich für die Arbeit des Vereins eingesetzt. Sie hat sogar schon für meinen eigenen Großvater als Sekretärin gearbeitet. Mein Vater hat sie dann übernommen", erklärt Kaito.

Ich nicke und begleite ihn zur Tür. Wir machen aus, dass wir möglichst bald weitersuchen werden. In der Zwischenzeit werde ich wie vereinbart auf die Bücher in der Bibliothek achten.

Kaito schnappt sich sein Rad.

„Sei vorsichtig!", rufe ich ihm zu.

Er grinst. „Ja, Mama." Im Affenzahn fährt er von der Auffahrt, Richtung AoLBC. Einen Moment lang sehe ich ihm noch hinterher. Dann verschränke ich fröstelnd die Arme und gehe nach drinnen.

Aus der Bibliothek hole ich die Liste und mein Handy und trage beides nach oben in mein Zimmer. Dort angekommen, trudelt eine Nachricht von Elian ein. Eigentlich möchte ich sie gar nicht öffnen, aber es juckt mich zu sehr in den Fingerspitzen.

„Hi Ivy, ich wollte nur fragen, ob es dir gut geht. Gestern Abend warst du echt fertig und mit den Nerven am Ende. Das kann ich gut

verstehen. Herr Bergmann sagt, du könntest dich trotzdem etwas häufiger im Verein blicken lassen. Elian."

Mein Herz klopft etwas schneller. Eine irrationale Hoffnung keimt in mir auf. *Waren seine Worte vor dem Café doch ganz anders gemeint und ich habe sie nur falsch verstanden?* Leute sagen manchmal Sachen, über die sie vorher nicht wirklich nachdenken.

Aber habe ich Fenja gegenüber nicht gesagt, dass ich ihn mir von nun an aus dem Kopf schlage? Ich werde sie um ihre Meinung bitten.

Gerade tippe ich auf ihren Chat, da trifft eine weitere Nachricht von Elian ein. Mit zusammengekniffenen Augen beginne ich den Text zu lesen:

„Es wäre echt gut, wenn du mir antwortest. Lass uns alles klären. Wenn du schon nicht zur AoLBC kommst, um in die Geschichte zu reisen, dann wenigstens deswegen."

Wenige Sekunden später schickt er ein „*Bitte*" hinterher.

Seltsam, was die Worte einer wichtigen Person mit einem anrichten können. Ich habe das Gefühl, als würde sich plötzlich und unumkehrbar alles zum Guten wenden. Zumindest was Elian und mich angeht. Das macht mich augenblicklich so glücklich, dass ich eine Runde durch mein Zimmer tanzen könnte. Und doch klingeln sämtliche Alarmglocken in meinem Kopf.

Was, wenn er nur herausfinden möchte, ob ... Ja, was eigentlich?

Ich schlage die Hände über dem Kopf zusammen. Dabei gucke ich immer wieder auf die kleinen Buchstaben auf dem Handybildschirm. Könnte ich sie doch fragen, ob sie ernst gemeint oder nur eine Falle sind. Doch eigentlich traue ich ihm eine so hinterlistige Tat nicht zu.

Mit einer Sache hat Elian auf jeden Fall recht. Ich muss spätestens morgen zur AoLBC, um erneut in unsere Geschichte zu reisen. Allein schon, um den Konzentrationsstörungen und anderen Symptomen vorzubeugen.

Ich lege das Handy zur Seite, ohne auf Elians Nachricht zu reagieren. Lieber möchte ich persönlich mit ihm darüber sprechen. Da bimmelt der Klingelton meines Handys los. Oh nein, das wird doch nicht Elian sein, der jetzt und augenblicklich alles mit mir klären will?

Mit einer Hand fische ich nach dem Smartphone. Doch es ist nicht Elians Name, der mir vom Display entgegen strahlt, sondern Lizzy. Ich nehme den Anruf an.

„Ivy? Oh Gott, hörst du mich?" Sie klingt aufgebracht, regelrecht panisch.

„Was ist los?"

„Kaito, er ... er war doch bei dir, oder? So etwas hatte er nämlich angedeutet, als er nach seinem Unterricht kurz im Verein vorbeigeschaut hat." Lizzys Stimme verhakt sich bei jedem Wort aufs Neue und sie muss die Sätze mindestens zweimal von vorne beginnen, bis sie verständlich und zusammenhängend aus ihr herauskommen. Sie ist völlig durcheinander.

„Warte mal, Lizzy, gib mir das Handy." Und schon habe ich Hektor an der Strippe. „War Kaito bei dir?"

„Ja, wir haben nach der Büchern auf Mamas Liste gesucht. Dann hat er sie eingepackt und ist mit seinem Fahrrad weggefahren. Er wollte zum Verein, um die Bücher in Sicherheit zu bringen. Das muss so vor ..." Ich schiele auf die Uhr über meiner Zimmertür. „Das ist ungefähr zwei Stunden her." Was, wirklich so lange schon? „Aber warum fragst du? Ist etwas passiert?"

Hektor holt tief Luft. „Allerdings“, sagt er dann. „Kaito taucht einfach nicht auf. An sein Handy geht er auch nicht und ... ihm muss etwas passiert sein, Ivy, verstehst du? Auf dem Weg von dir zum Verein.“

Mit einem Mal wird mir ganz anders. Das darf doch nicht wahr sein! Für einen Moment bin ich sprachlos, völlig überfordert mit der Situation. „Wie meinst du das?“

„Vielleicht ist er überfallen worden“, mutmaßt Hektor. Im Hintergrund höre ich Lizzys Schluchzen. Ihr muss es echt nicht gutgehen, wenn sie Hektor freiwillig ihr Handy überlassen hat.

„Überfallen“, echoe ich. „Von wem sollte er ... Oh nein! Isolde!“

„Genau.“ Er klingt grimmig.

„Er hat zig originale Erstausgaben dabei gehabt. Wenn Isolde das gespürt oder gewusst hat oder was auch immer, dann könnte sie ihn ...“ Ich wage nicht, den Satz zu Ende auszusprechen. Die Schuldgefühle übermannen mich. Niemals hätte ich ihn allein mit all den Büchern losfahren lassen dürfen. Nur wegen mir ist ihm etwas zugestoßen. Und wer weiß schon, wie weit Isolde geht? Immerhin hatte sie keine Skrupel, Werther umzubringen.

„Ivy?“

„Ja?“ Meine Stimme ist kratzig. Sie klingt fremd.

„Mach dir bitte keine Vorwürfe, versprich mir das.“

Ich nicke, aber das kann Hektor natürlich nicht sehen. Doch ich traue meiner Stimme nicht mehr, also bleibe ich stumm.

„Wir werden ihn finden. Ich habe bereits alles versucht und *Oliver Twist* zur Hand genommen, aber meine Gabe kann Kaitos Aufenthalt nicht weiter als auf unsere Stadt eingrenzen. Gordon und Rahen suchen bereits die Gegend nach ihm ab. Sobald ich etwas Neues höre, melde ich mich bei dir."

Schweigen.

Ich bleibe am Hörer, bis Hektor irgendwann auflegt. Benommen starre ich vor mich hin. Irgendwann wähle ich Kaitos Handynummer, doch wie Hektor schon sagte, niemand geht ran.

Rücklings lasse ich mich auf mein Bett fallen. Meine Gedanken kreisen um Kaito, Isolde und die Bücher. Und darum, dass alles nicht passiert wäre, wenn ich ein bisschen mehr auf unsere Sicherheit bedacht gewesen wäre. Es dauert eine Weile, bis mein Gedankenkarussel zum Stehen kommt.

Irgendwann schließe ich die Augen. Weil ich aber nicht einschlafen kann, stehe ich noch einmal auf. In der Bibliothek angekommen, greife ich nach dem nächstbesten Buch, an das ich heranlangen kann. Danach tapse ich zurück in mein Zimmer.

Erst im Schein meiner Nachttischlampe erkenne ich den Titel. Ich falle fast vom Glauben ab, als mir bewusst wird, dass die *Kinder- und Hausmärchen der Gebrüder Grimm* ebenfalls auf der Liste meiner Mutter verzeichnet sind.

Mit einem triumphierenden Lächeln, bei dem ich sofort Schuldgefühle wegen Kaito bekomme, hake ich den Titel auf der Liste ab und schlage das alte, abgegriffene Buch anschließend auf.

Bei *Schneewittchen* bleibe ich hängen.

„Spieglein, Spieglein an der Wand, wer ist die Schönste im ganzen Land?", flüstere ich. Den anschließenden Part des Spiegels spreche ich laut aus: „Frau Königin, Ihr seid die Schönste hier." Dann halte ich erschrocken inne. Kein „Aber Schneewittchen ist tausendmal schöner als ihr". Vergeblich halte ich nach den weltbekannten Worten Ausschau. Und dann wird mir klar, dass es Schneewittchen sein muss, die Isolde aus diesem Märchen entführt hat.

Ich lese das ganze Märchen durch. Zumindest versuche ich es, denn als ich bei der Hälfte der Geschichte ankomme, schlängeln sich von meinen Fingern winzige Efeublätter um die Seiten. Sie umranken sie und breiten sich bis zu der schwarzen Tinte aus. Dann passiert etwas.

Mein Zeigefinger liegt noch auf der Seite und berührt gleichzeitig eines der Efeublättchen. Da verschwimmen die Buchstaben vor meinen Augen. Plötzlich erheben sie sich, wirbeln in der Luft um mich herum, bilden dort einen kleinen Zwerg nach dem nächsten, bis es sieben an der Zahl sind. Sie scheinen aufgeregt, denn sie sprechen wild gestikulierend aufeinander ein.

Mit ungeheurer Macht zieht mich die Tinte zu sich. So nah, dass ich in sie hineintauche, mitten in einen Tintenstrudel. Ich bin völlig überrumpelt. Hilflos rudere ich mit den Armen. Ich kann nicht verstehen, was da gerade mit mir geschieht. Doch bevor ich so richtig in Panik gerate, werde ich auf eine saftig grüne Wiese ausgespuckt. Kaum bin ich gelandet, wird die Tür eines nicht weit entfernten Häuschens aufgerissen. Sieben ... Zwerge eilen heraus und stürmen auf mich zu. Einer richtet im Laufen noch seine rote Mütze. Tatsächlich, es sind Zwerge. Sie sehen genauso aus, wie auf der Illustration im Märchenbuch, und gleichen einander wie ein Ei dem anderen.

Ich betaste das Gras. Es fühlt sich echt an. Beängstigend echt. Das kann nicht sein. Niemand außer dem echten Schneewittchen dürfte hierher kommen. Jeder Nachfahre kann nur in die Geschichte seines eigenen Vorfahren reisen, haben mir Lizzy und Gordon erklärt. Nun, in diesem Fall haben sie sich anscheinend gründlich getäuscht.

„Schneewittchen, bist du es?", ruft einer der Zwerge, der mir am nächsten ist. Seine Wangen sind gerötet.

„Nein", stammele ich.

„Aber wer bist du dann?", fragt der nächste.

„Ich bin Ivy." Ich richte mich auf.

„Oh", machen alle sieben Zwerge im Chor, so als würden sie mich kennen. Bei genauerer Betrachtung stelle ich fest, dass jeder von ihnen ein individuelles Merkmal hat. Dennoch fällt es schwer, sie voneinander zu unterscheiden.

„Kennt ihr mich etwa?"

„Nicht direkt." Einer der Zwerge lacht fröhlich, woraufhin ein anderer griesgrämig das Gesicht verzieht. Seine besonders buschigen Augenbrauen ziehen sich dabei missmutig zusammen.

„Aber wir haben von dir gehört." Ein anderer Zwerg richtet die Brille auf seiner Nase. „Ja, uns wurde dein Name zugetragen. Du bist die letzte Nachfahrin dieser bösen Hexe, die uns unser liebes Schneewittchen genommen hat."

„Also komm bloß nicht auf die Idee, auch uns zu stehlen", mausert der grimmige Zwerg.

„Das will ich gar nicht", sage ich, während ich noch zu verstehen versuche, wer in diesem Märchen diesen Wesen von mir erzählt hat. „Ich möchte euch helfen und euch Schneewittchen zurückbringen. Nur verstehe ich nicht, wieso ich hier landen konnte."

„Nun, meine Liebe", flüstert der scheinbar älteste Zwerg mit dem längsten Bart. „Die Macht des immergrünen Efeus ist durchaus dazu in der Lage, alle gesetzmäßigen Grenzen unserer

Welten zu überschreiten. Die böse Hexe kam mit einem Boot aus Efeu über den reißenden Fluss, der unsere Welt umgibt." Mit einer Hand weist er auf eine Stelle hinter mir. Ich drehe mich um und erblicke einen silbrig schimmernden Fluss. Das Wasser glitzert unnatürlich stark. Es wirkt ... magisch. Hinter dem Fluss wird es dunkler, so als würden die Sonnenstrahlen davon abgehalten werden, auch bis dorthin zu leuchten. Gleich auf der anderen Seite des Ufers steht eine teufelsähnliche Gestalt, die den Zwergen nun zuwinkt. Diese heben synchron ebenfalls die Händchen und erwidern den Gruß.

Ich kneife die Augen zusammen und mustere den Teufel etwas genauer. „Mephisto aus *Faust*?"

„Wir pflegen eine gute Nachbarschaft miteinander", bestätigt der älteste Zwerg und lacht strahlend.

Mir schwirrt der Kopf. Plötzlich ist mir das alles zu viel. Die neugierigen Blicke der Zwerge. Die Tatsache, dass ich gar nicht hier sein dürfte, Isolde es aber auch gelungen ist.

Ich setze mich wieder auf den Rasen und rutsche auf dem Hintern an die Stelle zurück, auf der ich gelandet bin.

„Bei allem Glück, bring mich zurück", rufe ich etwas zu laut, so durcheinander bin ich. Einen Wimpernschlag später ist es die weiße Wand meines Zimmers auf die ich blicke und nicht mehr die sieben fragenden Zwergen-Augenpaare. *Krass.*

23

Am nächsten Morgen sitze ich wie auf heißen Kohlen neben Fenja im Unterricht.

Mein Großvater muss tatsächlich noch am späten Abend angekommen sein. Denn am Morgen habe ich einen Zettel auf dem Küchentisch gefunden. Auf diesen hat er in seiner krakeligen Schrift geschrieben, dass er wieder in der Villa ist. Warum er mir diese Notiz hinterlassen hat, bleibt mir ein Rätsel. Bisher ist es immer so gewesen, dass wir uns in stiller Übereinkunft aus den Angelegenheiten des anderen herausgehalten haben. Dass er nun diesen Zettel geschrieben hat, beschäftigt mich ein wenig.

Während ich dem Matheunterricht so gut es geht folge, drehen sich meine Gedanken um den merkwürdigen Zwischenfall von gestern Abend, um Flints gesundheitlichen Zustand und um Elians Nachricht. Durchbrochen werden sie jedoch immer wieder von der Sorge um Kaito. Hektor hat sich seit dem Anruf gestern Abend nicht mehr bei mir gemeldet. Im Umkehrschluss bedeutet das nichts anderes, als dass Gordons und Rahens Suche erfolglos war. Und dass Kaito verschwunden bleibt. Was sowohl meine schlechte Laune als auch meine Schuldgefühle weiter verstärkt.

Bisher hatte ich nicht die nötige Zeit, Fenja alles zu erzählen. Nach Schulschluss werde ich das schnellstmöglich nachholen, bevor ich zur AoLBC fahre. Ich erhoffe mir, dann bei der Suche nach Kaito helfen zu können.

Kaum schellt es zum Unterrichtsende, packe ich mein Schulzeug in meinen Rucksack und greife nach meiner Jacke. Dann warte ich noch eine ganze Weile auf Fenja, die sich nicht halb so sehr beeilt hat wie ich.

Gemeinsam verlassen wir den Raum.

Gerade will ich zu einem längeren Bericht ansetzen, doch im letzten Moment bemerke ich Rahen, die sich an uns vorbei durch den Türrahmen schiebt. Dabei wirft sie mir einen Blick zu, der eindeutiger nicht sein könnte.

Noch nie ist ihr Gesichtsausdruck so ernst gewesen. Unmerklich schüttelt sie den Kopf. Eine Geste, die ich deutlich als Drohung erkenne.

Weihe niemals einen Außenstehenden in unsere Geheimnisse ein.

Dumm nur, dass ich das bereits getan und damit gegen die wichtigste Regel des Vereins verstoßen habe. Ich frage mich, ob Rahen nur etwas ahnt, oder ob sie handfeste Beweise gegen mich in der Hand hat. Zumindest bringt mich ihr Blick dazu, vorerst den Mund zu halten.

Ich seufze, warte bis Rahen außer Sichtweite ist und wende mich dann an meine beste Freundin: „Wir telefonieren später, in Ordnung? Hier sind überall Ohren, die alles belauschen würden." Inzwischen sind wir auf dem Schulhof angekommen.

„Ob Rahen etwas ahnt?", murmelt Fenja vor sich hin, während sie ihr Rad losschließt.

Achselzuckend ziehe ich mein eigenes Rad aus dem Fahrradständer und schiebe es neben ihrem her. „Sie könnte auch ganz ohne Grund so blöd geguckt haben", relativiere ich das Ganze ein wenig.

Als wir das Schulgelände verlassen, verabschiede ich mich von Fenja und biege in die entgegengesetzte Richtung ab. Ob Kaito wohl auch hier langgefahren ist, bevor er verschwand? Sofort habe ich wieder ein schlechtes Gewissen.

Verzweifelt versuche ich, an etwas anderes zu denken. Prompt erscheint Elians Gesicht vor meinem geistigen Auge. Zum ersten Mal macht es mich auf eine ganz andere Art nervös zu wissen, dass ich gleich Elian gegenüberstehen werde. Meine Haut kribbelt bis in die Haarspitzen, wenn ich an ihn und seine Nachricht von gestern Abend denke.

Er ist verliebt in dich, flüstert mir eine mehr als optimistische Stimme zu. Aber falls es so ist, bin ich auch verliebt in ihn?

Da es nun den Hügel einer Wohnsiedlung hinauf geht, fange ich an zu schwitzen. Kurzerhand ziehe ich mir mit einer Hand den Helm aus und hänge ihn an den Lenker. Dass ich jetzt noch verschwitzte Haare bekomme, möchte ich gerne vermeiden. Im Grunde genommen tragen doch sowieso nur Loser einen Helm.

Ich trete fester in die Pedale, schon sind die Gedanken an Elian zurück. Seine Zurückweisungen haben mich verletzt. Und das nicht, weil es an meiner Würde gekratzt hätte. Nein, weil es mich tief in meinem Herzen getroffen hat. Es ist mir bewusst, dass die Streitereien mit ihm nur deshalb aufkamen, weil ich mich so verdammt unsicher in seiner Nähe fühle. Wenn ich nur an ihn denke, dann wird mir auf seltsame Weise warm ums Herz, sodass ich nur noch bei ihm sein will. So wie Heimweh.

Plötzlich habe ich einen Schwarm Schmetterlinge im Bauch und auch der Hügel ist überwunden.

Glücklich und voller Vorfreude lasse ich das Rad den Hügel hinabrollen. Meine Haare wehen im Fahrtwind, der Helm bewegt sich am Lenker hin und her. Ich lasse mich rollen. So lange rollen, bis …

Ich reiße die Augen auf, von ohrenbetäubendem Hupen eines Autos, das mir entgegen kommt, bis ins Mark erschüttert. Mir bleibt nicht genügend Zeit, zurück auf meine Fahrbahnseite zu gelangen. Die Bremsen des Autos quietschen. Ich reiße gleichzeitig den Lenker herum, was jedoch nur dazu führt, dass ich aus dem Gleichgewicht gerate und mitsamt Fahrrad stürze. Ich versuche, mich noch irgendwie abzufangen, obwohl es bereits lange zu spät ist. Meine Hände schrammen über den Asphalt. Der Fahrradhelm kullert von mir fort. Dann liege ich vor dem Wagen, mein linkes Bein ist unter dem Fahrradrahmen eingeklemmt. Wie betäubt halte ich mir den Kopf. Unfähig, ein noch so winziges Schmerzgefühl zu verspüren. Da fange ich einfach an zu weinen. Ich weiß nicht einmal, warum. Der Schock sitzt tief.

Der Fahrer hebt das Rad hoch und legt es irgendwo neben mir ab, dann geht er neben mir in die Knie, berührt sanft meine Wange. Er wischt mir die Tränen fort, sodass ich wieder klar sehen kann. Automatisch schmiege ich meine Wange in seine Hand, so vertraut erscheint mir die Berührung. Als ich die Augen aufschlage, sind die Tränen fort, doch meine Augen brennen. Stocksteif bleibe ich sitzen, als ich Gordon erkenne, der vor mir hockt. Hektisch befreie ich meine Wange von seiner Hand und ignoriere das Gefühl, das er in mir ausgelöst hat. Mein Herz stolpert ein wenig, während ich mich zur Vernunft rufe.

„Hast du dich ernsthaft verletzt?“ Seine Stimme klingt ehrlich besorgt. Sein Blick wandert zu meinem Bein, das bis gerade noch unter meinem Fahrrad eingequetscht war.

Trotz meines schmerzenden Kopfes schleichen sich Erinnerungen an unser letztes Beisammensein in mein Bewusstsein. Hat er gar keine Angst, dass ich ihn erneut mit Efeuranken angreifen könnte?

Könnte. Dieses Wort macht mir unmissverständlich klar, dass ich im Moment gar nichts kann. Außer ihn anzustarren und mich zu fragen, ob er den Zwischenfall bereits vergessen hat.

„Was hast du getan, Ivy?“, haucht Gordon mit überraschend brüchiger Stimme.

Seine Worte sind der Auslöser dafür, dass der Staudamm in mir bricht. Jetzt überrollt mich die Schmerzwelle förmlich, droht mich zu ersticken. Ich taste nach meinem Kopf, kann keine Wunde finden, was mich im Moment jedoch nur wenig zufrieden stellt. Mein Bein fühlt sich taub an. So, als würde es eigentlich gar nicht zu meinem Körper gehören.

„Weiß nicht“, bringe ich zwischen zwei Schluchzern hervor. Gordon nimmt mich in den Arm. Ich selbst bin zu schwach, sodass ich die Umarmung über mich ergehen lasse. Behutsam hebt er mich hoch und drückt mich an seine Brust. Er öffnet die Autotür und schnallt mich auf dem Beifahrersitz an.

Dann hebt er mein verbogenes Rad hoch und schafft es in den Kofferraum des Wagens. Jede einzelne seiner Bewegungen wirkt zielsicher. Instinktiv scheint Gordon genau das Richtige zu tun. Diesen Eindruck habe ich nicht zum ersten Mal.

„Also noch einmal: Hast du dich stark verletzt?“ Gordon stützt sich am Rahmen der Beifahrertür ab und mustert mich.

Entschieden schüttele ich den Kopf, auch wenn ich mir nicht sicher bin. Vor ihm möchte ich nicht noch schwächer dastehen. Außerdem hatte ich einen Plan, als ich hergefahren bin. Da würde es mir sehr ungelegen kommen, dass er mich jetzt womöglich in ein Krankenhaus schaffen möchte.

„Alles prima", füge ich meinem Kopfschütteln also noch hinzu. Mit einem Lächeln, dass mir unglücklicherweise etwas misslingt, versuche ich meine Worte zu unterstreichen.

Gordon zieht die Augenbrauen zusammen. „Wo ist eigentlich dein ...?" Das letzte Wort bleibt unausgesprochen, doch ich weiß genau, was er meint. Doch ich kann Gordon nicht davon abhalten, meinen Helm aufzusammeln. Mit verärgertem Gesichtsausdruck kehrt er zurück. „Du weißt aber schon, dass man diesen Helm auf dem Kopf und nicht als Dekoobjekt am Lenkrad trägt?"

Ich kann nicht anders, als die Augen zu verdrehen. Eine typische Belehrung, wie sie mein Großvater nicht besser hätte vorbringen können. Und abgesehen von meinen aufgeschürften Händen und Knien ist mir schließlich nichts weiter zugestoßen. Sozusagen bin ich noch einmal mit dem Schrecken davongekommen. Als würde der Efeu dies ebenfalls bestätigen wollen, schlängelt sich in diesem Moment ein kleines grünes Blatt an einer Ranke meinen Arm entlang. Es wandert von Wunde zu Wunde und heilt eine nach der anderen. Einen triumphierenden Seitenblick auf Gordon kann ich mir dabei nicht verkneifen. Der schüttelt jedoch den Kopf.

„Ich fahre dich jetzt nach Hause", beschließt Gordon, schwingt sich hinters Steuer und startet in einer energischen Geste den Wagen.

„Nein."

„Nein?" Er blickt mich an, als sei ich der erste Mensch, der ihm jemals widersprochen hat.

„Genau: *Nein*", bekräftige ich mit erstaunlich fester Stimme, „Du wirst mich zum Verein bringen."

„Nein, meine Liebe." Er biegt ab. Mir wird bewusst, dass ich höllisches Glück gehabt haben muss, dass die ganze Zeit kein anderes Auto auf der Straße war. Dennoch beharre ich auf meiner Forderung.

„Du wirst mich dort hinbringen. Ich bin seit mehreren Tagen nicht mehr in die Geschichte gereist. Dass ich gerade so unkonzentriert war, hängt bestimmt damit zusammen." Meine Lüge scheint ihn zu überzeugen. Manchmal ist er einfach zu gutmütig.

Gordon wendet und steuert die Elisenstraße an. Den Rest der kurzen Fahrt schweigen wir. Auch als ich aussteige, verliert er kein weiteres Wort.

„Wohin wolltest du gerade eigentlich, als ich dir vor das Auto gefahren bin?", frage ich auf dem Weg zum Haus, als ich das Schweigen nicht mehr aushalte.

„Ich wollte noch einmal die Wege abfahren, die Kaito auf seinem Weg von dir zum Verein genommen haben könnte. Ich ..." Er sieht mich an, als wolle er mir noch etwas sagen. Für einen Moment starren wir uns gegenseitig an, doch dann schüttelt er den Kopf. Einen Moment lang glaube ich, Tränen in seinen Augen schimmern zu sehen.

„Ich hoffe, wir finden ihn schnell."

„Das hoffe ich auch." Er mustert mich so eindringlich, als stünde auf meinem Gesicht die Antwort auf eine Frage geschrieben, die er sich gerade stellt.

„Tschüss dann“, verabschiede ich mich. An der Tür angekommen, höre ich, wie der Motor von Gordons Wagen angeworfen wird und wie das Auto daraufhin langsam wegfährt.

Der Türsummer gibt mir zu verstehen, dass die Tür geöffnet ist und ich eintreten kann. Ich schaue zunächst im Aufenthaltsraum nach, finde diesen jedoch leer vor, sodass ich nach hinten durch in Mrs. Walshs Büro trete.

„Wissen Sie, wo Elian ist?“, frage ich ohne Begrüßungsfloskel.

„Unten. Rahen ist bei ihm.“

Unbeirrt von ihren Worten oder deren Bedeutung, kippe ich den roten Ordner um. Die Geheimtür schwingt auf und gibt die Steintreppe zum Keller frei. Diese gehe ich langsam herunter.

Unten angekommen steuere ich direkt auf den letzten Raum zu, dessen Tür nur angelehnt ist.

Nichtsahnend betrete ich den Kellerraum, aus dem heraus ich bereits zwei andere Stimmen höre. Ganz offensichtlich streiten sie miteinander. Den genauen Wortlaut verstehe ich allerdings nicht.

Als ich den Raum betrete und Elian mit Rahen in diesem erblicke, bleibe ich auf der Stelle stehen. Neben einer der Vitrinen stehen sie sich gegenüber. Rahens Gesicht ist der Tür zugewandt, von Elian erblicke ich nur den Hinterkopf. Ob sie mich den Raum betreten sieht, kann ich nicht beurteilen. Dafür geht alles zu schnell.

In einer anmutigen Bewegung zieht sie seinen Kopf zu sich herunter, drängt sich näher an ihn und gibt ihm einen leidenschaftlichen Kuss.

Völlig perplex wende ich mich ab und werfe den Plan um, jetzt in meine Geschichte zu reisen. Hals über Kopf verlasse ich den kalten Raum. Auch mein Herz fühlt sich kalt an.

Ich stolpere mehrfach, kann mich jedoch immer abfangen. Alles wird von dem Schmerz in meinem Herzen überschattet. Dann greife ich nach der Türklinke, rutsche aber auch an dieser ab, so schweißnass sind meine Hände auf einmal.

In meinem Bauch hat sich ein Ball aus Wut und Trauer gebildet. Er wird immer größer.

„Ivy!“

Es tut weh, meinen Namen aus seinem Mund zu hören.

„Glaub mir, dass es anders ist, als es ausgesehen hat“, ruft Elian mir hinterher, als ich die Tür öffne. Ohne ein weiteres Wort und ohne mich noch einmal umgesehen zu haben, verschwinde ich. *Habe ich diese Worte nicht schon einmal von ihm gehört?*

Jetzt verstehe ich ihn. Jetzt kann ich nachvollziehen, was er empfunden haben muss, als er mich Gordon küssen sah. Das Problem ist nur, dass ich es gar nicht nachvollziehen können möchte. Denn es tut verdammt nochmal weh.

Hinter mir knallt lautstark die Haustür zu.

Wenn sie gleich nicht noch einmal aufgeht, dann kann ich mir sicher sein, dass Elian mir nicht mehr folgen wird. Dann bedeute ich ihm womöglich doch nicht so viel, wie er mir wieder und wieder weismachen wollte.

24

Beherrscht atme ich ein und aus.

Warum nur bin ich hierhergekommen? Wieso habe ich Elians Nachricht so viel Ehrlichkeit beigemessen? Schon vorher hätte ich ahnen müssen, dass es dabei nicht mit rechten Dingen zugeht. Gerade kann ich mir sogar vorstellen, dass Rahen sich Elians Handy geschnappt und diese Nachricht geschrieben hat. Nur, um mich herzulocken und dann meine Hoffnung und Sehnsucht in der Luft zu zerreißen und mein Herz gleich mit.

Ich ärgere mich so ungemein über mich selbst, dass es wehtut. Noch mehr ärgere ich mich, als ich draußen auf der Auffahrt merke, dass mein Rad noch immer in Gordons Auto ist. Das wird ein langer Heimweg. Ich stöhne auf und stapfe missmutig los. Da höre ich, wie hinter mir die Haustür aufgerissen wird.

Unwillkürlich bleibe ich stehen. Mein dummes, verräterisches Herz macht einen Schlag zu viel vor Hoffnung. Elian ist mir also doch nachgekommen.

Er soll mir die Emotionen, die mein Innerstes beherrschen, nicht gleich ansehen. Mit einem möglichst ausdruckslosen Gesicht wende ich mich der Tür zu.

Mir gefriert das Blut in den Adern.

„Rahen“, sage ich, einfach, um irgendetwas zu sagen. Dabei kann ich meine Überraschung nicht vollends verbergen. Meine Überraschung und meine Abscheu. *Ausgerechnet Rahen.*

Von vornherein hätte ich es besser wissen müssen, hätte ihr niemals auch nur einen Funken Vertrauen schenken dürfen. Denn wie ich es gerade am eigenen Leib zu spüren bekommen habe, hat sie dies schamlos ausgenutzt. Mir reißt endgültig die Hutschnur, als sie mich gespielt harmlos anlächelt.

„Wohin des Weges?“, fragt sie ruhig und verschränkt ihre Beine im Stand, was bei ihr jedoch elegant und nicht merkwürdig aussieht. Die Arme verschränkt sie hinter dem Rücken.

„Mal sehen“, erwidere ich kurz angebunden. „Nicht, dass es dich etwas anginge.“

Leicht angesäuert zieht Rahen ihre sorgfältig gestylten Augenbrauen hoch.

„Willst du zu Fuß nach Hause?“

Was geht dich das an? Zum Glück schreie ich ihr die Worte nicht entgegen. Stattdessen gehe ich weiter und lasse sie hinter mir stehen. Dabei nehme ich mir fest vor, mich nicht umzudrehen, egal was sie sagen wird.

„Du weißt überhaupt nicht, welche Gabe Elian besitzt, nicht wahr?“

Warum nur ist ihre Stimme so gehässig. So darauf aus, mich zu verletzen? Ich bleibe stehen. Werfe meinen Plan kurzerhand über Bord. Und drehe mich um. *Was soll diese Frage*?

Ich schüttele den Kopf, nicht sicher, ob ich es überhaupt wissen möchte.

Rahen lässt sich recht viel Zeit mit ihrer Antwort. Sie will mich schmoren lassen. Will, dass mir unendlich viele Gedanken durch den Kopf rasen, die mich verrückt machen.

„Seine Gabe ist schon etwas speziell." Sie lacht gekünstelt und erinnert mich daran, warum ich sie noch nie habe leiden können. *Speziell* kann in ihrem Fall alles und nichts bedeuten. „Zum einen kann er eine Art Bann auf Menschen legen. Sie können sich dann nicht mehr rühren, sondern bleiben unbeweglich, bis er sie wieder freigibt. Aber um ehrlich zu sein finde ich den zweiten Teil seiner Gabe noch spannender." Kurz hält sie die Luft an und blickt mir in die Augen. Ihr Blick ist unschuldig und doch unberechenbar. Plötzlich habe ich Angst, dass mich ihre nächsten Worte zerstören könnten.

„Er kann Liebeszauber aussprechen. Weshalb sonst laufen ihm die Mädchen in solchen Scharen hinterher?" Mit einem teuflischen Grinsen löst sich die falsche Schlange von ihrem Platz vor der Tür. Langsam kommt sie auf mich zu.

Ausdruckslos starre ich zurück. Ich weiß, was sie mir damit sagen will.

„So leid es mir tut, dir das sagen zu müssen. Aber ich fürchte, er hat sich einen Scherz erlaubt und einen solchen Zauber spaßeshalber auf dich gelegt, den er nun nicht mehr so einfach brechen kann." Gespielt mitfühlend verzieht sie das Gesicht. Ihre Fingernägel bohren sich tief in mein Herz. Ich würde ihr gerne die Augen auskratzen, halte mich jedoch zurück. Denn ich befürchte, mich dadurch in Erklärungsnot vor den anderen zu bringen. *Und was soll ich ihnen schon sagen*?

Dennoch bringen mich ihre Worte auf die Palme. Der Zauber könnte genauso gut auf ihr liegen, denke ich und möchte ihr meine Überlegung an den Kopf werfen. Doch ich bringe kein Wort heraus. Nicht einmal ein Krächzen.

„Ich vermute, dass er dir deswegen in letzter Zeit die kalte Schulter gezeigt hat. Weißt du, ein Kuss hat für diesen Jungen nicht so viel Bedeutung wie vielleicht für dich." Weiß sie denn gar nicht, dass Elian und ich uns noch nie geküsst haben? Ein Gedanke zuckt durch mein Gehirn. Hat sie ihn *deswegen* selbst geküsst? Weil sie denkt, dass zwischen Elian und mir etwas gelaufen ist?

Ich habe sie schon immer für listig gehalten. Doch vermutlich ist es mit dieser Bösartigkeit allein noch nicht getan. Auch Rahens Herz ist allem Anschein nach nicht unverwundet. Und warum hat sie mich eigentlich auf dieses Thema angesprochen? Da hätte ich selbst mit Gordon ein qualifizierteres Gespräch führen können.

„Nun denn, ich muss los." Graziös schreitet sie an mir vorbei, während ich wie ein depressives Faultier dort stehe, geradeaus stierend.

„Bis bald", flötet sie noch, biegt um die Ecke, dann bin ich allein.

Erschüttert von dieser Neuigkeit, beginnen meine Gedanken zu rasen. Hat Rahen mit ihrer Behauptung tatsächlich recht? Bin ich verhext? Oder handelt es sich dabei doch nur um eine kranke Racheaktion, um mich endlich loszuwerden?

Ich beginne, an meinem Daumennagel zu kauen. Eine Angewohnheit, die ich mir eigentlich vor Jahren abgewöhnt habe.

„Ivy?"

Ich hebe den Blick, richte mich auf. „Hi", begrüße ich Zayn lahm, wofür Fenja mich mit einem strafenden Blick bedenken würde. Sie hat ihn bisher kein einziges Mal zu Gesicht bekommen. Doch seit ich ihn ihr beschrieben habe, ist er ihr *„absoluter Traumtyp"*.

Bei diesem Gedanken kann ich nicht verhindern, Zayn etwas genauer zu mustern. Kurz schießt mir der sehr idiotische Gedanke durch den Kopf, ich könnte ihn küssen und darauf hoffen, dass Elian es durch eines der Fenster mitansieht.

Kaitos Worte jagen durch meinen Verstand: *Manchmal habe ich gedacht, sie würden einen Plan aushecken.* Es war alles von vornherein geplant. So muss es einfach gewesen sein, denn nur so ergibt es Sinn. Gordon hat mich geküsst, weil Elian am Fenster stand und es mitansehen konnte. Rahen hat Elian geküsst, weil sie mich hat hereinkommen sehen. Und anschließend hat sie mir diesen Schwachsinn erzählt, damit ich mich auch ja von Elian fernhalte. Sie wollen uns gegeneinander ausspielen.

Ich muss mich irgendwo festhalten, greife aber in die Luft.

„Alles in Ordnung?", fragt Zayn, den ich für den Moment völlig vergessen habe. Vorsichtig kommt er auf mich zu und umfasst meinen Ellbogen, als würde ich ohne diesen Halt jeden Moment umkippen.

Zwei Küsse, die nicht von Elian oder mir ausgingen, sondern von Gordon und Rahen. Gordon und Rahen, die laut Kaitos Aussage in letzter Zeit häufig die Köpfe zusammensteckten. Fakt ist nun, dass sie einen Plan ausgeheckt haben.

„Nein", antworte ich auf Zayns Frage. Mit forschendem Blick steht er mir gegenüber.

„Hat es etwas mit Rahen zu tun?"

„Rahen?" Meine Stimme kratzt im Hals.

„Ja, sie kam mir gerade entgegen." Er mustert mich. „Also, was ist hier los? Du siehst etwas lädiert aus."

„Bin mit dem Fahrrad gestürzt."

„Und wo ist das Fahrrad?“, fragt er, nachdem er sich umgeblickt, aber weit und breit kein Rad gefunden hat.

„In Gordons Auto.“

„Warum?“

„Na, weil Gordon mich fast vom Rad gefahren hat.“

Da verrutscht ihm die bis jetzt sorgfältig aufrechterhaltene Maske.

„Er hat *was*?“, fragt er viel zu laut, wenn man bedenkt, dass ich direkt vor ihm stehe.

„Ist ja nichts passiert“, nuschele ich wenig überzeugt. Dabei weiche ich Zayns Blick aus. Seine Makellosigkeit macht mich irgendwie traurig. Neben ihm fühle ich mich unbrauchbar und kaputt. Nicht nur äußerlich.

„Du solltest nach Hause fahren“, rät er mir und fischt in seiner Hosentasche nach seinem Handy.

„Was machst du?“

„Dir ein Taxi rufen.“

„Mmh. Aber ich habe kein Geld dabei.“

„Nicht schlimm, ich bezahle das.“

Während ich mich noch frage, ob ich es bei der AoLBC mit ausnahmslos reichen Menschen zu tun habe, hält Zayn sich bereits das Handy ans Ohr und bestellt mir ein Taxi. Streng genommen müsste ich mich selbst ebenfalls zu diesen zählen.

„Danke“, sage ich aufrichtig, als er sein Smartphone sinken lässt.

„Keine Ursache.“

Und dann stehen wir einfach da. Weder er noch ich sprechen ein Wort. Ich kann nicht sagen, wohin er blickt, denn meine Augen sind wie an der Eingangstür festgetackert.

Warum sehe ich nicht endlich ein, dass Elian nicht mehr kommen wird? Ist mein Wunsch nach ihm so groß?

Das Hupen eines Autos lässt mich zusammenfahren.

Zayn und ich treten an das blinkende Taxi, das Zayn bestimmt aus einem Hochglanzmagazin bestellt hat. Es gleicht mehr einer Limousine als einem gewöhnlichen Taxi.

Ich bedanke mich noch einmal bei ihm, der dem Taxifahrer im Voraus ein Bündel Geldscheine in die Hand drückt und meine Adresse an ihn weitergibt, die ich ihm von hinten zunuschele.

„Stimmt so", sagt er zum Schluss.

Ich hieve mich auf die Rückbank.

Bevor der Fahrer, ein Mann mit piekfeinem Anzug und Hut, losfährt, betrachtet er mich über den Rückspiegel. Er scheint die Gegend, in der die Villa meines Großvaters steht, zu kennen. Man sieht ihm an, dass er nicht glauben kann, dass ich dort wohne. Sogar ich selbst muss zugeben, dass es um mein Äußeres ziemlich schlimm bestellt ist. Anscheinend kann der Efeu zwar meine Verletzungen heilen, jedoch nicht meine Kleidung reparieren oder meine Haare entwirren. Dennoch schweigt der Fahrer und startet den Motor.

Da ich nicht nochmal seinem Blick im Rückspiegel begegnen will, starre ich aus dem getönten Fenster. In der Dämmerung des frühen Abends erkenne ich die Auffahrt zum Gebäude des Vereins, von dem wir uns im Schritttempo entfernen.

Plötzlich dreht sich Zayn, der dort noch immer steht, herum, sieht in Richtung der Tür, aus der in diesem Moment ein Schatten stürmt. In den Schatten der Auffahrt kann ich die Gestalt nicht erkennen.

Es könnte Elian sein. Aber auch jeder andere.

Ich presse die Hand an die Fensterscheibe und bleibe stumm.

25

An der Villa meines Großvaters angekommen, steige ich so schnell ich kann aus dem Wagen und gehe zur Tür. Innen lehne ich meine Stirn gegen das kühle Glas des Fensters neben der Eingangstür und beobachte, wie der Taxifahrer sich mit quietschenden Reifen vom Acker macht.

Wolken sind aufgezogen und verdunkeln den Himmel. Die Sonne ist gerade im Begriff unterzugehen. Mit müden Augen folge ich ihrem Gang gen Horizont.

„Ivy? Bist du es?“

Unverkennbar die strenge Stimme meines Großvaters, auch wenn sie etwas weicher klingt als sonst.

„Ja, ich bin’s“, rufe ich.

„Ich bin in der Bibliothek.“

Weil ich vermute, dass er erwartet, dass ich zu ihm komme, um ihn zu begrüßen, schleppe ich mich dorthin. Vor der gewaltigen Tür verharre ich jedoch einen Moment.

Was könnte er von mir wollen? Will er wissen, was mit seinen Büchern geschehen ist?

Bevor ich mir zu viele Fragen stelle, die ohnehin unbeantwortet bleiben, öffne ich die schwere Holztür und betrete die Bibliothek. Die zwei Bücherstapel ganz hinten im Raum erinnern mich daran, dass Kaito und ich noch lange nicht alle literarischen Werke von der Liste gefunden haben. Für einen Moment geraten meine Füße aus dem Takt meiner Schritte. Streng genommen müssen wir unsere Suche noch einmal ganz von vorne beginnen. Denn mit Kaito sind auch die Bücher verschwunden. Doch in Anbetracht dessen, was Kaito alles zugestoßen sein könnte, ist das völlig nachrangig.

Am Schreibtisch am Ende des Ganges, sehe ich die gebeugte Gestalt meines Großvaters. Augenblicklich frage ich mich, seit wann er eine so schlechte Körperhaltung hat. Früher hat er meine immer korrigiert, wenn ich seiner Meinung nach nicht aufrecht genug gesessen habe.

Ein dicker Kloß bildet sich in meinem Hals. Seine Erkrankung hat ganz offensichtlich etwas mit ihm angestellt, denn als er sich bei dem Hall meiner Schritte auf dem Stuhl zu mir umwendet, legt sich ein unbeholfenes Lächeln auf seine schmalen Lippen. Es wirkt kläglich. Ich überlege, wann ich ihn das letzte Mal habe lächeln sehen, und stelle erschrocken fest, dass dies das erste Mal ist.

Der Kloß in meinem Hals wird immer dicker, lässt mich schon bald nicht mehr tief ein- und ausatmen. Ich möchte vergessen. Vergessen, was für ein Mensch er vor seinem Herzinfarkt gewesen ist.

„Hallo Großvater, wie geht es dir?“, begrüße ich ihn zögerlich. Mit etwas Abstand bleibe ich an einem der Regale stehen und lehne mich dagegen. Ich bin total erschöpft.

„Besser.“ Er lacht hustend. Als er verstummt, wird sein Gesichtsausdruck so ernst, dass mir eiskalt wird.

„Lass uns besser nicht über das reden, was vorgefallen ist.“ Seine hellen und wachsamen Augen sind undurchdringlich.

Für wen habe ich ihn all die Jahre gehalten? Wer ist mein Großvater wirklich?

„Hast du Zeit?“, erkundigt er sich bei mir.

Langsam nicke ich.

Seine Stirn legt sich in tiefe Falten, die sein wahres Alter verraten. „Für eine ausführliche Erklärung wird sie ohnehin nicht reichen.“

„Was genau willst du mir denn erklären?“ Er hat mich neugierig gemacht, aber auch ein wenig ängstlich.

Doch er antwortet nicht auf meine Frage, sondern schüttelt nur den Kopf. Vergebens suche ich nach dem verkniffenen Ausdruck auf seinem Gesicht, den er früher dauerhaft zur Schau getragen hat.

„Du bist ein kluges Mädchen, Ivy Hartmann. Hast du eine Ahnung von dem, was du wirklich bist?“

Das Donnergrollen von draußen verschafft mir wenige Sekunden, um über seine Worte nachzudenken. Ich kneife die Augen zusammen. Wie sehr kann ich ihm vertrauen? Wie viel kann ich ihm glauben? Nach all den Jahren, in denen er mich hat links liegen lassen.

„Ich bin die Nachkommin einer literarischen Figur?“, frage ich mehr, als dass ich es überzeugt ausspreche.

Wissend lächelt mein Großvater. „Ja, das bist du. Und ich bin ebenfalls ein Nachfahre dieser literarischen Figur. Der einzige männliche Nachfahre in einer Linie aus ausschließlich weiblichen Nachfahren.“ Er betont diesen Satz, sodass ich an seinen Worten hängen bleibe.

Er ist ebenfalls Isoldes Nachfahre? Ich war die ganze Zeit über davon ausgegangen, dass meine Gabe von meiner Großmutter an mich weitervererbt worden ist. Nach den Erklärungen des

Vereins hätte es so und nicht anders sein müssen.

„Bist du deswegen etwas Besonderes?" Die Frage kommt schärfer heraus als sie gemeint war. Ich entschuldige mich nicht dafür. Stattdessen gehe ich im Geiste durch, was ich meinem Großvater alles erzählen darf. Immerhin ist er kein Mitglied der AoLBC.

„Ich denke schon." Seine Worte werden vom krachenden Gewitter untermalt.

Ich kann mich an keine andere Unterhaltung mit ihm erinnern, die man als solche hätte bezeichnen können. Zum allerersten Mal führe ich ein richtiges Gespräch mit meinem Großvater. Beziehungsweise mit dem Mann, der er wirklich ist. Ich bekomme die Gelegenheit hinter seine Fassade zu blicken, hinter der er vielleicht mehr Geheimnisse verbirgt, als ich erahnen kann.

„Was macht dich so besonders?"

Lächelnd schüttelt er den Kopf. „Es wäre zu früh, dir dies mitzuteilen. Stattdessen sollten wir über deine Mutter reden. Sie hatte dieselbe Gabe wie du." Etwas in mir zieht sich zusammen. Nein, ich möchte jetzt nicht über Mama sprechen. Nicht mit ihm.

„Ich habe nichts von dieser Gabe abbekommen. Doch auch meine eigene Mutter schien sie zu besitzen. Sie machte Efeja damit vertraut. Efeja hatte ihre Geheimnisse vor den anderen Mitgliedern der Familie, selbst vor dir." Seine Augen mustern mich, machen es mir schwer, die Tränen zu vertuschen, die sich ihren Weg in meine Augen bahnen.

Ich blinzele und blicke zu einem der bodentiefen Fenster. Ein Blitz erhellt den Garten und wirft für einen Atemzug die verzerrten Schatten von Ästen und Sträuchern in die Bibliothek.

Ich gehe nicht auf die Worte meines Großvaters ein, blicke nur regungslos nach draußen.

Auch mein Großvater hüllt sich nun in Schweigen. Nun weiß ich wenigstens, dass er die ganze Zeit über mehr gewusst hat, als ich geahnt habe.

„Was weißt du noch?", sage ich über den Lärm des Gewitters hinweg.

Er mustert mich einen kurzen Augenblick und scheint seinerseits zu überlegen, wie sehr er mir vertrauen kann. „Du bist der AoLBC beigetreten, nicht wahr?"

Ich setze eine unbeteiligte Miene auf, allerdings etwas zu spät.

„Du hast die richtige Entscheidung getroffen", sagt er. „Die literarische Welt ist gefährdeter denn je."

Nun suche ich doch seinen Blick. „Du weißt gar nicht, wie sehr. Isolde hat Werther ermordet. Vielleicht bringt sie weitere literarische Figuren um."

Mein Großvater stutzt. Ein merkwürdiger Ausdruck huscht über sein Gesicht, beinahe sieht es so aus wie ... Schuldgefühle. Das sind Schuldgefühle, die sich tief in seine Falten graben. Die Erkenntnis verschlägt mir die Sprache.

„Hast du etwas damit zu tun?", stoße ich hervor.

„Durch mich hat sie Werther gefunden." Seine Stimme ist nur ein Flüstern.

Ich raste aus. „Sag mal, spinnst du? Was fällt dir ein, etwas so Grausames zu tun? Wie konntest du nur, du ..."

„Es reicht!", schneidet er mir das Wort ab. Seine Stimme ist hart und unerbittlich, aber dann weicht die Wut in seinem Blick einer unergründlichen Ausdruckslosigkeit. Als er wieder spricht, klingt er müde: „Ich hatte keine andere Wahl. Nachdem ich sie in meiner Bibliothek auf der Suche nach weiteren Büchern erwischt hatte, deren Figuren sie entführen wollte, hat sie damit gedroht, dich umzubringen."

Noch während ich nach Worten suche, klingelt mein Handy. Ich ziehe es aus der Hosentasche und will den Anrufer wegdrücken. Da erblicke ich Elians Namen auf dem Display.

Ich bin gleichzeitig verstört und überrumpelt von seinem Anruf. Ich zögere so lange, bis der Anruf automatisch beendet wird. Ich weiß einfach nicht, ob ich mit Elian reden möchte. Ob ich mir seine Erklärungen anhören und mir die Situation von heute noch einmal vor Augen führen möchte.

„Ich wollte natürlich nicht, dass sie Werther tötet. Doch nach dem Tod deiner Mutter hätte ich es nicht ertragen, dich auch noch zu verlieren." Die belegte Stimme meines Großvaters klettert meine Gedanken hinauf und holt mich aus meiner Trance. Verloren blicke ich ihn an.

„Warum hat sie Mama umgebracht?" Meine Stimme ist rau. Ich bin nicht so recht anwesend. Draußen ist Wind aufgezogen und jagt pfeifend ums Haus.

„Weil sie ihre ganze Linie ausrotten will. Sie versucht zu verhindern, dass die Buchfiguren zurück in ihre Geschichten gebracht werden können."

„Aber warum?" Ich lege die Stirn in Falten und versuche, seinen Gedankensprüngen hinterherzukommen.

Mein Großvater schüttelt den Kopf. „Ich kenne ihre Motive nicht. Aber wir müssen sie herausfinden, denn vielleicht wird dies uns helfen, die literarische Welt zu retten. Aber ich habe eine Vermutung. Im Gegensatz zu allen anderen ist Isolde nie eingeschlafen. Ich kann mir vorstellen, dass sie die Buchfiguren irgendwie nutzt, um selber wach zu bleiben."

„Das könnte Sinn ergeben", sage ich, auch wenn mir der Gedanke nicht gefällt. „Aber etwas verstehe ich nicht. Die AoLBC wusste vor Mamas E-Mails nur von acht Büchern, die vom Existenzschwund betroffen sind, und von neun Nachkommen literarischer Figuren. Was ist mit den anderen Büchern? Haben ihre Figuren ebenfalls Nachfahren? Und wenn ja, wo können wir sie finden?“ Eine Frage jagt die nächste. In meinem Kopf dreht sich ein Chaos ums andere. Ein Wirrwarr aus Gedanken, die ich nicht mehr geordnet bekomme.

„Immer mit der Ruhe, Ivy. Die literarische Welt ist keineswegs einfach zu verstehen. Und je länger man sich mit ihr befasst, desto mehr neue Fragen als Antworten bekommt man.“ Das Lächeln meines Großvaters wirkt starr.

„Wie meinst du das?“

„Eigentlich solltest du den Sinn längst begriffen haben“, flüstert mein Großvater, sodass ich Mühe habe, ihn zu verstehen.

Da klingelt es.

Ich werde panisch, aber mein Großvater wendet sich wieder seinem Schreibtisch und den Blättern zu.

„Wie meinst du das?“, frage ich eindringlich. Ich *muss* die Antwort einfach wissen.

Er lässt sich lange Zeit. So lange, bis es erneut klingelt.

„*Du* bist der Schlüssel“, raunt mir mein Großvater zu.

„*Ich*?“ Ich mache große Augen.

„Deine Freunde verfügen über die Fähigkeit, ihren eigenen Vorfahren in seine Geschichte zu bringen. Du hingegen kannst in jede Geschichte reisen, die vom Existenzschwund betroffen ist. Der Efeu verbindet alle literarischen Welten miteinander und mit unserer Welt. Mit der Hilfe des Efeus wirst du über jeden Fluss, der eine Geschichte von der nächsten trennt, eine Brücke bauen können und hinübertreten. Du wirst dir aus Efeu ein Boot erschaffen können, welches den Tücken dieser besonderen Flüsse standhält, und so von Geschichte zu Geschichte reisen."

Woher weiß er das bloß alles?

„Du, Ivy, bist nun die einzige Waffe, die man gegen Isolde und ihre finsteren Pläne richten kann. Doch um ihre Machenschaften aufzuhalten und die literarische Welt zu retten, brauchst du die Hilfe deiner Freunde. Und ob du es glauben willst oder nicht, meine Hilfe benötigst du ebenfalls."

„*Deine* Hilfe?" Ich verstehe nicht. Es ist so, als würde alles, was er sagt, gerade an meinem Bewusstsein vorbeirauschen. „Warum ausgerechnet deine? Du hast doch all dieses Unglück verursacht!"

Mein Großvater lächelt. Wissend und verständnisvoll.

Er beugt sich ein kleines Stück vor, senkt seine Stimme noch mehr. Ich löse mich von dem Regal, an dem ich die ganze Zeit gelehnt habe, und trete näher an ihn heran.

„Oh doch, ich kann helfen." Bei seinen Worten lächelt er geheimnisvoll. Er sieht regelrecht glücklich aus.

Wieder klingelt es. Soll ich aufmachen? Was, wenn es Elian ist?

„Wie denn?" Ich werde ungeduldig. Warum macht er es so spannend?

Erneut lässt er sich länger als nötig Zeit, um mir eine Antwort zu geben. Ich presse meine Lippen aufeinander.

„Ich habe keine solche Gabe wie du oder deine Freunde im Verein. Auch kann ich Isolde nicht zurück in ihre Geschichte bringen. Aber ich besitze die Fähigkeit, Isolde aufzuspüren. Sofern sie sich denn in unserer Realität und nicht in einer magischen Zwischenwelt aufhält. Da ist eine Art Kompass in mir, der mir den Weg weist." Seine Worte kommen in der Lautstärke eines flüchtigen Lufthauchs bei mir an. Das Donnergrollen droht seine Sätze zu verschlucken, die gleichermaßen Hoffnung und Vermutungen in mir auslösen.

Ich will mich wieder zurückziehen, die Bibliothek mit rauchendem Kopf verlassen. Da zuckt die Hand meines Großvaters vor und greift mit festem Griff mein Handgelenk. Mein erster Impuls ist, mich von ihm loszureißen. Doch seine Worte nageln mich am Boden fest.

„Sei auf der Hut, Ivy. Versprich es mir, denn du bist in großer Gefahr. *Ich* bin in großer Gefahr, sollte Isolde herausfinden, dass ich zurück und wohlauf bin. Alle Nachfahren literarischer Figuren und die Figuren selbst sind in Gefahr. Denn Isolde schreckt nicht mehr davor zurück, ihre Artgenossen auszulöschen." Eindringlich spricht er auf mich ein. „Werther war nur einer von vielen. Sie scheint wie im Rausch, alles auslöschen zu wollen. Ich schätze, es hat sie wütend gemacht, dass ich sie sozusagen auf frischer Tat ertappt habe."

Er holt noch einmal tief Luft. „Vertraue niemandem außer dir selbst. Werde aber nicht so paranoid wie deine Mutter. Du musst vorbereitet sein, wenn wir Isolde das Handwerk legen wollen. Jetzt, wo sie weiß, dass Efeja eine Tochter hat, wird Isolde dich ebenfalls jagen. Sie wartet nicht darauf, zurück in ihre Geschichte gebracht zu werden. Sie will dorthin nie wieder zurück. *Deswegen* hat sie Efeja umgebracht und *deswegen* wird sie mit dir genauso verfahren. Weil du dieselbe Macht wie sie besitzt."

Sein Griff um mein Handgelenk lässt nach. Die Gänsehaut auf meinem Körper bleibt, sie will nicht verschwinden. Genauso wenig wie meine Angst, heraufbeschworen durch die Worte meines Großvaters. Zu lange schon hat er im Hintergrund die Fäden gezogen. Er hat mit Sicherheit auch dafür gesorgt, dass die AoLBC auf mich aufmerksam werden konnte.

Ich löse meinen Arm aus dem nun schwachen Griff meines Großvaters. Damit das Blut zurück in meine Finger fließt, schüttele ich sie.

„Eines noch." In einer abgehackten Bewegung klaubt er die auf dem Tisch liegenden Papiere zusammen. Er fixiert mich, den Stapel unter einen Arm geklemmt. Nicht einen Augenblick lässt er mich aus den Augen.

„Lass nicht zu, dass der Fluch dich einholt. Ich spüre, wie er dich langsam einnimmt. Und am Ende wird er dich zerfressen", flüstert er mir zu. Noch vor wenigen Wochen ist er mein griesgrämiger und abweisender Großvater gewesen. Jetzt steht ein Fremder vor mir, der die Hölle heraufbeschwört und mir gleichzeitig seine Hilfe anbietet. Oder hat er das nicht?

Mit einem Blick, der wirklich alles bedeuten könnte, wendet er sich ab und hinkt davon. Anschließend verschwindet er durch die Flügeltür der Bibliothek. So wie jedes Mal bin ich erstaunt, dass sie scheinbar bis in den Himmel hinaufreicht.

In mir macht sich eine unangenehme Leere breit, die alles verschlingt und nur meine Hülle übriglässt. Sie ist genauso nichtssagend und hohl wie der letzte Hinweis meines Großvaters.

Dennoch lässt mich seine Warnung nicht los.

Lass nicht zu, dass der Fluch dich einholt.

Ich starre auf das Smartphone, das ich noch immer in der Hand halte. Mein Wunsch nach der Wahrheit ist so groß, dass ein Plan in meinem Kopf Gestalt annimmt.

26

Der schrille Ton der Klingel lässt mich aufschrecken. Diesmal ignoriere ich es nicht. Doch da ich nun Angst habe vor dem, was vor der Tür warten könnte, öffne ich sie nur so weit, dass ich gerade nach draußen sehen kann. Als ich begreife, wer dort steht, schlage ich die Tür augenblicklich und mit Nachdruck wieder zu.

„Scheiße!", fluche ich leise.

Er ist es tatsächlich.

Von innen lehne ich mich an die Haustür. Bevor ich sie ein zweites Mal öffne, muss ich meine Gedanken und vor allem meine Gefühle sortieren. Meine Hand umklammert die Klinke, drückt sie herunter.

„Hey." Elian ist sichtlich verunsichert. Seine sonst so sorgfältig errichtete Fassade bröckelt. Man sieht ihm seine Schuldgefühle deutlich an. „Ich habe von deinem Unfall mit Gordon gehört und da wollte ich ... ähm, ich wollte nachsehen, ob es dir gut geht."

Ist das sein Ernst?

„Mir geht es gut, danke der Nachfrage", antworte ich patziger als beabsichtigt. Aber was denkt er sich auch? Er hat Rahen geküsst. Rahen! Oder sich mindestens von ihr küssen lassen. Am Ende kommt sowieso dasselbe bei heraus.

Wir stehen einander eine Weile schweigend gegenüber, ich im Trockenen, er pitschnass. Er mustert mich mehrmals von oben bis unten, als würde er etwas suchen. Dabei läuft ihm der Regen über das Gesicht. Tropfen verfangen sich in seinen Haarspitzen und benetzen seine Lippen, an denen mein Blick unglücklicherweise zu lange hängen bleibt. Elian erkennt genau, wie unverhohlen ich ihn anstarre, bleibt jedoch regungslos.

„Gibt es noch einen anderen Grund, weshalb du hergekommen bist?" So, jetzt ist es raus. Ich kann nicht verhindern, dass meine Stimme bitter klingt.

„Ja, schon, aber ..." Er legt den Kopf in den Nacken, sodass ihm noch mehr Regen auf die Wangen prasselt.

Mein Blick zuckt zum Abendhimmel, an dem sich die dunklen Wolken weiter verdichtet haben. Düster und schwarz. Nur gelegentlich von dem ein oder anderen Blitz erhellt, der durch die Wolkendecke bricht. Elian muss unglaublich frieren, die Kälte kriecht auch mir den Nacken hinauf. Ich erinnere mich daran, dass es sich schickt, einen Gast ins Haus zu bitten, doch ich habe eine andere Idee.

„Ich bin gleich bei dir", sage ich und verschließe die Tür erneut.

Ich schnappe mir meinen gelben Regenparka von der Garderobe, greife geistesgegenwärtig nach dem Hausschlüssel und werfe einen kurzen Blick in den Spiegel über dem Sideboard. Man sieht mir den Unfall tatsächlich an, auch wenn ich keine Verletzungen mehr habe. Meine Haare sind wirr, meine Haut ist gerötet und meine Augen sehen müder aus als ich mich gerade fühle.

„Egal", sage ich, streiche einmal über meine Haare und öffne die Tür. Augenblicklich spüre ich die Kälte am ganzen Körper.

Unter dem Vordach der Villa stehen wir einander gegenüber.

„Also." Die Begrüßung lasse ich aus. Stattdessen starre ich peinlich berührt auf meine Zehenspitzen. „Warum bist du gekommen?" Die Frage kommt schärfer heraus als beabsichtigt.

Ich blicke nicht auf, ziehe den Reißverschluss meiner Jacke noch höher und bereue zutiefst, dass ich herausgekommen bin. Frierend ziehe ich die Schultern hoch.

Elians Blick ist plötzlich unergründlich, unnahbar. Zögerlich steckt er sich die Hände in die Hosentaschen, schüttelt den Kopf.

„Weil ich mich entschuldigen muss. Das alles war ..." Er sucht nach den richtigen Worten. Offenbar findet er sie nicht, denn er bleibt stumm.

Weil es nicht so scheint, als würde Elian von allein weitersprechen, setze ich zaghaft zu einer Frage an. Dabei verstaue ich meine Hände in den Taschen meines Parkas, weil sie schon völlig klamm sind. „Wofür möchtest du dich denn entschuldigen?"

Elian sieht mich an. Dabei ist sein Blick so intensiv, dass mir schwindelig wird. Für den Bruchteil einer Sekunde vergesse ich die Kälte und die Nässe um mich herum. Ich vergesse sogar den Schmerz der Enttäuschung, den ich heute Nachmittag verspürte, als ich ihn gemeinsam mit Rahen im Keller erwischte.

Mein Herz klopft schnell, überschlägt sich fast. Es macht mir damit klar, dass es gerade jetzt nur für den Jungen vor mir schlägt.

Er räuspert sich, weicht meinem Blick aus, woraufhin die Kälte, Nässe und der Schmerz zurück in mein Bewusstsein sickern. „Dafür, was heute Nachmittag geschehen ist."

„Definiere *was heute Nachmittag geschehen ist*", fordere ich.

Er seufzt. Dabei fährt er sich mit der Hand durch die noch immer nassen Haare und schüttelt den Regen aus.

Beherrscht stehe ich ihm gegenüber. Er stößt die zwei Worte aus als würde es ihn dieselbe Anstrengung kosten, wie allein einen LKW anzuschieben.

„Der Kuss."

„Ach, meinst du den mit Rahen?" Ich gebe mich betont unberührt, was Elian natürlich durchschauen muss. „Ich dachte eigentlich, ihr seid nicht mehr zusammen."

Noch während ich diese letzten Worte ausspreche, bereue ich sie. Feste beiße ich mir auf die Unterlippe. Am liebsten möchte ich den letzten Satz rückgängig machen, denn nun kann ich Elians nächste Frage voraussehen.

„Woher weißt du, dass Rahen und ich ..." Die letzten Worte lässt er unausgesprochen. Doch ich kann mir ohnehin denken, wie der Satz ausgegangen wäre. Auf einmal wirkt er erbost. Doch dieser Ausdruck verschwindet rasch.

„Ach, vergiss es", sagt er nach einem prüfenden Blick, mit dem er mich bedenkt. „Das ist jetzt nicht wichtig."

Wie schön, dass er das einsieht.

„So, und dafür möchtest du dich jetzt entschuldigen?", hake ich nach. Ich will aus seinem Mund hören, dass Rahen nur ein abgekartetes Spiel mit uns beiden gespielt hat.

„Ja, möchte ich." Seine Miene verdunkelt sich unmerklich. Ansonsten bleibt er ruhig. Das wiederum bringt mich ein wenig aus der Fassung und macht mich noch unsicherer.

Doch dann sprudelt es plötzlich aus ihm hervor: „Wenn ich gewusst hätte, was Rahen vorgehabt hat, dann hätte ich heute Nachmittag alles anders gemacht. Dann wäre es vielleicht ganz anders gekommen. Aber du musst mir glauben, dass der Kuss von ihr ausging. Sie hat mich total überrumpelt. Sie hat das alles nur gemacht, weil sie dich gesehen hat. Und ich habe das mit mir machen lassen. Vielleicht wollte ich mich auf diese Weise für deinen Kuss mit Gordon rächen oder so." Er fährt sich durch die Haare. „Ich bin dir gefolgt, und hätte dich beinahe eingeholt. Da hat Rahen mich zurückgedrängt und ist vorgeprescht. Sie hat die Geheimtür hinter sich zugeschmissen und den Eingang so blockiert, dass ich da nicht mehr rausgekommen bin. Ich musste eine ganze Weile warten, bis Mrs. Walsh mich rufen gehört und die Tür für mich geöffnet hat. Ansonsten wäre ich schon viel früher rausgekommen."

Wie gebannt hänge ich an seinen Lippen. Ohne Zweifel glaube ich ihm jedes Wort. Doch er ist noch nicht fertig.

„So schnell ich konnte, bin ich aus dem Haus gerannt. Ich war mir eigentlich schon sicher, dass du weg sein musstest. Aber da habe ich das Taxi und Zayn gesehen. Er hat mir gesagt, dass du in diesem Taxi sitzt und ziemlich aufgelöst warst, als er dich angetroffen hat." Er schluckt. „Und dass du einen Unfall hattest."

Aufgelöst. Das hat Zayn aber schön gesagt. Er muss mich für völlig irre und durchgedreht gehalten haben.

„Na, auf jeden Fall bin ich dem Taxi noch nachgelaufen. Hat aber nicht gereicht, da warst du schon weg." Eine tiefe Furche bildet sich zwischen seinen Augenbrauen. „Weißt du, was mir da klar geworden ist?"

Ich schüttele den Kopf. Für einen lächerlichen Moment halte ich sogar die Luft an, so gespannt bin ich auf die Antwort.

„Ich weiß nicht, wie ich es sagen soll, ohne dass es kitschig klingt. Aber in dem Moment, wo ich von deinem Unfall gehört habe, da hatte ich Gewissheit. Darüber, wie wichtig du mir bist.

Und dass ich es dir unbedingt sagen muss."

Die Augen ganz groß, starre ich ihn an.

„Ivy." Er hebt die Hände, will nach meinen fassen, lässt sie jedoch kraftlos wieder sinken. Unsere Blicke verhaken sich für einen Moment, so wie es uns schon einige Male passiert ist.

„Ich befürchte, dass Rahen dich nur aus purer Boshaftigkeit geküsst hat", murmele ich leise, weil ich mir nicht sicher bin, ob er meine Meinung teilt.

„Auf jeden Fall war es geplant und ich hätte damit rechnen müssen. Kurz bevor du den Raum betreten hast, haben wir nämlich miteinander gestritten", erklärt Elian.

„Worüber habt ihr gestritten?"

„Es hat damit angefangen, dass sie mich über meine Gefühle für dich ausgefragt hat. Irgendwann hat sie dann noch Gordon ins Spiel gebracht. Sie hat behauptet, gehört zu haben, er wäre mit dir zusammen. Da musste ich natürlich an euren Kuss denken und ..."

Prompt werde ich rot im Gesicht. „Sie haben das *beide* mit Absicht gemacht. Rahen hat dich geküsst, als ich es sehen konnte. Gordon hat mich geküsst, als du es sehen konntest. Das ist nicht fair und ein blödes Spiel, auf das ich bestimmt keine Lust habe." Ich werde immer lauter.

„Ich habe, um ehrlich zu sein, auch keinen Spaß daran. Und weißt du warum?"

Atemlos schüttele ich den Kopf.

„Weil ich dich nicht noch einmal gehen lassen möchte."

Mein Widerstand schmilzt wie Eis in der prallen Sonne. Die Röte, die soeben im Begriff war, zu verschwinden, breitet sich erneut auf meinem breit lächelnden Gesicht aus.

„Echt nicht?"

„Echt nicht."

„Und was ist mit deiner Gabe?"

„Was soll damit sein?" Ein Stirnrunzeln schleicht sich auf sein Gesicht.

„Das mit dem Liebeszauber." Kaum habe ich es ausgesprochen, komme ich mir dämlich vor. „Du hast nicht zufällig einen Bann auf mich gelegt, der jetzt meine Sinne vernebelt und mich ..."

„Nein." Dieses eine Wort spricht er mit solch einer Ernsthaftigkeit und Inbrunst aus, dass ich ihm einfach glauben muss.

Dieses Mal bin ich es, die nach seinen Händen greift und ihn nicht wieder gehen lassen möchte. Die feuchte Kälte versiegelt den Griff unserer verschränkten Hände und drängt mich immer näher zu ihm.

Nur noch ein einziger Gedanke beunruhigt mich.

„Der Fluch?"

Elian sackt ein Stück in sich zusammen. Hat er diese Frage kommen sehen?

Er lächelt und streicht mir eine Haarsträhne aus dem Gesicht. Zuerst vermute ich, er möchte meiner Frage ein weiteres Mal ausweichen, mich weiter vertrösten. Doch er scheint die Dringlichkeit aus meiner Stimme herausgehört zu haben.

„Gut, ich werde dir davon erzählen. Früher oder später wirst du sowieso alles erfahren. Da ist es mir lieber, ich bin derjenige, der dir von dem Fluch erzählt. Eigentlich geht der sowieso nur uns beide etwas an." Noch einmal atmet er tief durch. Dann zieht er mich näher zu sich heran, schlingt die Arme wie selbstverständlich um mich und fängt mit ruhiger Stimme an zu erzählen:

„Es ist nur eine kurze Geschichte. Aber im Vorhinein solltest du wissen, dass sich literarische Flüche nicht so einfach an der

Nase herumführen lassen. Deswegen sind sie nur sehr schwer oder gar nicht zu brechen."

Seine Worte jagen mir einen Schauer über den Rücken. *Literarische Flüche lassen sich nicht brechen?*

Ich muss mich anstrengen, nicht meinem eigenen Gedankenstrom zu folgen oder mich in seinen leuchtend grünen Augen zu verlieren. Ich muss mich konzentrieren.

„Der Fluch, von dem ich dir jetzt erzähle, begann vor vielen hundert Jahren in der literarischen Welt. Genauer bei ‚Tristan und Isolde'", beginnt er. „Wie du bestimmt weißt, verliebten sich die beiden erst aufgrund des Minnetrankes ineinander. Die Königin braute den Trank, damit Isolde und König Marke sich auf ewig lieben würden, da sie einander versprochen waren. Durch einen Zufall tranken Tristan und Isolde davon. Und damit beginnt unser Fluch. Denn der Minnetrank hat Tristan und Isolde aneinandergebunden. Er hat dafür gesorgt, dass sich die beiden unsterblich ineinander verlieben. Sie mussten an einem gebrochenen Herz sterben, sollte der jeweils andere dem Leben entsagen."

Für einen Augenblick erinnere ich mich an etwas, das Elian vor sich hin geflüstert hat. Es war, als ich ihn in der Geschichte schon einmal auf den Fluch angesprochen habe. Aus irgendeinem Grund habe ich die Worte nicht vergessen.

„Es mussten, die ihn tranken,
in Herzen und Gedanken,
sich lieben wider Willen
in Sehnsucht nicht zu stillen,
eins fortan in Glück und Not,
eins im Leben und im Tod", zitiere ich mühelos.

Dieses Zitat stammt mit Sicherheit aus ‚Tristan und Isolde'.

Demnach klingt es so, als würden sich die beiden ausschließlich aufgrund des Trankes lieben und ansonsten keinerlei Sympathie für den jeweils anderen empfinden. Unwillkürlich huscht mein Blick zu Elian. Sein Mund ist leicht geöffnet. So als habe er gerade dieselben Verse aussprechen wollen.

Ich löse mich aus seiner Umarmung, starre ihn an.

„Aber bei uns ist der Fluch nicht genau so, oder? Von uns muss keiner sterben, richtig?“ Ich kann die Panik nicht aus meiner Stimme vertreiben. „Und das zwischen uns ist nicht nur wegen dieses uralten Fluches, nicht wahr?“

Elian lässt mich los. Diese Geste kommt dem Gefühl gleich, er habe mich ohne Fallschirm aus dem Flugzeug gestoßen. Plötzlich ist mir schlecht.

„Ivy“, setzt Elian an, unterbricht sich dann jedoch selbst, bevor er doch weiterspricht. „Der Fluch ist verdammt gefährlich. Wenn wir nicht aufpassen, dann wird früher oder später mindestens einer von uns sterben. Wenn einem von uns etwas zustößt, muss der andere ebenfalls sterben, weil der Fluch es so einfordert.“

Elian hält meinen Blick fest.

Sterben. Meine Kehle ist wie zugeschnürt.

„Das ist eine große Verantwortung, auf gleich zwei Leben Acht zu geben.“ Eine Verantwortung, der ich nicht gewachsen bin.

„Aber erst muss der Fluch aktiviert werden.“

„Aktiviert? Wie meinst du das?“

„Wir müssen mit dem Schlimmsten rechnen“, weicht er meiner Frage aus. Er lenkt ab. „Isolde ist nach Tristans Tod an einem gebrochenen Herz gestorben. Wieder und wieder. Ich glaube, dass der Fluch der Grund ist, weshalb sie in unsere Welt geflohen ist.“

Elian fährt sich durch die Haare. Ein kurzes Schweigen folgt seinen Worten. Ich habe das Gefühl, zu fallen. „Ich denke nicht, dass meine Gefühle für dich nur auf dem Fluch beruhen“, wirft er mir den rettenden Fallschirm doch noch hinterher.

„Aber du glaubst, dass der Grundstein für diese Gefühle durch den Fluch gelegt worden ist?“, frage ich ins Blaue hinein. Einfach, weil ich spüre, dass seiner Antwort noch etwas fehlt. Gleichzeitig sehe ich ihm an, dass er mich und sich nicht verletzen möchte.

Mir wird bewusst, dass er tatsächlich Gefühle für mich hat. Unter anderen Umständen hätte mich das zum glücklichsten Menschen auf Erden gemacht. Nun sind da aber diese speziellen Umstände und die Tatsache, dass wir jeden Augenblick sterben könnten, sollte dem anderen etwas zustoßen.

Nur Isolde kann uns die Fragen zum Fluch wirklich beantworten. Dumm nur, dass sie die Letzte ist, mit der sich friedlich reden ließe. Mich würde sie höchstwahrscheinlich augenblicklich erledigen. Aber hätte sie das nicht schon längst tun können?

„Das wäre zumindest möglich“, gibt Elian in diesem Augenblick zu.

Aus einem dämlichen und einfachen Grund verletzen mich seine Worte sehr. Im Gegensatz zu ihm habe ich nicht das Gefühl, dass all meine Gefühle einzig und allein auf dem Fluch beruhen. Dafür fühlt sich das alles zu echt an. Oder hält mich der Fluch bereits so fest gefangen, dass ich nicht mehr zwischen Realität und Einbildung unterscheiden kann?

Gekränkt weiche ich einen Schritt zurück. Schon taste ich nach dem Schlüssel in meiner Jackentasche, um mir eine weitere Schmach zu ersparen, die ich bereits kommen sehe.

„Ivy, das soll aber nicht heißen, dass ich mich nicht in dich verliebt habe“, schiebt Elian nach, sieht aber gleichzeitig so aus, als würde er sich gerne selbst eine verpassen. Warum auch immer. Er sieht mich dabei wieder so eindringlich an, als wolle er mich durch Blicke zum Stehenbleiben bewegen.

„Verliebt?“, hauche ich so leise, dass er es vermutlich gar nicht hören kann. Das würde meine Entscheidung, in die Villa zu flüchten, natürlich sinnlos erscheinen lassen. Und überhaupt. Wenn er in mich verliebt ist, warum hat er meinen Kussversuch von damals dann abgewehrt?

„Ja, ich glaube, ich habe mich in dich verliebt, Ivy“, bestätigt er noch einmal, was mir eine heiße Röte ins Gesicht zaubert. Währenddessen flüstert mir eine gemeine Stimme in meinem Unterbewusstsein beharrlich in meine rosaroten Gedanken, dass Wissen besser als nur Glauben ist.

„Und du?“, flüstert er. Mit erwartungsvollem Lächeln hält er mir seine Hand hin, die ich sogleich ergreife. Er zieht mich zu sich. Als ich ganz dicht vor ihm stehe, spüre ich seinen rasenden Herzschlag unter meinen Fingerspitzen.

„Ich glaube, das kann ich nur zurückgeben.“

Es ist der Moment, in dem die Wolkendecke aufbricht. Das Unwetter ist vorübergezogen.

„Jetzt haben wir ein Problem“, raunt er.

Verdattert blicke ich zu ihm auf und stelle dabei fest, dass seine grünen Augen von dunkleren Sprenkeln durchzogen sind.

„Das ist es, was der Fluch einfordert. Dass wir uns unsere Liebe gestehen.“

Ich bin sprachlos. Er hat gewusst, dass er den Fluch aktivieren würde, wenn er mir seine Gefühle gesteht, und hat es trotzdem getan? Es bedeutet mir unfassbar viel. Die Konsequenzen dessen sehe ich gar nicht.

„Jetzt ist sowieso alles egal." Elian lächelt schräg. Langsam neigt er seinen Kopf, sodass ich annehme, er wolle mich küssen. Mein Herz hüpft bei diesem Gedanken, lässt sich nur schwer wieder beruhigen. Doch dann beugt er sich zu meinem Ohr hinunter: „Eine Sache habe ich dich noch gar nicht gefragt: Verzeihst du mir?"

Wir stehen uns auf der Treppe vor der Villa meines Großvaters in eisiger Kälte gegenüber. Ich habe nicht mehr länger einen Grund, böse auf ihn zu sein. Dennoch frage ich mich, was ich auf seine Frage sagen soll. Zuerst öffne ich den Mund, um zu antworten, kann Elian dann aber nur anstarren. Es ist sein Blick, mit dem er mich ansieht und in dem so viele Emotionen stecken, dass mir ganz schwindelig davon wird.

Das wattige Gefühl in meinem Kopf wird immer stärker. Je länger ich Elian ansehe, desto stärker fühle ich mich zu ihm hingezogen. Alles in mir drängt danach, ihn zu küssen. Für einen Moment ist mir egal, was das nach sich ziehen wird.

„Ich habe dir schon längst verziehen", hauche ich gegen seine Lippen, als ich mich auf die Zehenspitzen stelle und wir uns endlich küssen. Ich kann der Heftigkeit dieses Kusses kaum Stand halten. Tief in mir spüre ich, dass es das ist, was ich mir seit unserer ersten Begegnung gewünscht habe.

Der Regen um uns herum lässt nach, und ich vergrabe meine Finger in seinen Haaren. Ich ziehe ihn noch näher an mich heran. Dabei ignoriere ich die Stimme in meinem Kopf, die mir weiterhin rät, mich von ihm fernzuhalten, weil er noch immer Geheimnisse haben könnte. Doch dann kehrt die Angst zurück.

Wenn wir uns nun unsere Liebe eingestehen, wird der Fluch seine Macht über uns entfalten.

Als wir uns schließlich ein Stück voneinander lösen, werfe ich einen unbehaglichen Blick an der Fassade der Villa hinauf. Ich hoffe sehr, dass mein Großvater in den letzten Minuten nicht aus den Fenstern geschaut hat.

Kopfschüttelnd schenkt Elian mir sein schönstes Lächeln. „Noch nie haben zwei Nachfahren von ‚Tristan und Isolde' zueinandergefunden. Wenn du durch Isoldes Hand oder auf andere Weise stirbst, dann bin ich auch dran. Genauso ergeht es dir, wenn ich sterben sollte. Aber soweit lassen wir es nicht kommen!"

Er hat recht. Will er mir die Angst nehmen?

Meine Hand greift erneut in seinen Nacken, um ihn an mich zu ziehen. Als wir uns ein weiteres Mal küssen wollen, kracht es ohrenbetäubend und ein gewaltiger Blitz schlägt haarscharf neben uns ein. Erschrocken fahren wir auseinander und starren fassungslos auf die Stelle, wo der eben noch gleichmäßig geschnittene Rasen unansehnlich verbrannt ist und ein groteskes schwarzes Loch aufweist. Am Himmel steht kein einziges Wölkchen.

Zu unseren Füßen steigt Rauch auf.

Ein einziger Blick in Elians Augen reicht aus, um zu wissen, dass er dasselbe denkt wie ich.

Wir haben soeben den Fluch geweckt.

„Tristan und Isolde“ (Gottfried von Straßburg, 1210): Elian und Ivy

Tristan, Sohn des Königs von Lohnois, und Isolde von England verlieben sich durch einen irrtümlich an sie verabreichten Liebestrank, den Minnetrank, ineinander. Fortan müssen sie sich heimlich treffen, da Isolde einem anderen versprochen ist. Als die beiden miteinander erwischt werden, muss Tristan nach Deutschland fliehen. Dort verliebt er sich in Isolde Weißhand, wird jedoch bei einem Kampf vergiftet, weshalb er auf die heilenden Kräfte von Isolde von England angewiesen ist. Er lässt nach ihr schicken mit der Bitte, das Schiff solle bei seiner Wiederkehr eine weiße Fahne hissen, sofern Isolde von England an Bord ist. Andernfalls solle eine schwarze Fahne gehisst werden.

Um den todkranken Tristan nicht an Isolde von England zu verlieren, berichtet Isolde Weißhand ihm fälschlicherweise, das Schiff habe schwarze Segel.

Ohne Hoffnung stirbt Tristan, kurz darauf auch Isolde von England, als sie den Toten erblickt. Auf den Gräbern der Geliebten wächst später je eine Efeupflanze, die sich mit der Zeit miteinander verbinden.

Robinson Crusoe (Daniel Defoe, 1719): Gordon

Robinson Crusoe ist ein aus York stammender Seemann, der bei einem Schiffbruch, den kein anderer der Besatzung überlebt, an Land einer Insel gespült wird. 28 Jahre bringt er allein auf dieser unbewohnten Insel an der Küste Amerikas zu, bis er schließlich von Piraten gerettet wird.

Die Leiden des jungen Werther (J.W. Goethe, 1774): Flint

Verfasst in Form eines Briefromans dokumentiert der Rechtspraktikant Werther seine unglückliche Liebe zu der verlobten Lotte. Um deren Ehre und Ehe nicht zu gefährden, nimmt er sich am Ende das Leben.

Oliver Twist (Charles Dickens, 1837): Kaito

Oliver Twist ist ein Waisenkind, welches durch Zwang Mitglied einer Diebesbande ist. Nach seiner ersten Diebestour, bei der er sich verletzt, wird er von guten Menschen aufgenommen, die sich aufopferungsvoll um ihn sorgen. Jedoch gerät Oliver bei einem Botengang erneut in die Fänge der Diebesbande, gegen die er sich immer wieder durchsetzen muss. Er erfährt, wer seine leiblichen Eltern sind, wird letztendlich jedoch von den guten Menschen adoptiert.

Alice im Wunderland (Lewis Carroll, 1865): Rahen

Das Mädchen Alice folgt einem sprechenden, weißen Kaninchen, das auf seine Uhr starrt und meint, es komme zu spät, in dessen Bau. Indem Alice besondere Tränke zu sich nimmt oder Speisen isst, wird sie entweder größer oder kleiner, sodass sie schließlich im verrückten Wunderland ankommt.

Das Bildnis des Dorian Gray (Oscar Wilde, 1890): Zayn

Dorian Gray ist sein Leben lang hübsch, jung und makellos. Ein Porträt altert an seiner statt und nimmt Dorians Sündenlast auf sich. Während dieser immer maßloser und grausamer wird, bleibt sein Äußeres stets makellos schön.

Odyssee (Homer, 8./7. Jh. v. Chr.): Hektor

König Odysseus ist nach dem trojanischen Krieg auf seiner Heimfahrt. Dabei erlebt er viele Abenteuer bis er nach 20 Jahren endlich wieder nach Hause kommt.

Stolz und Vorurteil (Jane Austen, 1813): Lizzy

Die junge Elizabeth Bennet trifft auf Mr. Darcy. Beide sind jedoch durch Vorurteile und ihren Stolz geblendet, weswegen sie sich zunächst nicht mögen. Letztendlich überwinden sie einige Krisen und ändern ihre Einstellungen, wobei sie sich ineinander verlieben und letztendlich zusammen kommen.

Mamas Liste:

1. Die Bücher, von denen die AoLBC weiß (8)

Tristan und Isolde (Gottfried von Straßburg)
Odyssee (Homer)
Stolz und Vorurteil (Jane Austen)
Robinson Crusoe (Daniel Defoe)
Alice im Wunderland (Lewis Carroll)
Das Bildnis des Dorian Gray (Oscar Wilde)
Oliver Twist (Charles Dickens)
Die Leiden des jungen Werther (Johann W. Goethe)

2. Die Bücher, die mit Kaito verschwanden (12)

Erzählungen aus 1001 Nacht
Der Sandmann (E.T.A. Hoffmann)
Das Mädchen mit den Schwefelhölzern (Hans Christian Andersen)
Krieg und Frieden (Lew Nikolajewitsch Tolstoi)
Das Nibelungenlied
Die göttliche Komödie (Dante Alighieri)
Hiob (Joseph Roth)
Kabale und Liebe (Friedrich Schiller)
Die Verwandlung (Franz Kafka)
Effi Briest (Theodor Fontane)
Mephisto (Klaus Mann)
Iphigenie auf Tauris (Johann W. Goethe)

3. Die Bücher, die irgendwo in Opas Bibliothek sind (29)

Kinder- und Hausmärchen der Gebrüder Grimm

Maria Stuart (Friedrich Schiller)
Das Dschungelbuch (Rudyard Kipling)
Deutschland. Ein Wintermärchen (Heinrich Heine)
Woyzeck (Georg Büchner)
Moby Dick (Herman Melville)
Aus dem Leben eines Taugenichts (Joseph von Eichendorff)
Sturmhöhe (Emily Bronte)
20000 Meilen unter dem Meer (Jules Verne)
Der große Gatsby (Scott Fitzgerald)
Romeo und Julia (William Shakespeare)
Nathan der Weise (Gotthold Ephraim Lessing)
1984 (George Orwell)
Die Marquise von O... (Heinrich von Kleist)
Dantons Tod (Georg Büchner)
Dr. Jekyll und Mr. Hyde (Robert Louis Stevenson)
Ein Sommernachtstraum (William Shakespeare)
Gullivers Reisen (Jonathan Swift)
Das Schloss (Franz Kafka)
Peter Pan (J. M. Barrie)
Der Untertan (Heinrich Mann)
Sherlock Holmes – Der Hund von Baskerville (Sir Arthur Conan Doyle)
David Copperfield (Charles Dickens)
Faust (J.W. Goethe)
Das Gespenst von Canterville (Oscar Wilde)
Wilhelm Tell (Friedrich Schiller)
Emilia Galotti (Gotthold Ephraim Lessing)
Utopia (Thomas More)
Tom Sawyer (Mark Twain)

Danksagung

Es ist ein Kampf und gleichzeitig ein Wunder, eine Geschichte zu schreiben. Noch dazu seine eigene - seinen Debütroman. Und man sollte meinen, dass ich langsam genug Schreiberfahrung gesammelt habe, doch an der Stelle der Danksagung vergeht mir doch tatsächlich die Sprache. Es ist schwer in Worte zu fassen, wie dankbar ich den Menschen bin, die mich auf dem Weg hierher begleitet haben.

Zuallererst möchte ich ganz herzlich dem Scylla Verlag danken: Ivy, Elian und all meine anderen Charaktere haben dort, bewacht von Pollux, ein neues Zuhause gefunden.

Ich kann gar nicht in Worten ausdrücken, wie groß meine Freude war, als von Fabienne die Nachricht kam, dass mein Manuskript tatsächlich angenommen wird.

Ohne Fabienne und Jeannette wäre meine Geschichte allerdings nie die geworden, die ihr nun alle lesen konntet. Sie haben mich ermutigt, das Potenzial meiner Protagonisten voll auszuschöpfen und aus den Szenen die volle Dröhnung Action herauszuholen.

Mein Dank geht auch an Alexandra, die mir mit ihrer Begeisterung für meine Geschichte bewiesen hat, dass sie Leser tatsächlich in einen Bann ziehen kann.

Vor Boris ziehe ich meinen Hut, weil er dieses wundervolle Cover erschaffen hat.

An dieser Stelle möchte ich auch Elisabeth Goßner danken. Danke für Lob und Kritik an meinen Texten – ich weiß dies wirklich sehr zu schätzen.

Jule, dir danke ich auch. Für unsere Freundschaft, für alles. Du hast mir trotz mangelnder Lesebegeisterung versprochen, dieses Buch zu lesen – ich verlasse mich auf Dich ;-).

Nicht zuletzt möchte ich meiner Familie ein riesengroßes Dankeschön aussprechen. Ihr wart es schließlich, die ohne mich am Frühstückssitz sitzen mussten, weil ich „nur noch diese eine Szene“ zu Ende schreiben wollte.

Vor allem Dir, Mama, danke ich dafür, dass Du meine allererste Testleserin warst und mir wirklich wahnsinnig gute Ratschläge und Tipps gegeben hast, wie die Geschichte noch ein Stückchen besser, spannender, einzigartiger werden könnte.

Ich bin euch dankbar, für so vieles.

Kiana